日本文学名著12讲

主　编　高鹏飞　李东军
副主编（按姓氏笔画排列）
　　　　付贵贞　刘　舒　刘丽丽　李　娇　陆红娟
　　　　陈　强　陈思龙　武文婷　郑媛媛　闻江涛
　　　　徐英东　高　龙　葛　强　潘文东　魏中莉

苏州大学出版社
Soochow University Press

图书在版编目(CIP)数据

日本文学名著12讲 /高鹏飞,李东军主编. —苏州：苏州大学出版社，2024.5
ISBN 978-7-5672-4294-4

Ⅰ．①日… Ⅱ．①高… ②李… Ⅲ．①日本文学-文学研究 Ⅳ．①I313.06

中国国家版本馆CIP数据核字(2024)第093702号

Riben Wenxue Mingzhu 12 Jiang

书　　　名：	日本文学名著12讲
主　　　编：	高鹏飞　李东军
责任编辑：	杨宇笛
装帧设计：	刘　俊
出版发行：	苏州大学出版社(Soochow University Press)
社　　　址：	苏州市十梓街1号　邮编：215006
网　　　址：	www.sudapress.com
邮　　　箱：	sdcbs@suda.edu.cn
印　　　装：	苏州工业园区美柯乐制版印务有限责任公司
邮购热线：	0512-67480030　销售热线：0512-67481020
网店地址：	https://szdxcbs.tmall.com/(天猫旗舰店)
开　　　本：	787mm×1 092mm　1/16　印张：14　字数：299千
版　　　次：	2024年5月第1版
印　　　次：	2024年5月第1次印刷
书　　　号：	ISBN 978-7-5672-4294-4
定　　　价：	48.00元

凡购本社图书发现印装错误，请与本社联系调换。服务热线：0512-67481020

前言
FOREWORD

　　王国维说过:"真正的文学在于能给人心灵的慰藉,拓展人的精神空间。"文学是人类感情最丰富、最生动的表达方式。一个民族的文学,记录和诠释着这个民族的历史,是不同时代多姿多彩的习俗画卷和人文风景,传达着人类对生活的美好憧憬,也是人类情感和智慧的结晶。灿烂辉煌的中国古代文化对日本产生过深远的影响,而近代日本明治维新之后,特别是在文学方面,涌现出了夏目漱石、芥川龙之介、川端康成、太宰治、大江健三郎等一批著名作家。他们的作品早已被译介到了中国,成为广大读者了解日本、认识日本的桥梁和窗口。对于日语专业学生来说,他们不仅要掌握日语的听、说、读、写、译能力,同时也要熟知日本社会的风土人情与民俗文化,而对日本文学的学习便是日语专业学生提高认知境界的重要手段,也是一个较好的途径。也正因为如此,在全国众多开设日语语言文学专业的高校中,大多数开设了"日本文学史""日本文学作品赏析"等文学课程。

　　那么,本书有哪些特色呢?

　　第一,本书尽力贴近社会的脉搏,紧跟时代前进的步伐,适应新时代日语专业改革发展的整体趋势,突出文学评论与鉴赏的特色,加深读者对日本文化的理解,满足不同群体的学习需求。

　　党的二十大报告中指出:"教育、科技、人才是全面建设社会主义现代化国家的基础性、战略性支撑。"人类文化既是民族的,又是世界的。特色鲜明的民族文化丰富了世界文化,共同推动了人类社会的进步与发展。费孝通曾提出"美美与共、天下大同"的社会和谐观点,强调人类要尊重文化的多样性,这也是世界文化繁荣的前提条件。学习日语,了解日本,就要了解日本文化,学习日本文学。对于高校日语专业学生而言,学习日本文学类的课程,更是日语学习必不可少的环节。

　　因此,编撰日本文学类的高校教材,必须与课程思政相结合。习近平总书记在全国高校思想政治工作会议上强调:使各类课程与思想政治理论课同向同行,形成协同效应。让每门课程承载立德树人的重要任务,发挥育人的作用,全面提高人才培养的质量。为此,全国各高校的教师纷纷行动起来,不断探索课程思政的新型教学模式。在教材的编撰方面出现了新的一波热潮,在题材和角度上也发生了很大变化。本书主要选择有代表性的日本作家作品,为促进教学活动与课程思政相结合,着重对小说社会性和时代性进行解说和鉴赏,涵盖了对社会不良现象与弊端进行批判、反思的内容,

坚持批判性地鉴赏外国文学作品，以达到"立德树人""协同发展"的思政教育目的。

第二，本书撰写的宗旨是让学生不但掌握日本文学知识，而且掌握学习的方法，掌握鉴赏日本文学经典的方法，提高审美能力，在以后的人生中做到海德格尔所说的"诗意地栖居"。

康德在《判断力批判》中曾提出了"美是非功利的愉悦"的著名命题。然而，不管康德的本意如何，在我们东方传统文化体系中，人们谈论"美"时，从来都是将"真善美"三者结合起来考虑的，纯粹的"美"或者非功利的"美"即便存在，也只能是一般意义上的"美"；而品格意义上的"美"，必然出自极具思想性和道德性内涵的作品，而且文学作品与思想性紧密相连。在这一点上，西方人同样注重文学作品思想性与艺术性的统一。尽管东西方文化的审美价值取向不尽相同，但从总体上来说，人类具有相同的审美思维。因此，我们读莎士比亚的戏剧、雨果的《悲惨世界》、歌德的《浮士德》、陀思妥耶夫斯基的《罪与罚》等世界名著，所获得的感动与我们读《红楼梦》《源氏物语》大抵上是相同的。这些伟大的文学作品是人类共同的精神财富，充分表现了人类情感世界的"真善美"，它们可以超越种族界限、超越东西方的文化差异。向善、求真、尚美是全人类的生命与文化基因，不仅歌德曾预言的"世界文学"会最终实现，习近平总书记所倡导的构建人类命运共同体的伟大梦想也终将实现。

我们重读文学经典，不仅可以得到精神上的慰藉，也可以借鉴前人战胜危机的智慧。日本文学有其独特的魅力，无论是表现平安朝皇家贵族生活画卷的《源氏物语》，还是松尾芭蕉俳句的侘寂美、寂静美，抑或是和歌、能乐在思想内涵上所表现出幽邃玄妙的幽玄美，同样可以开阔我们的艺术视野，带给我们美的感受。例如，1968年荣获诺贝尔文学奖的川端康成在颁奖典礼上发表了题为《我在美丽的日本》的演讲。他在演讲开篇之处，引用了日本镰仓时期的道元禅师的和歌《本来面目》。

春は花、夏ホトトギス、秋は月、冬雪冴えて、涼しかりけり。
（春花秋月杜鹃夏，冬雪皑皑寒意加。）（佚名 译）

北宋时期，道元禅师来我国学习禅宗，回日本后成为日本曹洞宗的开山之祖。提及"春花秋月"，我们会想起李后主的《虞美人·春花秋月何时了》，但"故国不堪回首月明中"表现了亡国之君无尽的哀伤。反观道元禅师的和歌，物我一如，怡然自得，就连皑皑的冬雪，在作者眼中都是清冽晶莹，毫无冰寒之感，唯有沁凉之意，整首和歌虽没有复杂的修辞技巧，没有雕琢华丽的辞藻，但清丽自然，言语之间充满着非功利的愉悦，人与自然融为一体。道元的和歌所表现的情感远不如李后主的词来得浓重沉郁，不过其意境中透着一股清新隽永、怡然自得的美感，这大概就是一种"物哀"之美。美是无处不在的，如果我们知"物哀"，怀揣一颗悲悯之心，那么人世间的冷暖、真情、博爱，以及大自然中的"一花一叶"、佛家宣扬的"众生平等"，都会令我们感动，这种美何

尝不是"真善美"的化身呢？

第三，本书适应日语专业选修课的教学课时与课程内容。

对于高校日语专业学生来说，"日本文学作品选读"是一门重要的选修课程，是对"日本文学史"课程的必要补充，有助于提高学生阅读兴趣、文学鉴赏水平和文学修养，特别是锻炼学生对文学作品的理解能力，培养学生的科研兴趣，也可以为学生继续深造打下良好的基础。

一般情况下，日语专业本科生在选修"日本文学作品选读"课程之前，已经选修"日本文学史"课程，他们对日本近现代作家及其作品，已经有了大致的了解。因此，我们选取的经典作家作品带有鲜明的时代性，不仅具有艺术性和趣味性，还具有深刻的思想性与社会性。如今的高校教师不断进行教学模式的改革与创新，微课、慕课及翻转课堂，各种探索层出不穷，目的就是提高学生的学习兴趣。为此，本书的宗旨，就是满足教师教学与学生学习的个性化需求，即教学内容上有深度与广度，注重知识点与知识面的结合，有可拓展性；教师在课堂上可以收放自如，灵活把控教学进度。对于同一篇小说，教师可以因材施教，针对不同学生的个性化需求深入讲解，从多角度阐释或做一般性讲解。学生可以使用本书进行翻转课堂的尝试。本书为学生自主学习提炼出重要的知识点，预留了多个拓宽学习的知识路径，甚至为有能力的学生提供学术研究的理论和方法。例如，文本细读研讨，便是一种行之有效的好方法。

作为"日本文学史"课程的补充，"日本文学作品选"（或称"日本文学专题研究"）基本上是选修课，多数院校只安排一个学期的教学时间。"日本文学作品选读"课程没有统一的教材，通常采用讲义的形式。讲义常常是作者简介加原文及注释的模式，篇幅长短不一，教师难以制订有效的教学计划。如何吸引学生学习的兴趣，如何鉴赏式深入阅读，全凭教师的教学经验和教学水平。以苏州大学的日语专业为例，"日本文学作品选"是面向二、三年级学生开设的选修课，一个学期完成教学任务，每周 2 个学时，共 18 个教学周，平均每一课用 3~4 个课时。针对这种情况，本书选取了 12 位日本作家与其代表性小说（节选），在体量上适合教学周期的安排，并且充分考虑学生的接受与理解能力，加入注释、讲解、鉴赏、作品评价，以及作家年表、作家与作品介绍和课外知识拓展等丰富的内容，既方便教师的教学和学生的学习，也为广大的日本文学爱好者提供深度学习的机会。在编写体例上也有别于以往，进行了一些创新性的尝试。首先是用简洁的文字概述时代背景及作家作品在文学史上的定位；然后是较为详尽的作家生平介绍，以及作家的创作活动和大事年表；接下来是小说梗概、小说原文、带有研究性的文学鉴赏与解说、作品评价；最后是拓展性的小百科知识，力求满足不同层次学生的个性化学习需求。

我们进行了两个学年的教学试用，效果良好。

第四，编撰体例上的创新。本书在小说文本的选取、体例的规范等方面下了很大的功夫，引入了文化研究的方法，激发学生对学术研究的兴趣，有利于学生掌握毕业论

文选题与写作的方法，这也是本书的一大亮点与特色。

在本书的编撰过程中，我们在题材内容与编写体例上下足了功夫。例如，在每一讲的开头部分，都有一段简洁明了的概述，对作家和作品的时代背景进行说明。这可以让学生迅速将社会思想潮流与小说主题联系起来，使自然主义文学、"新思潮派""新感觉派""无赖派"等这些相对抽象的文学范畴变得具体起来，使其背后隐藏的历史必然性显现出来，作家的创作动机与目的也就变得容易理解了。作家生平介绍的环节占用了较大的篇幅，这有助于学生更好地掌握作家本人与作品主题之间的关系。至于作品鉴赏的内容，我们尽量做到了深入浅出，并且引入了一些学术研究的方法。此外，还加入了扩展学习的内容，包括相关的知识点等。这些环节不仅方便学生学习，而且有利于教师的课堂教学，还为进行翻转课堂、微课、慕课等教学活动，提供了较为丰富的教学内容。

现代的文学研究已经走向文化研究，小说文本之外的相关内容越来越受到重视。"作者已死"的文本主义与结构主义研究方法已经不合时宜。不过，文本细读的研究方法仍然受到重视。例如，本书在编写第3讲"《破戒》/岛崎藤村"时，对作家的生平与文学活动进行了详尽的介绍，远远超出了日本文学史中作家简介的程度。小说《破戒》作为日本文学中自然主义文学诞生的标志，它的出现是水到渠成的事情。明治维新结束了封建社会幕府时代的闭关锁国政策，西方各种思想被译介到日本，经过三四十年的消化和吸收，终于落地开花结果。表面上《破戒》讲述了一个"部落民"（贱民）受到社会歧视及其觉醒的心路历程，然而，只有通过对小说文本进行深入细致的研判，才能明白作品的深层内涵。从宏观层面上来说，小说表达了反对等级压迫，要求自由、平等启蒙思想的深层次主题；从时代与现实层面上来看，小说揭露了封建残余势力对人性的戕害。教师在讲解《破戒》的主人公丑松隐藏自己的部落民出身原因时，可以将起源于日本中世镰仓幕府时期的"河原者"，即之后在江户时代演变为"秽多"与"非人"的贱民制度作为一个扩展的知识点，引导学生进行自主学习与钻研。此外，在第3讲知识拓展学习部分，编者选取了日本自然主义文学及田山花袋的小说《棉被》等的相关内容。如此丰富的知识内容，教师可灵活使用，控制好课堂教学的节奏，让学生保持学习的热情与兴趣。

不仅如此，本书还适度地引入了学术研究的基本方法与理论研讨路径。例如，第4讲"《门》/夏目漱石"，这一章整体内容是偏向学术研究的。《门》是一部长篇小说，一般教材往往会选取中篇小说《哥儿》，或者知名度更高的《我是猫》。而本书之所以选《门》这部作品，是因为创作于1910年的小说《门》与《三四郎》《从此以后》被并称为夏目漱石创作前期的"爱情三部曲"。小说《门》表达的是关于爱情、社会与家庭伦理的主题，与《三四郎》《从此以后》的主题一脉相通。《门》不仅是一部反映婚恋家庭伦理关系的社会问题小说，也是夏目漱石的第一部批判现实主义小说。此外，小说《门》的书名含有深刻的寓意。这里的"门"是指进入寺庙参禅经过的山门，也是山中清净之地和山

外世俗之地的分界处；在心理上是宗助心中的期待之门、救赎之门。从更高层面上解释"门"的隐喻意义，那就是日本社会进入现代文明的"门"，是具有现代化意义的象征之"门"。

面对为物质文明现代化的实现而沾沾自喜的日本国民，夏目漱石清醒地指出：日本要实现现代化，还有很长的路要走。他认为，与物质文明现代化形成鲜明的对比，当时日本社会的精神文明建设则相对滞后。"脱亚入欧"犹如水中捞月，全盘西化必将脱离东方文化的传统根基，知识分子阶层普遍感到文化焦虑，这是物质文明与精神文明完全"不对称"的畸形社会产物。宗助在"门"前的彷徨便是一种处于时代巨变时期，患得患失、优柔寡断的知识分子形象的隐喻。应该说，这些内容对小说《门》现代性的解读，是非常准确深刻的。

总之，本书在选题立意、鉴赏解说、研究入门、拓展训练等方面，都经过了编写者们的集思广益、深思熟虑。

另外再补充一点。本书的编写者都是来自各高校教学第一线的专业任课教师，都有曾经访学日本或留学日本的经历，并且在各自的教学岗位和学术领域取得了一定的成绩，这是由教授、副教授、讲师组成的编写团队。本书在广泛地吸收了本专业、本学科已有的教学与科研成果，以及国内外学术研究成果的基础上，根据多年的教学实践经验，在编写体例、结构框架、作家作品的评价与鉴赏等方面，均有一些创新性尝试，以新时代的眼光，在不断变化的格局中挑战自我，表现出了老教师和新一代日语教育工作者不断进取的探索精神。

本书的每一讲都划分了不同的板块。既有原文、作家年表、作家与作品介绍，也有文学鉴赏和重点评价；既有时代背景和相关联的内容拓展，也有编写者自己的文学感悟和独到见解。本书希望通过编写方式的变化和不同文字板块的精心设计，扩充对文学作品及主题思想的阐释空间，帮助学生更好地了解作家的人生经历与作品主题思想之间的关联。

根据各位编写者对不同时期作家与作品的研究成果及其学术特长，我们进行了以下分工，各位编写者承担的任务和撰写内容如下。

前言　　李东军
第1讲　《浮云》/二叶亭四迷：葛强、潘文东
第2讲　《舞姬》/森鸥外：李东军、武文婷
第3讲　《破戒》/岛崎藤村：李娇、刘舒
第4讲　《门》/夏目漱石：高鹏飞、刘丽丽
第5讲　《在城崎》/志贺直哉：葛强、陆红娟
第6讲　《地狱变》/芥川龙之介：葛强、郑媛媛
第7讲　《伊豆舞女》/川端康成：徐英东、陈强
第8讲　《人间失格》/太宰治：葛强、郑媛媛

第9讲 《个人的体验》/大江健三郎：郑媛媛、陈思龙
第10讲 《挪威的森林》/村上春树：李娇、刘舒
第11讲 《无限近似于透明的蓝》/村上龙：刘舒、付贵贞
第12讲 《死刑》/星新一：徐英东、魏中莉

在编写者共同探讨、编写的基础上，由高鹏飞、李东军二位主编负责书稿的统筹，对各个章节的文字进行修改、删减，承担了全书审稿、定稿的任务。高龙、闻江涛承担了书稿的编辑框架和整体设计。由于时间仓促和编写者的水平有限，本书的不足之处在所难免，恳请专家学者、日语专业的师生和各位读者提出宝贵的意见。

目录
CONTENTS

第 1 讲　《浮云》/二叶亭四迷　　　　　　　　　　　　　　　　　/001

第 2 讲　《舞姬》/森鸥外　　　　　　　　　　　　　　　　　　　/019

第 3 讲　《破戒》/岛崎藤村　　　　　　　　　　　　　　　　　　/038

第 4 讲　《门》/夏目漱石　　　　　　　　　　　　　　　　　　　/053

第 5 讲　《在城崎》/志贺直哉　　　　　　　　　　　　　　　　　/069

第 6 讲　《地狱变》/芥川龙之介　　　　　　　　　　　　　　　　/082

第 7 讲　《伊豆舞女》/川端康成　　　　　　　　　　　　　　　　/101

第 8 讲　《人间失格》/太宰治　　　　　　　　　　　　　　　　　/119

第 9 讲　《个人的体验》/大江健三郎　　　　　　　　　　　　　　/138

第 10 讲　《挪威的森林》/村上春树　　　　　　　　　　　　　　 /156

第 11 讲　《无限近似于透明的蓝》/村上龙　　　　　　　　　　　 /178

第 12 讲　《死刑》/星新一　　　　　　　　　　　　　　　　　　 /195

第1讲 《浮云》

二叶亭四迷

背景介绍

始于1868年的日本明治维新，掀起了日本近代化、西方化的改革浪潮。诸如"文明开化""殖产兴业""脱亚入欧"等政策，就是这一时期具有代表性的标签。然而，日本近代文学悄无声息，直到1887年，日本第一部具有现代意义的小说，即二叶亭四迷没有写完的长篇小说《浮云》，在坪内逍遥①的关照下姗姗来迟。

作家与作品

二叶亭四迷（1864—1909）出身于武士家庭，原名长谷川辰之助，号冷冷亭主人、杏雨。幼年入汉学堂学习，有深厚的汉学修养。青少年时期他的志向原本是成为一名军人，然而他三次报考军校均失败了，于是退而求其次，想成为一名外交官。1881年他考入东京外国语学校（东京外国语大学前身）俄语系。在大学期间，他如饥似渴地阅读俄国文学，如屠格涅夫、陀思妥耶夫斯基、莱蒙托夫、果戈理、冈察洛夫等人的作品，也阅读了别林斯基、杜勃罗留波夫等人的文学理论著作。因此，他受到了俄国民主主义等革命思想的影响，景仰俄国作家的那种"国士之风"气概，想成为经世致用的人才，改良社会。然而由于院系调整，1885年俄语系被并入东京商业学校（一桥大学前身），校园里浓厚的商业气息与他的气质格格不入，这让他非常苦恼。1886年，二叶亭四迷读了《小说神髓》之后，产生了向坪内逍遥学习文学创作的冲动。于是，时年22岁的他毅然选择退学，放弃成为外交官的理想，转向了文学创作，希望通过自己的文学作品改

---

① 坪内逍遥（1859—1935），原名坪内雄藏，日本近代文学理论家、小说家、翻译家、教育家、剧作家、莎士比亚研究家，二叶亭四迷的老师，是日本近代文学的先驱。他和作家森鸥外进行的"没理想论争"，产生了广泛的影响。代表作有《小说神髓》。

作家简表	
1864 年	出生，少年入汉学堂学习
1881 年	东京外国语学校入学
1886 年	《小说总论》
1887 年	《浮云》第一部
1888 年	《幽会》《邂逅》
1899 年	入职东京外国语学校
1904 年	《朝日新闻》报社记者
1907 年	《平凡》
1908 年	驻俄国特派记者
1909 年	回国途中病逝

良日本社会。因此，坪内逍遥非常赞赏二叶亭四迷的超前性文学思想，并赞誉他为"日本的卢梭"①。

同样，二叶亭四迷折服于坪内逍遥的人品、文学才华，两人结下了深厚的友谊。他们的相遇相知不仅是日本文学史上的一段佳话，也是日本近代文学史上具有特殊意义的重要事件。在坪内逍遥的指导和鼓励下，二叶亭四迷冲破了来自家庭与社会等传统思想观念的重重阻挠，坚定了走文学道路的信念与决心。1886 年 4 月，他在编译别林斯基的美学著作《艺术的理念》部分章节的基础上，借鉴了西方文艺思想，使用"冷冷亭主人"这一笔名在《中央学术杂志》上发表了《小说总论》，全文 3 000 字左右，主张透过社会现象剖析本质问题，提倡写实主义文学思想。

在坪内逍遥的鼓励下，经过近两年的刻苦努力，二叶亭四迷以写实主义理论为指导创作的小说《浮云》第一部，终于在 1887 年 6 月出版。由于当时的二叶亭四迷还只是一位文坛新人，便借用坪内逍遥的笔名"春之舍主人"，以二人合著的形式出版了该小说，这也是他第一次使用"二叶亭四迷"这个笔名。坪内逍遥为小说作序，二叶亭四迷自己写了小说的前言。直到该小说的第三部出版时，他才单独署名"二叶亭四迷"。

此外，二叶亭四迷还翻译、出版了卡托科夫的《美术基础》、巴甫洛夫的《学术与美术的区别》等的理论著作，以及屠格涅夫的小说《幽会》《邂逅》《阿霞》《单相思》《罗亭》等。然而，二叶亭四迷的这些非凡成就在当时并没有引起太大的社会反响，他的创作活动也陷入了瓶颈期，这令他萌生了退意，况且随着其父亲退休，家庭收入大幅减少，这让他倍感压力，理想与现实之间存在巨大差距。因此，他放下了创作《浮云》续集的念头，放弃了虚无缥缈的文学改良思想，选择了"实业"，进入了内阁官报局（政府机关报社），从事俄语新闻的翻译工作。但不久后他便辞职，成为陆军大学的编外俄语教师（「嘱託講師」）。随后他又下海经商，到过中国的哈尔滨、北京等地。1904 年他进入大阪《朝日新闻》报社，重新开始了文学创作，出版了小说《面影》(1906)，该小说延续了《浮云》的文学主题，批判了日本知识分子的软弱性格。1908 年他作为《朝日新闻》的特派员远赴俄国圣彼得堡，不料却染上了重病，病逝于回日本途中。总之，二叶亭四迷的人生经历丰富而曲折，他不安于现状，不停地寻找人生定位，试图实现自我的人生价值，却过早地离开人世，令人唏嘘。

---

① 让-雅克·卢梭(1712—1778)，法国 18 世纪启蒙思想先驱、哲学家、文学家。代表作有《社会契约论》《论人类不平等的起源和基础》《爱弥儿》《忏悔录》等。

小说《浮云》是二叶亭四迷的代表作品,它是日本近代文学中第一部真正意义上的现实主义长篇心理小说,首次在日本文学史上成功塑造了以内海文三为代表的近代日本知识分子形象。

值得注意的是,二叶亭四迷自述自己创作的是写实主义文学,那么写实主义是什么呢?它与现实主义及自然主义文学之间的关系又是怎样的呢?首先写实主义受实证主义哲学影响,强调用客观实证方法描写自然与社会现实,作为浪漫主义的反拨而产生,在绘画领域,写实主义与现实主义在方法和目的上有所不同,但在文学领域,两者基本同义。至于自然主义文学则是写实主义的特殊类型,它抑制人的想象力,采用科学的精细方法观察人类社会,并忠实再现。日本在明治时期引入左拉的自然主义文学理论,随后产生了"私小说"的变种,彻底排除了法国自然主义的社会批判性,成为作家私生活的"自我告白"。

小说梗概

内海文三是长篇小说《浮云》的主人公,他是一名正直、善良的有志青年。因为父亲早逝,年仅十五岁的他便告别乡下的母亲,只身来到东京,寄宿在叔叔园田孙兵卫的家中。大学毕业后,他任职于政府机构。叔叔一家四口:婶母阿政,长女阿势,弟弟阿勇。叔叔对文三的态度尚好,但是他长年在外地经商,不问家事;婶母阿政是典型的势利小人,嫌贫爱富,被塑造成"恶母"形象。长女阿势漂亮、时尚、任性、自我,表面上是新时代的女性,接受了西方新思潮的影响,实则肤浅、虚荣、目光短浅;弟弟阿勇因为住校,不在家里,角色并不重要。

小说情节主要围绕着阿政、阿势、内海文三和同事本田升四人展开。"恶母"阿政起初认为,内海文三是获得过国家奖学金的高材生,一定会有美好的前程,便想着把女儿阿势许配给他;内海文三虽然内心喜欢阿势,但羞于表白,眼睁睁看着阿势投入不学无术却善于钻营的同事本田升的怀抱。由于政府机关进行裁员,文三生性耿直,因而被免职。于是,他遭到"恶母"阿政的嫌弃。圆滑虚伪、游手好闲的本田升却升了职,当上了科长。阿政开始极力撮合女儿阿势与本田升,对内海文三极尽指桑骂槐、讥讽打击之能事。本田升当上科长之后,来内海文三叔叔家的次数更加频繁,他贬低和嘲笑文三,与阿政、阿势母女之间的关系越来越亲密。如此这般,阿势越来越看不起"无能""没用"的内海文三,与本田升的关系不断升温。于是,

作品评价

《浮云》在19世纪80年代末期,开创了日本近代小说创作的先河:

(1) 日本第一部运用现实主义手法创作的长篇小说,与之前所有的小说有着本质的区别。

(2) 第一次把对人物内心世界的描写作为创作的重要内容。

(3) 塑造了近代日本知识分子"文三"这一典型人物形象。

(4) 践行了反映社会真实现状、揭示人生真谛的创作理念。

(5) 首次运用了口语体的表现形式,开辟了近代小说语言运用的新天地。

陷入人生低谷的内海文三，不仅丢掉工作，还在叔叔家遭到婶母阿政的无情奚落、阿势的冷落及本田升的嘲弄，他心情抑郁、苦恼万分，决定离开叔叔家，开始新的生活。小说写到这里便结束了，因为作者二叶亭四迷找不出解决困难的好办法。在当时的社会环境下，明治维新只是在表面上引入了西方政治经济制度，资产阶级革命并不彻底，封建残余势力仍然强大，他们摇身一变成为大财阀、大资本家，掌握国家的政治权力与经济命脉。因此，日本的社会阶层严重固化，生活在底层的劳动人民缺乏上升通道，仅靠个人的奋斗很难改变命运，除非同流合污，否则像内海文三这种知识分子是没有真正的出路的。

《浮云》出版了三部，共计十九回。第一部为第一回至第六回，以内海文三经历为主，讲述了文三入住叔叔园田家、与阿势的初恋、入职、失业、与阿政的冲突。第二部为第七回至第十二回，本田升来到园田家，与阿政结盟，诱惑阿势，打击内海文三，阿势移情本田升。第三部共七回，描写内海文三在叔叔家的艰难处境和心理变化。内海文三决定离开这个"家"之前，还想劝阿势离开本田升，以免上当受骗，但小说只写到这里便中断了。按照二叶亭四迷的写作计划，小说的结局是本田升欺骗了阿势的感情，并且与顶头上司的小姨子结了婚，而内海文三被气得发了疯。遗憾的是，该小说没有得到当时读者的认可和评论家们的公正评价，二叶亭四迷自己也失去了创作续集的念头，中途放弃了写作计划。这成为日本近代文学史上的憾事。

小说原文

第二回　風変りな恋の初峯入（はつみねいり）（上）

　　高い男と仮に名乗らせた男は、本名を内海文三（うつみぶんぞう）と言って静岡県の者で、父親は旧幕府に仕えて俸禄（ほうろく）を食（は）んだ者で有ったが、幕府倒れて王政古（いにしえ）に復り時津風（ときつかぜ）に靡（なび）かぬ民草（たみぐさ）もない明治の御世（みよ）に成ってからは、旧里静岡に蟄居（ちっきょ）して暫（しば）らくは偸食（とうしょく）の民となり、為すこともなく昨日（きのう）と送り今日と暮らす内、坐して食えば山も空しの諺（ことわざ）に漏れず、次第々々に貯蓄（たくわえ）の手薄になるところから足掻（あが）き出したが、さて木から落ちた猿猴（さる）の身というものは意久地の無い者で、腕は真陰流に固ッていても鋤鍬（すきくわ）は使えず、口は左様然（さようしか）らばと重く成っていて見れば急にはヘイの音（ね）も出されず、といって天秤（てんびん）を肩へ当るも家名の汚れ外聞が見ッともも宜（よ）くないというので、足を擂木（すりこぎ）に駈廻（かけまわ）ッて辛（から）くして静岡藩の史生に住込み、ヤレ嬉しやと言ったところが腰弁当の境界、なかなか浮み上る程には参らぬが、デモ感心には多くも無い資本を吝（おし）

まずして一子文三に学問を仕込む。まず朝勃然起る、弁当を背負わせて学校へ出て遣る、帰って来る、直ちに傍近の私塾へ通わせると言うのだから、あけしい間がない。とても余所外の小供では続かないが、其処は文三、性質が内端だけに学問には向くと見えて、余りしぶりもせずして出て参る。尤も途に蜻蛉を追う友を見てフト気まぐれて遊び暮らし、悄然として裏口から立戻って来る事も無いではないが、それは邂逅の事で、ママ大方は勉強する。其の内に学問の味も出て来る、サア面白くなるから、昨日までは督責されなければ取出さなかった書物をも今日は我から繙くようになり、随って学業も進歩するので、人も賞讃せば両親も喜ばしく、子の生長にその身の老るを忘れて春を送り秋を迎える内、文三の十四という春、待に待た卒業も首尾よく済だのでヤレ嬉しやという間もなく、父親は不図感染した風邪から余病を引出し、年比の心労も手伝てドット床に就く。薬餌、呪、加持祈祷と人の善いと言う程の事を為尽して見たが、さて験も見えず、次第々々に頼み少なに成て、遂に文三の事を言い死にはかなく成てしまう。生残た妻子の愁傷は実に比喩を取るに言葉もなくばかり、「嗟矣幾程歎いても仕方がない」トいう口の下からツイ袖に置くは泪の露、漸くの事で空しき骸を菩提所へ送って荼毘一片の烟と立上らせてしまう。さて人が没してから家計は一方ならぬ困難、薬礼と葬式の雑用とに多もない貯叢をゲッソリ遣い減らして、今は残り少なになる。デモ母親は男勝りの気丈者、貧苦にめげない煮焚の業の片手間に一枚三厘の襯衣を縫けて、身を粉にしてかせぐに追付く貧乏もないか、どうかこうか湯なり粥なりを啜って、公債の利の細い烟を立てている。文三は父親の存生中より、家計の困難に心附かぬでは無いが、何と言てもまだ幼少の事、何時までもそれで居られるような心地がされて、親思いの心から、今に坊がああしてこうしてと、年齢には増せた事を言い出しては両親に袂を絞らせた事は有ても、又何処ともなく他愛のない所も有て、浪に漂う浮萍の、うかうかとして月日を重ねたが、父の死後便のない母親の辛苦心労を見るに付け聞くに付け、小供心にも心細くもまた悲しく、始めて浮世の塩が身に浸みて、夢の覚たような心地。これからは給事なりともして、母親の手足にはならずとも責めて我口だけはとおもう由をも母に告げて相談をしていると、捨る神あれば助る神ありで、文三だけは東京に居る叔父の許へ引取られる

事になり、泣の涙で静岡を発足して叔父を便って出京したは明治十一年、文三が十五に成た春の事とか。

　叔父は園田孫兵衛と言って、文三の亡父の為めには実弟に当る男、慈悲深く、憐ッぽく、しかも律義真当の気質ゆえ人の望めも宜いが、惜かな些と気が弱すぎる。維新後は両刀を矢立に替えて、朝夕算盤を弾いては見たが、慣れぬ事とて初の内は損毛ばかり、今日に明日にと喰込で、果は借金の淵に陥まり、どうしようこうしようと足掻きいている内、不図した事から浮み上て当今では些とは資本も出来、地面をも買い小金をも貸付けて、家を東京に持ちながら、その身は浜のさる茶店の支配人をしている事なれば、左而已富貴と言うでもないが、まず融通のある活計。留守を守る女房のお政は、お摩りからずるずるの後配、歴とした士族の娘と自分ではいうが……チト考え物。しかしとにかく如才のない、世辞のよい、地代から貸金の催促まで家事一切独で切って廻る程あって、万事に抜目のない婦人。疵瑕と言ッては唯大酒飲みで、浮気で、しかも針を持つ事がキツイ嫌いというばかり。さしたる事もないが、人事はよく言いたがらぬが世の習い、「あの婦人は裾張蛇の変生だろう」ト近辺の者は影人形を使うとか言う。夫婦の間に二人の子がある。姉をお勢と言って、その頃はまだ十二の蕾、弟を勇と言って、これもまた袖で鼻汁拭く湾泊盛り（これは当今は某校に入舎していて宅には居らぬので）、トいう家内ゆえ、叔母一人の機に入ればイザコザは無いが、さて文三には人の機嫌気褄を取るなどという事は出来ぬ。唯心ばかりは主とも親とも思ッて善く事えるが、気が利かぬと言っては睨付けられる事何時も何時も、その度ごとに親の難有サが身に染み骨に耐えて、袖に露を置くことは有りながら、常に自ら叱ッてジット辛抱、使歩行きをする暇には近辺の私塾へ通学して、暫らく悲しい月日を送ッている。ト或る時、某学校で生徒の召募があると塾での評判取り取り、聞けば給費だという。何も試しだと文三が試験を受けて見たところ、幸いにして及第する、入舎する、ソレ給費が貰える。昨日までは叔父の家とは言いながら食客の悲しさには、追使われたうえ気兼苦労而已をしていたのが、今日は外に掣肘する所もなく、心一杯に勉強の出来る身の上となったから、ヤ喜んだの喜ばないのと、それはそれは雀躍までして喜んだが、しかし書生と言ってもこれもまた一苦界。固より余所外のおぼっちゃま方とは違い、親から仕送りなどという洒落はないから、無駄遣いとては一銭もならず、また為ようと

も思わずして、唯一心に、便のない一人の母親の心を安めねばならぬ、世話になった叔父へも報恩をせねばならぬ、と思う心より、寸陰を惜んでの刻苦勉強に学業の進みも著るしく、何時の試験にも一番と言って二番とは下らぬ程ゆえ、得難い書生と教員も感心する。サアそうなると傍が喧ましい。放蕩と懶惰とを経緯の糸にして織上たおぼッチャま方が、不負魂の妬み嫉みからおむずかり遊ばすけれども、文三はそれ等の事には頓着せず、独りネビッチョ除け物と成って朝夕勉強三昧に歳月を消磨する内、遂に多年蛍雪の功が現われて一片の卒業証書を懐き、再び叔父の家を東道とするように成ッたからまず一安心と、それより手を替え品を替え種々にして仕官の口を探すが、さて探すとなると無いもので、心ならずも小半年ばかり燻ッている。その間始終叔母にいぶされる辛らさ苦しさ、初は叔母も自分ながらけぶそうな貌をして、やわやわ吹付けていたからまず宜ッたが、次第にいぶし方に念が入って来て、果は生松葉に蕃椒をくべるように成ったから、そのけぶいことこの上なし。文三も暫らくは鼻をも潰していたれ、竟には余りのけぶさに堪え兼て噎返る胸を押鎮めかねた事も有ったが、イヤイヤこれも自分が不甲斐ないからだと、思い返してジット辛抱。そういうところゆえ、その後或人の周旋で某省の准判任御用係となった時は天へも昇る心地がされて、ホッと一息吐きは吐いたが、始て出勤した時は異な感じがした。まず取調物を受取って我坐になおり、さて落着て居廻りを視回すと、仔細らしく頭を傾けて書物をするもの、蚤取眼になって校合をするもの、筆を啣えて忙し気に帳簿を繰るものと種々さまざま有る中に、ちょうど文三の真向うに八字の浪を額に寄せ、忙しく眼をしばたきながら間断もなく算盤を弾いていた年配五十前後の老人が、不図手を止めて珠へ指ざしをしながら、「エー六五七十の二……でもなしとエー六五」ト天下の安危この一挙に在りと言った様な、さも心配そうな顔を振揚げて、その癖口をアンゴリ開いて、眼鏡越しにジット文三の顔を見守め、「ウー八十の二か」ト一越調子高な声を振立ててまた一心不乱に弾き出す。余りの可笑しさに堪えかねて、文三は覚えずも微笑したが、考えて見れば笑う我と笑われる人と余り懸隔のない身の上。アア曾て身の油に根気の心を浸し、眠い眼を睡ずして得た学力を、こんなはかない馬鹿気た事に使うのかと、思えば悲しく情なく、我になくホット太息を吐いて、暫らくは唯

茫然としてつまらぬ者でいたが、イヤイヤこれではならぬと心を取直して、その日より事務に取懸る。当座四五日は例の老人の顔を見る毎に嘆息而已していたが、それも向う境界に移る習いとかで、日を経る随に苦にもならなく成る。この月より国許の老母へは月々仕送をすれば母親も悦び、叔父へは月賦で借金済しをすれば叔母も機嫌を直す。その年の暮に一等進んで本官になり、昨年の暑中には久々にて帰省するなど、いろいろ喜ばしき事が重なれば、眉の皺も自ら伸び、どうやら寿命も長くなったように思われる。ここにチト艶いた一条のお噺があるが、これを記す前に、チョッピリ孫兵衛の長女お勢の小伝を伺いましょう。

　お勢の生立の有様、生来子煩悩の孫兵衛を父に持ち、他人には薄情でも我子には眼の無いお政を母に持った事ゆえ、幼少の折より挿頭の花、衣の裏の玉と撫で愛まれ、何でもかでも言成次第にオイソレと仕付けられたのが癖と成って、首尾よくやんちゃ娘に成果せた。紐解の賀の済だ頃より、父親の望みで小学校へ通い、母親の好みで清元の稽古、生得て才滉の一徳には生覚えながら飲込みも早く、学問、遊芸、両ながら出来のよいように思われるから、母親は眼も口も一ツにして大驩び、尋ねぬ人にまで風聴する娘自慢の手前味噌、切りに涎を垂らしていた。その頃新に隣家へ引移って参った官員は家内四人活計で、細君もあれば娘もある。隣ずからの寒暄の挨拶が喰付きで、親々が心安く成るにつれ娘同志も親しくなり、毎日のように訪つ訪れつした。隣家の娘というはお勢よりは二ツ三ツ年層で、優しく温藉で、父親が儒者のなれの果だけ有ッて、小供ながらも学問が好こそ物の上手で出来る。いけ年を仕てもとかく人真似は輟められぬもの、況てや小供という中にもお勢は根生の軽躁者なれば尚更、忽ちその娘に薫陶れて、起居挙動から物の言いざままでそれに似せ、急に三味線を擲却して、唐机の上に孔雀の羽を押立る。お政は学問などという正坐った事は虫が好かぬが、愛し娘の為したいと思ッて為る事と、そのままに打棄てて置く内、お勢が小学校を卒業した頃、隣家の娘は芝辺のさる私塾へ入塾することに成ッた。サアそう成るとお勢は矢も楯も堪らず、急に入塾が仕たくなる。何でもかでもと親を責がむ、寝言にまで言ッて責がむ。トいってまだ年端も往かぬに、殊にはなまよみの甲斐なき婦人の身でいながら、入塾などとは以の外、トサ一旦は親の威光で叱り付けては見たが、例の

絶食に腹を空せ、「入塾が出来ない位なら生ている甲斐がない」ト溜息嚙雜ぜの愁訴、萎れ返って見せるに両親も我を折り、それ程までに思うならばと、万事を隣家の娘に托して、覚束なくも入塾させたは今より二年前の事で。お勢の入塾した塾の塾頭をしている婦人は、新聞の受売からグット思い上りをした女丈夫、しかも気を使って一飯の恩は酬いぬがちでも、睚眥の怨は必ず報ずるという蚰蜓魂で、気に入らぬ者と見れば何かにつけて真綿に針のチクチク責をするが性分。親の前でこそ蛤貝と反身れ、他人の前では蜆貝と縮まるお勢の事ゆえ、責まれるのが辛らさにこの女丈夫に取入ッて卑屈を働らく。固より根がお茶ッぴいゆえ、その風には染り易いか、忽の中に見違えるほど容子が変り、何時しか隣家の娘とは疎々しくなった。その後英学を初めてからは、悪足搔もまた一段で、襦袢がシャツになれば唐人髷も束髪に化け、ハンケチで咽喉を緊め、鬱陶しいを耐えて眼鏡を掛け、独よがりの人笑わせ、天晴一個のキャッキャとなり済ました。然るに去年の暮、例の女丈夫は教師に雇われたとかで退塾してしまい、その手に属したお茶ッぴい連も一人去り二人去して残少なになるにつけ、お勢も何となく我宿恋しく成ッたなれど、まさかそうとも言い難ねたか、漢学は荒方出来たと拵らえて、退塾して宿所へ帰ッたは今年の春の暮、桜の花の散る頃の事で。

　既に記した如く、文三の出京した頃はお勢はまだ十二の蕾、幅の狭い帯を締めて姉様を荷厄介にしていたなれど、こましゃくれた心から、「あの人はお前の御亭主さんに貰ッたのだヨ」ト坐興に言った言葉の露を実と汲だか、初の内ははにかんでばかりいたが、小供の馴むは早いもので、間もなく菓子一を二ツに割ッて喰べる程睦み合ッたも今は一昔。文三が某校へ入舎してからは相逢う事すら稀なれば、況て一に居た事は半日もなし。唯今年の冬期休暇にお勢が帰宅した時而已、十日ばかりも朝夕顔を見合わしていたなれど、小供の時とは違い、年頃が年頃だけに文三もよろずに遠慮勝でよそよそしく待遇して、更に打解けて物など言った事なし。その癖お勢が帰塾した当坐両三日は、百年の相識に別れた如く何となく心淋しかったが……それも日数を経る随に忘れてしまったのに、今また思い懸けなく一ッ家に起臥して、折節は狎々しく物など言いかけられて見れば、嬉しくもないが一月が復た来たようで、何にとなく賑かな心地がした。人一人殖えた事ゆえ、これはさもあるべき事ながら、唯怪しむ可きはお勢と席を同した時の文三の感情で、何時

も可笑しく気が改まり、円めていた脊を引伸して頸を据え、異う済して変に片付る。魂が裳抜れば一心に主とする所なく、居廻りに在る程のもの悉く薄烟に包れて虚有縹緲の中に漂い、有るかと思えばあり、無いかと想えばない中に、唯一物ばかりは見ないでも見えるが、この感情は未だ何とも名け難い。夏の初より頼まれてお勢に英語を教授するように成ッてから、文三も些しく打解け出して、折節は日本婦人の有様、束髪の利害、さては男女交際の得失などを論ずるように成ると、不思議や今まで文三を男臭いとも思わず太平楽を並べ大風呂敷を拡げていたお勢が、文三の前では何時からともなく口数を聞かなく成ッて、何処ともなく落着て、優しく女性らしく成ったように見えた。或一日、お勢の何時になく眼鏡を外して頸巾を取ッているを怪んで文三が尋ぬれば、「それでも貴君が、健康な者には却て害になると仰ッたものヲ」トいう。文三は覚えずも莞然、「それは至極好い事だ」ト言ってまた莞然。

　お勢の落着たに引替え、文三は何かそわそわし出して、出勤して事務を執りながらもお勢の事を思い続けに思い、退省の時刻を待詫びる。帰宅したとてもお勢の顔を見ればよし、さも無ければ落脱力抜けがする。「彼女に何したのじゃアないのかしらぬ」ト或時我を疑ッて、覚えずも顔を赤らめた。

　お勢の帰宅した初より、自分には気が付かぬでも文三の胸には虫が生た。なれどもその頃はまだ小さく場取らず、胸に在ッても邪魔に成らぬ而已か、そのムズムズと蠢動く時は世界中が一所に集る如く、又この世から極楽浄土へ往生する如く、又春の日に瓊葩綉葉の間、和気香風の中に、臥榻を据えてその上に臥そべり、次第に遠り往く蛇の声を聞きながら、眠るでもなく眠らぬでもなく、唯ウトウトとしているが如く、何ともかとも言様なく愉快ッたが、虫虫奴は何時の間にか太く逞しく成って、「何したのじゃアないか」ト疑ッた頃には、既に「添たいの蛇」という蛇に成ッて這廻ッていた……寧ろ難面くされたならば、食すべき「たのみ」の餌がないから、蛇奴も餓死に死んでしまいもしようが、憖に卯の花くだし五月雨のふるでもなくふらぬでもなく、生殺しにされるだけに蛇奴も苦しさに堪え難ねてか、のたうち廻ッて腸を嚙断る……初の快さに引替えて、文三も今は苦しくなって来たから、窃かに叔母の顔色を伺ッて見れば、気の所為か粋を通して見て見ぬ風をしているらしい。「若しそうなればもう叔母の許を受けたも

同前……チョッ寧そ打附けに……」ト思ッた事は屢々有ったが、「イヤイヤ滅多な事を言出して取着かれぬ返答をされては」ト思い直してジット意馬の絆を引緊め、藻に住む虫の我から苦んでいた……これからが肝腎要、回を改めて伺いましょう。

結びの部分

　編物を始めた四五日後の事で有った、或日の夕暮、何か用事が有って文三は奥座敷へ行こうとて、二階を降りてと見ると、お勢が此方へ背を向けて縁端に佇立んでいる。少しうなだれて何か一心に為ていたところ、編物かと思われる。珍らしいうちゆえと思いながら、文三は何心なくお勢の背後を通り抜けようとすると、お勢が彼方向いたままで、突然「まだかえ?」という。勿論人違と見える。が、この数週の間妄想でなければ言葉を交えた事の無いお勢に今思い掛なくやさしく物を言いかけられたので、文三ははっと当惑して我にも無く立留る、お勢も返答の無いを不思議に思ってか、ふと此方を振向く途端に、文三と顔を相視しておッと云って驚いた、しかし驚きは驚いても、狼狽はせず、徒莞爾したばかりで、また彼方向いて、そして編物に取掛ッた。文三は酒に酔った心地、どう仕ようという方角もなく、只茫然として殆ど無想の境に彷徨っているうちに、ふと心附いた、は今日お政が留守の事。またと無い上首尾。思い切って物を言ってみようか……と思い掛けてまたそれと思い定めぬうちに、下女部屋の紙障がさらりと開く、その音を聞くと文三は我にも無く突と奥座敷へ入ってしまった——我にも無く、殆ど見られては不可とも思わずして。奥座敷へ入って聞いていると、やがてお鍋がお勢の側まで来て、ちょいと立留った光景で「お待遠うさま」という声が聞えた。お勢は返答をせず、只何か口疾に囁いた様子で、忍音に笑う声が漏れて聞えると、お鍋の調子外の声で「ほんとに内海……」「しッ!……まだ其所に」と小声ながら聞取れるほどに「居るんだよ」。お鍋も小声になりて「ほんとう?」「ほんとうだよ」

　こう成て見ると、もう潜ているも何となく極が悪くなって来たから、文三が素知らぬ顔をしてふッと奥座敷を出る、その顔をお鍋は不思議そうに眺めながら、小腰を屈めて「ちょいとお湯へ」と云ってから、ふと何か思い出して、肝を潰した顔をして周章て、「それから、あの、若し御新造さまがお帰なすって御膳を召上ると仰ッたら、お膳立をしてあの戸棚へ入れときましたから、どうぞ……お嬢さま、もう直宜うござんすか? それじゃア行ってまいります」。お勢は笑い出しそうな眼元で

じろり文三の顔を掠めながら、手ばしこく手で持っていた編物を奥座敷へ投入れ、何やらお鍋に云って笑いながら、面白そうに打連れて出て行った。主従とは云いながら、同程の年頃ゆえ、双方とも心持は朋友で、尤もこれは近頃こうなッたので、以前はお勢の心が高ぶっていたから、下女などには容易に言葉をもかけなかった。

　出て行くお勢の後姿を目送って、文三は莞爾した。どうしてこう様子が渝ったのか、それを疑っているに違なく、ただ何となく心嬉しくなって、莞爾した。それからは例の妄想が勃然と首を擡げて抑えても抑え切れぬようになり、種々の取留も無い事が続々胸に浮んで、遂には総てこの頃の事は皆文三の疑心から出た暗鬼で、実際はさして心配する程の事でも無かったかとまで思い込んだ。が、また心を取直して考えてみれば、故無くして文三を辱めたといい、母親に忤いながら、何時しかそのいうなりに成ったといい、それほどまで親かった昇と俄に疎々しくなったといい、──どうも常事でなくも思われる。と思えば、喜んで宜いものか、悲んで宜いものか、殆ど我にも胡乱になって来たので、あたかも遠方から擽る真似をされたように、思い切っては笑う事も出来ず、泣く事も出来ず、快と不快との間に心を迷せながら、暫く縁側を往きつ戻りつしていた。が、とにかく物を云ったら、聞いていそうゆえ、今にも帰って来たら、今一度運を試して聴かれたらその通り、若し聴かれん時にはその時こそ断然叔父の家を辞し去ろうと、遂にこう決心して、そして一と先二階へ戻った。

「浮雲」新潮文庫、新潮社 1997 年 4 月発行

鉴赏与评论

　　二叶亭四迷于 1887 年创作了长篇小说《浮云》，这是日本近代文学破土而出的第一株嫩芽，吹响了向日本近代文学进军的号角，实践了坪内逍遥在《小说神髓》中提倡的心理写实文学思想与"言文一致"的时代需求，标志着日本近代文学彻底摆脱了封建时代旧文学的桎梏，具有划时代的意义。

　　不仅如此，小说成功地塑造出一个明治初期变革年代的新型青年知识分子形象——内海文三，这个人物完全不同于以往"劝善惩恶"的旧文学形象。在新时期、新形势之下，表现得患得患失、手足无措的主人公形象，是社会动荡不安、官僚阶级把控近代化既得利益的社会现实下知识分子的真实写照，描写了日本明治时期找不到出路、看不到希望、踟蹰前行的知识分子们的精神苦闷与焦虑现状。但是，这部日本现实主义文学的开山之作在当时并没有引起重大反响。由于二叶亭四迷缺乏知名度，小说最初是署上了坪内逍遥的名字才得以出版的。一直到第三部出版时才由坪内逍遥发表声明，这才单独署上了二叶亭四迷的笔名。当时，年仅 24 岁的二叶亭四迷默默无闻，并没有把这部小说的成功与否放在心上，他甚至一度认为男子汉大丈夫应当建功

立业,不能只沉迷于小说的创作。他没有完成小说续集的创作便中途辍笔,这留下了无法弥补的遗憾。他的理想是成为一名优秀的外交官,为国家建功立业,经世济民。他自己承认,创作小说的动机并非真喜欢文学,而是认识到文学具有教育性,想要通过文学创作对民众进行思想启蒙,实现自己"经世济民"的政治抱负。他这种强烈的社会使命感与命运多舛的现实境遇之间形成了极大反差,注定了他的悲剧人生。

小说《浮云》塑造了日本明治维新时期的知识青年内海文三的人物形象。因为父亲早逝,内海文三寄宿在东京的叔父家中,和受过西式教育的所谓新女性堂妹阿势日久生情。不谙世事的内海文三虽然有真才实学却仕途坎坷,遭到失业的沉重打击。他的同事本田升不学无术却精于世故、善于钻营,得到了升迁机会。极其势利的婶母阿政发现前途大好的本田升也对女儿阿势有意之后,就竭尽所能地奉承本田升,贬低内海文三,导致女儿阿势对内海文三的态度发生转变。因此,内海文三与堂妹的婚事,以及接母亲来东京生活的想法都成了泡影,内海文三的人生坠入了低谷……小说的情节并不复杂,主要围绕内海文三被免职后与阿势、阿政和本田升的冲突,刻画了特定历史时期青年知识分子的人物性格,突破了传统小说创作理念的桎梏,将心理写实与内心世界的剖析作为小说叙事的主要内容,开辟了日本近代小说创作的新天地。

小说《浮云》的题目本身可谓寓意深刻。"浮"表达了浮躁轻浮、没有根基、不深刻、不深入、不求甚解等主观多重的含

笔名寓意浅析

"二叶亭四迷"这一笔名的读音,在古日语中,有"气死我了"或"见鬼去吧"之意,是一种诙谐和自嘲的幽默表现,也是一种面对逆境不屈精神和不满情绪的流露。父亲坚决反对他从事文学创作,也曾经这样辱骂过他。《浮云》从创作、发表到辍笔,其间坎坷多舛,作者历经磨难。"气死我了"和"见鬼去吧"既可以是被人责骂,也可以是自我的发泄和怒吼。既是三个独立的词,也是意义丰富的句子。在日语中,"二叶"有新生的嫩芽之意,借喻为初出茅庐,这里作"亭"的修饰语;"亭"有宅邸、居所和丈夫、一家之主等意思,作"四迷"的主语;"四迷"含有彷徨、探索的隐喻。此外,在日文的发音中,"四迷"与"师命""使命"同音,是具有多重含义的双关语。构思精致、巧妙睿智、寓意丰富、创新奇特的笔名,借助汉字神奇的表现力,抒发了作家探索人生真谛的执着信念。一株嫩芽的新生,经历风雨,摆脱迷茫,不辱使命,踽踽前行,表现出他对文学创作的不安和对严酷现实无力抗衡的心绪,包含了小到作家个人的悲剧生涯,大到社会、文学发展道路的不平坦等隐喻。

义;"云"具有飘浮不定的客观属性。作品具有社会性和鲜明的时代气息,对主要登场人物——内海文三、阿势、本田升、阿政等人的内在性格进行了挖掘和深刻剖析。例如,主人公内海文三并非真正意义上自我觉醒的新青年,他虽然具有新思想意识,却没有付诸行动的觉悟与魄力。在他身上,"浮云"的隐喻特征十分显著,阳光映照下的云朵意味着主人公洁身自好,却经不得暴风雨的侵袭。这种理想与现实的矛盾无法调和的情况,正是这一时期日本进步知识青年苦闷彷徨的真实写照。内海文三和阿势均是处在新时期自我意识觉醒的代表性人物,但女主人公阿势的悲剧在于"浮云"隐喻的飘

忽不定和肤浅特征,表面上她具有生活作风西化的行为举止,实质上她保留了传统的思维方式。在社会变革的时期,这种内外的矛盾冲突凸显了女主人公阿势是个可笑幼稚、可怜无知、愚蠢可恨的悲剧人物,她虚荣浮躁、毫无主见、随波逐流,成为社会变革进程中的牺牲品。内海文三忠厚老实,优柔寡断,不屑于献媚,不愿向恶势力低头,却无力抗衡黑暗势力,最终被免职,找不到努力向上的方向,没有解决困境的途径和方法,更没有抗争到底的意志,因此,他无法成长为社会变革的中坚力量,变得穷困潦倒、一败涂地,成为悲剧性的人物。阿政和本田升代表着旧的封建残余势力,就如同"黑云压城城欲摧"的乌云一般邪恶。阿政表现得无情无义、唯利是图、尖酸刻薄;本田升则是蝇营狗苟、见风使舵、落井下石。在新旧制度交替的时代背景下,作者二叶亭四迷成功地塑造了个性迥异的人物形象,从不同侧面描写了经济繁荣表象下社会现实的丑恶与社会斗争的残酷。

　　人们阅读这部没有最终完稿的长篇小说《浮云》时,能够清晰地感受到它受到了俄国文学的影响。有评论者指出,小说中内海文三等人物形象是俄国文学中的"多余人"的翻版,例如冈察洛夫的小说《断崖》,然而,内海文三更具有日本近代知识分子的懦弱性格,是明治初期知识分子的形象代表。《浮云》的人物描写反映了日本近代社会变革浪潮中的人性变化,堪称日本明治时代众生的群像雕塑。二叶亭四迷在谈到《浮云》的创作时,曾直言非常反感官尊民卑的陈腐观念。强调抨击明治时期的特权思想与官僚专制的黑暗,是小说要表现的主题之一。该小说既有作者前半生经历的影子,也有其对后半生结局的未卜先知。"浮云"作为小说的名字,是作者二叶亭四迷睿智超前的神来之笔,也是对自身的人生预言与对命运不可控所发出的感慨,他短暂的人生充满曲折。更重要的是,该小说不仅对日本明治时期全盘西化的做法进行了批判和讥讽,也对当时日本社会畸形发展的现状与民众浮华的精神面貌进行了整体批判。

　　小说《浮云》对人物性格的刻画和心理描写等表现手法超越了以往的文学观念,实践了《小说神髓》提倡的小说着重描写复杂"人情"的文学主张,给人耳目一新的感觉。日本评论家均毫无例外地认为,《浮云》充分实现了《小说神髓》的文学理想,代表日本文学真正跨入了近代文学的门槛。当时著名的杂志《国民之友》这样评论《浮云》:"近日小说之世界不可不谓有了飞跃性的发展……盖著者为极通人情者。与其谓通人情者毋宁说是观察人情者也。与其谓观察人情者毋宁说是解剖人情者也。然则一篇《浮云》即人情解剖学,著者先生则是人情解剖之哲学家。"日本著名文学评论家小田切秀雄在《现代文学史》中以特殊的章节"为何这是最初的近代文学?"专门论述《浮云》的近代化意义。他认为:"作者从人物的内部,成功把握了明治社会的性质和近代自我存在对立的矛盾,并且栩栩如生地表现了出来,标志着日本近代文学和近代现实主义的真正诞生。"唐木顺三也表达了类似的观点:"以主人公文三为中心的心理描写、人情的观察,让《小说神髓》的理想在作品中得到了实现。"《浮云》刻画了小人物在社会与时代中

无能为力的现实,虽然小人物被激发出来一腔热血,但面对阶层固化与黑暗现实,无力反抗,只能是以悲剧收场。

二叶亭四迷创作完成《浮云》辍笔之后,有20年的创作空白期,后来受到夏目漱石、岛崎藤村等文学大家的影响,他才重拾文笔,于1906年、1907年先后发表了《面影》《平凡》两部长篇小说。小说《面影》在一定程度上延续了《浮云》的叙事模式与故事类型。主人公小野哲也出生在日本中部地区(静冈县)的一个贫困家庭,为了完成学业,不得已入赘到小野家。不过,他是东京大学法学专业的一名高材生,毕业后成为一名私立大学的讲师。岳母生活奢侈,好面子,妻子浮华骄纵,均不把身份卑微的小野哲也放在眼里。小野妻子的表妹小夜子,是其父亲与女佣的私生女,一出生就被送人,而且新婚不久就成了寡妇,只好回到娘家,过着寄人篱下的生活。因此,小野哲也的出现,让孤苦伶仃的小夜子看到了希望。他们之间的相爱是对传统社会的挑战。尽管在旧势力的压迫下,他们的结局是悲惨的,但是毕竟生性懦弱的小野哲也挣扎过、追求过,该人物形象具有一定的进步意义。悲惨结局反映出旧势力的顽固和强大。但必须承认,该小说的艺术成就没有超越《浮云》,不过女主人公小夜子的人物塑造,却有血有肉,她敢恨敢爱,超越了《浮云》中轻浮浅薄的"新女性"阿势。

《平凡》是一部自传体长篇小说。以第一人称展开了小人物平凡的生活画卷。近代日本社会,东京以外的省市都被视为"乡下"。"我"出生在外省市一个小职员家庭,中学毕业后到东京求学,寄宿在小官吏的远房亲戚家中,不仅要付食宿费,还要像奴仆一样听从使唤。在这个家庭里,"我"恋上了江雪小姐,直到她和别人订婚,"我"才离开这里。后来,因交不起学费被学校开除,"我"先是发表小说,进入文坛,和房东的侄女阿系厮混。父亲去世后,"我"把母亲接到了东京,断绝了和阿系的来往,离开了文坛,进入了政府机关,结婚生子,随后过上了平凡的生活。

这两部小说的反响平平,因为当时的日本文坛已经发生了巨变,曾经的先进文学思想与创作理念已过时,反映典型人物、典型事物的现实主义(写实主义)文学已经被自然主义文学所取代,小说的创作从反映社会现实的宏大叙事,退缩回表达作家个人琐碎感情的微小叙事,甚至是自我暴露式的"私小说"创作。

二叶亭四迷一生的创作时间短暂,仅留下三部长篇小说①和少量的短篇小说,翻译了屠格涅夫、果戈理、托尔斯泰、高尔基等俄国作家的小说和文学评论等作品。纵观二叶亭四迷的文学创作,他留下两个遗憾:一是《浮云》中途辍笔;二是当他经过20年的人生积淀重回文坛不久,便因病去世,没有时间再创辉煌。

虽然如此,二叶亭四迷的小说《浮云》始创了"言文一致"的新文体,这种文体超越了《小说神髓》中坪内逍遥提倡的"雅俗折中体"(汉文体与口语体混杂),采用与日常口语相同的文体,真实地刻画了社会现实,反映了人们复杂而充满矛盾的精神世界。在

---

① 1962年人民文学出版社出版了由石坚白、秦柯翻译的《二叶亭四迷小说集》。

江户时代后期,"言文一致"运动已经在民间展开,但是语尾结句的形式还没有得到统一。二叶亭四迷创造性地运用"だ"作语尾结句,这成为现代日语简语体的雏形。当然,他的"言文一致"文体并不彻底。此后,著名作家山田美妙等人又创造出了"である"体,使日语口语体日臻完善。进入20世纪初期,夏目漱石、岛崎藤村等文学大家创作的小说文体与现代日语的表达已经相差无几了。从1887年二叶亭四迷最初使用口语文体,到1908年日本文坛全部使用口语文体,仅仅经过了20年。日语"言文一致体"的形成,使日本人所写即所说,可以更加自由、清晰地表达对外部事物和内心世界的感想与看法,为日本近现代文学的发展打下了坚实基础。

总之,《浮云》在内容、主题、人物刻画、语言运用等多方面都突破了旧文学的藩篱,开创了一种全新的小说样式。这是日本文学近代化发展过程中的重要一环,也是日本近代文学真正的起点。

小百科

1. 二叶亭四迷的《小说总论》

《小说总论》篇幅不长,却弥补了坪内逍遥《小说神髓》中的美学原理缺乏哲学本体论的不足,表现了二叶亭四迷对新时期文化和小说创作的深刻认识和洞察力,同时也把日本近代小说写实主义的理论向前推进了一大步。

《小说总论》的主要观点如下。

第一,关于世界的本体论。"凡有形(form)则其中有意(idea)。意依形而现,形依意而存。"其中的"形"一般可以理解为世间万物的存在方式,"意"可以理解为事物的本质。"形"和"意"是紧密联系且不可分割的,"意"是内在的,没有"形"而"意"仍能存在,故"意"更为重要。从这里可以看出黑格尔哲学的影子,强调将现实世界的万物变化归总到本源上,这个本源的"意"就是黑格尔的"绝对精神"。"形"是偶然的变化无常,而"意"是自然的万古不易。不易者值得信赖,而无常者不足为信。

第二,关于认识方法论。人类认识自然的方法是通过具体的特殊性来归纳普遍性的。科学通过理性来认识自然,艺术通过情感来表现人与社会。因此,科学的方法和艺术的方法是相通的,都是由特殊到普遍的。

第三,关于小说创作的实践论。由于科学和艺术存在着相通之处,通过模写(模拟现实)表现事物的本质。二叶亭四迷写道:"模写就是借实相写出虚相。"所谓"实相",就是现实中的人们可以见到的各种现象。所谓"虚相",就是物质世界中无法直接感知的"真理"和"本质"。作家应该通过观察现实世界的具体表象,抽象出世界的本质和真理,通过小说模写等表现手法,将世界的本质表现出来。

二叶亭四迷《小说总论》的哲学基础来自别林斯基的《艺术的理念》。吉田精一等多位日本学者通过对比原文,发现《小说总论》在文章结构和表达方式上和别林斯基的《艺术的概念》非常相似。别林斯基的美学思想深受黑格尔的哲学影响。但是,二叶亭四迷对"形"(form)和"意"(idea)的理解,与黑格尔的"绝对理念"(idea)等概念有所不同,追根溯源,远端可以上接纪贯之的"心词相兼",近端则与程朱理学相通,这比较贴近当时日本盛行的近代科学主义思想。

2. 日本明治文坛的风云人物

- 西周(1829—1897),日本近代哲学家。
- 假名垣鲁文(1829—1894),本名野崎文藏。日本江户末期剧作家、滑稽小说家,代表作品有《安愚乐锅》等。
- 中村正直(1832—1891),致力于日本启蒙思想的普及和推广,参与组建明六社,译著有《西国立志编》《自由论》等。
- 板垣退助(1837—1919),1882年访问欧洲,将西方政治小说概念带回日本,对日本明治时期"政治小说"的创作产生了影响。
- 森有礼(1847—1889),1873年创建日本第一个学术团体明六社,成员有西周、中村正直、神田孝平等。创办了《明六杂志》,提出"自由民权论"。在任期间建立明治时期的教育制度。他是主张全盘西化的代表人物之一,甚至主张放弃日语,改用英语。
- 中江兆民(1847—1901),幸德秋水是他的学生。代表作品有《民约译解》《一年有半》等小说。
- 森田思轩(1850—1931),代表作品有《日语的未来》《翻译的心得》。
- 矢野龙溪(1850—1931),小说家、评论家。代表作品有《经国美谈》。
- 丹羽纯一郎(1851—1919),翻译小说的代表作家,作品有《花柳春话》《奇想春史》。
- 东海散士(1853—1922),本名柴四郎。代表作品有《佳人之奇遇》。

日本明治文坛记事

1868年	明治维新
1869年	中江兆民《三醉人经纶问答》
1871年	假名垣鲁文《安愚乐锅》
1872年	西周《美妙学说》
1874年	成岛柳北《柳桥新志》
	服部抚松《东京新繁昌记》
1880年	户田钦堂《情海波澜》
1882年	外山正一等《新体诗抄》
1883年	矢野龙溪《经国美谈》
1885年	坪内逍遥《小说神髓》
	砚友社成立
1886年	末广铁肠《雪中梅》
1887年	二叶亭四迷《浮云》
1890年	森鸥外《舞姬》
1891年	幸田露伴《五重塔》
1893年	《文学界》创刊
1895年	樋口一叶《青梅竹马》
1897年	《杜鹃》创刊
	尾崎红叶《金色夜叉》
1900年	《明星》创刊
1905年	夏目漱石《我是猫》
1906年	岛崎藤村《破戒》
1907年	田山花袋《棉被》
1909年	《昴星》创刊
1910年	《白桦派》创刊
	《三田文学》创刊

- 广津柳浪(1861—1928)，明治时期砚友社的代表作家，代表作有《黑蜥蜴》等。
- 尾崎红叶(1868—1903)，小说家，本名德太郎，出身江户商人世家。4岁时母亲去世，后在外祖父家长大。1885年，在坪内逍遥《小说神髓》尚未发表之前，他和山田美妙、石桥思案、丸冈九华等人创立了日本近代最初的文学社团砚友社。创刊《我乐多文库》。他是泉镜花①、德田秋生②等小说名家的老师。代表作品有《多情多恨》《金色夜叉》等。
- 幸田露伴(1867—1947)，本名成行，与尾崎红叶齐名，他们活跃的时期被称为"红露时代"。小说家、随笔家。作品有《风流佛》《一口剑》《五重塔》《滔天浪》《命运》《观画谈》等。
- 山田美妙(1868—1910)，小说家、诗人、评论家。大学预科在校期间，和尾崎红叶等结成日本近代首个文学社团砚友社。致力于"言文一致体"的文学创作。作品有《武藏野》《蝴蝶》等。
- 樋口一叶(1872—1896)，别名夏子，日本近代首位职业女性作家，在日本有"明治紫式部"之美称。代表作品有《大年夜》《青梅竹马》《十三夜》《浊流》等。

---

① 泉镜花(1873—1939)，本名镜太郎，日本近代观念小说的代表作家，尾崎红叶的门生。作品有《外科室》《白鹭》《高野圣僧》《照叶狂言》《缕红新草》，戏曲《天守物语》等。

② 德田秋生(1871—1943)，小说家，原名德田末雄，尾崎红叶的门生，与泉镜花、小栗枫叶、柳川春叶并称为"红叶门下四金刚"。与岛崎藤村、田山花袋、正宗白鸟并称为自然主义四大代表作家。作品有《足迹》《霉》《糜烂》《粗暴》《假面人物》《缩影》等。

第 2 讲 《舞姬》

森鸥外

背景介绍

明治维新结束了日本幕府政治和闭关锁国的封建时代，走上全盘西化的发展道路，引进了西方科学技术，兴建铁路，推动了日本近代化的进程。然而，由武士阶层出身的大久保利通、木户孝允等人形成的新官僚集团本身与传统的封建势力有着千丝万缕的联系，意识形态等上层建筑还没有实现真正意义上的近代化。小说《舞姬》以明治初期社会为背景，以德国柏林为舞台，描写了日本青年和德国舞女的爱情悲剧，揭露了封建官僚制度的残余势力仍然存在的日本明治社会现实。

作家与作品

森鸥外(1862—1922)，小说家、戏剧家、评论家、翻译家，本名林太郎，别号鸥外渔史、千朵山房主人、牟舟居士、观潮楼主人、侗然居士、缘外樵夫、潮上逸民、台麓学人等，其中"鸥外"是叫得最响亮的笔名。1862 年出生于日本石见(今岛根县)的一个富裕的家庭。作为长子，他从小接受了良好的教育，6 岁习读汉文，8 岁学习荷兰语，10 岁到东京的亲戚西周①家学习德语，19 岁从东京大学医学部毕业，22 岁公派留学德国，在当时全球最先进的佩特恩科弗和科赫的医学研究室研修卫生学。与学习先进的医学和科学技术相比，4 年的留学生活对于森欧外而言，更为重要的是他受到了西方先进思想的影响。其间，他广泛阅读文学、哲学、美学等方面的西方名著，埃斯库罗斯、欧里庇得斯、格莱威尔、叔本华、哈德曼、莎士比亚、但丁、歌德、席勒、巴尔扎克、海涅、拜伦等人，给森鸥外带来了深远的影响。在受到西方文化熏陶的同时，他对日本文化有了重新认识，这对他后来的文学创作意义重大。

---

① 西周(1829—1897)，石见国(岛根县)人，通称经太郎。德川幕府末期、明治时期的兰学者、哲学家，日本近代启蒙思想家。著作有《美妙学说》《百一新论》《致知启蒙》《利学》等。

作家简表

1862年	出生
1869年	进入汉学堂学习儒家经典
1881年	东京大学医学部毕业
1884—1888年	德国留学
1889年	《面影》出版，《栅草子》创刊
1890年	《舞姬》《泡沫记》
1891年	《信使》
1896年	《醒草》创刊
1899年	小仓左迁
1909年	《昴星》创刊
1910年	《青年》《沉默之塔》
1911年	《雁》
1913年	《阿部一族》
1915年	《山椒大夫》
1916年	《寒山拾得》《高濑舟》《涩江抽斋》
1917年	《伊泽兰轩》《北条霞亭》
1922年	病逝

森鸥外从德国回到日本的第二年（1889年），他和妹妹小金井喜妹子及市村瓒次郎、落合直文等友人一起翻译、出版了西方诗集《面影》，给日本近代诗坛带来了新鲜空气。同年10月，他创办了日本最早的文学评论杂志《栅草子》，1896年创办了《醒草》，他在文艺批评、戏剧、小说、诗歌等领域，展开了卓有成效的近代文学启蒙活动。

就这样，森鸥外开始在日本文坛崭露头角，译介西方文艺思想，撰写文艺评论。他曾与多位文艺评论家进行思想论战，如坪内逍遥、外山正一、石桥忍月、山田美妙等人。其中最著名的就是和当时文坛重要人物坪内逍遥之间的"没理想之争"。"没理想之争"是日本近代第一次对于文艺理论问题展开的思想争论。从1891年10月到1892年6月，以森鸥外（29岁）和坪内逍遥（32岁）各自主编的杂志《栅草子》《早稻田文学》作为思想阵地，进行了持续数月的探讨和争论。虽然最后不了了之，却对日本近代文学的创作和发展产生了积极而又深远的影响，促进了西方文艺理论的普及，推动了日本近代小说创作发展的历史进程。文学史上也称其为"逍鸥论争"。

1890年森鸥外发表了小说《舞姬》《泡沫记》，1891年发表了小说《信使》。这三篇短篇小说是森鸥外的早期代表作，都是以德国留学生活为题材创作的。小说使用典雅的日语古文体，讲述了日本留学生在德国的爱情故事。令人耳目一新的异域风情，浓郁的浪漫主义气息，主人公"自我觉醒、追求自由"的艺术形象成为浪漫主义文学经典。这三篇短篇小说被称为森鸥外浪漫主义文学的早期三部曲。其中的《舞姬》是最充满浪漫主义色彩的一部作品。然而，处于创作巅峰状态、成为当时"红露逍鸥"四大文坛旗手之一时，他却突然离开了文坛，出现了近二十年的创作空白期。

1902年，沉寂了多年，经历了官职上"小仓左迁"之后的森鸥外重返文坛，历时9年翻译、出版了丹麦作家安徒生的《即兴诗人》。吉田精一评价说："像这样充满浪漫主义气息的作品，在日本是无法产生的，这种强烈的异国情调深深地感染了当时的青年人。"森鸥外的译作甚至被誉为"超过原作的名译本"。这部翻译作品也因此成为明治浪漫主义文学的代表性作品。1902年到1909年，森鸥外的创作热情高涨，他和夏目漱石一样，坚持反自然主义的文艺立场，二人并称日本文坛的两大巨擘。随即他接连

发表了《半日》(1909)、《酒杯》(1910)、《青年》(1910)、《沉默之塔》(1910)、《妄想》(1911)、《雁》(1911)等广受读者喜爱的力作。除了小说、随笔，他还翻译了《浮士德》(1913)等欧洲近代文学作品。森鸥外再度现身文坛，爆发出不逊色于他早期的文学创作力，再次震动了日本文坛。

1912年，森鸥外的文学创作转入了历史小说的创作期，并获得了巨大成功。他给后人留下了《阿部一族》(1913)、《佐桥甚五郎》(1913)、《大盐平八郎》(1914)、《山椒大夫》(1915)、《高濑舟》(1916)、《寒山拾得》(1916)等大量历史小说，以及《涉江抽斋》(1916)、《伊泽兰轩》(1916—1917)、《北条霞亭》(1917—1921)等历史传记文学作品。汉学基础扎实的森鸥外，同时精通德语，两种外语的合力作用提升了森鸥外的语言表现力，使他晚年的历史小说和传记文学既新颖、简洁、明晰，又有语言的表现张力和独特的文学魅力，创造出了独具特色的日语散文体。他创作的20多部不同题材的历史小说，借古喻今，表达自己对现实社会的褒贬，开创了20世纪日本历史小说创作的先河。但是应当指出的是，他的历史小说创作隐含了其为意识形态服务的政治立场和视角，森鸥外的文学创作始终没能摆脱他所属的官僚集团的影响和制约。

小说梗概

小说《舞姬》描写主人公太田丰太郎与德国舞女爱丽丝的爱情悲剧，爱丽丝被丰太郎无情抛弃的小说结局隐喻了觉醒的新青年丰太郎思想倒退的时代悲剧。主人公太田丰太郎幼年丧父，在母亲的严格管教下长大，在学校受到封建色彩浓重的"正规"教育，毕业于东京大学，随后被国家公派前往德国留学，可谓前程似锦。丰太郎和德国舞女爱丽丝的爱情故事就发生在他于德国留学期间。

一天深夜，丰太郎遇到了暗自哭泣的美丽舞女爱丽丝，在得知她没钱安葬去世的父亲时，丰太郎立即解囊相助。此后，两人的交往越来越频繁，最后陷入热恋。然而，纯洁热烈的爱情受到谗言诽谤，更是被封建世俗所不容。曾经前程似锦的丰太郎被取消公费留学待遇，瞬间跌入人生谷底。尽管这样，爱丽丝依然深爱着他，丰太郎也曾一度坚守他们的爱情。然而，在出使德国的天方伯爵和朋友相泽兼吉的帮助下，丰太郎幸运地得到了一个回国升官发财的好机会，于是在爱情和仕途两者之间，丰太郎选择了后者，不顾已有身孕的爱丽丝苦苦挽留，匆匆回国，被抛弃的爱丽丝经受不住这一沉重打击，最终精神失常。对此，背叛了爱情的丰太郎心中懊悔不已。

但是，在森鸥外的笔下，丰太郎把责任推卸给了好友相泽兼吉。小说的结尾，丰太郎一面感谢为自己前程着想的好友相泽兼吉，另一方面又怨恨好友劝自己回归日本官僚的行列。他认为正是好友的缘故，才让他抛弃了爱丽丝，背叛了自己的理想，致使他终身经受良心的拷问和煎熬。

小说原文

　　石炭をばはや積み果てつ。中等室の卓のほとりはいと静かにて、熾熱灯の光の晴れがましきもいたづらなり。今宵は夜ごとにここに集ひ来る骨牌仲間もホテルに宿りて、船に残れるは余一人のみなれば。五年前のことなりしが、平生の望み足りて、洋行の官命をかうむり、このセイゴンの港まで来し頃は、目に見るもの、耳に聞くもの、一つとして新たならぬはなく、筆に任せて書き記しつる紀行文、日ごとに幾千言をかなしけん、当時の新聞に載せられて、世の人にもてはやされしかど、今日になりて思へば、幼き思想、身の程知らぬ放言、さらぬも尋常の動植金石、さては風俗などをさへ珍しげに記ししを、心ある人はいかにか見けん。こたびは途に上りしとき、日記ものせんとて買ひし冊子もまだ白紙のままなるは、独逸にて物学びせし間に、一種のニル・アドミラリイの気象をや養ひ得たりけん、あらず、これには別に故あり。

　　（中略）

　　或る日の夕暮なりしが、余は獣苑を漫歩して、ウンテル、デン、リンデンを過ぎ、我がモンビシユウ街の僑居に帰らんと、クロステル巷の古寺の前に来ぬ。余は彼の燈火の海を渡り来て、この狭く薄暗き巷に入り、楼上の木欄に干したる敷布、襦袢などまだ取入れぬ人家、頬髭長き猶太教徒の翁が戸前に佇みたる居酒屋、一つの梯は直ちに楼に達し、他の梯は窖住まひの鍛冶が家に通じたる貸家などに向ひて、凹字の形に引籠みて立てられたる、此三百年前の遺跡を望む毎に、心の恍惚となりて暫し佇みしこと幾度なるを知らず。

　　今この処を過ぎんとするとき、鎖したる寺門の扉に倚りて、声を呑みつゝ泣くひとりの少女あるを見たり。年は十六七なるべし。被りし巾を洩れたる髪の色は、薄きこがね色にて、着たる衣は垢つき汚れたりとも見えず。我足音に驚かされてかへりみたる面、余に詩人の筆なければこれを写すべくもあらず。この青く清らにて物問ひたげに愁を含める目の、半ば露を宿せる長き睫毛に掩はれたるは、何故に一顧したるのみにて、用心深き我心の底までは徹したるか。

　　彼は料らぬ深き歎きに遭ひて、前後を顧みる遑なく、こゝに立ちて泣くにや。わが臆病なる心は憐憫の情に打ち勝たれて、余は覚えず側に倚り、「何故に泣き玉ふか。ところに繋累なき外人は、却りて力を借し易きこともあらん。」といひ掛け

たるが、我ながらわが大胆なるに呆れたり。

彼は驚きてわが黄なる面を打守りしが、我が真率なる心や色に形はれたりけん。

「君は善き人なりと見ゆ。彼の如く酷くはあらじ。又た我母の如く。」暫し涸れたる涙の泉は又溢れて愛らしき頬を流れ落つ。

「我を救ひ玉へ、君。わが恥なき人とならんを。母はわが彼の言葉に従はねばとて、我を打ちき。父は死にたり。明日は葬らでは惜はぬに、家に一銭の貯だになし。」

跡は歔欷の声のみ。我眼はこのうつむきたる少女の顫ふ項にのみ注がれたり。

「君が家に送り行かんに、先づ心を鎮め玉へ。声をな人に聞かせ玉ひそ。こゝは往来なるに。」彼は物語するうちに、覚えず我肩に倚りしが、この時ふと頭を擡げ、又始てわれを見たるが如く、恥ぢて我側を飛びのきつ。

人の見るが厭はしさに、早足に行く少女の跡に附きて、寺の筋向ひなる大戸を入れば、欠け損じたる石の梯あり。これを上ぼりて、四階目に腰を折りて潜るべき程の戸あり。少女はさびたる針金の先きを捩ぢ曲げたるに、手を掛けて強く引きしに、中には咳枯れたる老媼の声して、「誰ぞ」と問ふ。エリス帰りぬと答ふる間もなく、戸をあらゝかに引開けしは、半ば白みたる髪、悪しき相にはあらねど、貧苦の痕を額に印せし面の老媼にて、古き獣綿の衣を着、汚れたる上靴を穿きたり。エリスの余に会釈して入るを、かれは待ち兼ねし如く、戸を劇しくたて切りつ。

余は暫し茫然として立ちたりしが、ふと油燈の光に透して戸を見れば、エルンスト、ワイゲルトと漆もて書き、下に仕立物師と注したり。これすぎぬといふ少女が父の名なるべし。内には言ひ争ふごとき声聞えしが、又静になりて戸は再び明きぬ。さきの老媼は慇懃におのが無礼の振舞せしを詫びて、余を迎へ入れつ。戸の内は厨にて、右手の低きに、真白に洗ひたる麻布を懸けたり。左手には粗末に積上げたる煉瓦の竈あり。正面の一室の戸は半ば開きたるが、内には白布を掩へる臥床あり。伏したるはなき人なるべし。竈の側なる戸を開きて余を導きつ。この処は所謂「マンサルド」の街に面したる一間なれば、天井もなし。隅の屋根裏より斜に下れる梁を、紙にて張りたる下の、立たば頭の支ふべき処に臥床あり。中央なる机には美しき氈を掛けて、上には書物一二巻と写真帖とを列べ、陶瓶にはこゝに似合

しからぬ価高き花束を生けたり。そが傍に少女は羞を帯びて立てり。

彼は優れて美なり。乳の如き色の顔は燈火に映じて微紅を潮したり。手足の繊く嫋なるは、貧家の女に似ず。老媼の室を出でし跡にて、少女は少し訛りたる言葉にて云ふ。「許し玉へ。君をこゝまで導きし心なさを。君は善き人なるべし。我をばよも憎み玉はじ。明日に迫るは父の葬、たのみに思ひしシヤウムベルヒ、君は彼を知らでやおはさん。彼は「ヰクトリア」座の座頭なり。彼が抱へとなりしより、早や二年なれば、事なく我等を助けんと思ひしに、人の憂に附けこみて、身勝手なるいひ掛けせんとは。我を救ひ玉へ、君。金をば薄き給金を折きて還し参らせん。縦令我身は食はずとも。それもならずば母の言葉に。」彼は涙ぐみて身をふるはせたり。その見上げたる目には、人に否とはいはせぬ媚態あり。この目の働きは知りてするにや、又自らは知らぬにや。

我が隠しには二三「マルク」の銀貨あれど、それにて足るべくもあらねば、余は時計をはづして机の上に置きぬ。「これにて一時の急を凌ぎ玉へ。質屋の使のモンビシユウ街三番地にて太田と尋ね来ん折には価を取らすべきに。」

少女は驚き感ぜしさま見えて、余が辞別のために出したる手を唇にあてたるが、はらはらと落つる熱き涙を我手の背に濺ぎつ。

鳴呼、何等の悪因ぞ。この恩を謝せんとて、自ら我僑居に来し少女は、シヨオペンハウエルを右にし、シルレルを左にして、終日兀坐する我読書の窓下に、窓一輪の名花を咲かせてけり。この時を始として、余と少女との交漸く繁くなりもて行きて、同郷人にさへ知られぬれば、彼等は速了にも、余を以て色を舞姫の群に漁するものとしたり。われ等二人の間にはまだ痴騃なる歓楽のみ存したりしを。

その名を斥さんは憚あれど、同郷人の中に事を好む人ありて、余が屡芝居に出入して、女優と交るといふことを、官長の許に報じつ。さらぬだに余が頗る学問の岐路に走るを知りて憎み思ひし官長は、遂に旨を公使館に伝へて、我官を免じ、我職を解いたり。公使がこの命を伝ふる時余に謂ひしは、御身若し即時に郷に帰らば、路用を給すべけれど、若し猶こゝに在らんには、公の助をば仰ぐべからずとのことなりき。余は一週日の猶予を請ひて、とやかうと思ひ煩ふうち、我生涯にて

尤も悲痛を覚えさせたる二通の書状に接しぬ。この二通は殆ど同時にいだしゝものなれど、一は母の自筆、一は親族なる某が、母の死を、我がまたなく慕ふ母の死を報じたる書なりき。余は母の書中の言をこゝに反覆するに堪へず、涙の迫り来て筆の運を妨ぐればなり。

　余とエリスとの交際は、この時までは余所目に見るより清白なりき。彼は父の貧きがために、充分なる教育を受けず、十五の時舞の師のつのりに応じて、この恥づかしき業を教へられ、「クルズス」果てゝ後、「ヰクトリア」座に出でゝ、今は場中第二の地位を占めたり。されど詩人ハツクレンデルが当世の奴隷といひし如く、はかなきは舞姫の身の上なり。薄き給金にて繋がれ、昼の温習、夜の舞台と繁しく使はれ、芝居の化粧部屋に入りてこそ紅粉をも粧ひ、美しき衣をも纏へ、場外にてはひとり身の衣食も足らず勝なれば、親腹からを養ふものはその辛苦奈何ぞや。されば彼等の仲間にて、賤しき限りなる業に堕ちぬは稀なりとぞいふなる。エリスがこれを逭れしは、おとなしき性質と、剛気ある父の守護とに依りてなり。彼は幼き時より物読むことをば流石に好みしかど、手に入るは卑しき「コルポルタアジユ」と唱ふる貸本屋の小説のみなりしを、余と相識る頃より、余が借しつる書を読みならひて、漸く趣味をも知り、言葉の訛をも正し、いくほどもなく余に寄するふみにも誤字少なくなりぬ。かゝれば余等二人の間には先づ師弟の交りを生じたるなりき。我が不時の免官を聞きしときに、彼は色を失ひつ。余は彼が身の事に関りしを包み隠しぬれど、彼は余に向ひて母にはこれを秘め玉へと云ひぬ。こは母の余が学資を失ひしを知りて余を疎んぜんを恐れてなり。

（中略）

　明治廿一年の冬は来にけり。表街の人道にてこそ沙をも蒔け、クロステル街のあたりは凸凹坎坷の処は見ゆめれど、表のみは一面に氷りて、朝に戸を開けば飢ゑ凍えし雀の落ちて死にたるも哀れなり。室を温め、竈に火を焚きつけても、壁の石を徹し、衣の綿を穿つ北欧羅巴の寒さは、なかなかに堪へがたかり。エリスは二三日前の夜、舞台にて卒倒しつとて、人に扶けられて帰り来しが、それより心地あしとて休み、もの食ふごとに吐くを、悪阻といふものならんと始めて心づきしは母なりき。嗚呼、さらぬだに覚束なきは我身の行末なるに、若し真なりせばいかに

せまし。

　今朝は日曜なれば家に在れど、心は楽しからず。エリスは床に臥すほどにはあらねど、小き鉄炉の畔に椅子さし寄せて言葉寡し。この時戸口に人の声して、程なく庖厨にありしエリスが母は、郵便の書状を持て来て余にわたしつ。見れば見覚えある相沢が手なるに、郵便切手は普魯西のものにて、消印には伯林とあり。訝りつゝも披きて読めば、とみの事にて預め知らするに由なかりしが、昨夜こゝに着せられし天方大臣に附きてわれも来たり。伯の汝を見まほしとのたまふに疾く来よ。汝が名誉を恢復するも此時にあるべきぞ。心のみ急がれて用事をのみいひ遣るとなり。読み畢りて茫然たる面もちを見て、エリス云ふ。「故郷よりの文なりや。悪しき便にてはよも。」彼は例の新聞社の報酬に関する書状と思ひしならん。「否、心にな掛けそ。おん身も名を知る相沢が、大臣と倶にこゝに来てわれを呼ぶなり。急ぐといへば今よりこそ。」

　かはゆき独り子を出し遣る母もかくは心を用ゐじ。大臣にまみえもやせんと思へばならん、エリスは病をつとめて起ち、上襦袢も極めて白きを撰び、丁寧にしまひ置きし「ゲエロック」といふ二列ぼたんの服を出して着せ、襟飾りさへ余が為めに手づから結びつ。

　「これにて見苦しとは誰れも得言はじ。我鏡に向きて見玉へ。何故にかく不興なる面もちを見せ玉ふか。われも諸共に行かまほしきを。」少し容をあらためて。「否、かく衣を更め玉ふを見れば、何となくわが豊太郎の君とは見えず。」又た少し考へて。「縦令富貴になり玉ふ日はありとも、われをば見棄て玉はじ。我病は母の宣ふ如くならずとも。」

　「何、富貴。」余は微笑しつ。「政治社会などに出でんの望みは絶ちしより幾年をか経ぬるを。大臣は見たくもなし。唯年久しく別れたりし友にこそ逢ひには行け。」エリスが母の呼びし一等「ドロシユケ」は、輪下にきしる雪道を窓の下まで来ぬ。余は手袋をはめ、少し汚れたる外套を背に被ひて手をば通さず帽を取りてエリスに接吻して楼を下りつ。彼は凍れるを明け、乱れし髪を朔風に吹かせて余が乗りし車を見送りぬ。

　余が車を下りしは「カイゼルホオフ」の入口なり。門者に秘書官相沢が室の番号を問ひて、久しく踏み慣れぬ大理石の階を登り、中央の柱に「プリユッシユ」を被へる「ゾフア」を据ゑつけ、正面には鏡を立てたる前房に入りぬ。外套をばこゝにて

脱ぎ、廊をつたひて室の前まで往きしが、余は少し踟蹰したり。同じく大学に在りし日に、余が品行の方正なるを激賞したる相沢が、けふは怎なる面もちして出迎ふらん。室に入りて相対して見れば、形こそ旧に比ぶれば肥えて逞ましくなりたれ、依然たる快活の気象、我失行をもさまで意に介せざりきと見ゆ。別後の情を細叙するにも遑あらず、引かれて大臣に謁し、委託せられしは独逸語にて記せる文書の急を要するを飜訳せよとの事なり。余が文書を受領して大臣の室を出でし時、相沢は跡より来て余と午餐を共にせんといひぬ。

食卓にては彼多く問ひて、我多く答へき。彼が生路は概ね平滑なりしに、轗軻数奇なるは我身の上なりければなり。

余が胸臆を開いて物語りし不幸なる閲歴を聞きて、かれは屡々驚きしが、なかなかに余を譴めんとはせず、却りて他の凡庸なる諸生輩を罵りき。されど物語の畢りしとき、彼は色を正して諫むるやう、この一段のことは素と生れながらなる弱き心より出でしなれば、今更に言はんも甲斐なし。とはいへ、学識あり、才能あるものが、いつまでか一少女の情にかゝづらひて、目的なき生活をなすべき。今は天方伯も唯だ独逸語を利用せんの心のみなり。おのれも赤伯が当時の免官の理由を知れるが故に、強て其成心を動かさんとはせず、伯が心中にて曲庇者なりなんど思はれんは、朋友に利なく、おのれに損あればなり。人を薦むるは先づ其能を示すに若かず。これを示して伯の信用を求めよ。又彼少女との関係は、縦令彼に誠ありとも、縦令情交は深くなりぬとも、人材を知りてのこひにあらず、慣習といふ一種の惰性より生じたる交なり。意を決して断てと。是れその言のおほむねなりき。

大洋に舵を失ひしふな人が、遙なる山を望む如きは、相沢が余に示したる前途の方鍼なり。されどこの山は猶ほ重霧の間に在りて、いつ往きつかんも、否、果して往きつきぬとも、我中心に満足を与へんも定かならず。貧きが中にも楽しきは今の生活、棄て難きはエリスが愛。わが弱き心には思ひ定めんよしなかりしが、姑く友の言に従ひて、この情縁を断たんと約しき。余は守る所を失はじと思ひて、おのれに敵するものには抗抵すれども、友に対して否とはえ対へぬが常なり。

別れて出づれば風面を撲てり。二重の玻璃窓を繁しく鎖して、大いなる陶炉に火を焚きたる「ホテル」の食堂を出でしなれば、薄き外套を透る午後四時の寒さは殊

さらに堪へ難く、膚粟立つと共に、余は心の中に一種の寒さを覚えき。
　飜訳は一夜になし果てつ。「カイゼルホオフ」へ通ふことはこれより漸く繁くなりもて行く程に、初めは伯の言葉も用事のみなりしが、後には近比故郷にてありしことなどを挙げて余が意見を問ひ、折に触れては道中にて人々の失錯ありしことどもを告げて打笑ひ玉ひき。
　一月ばかり過ぎて、或る日伯は突然われに向ひて、「余は明旦、魯西亜に向ひて出発すべし。随ひて来べきか、」と問ふ。余は数日間、かの公務に違なき相沢を見ざりしかば、此問は不意に余を驚かしつ。「いかで命に従はざらむ。」余は我恥を表はさん。此答はいち早く決断して言ひしにあらず。余はおのれが信じて頼む心を生じたる人に、卒然ものを問はれたるときは、咄嗟の間、その答の範囲を善くも量らず、直ちにうべなふことあり。さてうべなひし上にて、その為し難きに心づきても、強て当時の心虚なりしを掩ひ隠し、耐忍してこれを実行すること屢々なり。
　此日は飜訳の代に、旅費さへ添へて賜はりしを持て帰りて、飜訳の代をばエリスに預けつ。これにて魯西亜より帰り来んまでの費をば支へつべし。彼は医者に見せしに常ならぬ身なりといふ。貧血の性なりしゆゑ、幾月か心づかでありけん。座頭よりは休むことのあまりに久しければ籍を除きぬと言ひおこせつ。まだ一月ばかりなるに、かく厳しきは故あればなるべし。旅立の事にはいたく心を悩ますとも見えず。偽りなき我心を厚く信じたれば。
　鉄路にては遠くもあらぬ旅なれば、用意とてもなし。身に合せて借りたる黒き礼服、新に買求めたるゴタ板の魯廷の貴族譜、二三種の辞書などを、小「カバン」に入れたるのみ。流石に心細きことのみ多きこの程なれば、出で行く跡に残らんも物憂かるべく、又停車場にて涙こぼしなどしたらんには影護かるべければとて、翌朝早くエリスをば母につけて知る人がり出しやりつ。余は旅装整へて戸を鎖し、鍵をば入口に住む靴屋の主人に預けて出でぬ。
　魯国行につきては、何事をか叙すべき。わが舌人たる任務は忽地に余を拉し去りて、青雲の上に堕したり。余が大臣の一行に随ひて、ペエテルブルクに在りし間に余を囲繞せしは、巴里絶頂の驕奢を、氷雪の裡に移したる王城の粧飾、故らに黄蠟の燭を幾つ共なく点したるに、幾星の勲章、幾枝の「エポレット」が映射する光、彫鏤の工を尽したる「カミン」の火に寒さを忘れて使ふ宮女の扇の閃きなどに

て、この間仏蘭西語を最も円滑に使ふものはわれなるがゆゑに、賓主の間に周旋して事を弁ずるものもまた多くは余なりき。

　この間余はエリスを忘れざりき、否、彼は日毎に書(ふみ)を寄せしかばえ忘れざりき。余が立ちし日には、いつになく独りにて燈火に向はん事の心憂さに、知る人の許にて夜に入るまでもの語りし、疲るゝを待ちて家に還り、直ちにいねつ。次の朝(あした)目醒めし時は、猶独り跡に残りしことを夢にはあらずやと思ひぬ。起き出でし時の心細さ、かゝる思ひをば、生計(たつき)に苦みて、けふの日の食なかりし折にもせざりき。これ彼が第一の書の略(あらまし)なり。

　又程経てのふみは頗る思ひせまりて書きたる如くなりき。文をば否といふ字にて起したり。否、君を思ふ心の深き底(そこひ)をば今ぞ知りぬる。君は故里(ふるさと)に頼もしき族(やから)なしとのたまへば、此地に善き世渡のたつきあらば、留り玉はぬことやはある。又我愛もて繋ぎ留めでは止(や)まじ。それも悁(かな)はで東(ひんがし)に還り玉はんとならば、親と共に往かんは易けれど、か程に多き路用を何処(いづく)よりか得ん。怎(いか)なる業をなしても此地に留りて、君が世に出で玉はん日をこそ待ためと常には思ひしが、暫しの旅とて立出で玉ひしより此二十日ばかり、別離の思は日にけに茂りゆくのみ。袂(たもと)を分つはたゞ一瞬の苦艱(くげん)なりと思ひしは迷なりけり。我身の常ならぬが漸くにしるくなれる、それさへあるに、縦令(よしや)いかなることありとも、我をば努(ゆめ)な棄て玉ひそ。母とはいたく争ひぬ。されど我身の過ぎし頃には似で思ひ定めたるを見て心折れぬ。わが東(ひんがし)に往かん日には、ステッチンわたりの農家に、遠き縁者あるに、身を寄せんとぞいふなる。書きおくり玉ひし如く、大臣の君に重く用ゐられ玉はゞ、我路用の金は兎も角もなりなん。今は只管(ひたすら)君がベルリンにかへり玉はん日を待つのみ。

　嗚呼、余は此書を見て始めて我地位を明視し得たり。恥かしきはわが鈍(にぶ)き心なり。余は我身一つの進退につきても、また我身に係らぬ他人の事につきても、決断ありと自ら心に誇りしが、此決断は順境にのみありて、逆境にはあらず。我と人との関係を照さんとするときは、頼みし胸中の鏡は曇りたり。

　大臣は既に我に厚し。されどわが近眼は唯だおのれが尽したる職分をのみ見き。余はこれに未来の望を繋ぐことには、神も知るらむ、絶えて想(おもひ)到らざりき。されど今こゝに心づきて、我心は猶ほ冷然たりし歟(か)。先に友の勧めしときは、大臣の信用は屋上の禽(とり)の如くなりしが、今は稍これを得たるかと思はるゝに、相沢

がこの頃の言葉の端に、本国に帰りて後も倶にかくてあらば云々といひしは、大臣のかく宣ひしを、友ながらも公事なれば明には告げざりし歟。今更おもへば、余が軽卒にも彼に向ひてエリスとの関係を絶たんといひしを、早く大臣に告げやしけん。

嗚呼、独逸に来し初に、自ら我本領を悟りきと思ひて、また器械的人物とはならじと誓ひしが、こは足を縛して放たれし鳥の暫し羽を動かして自由を得たりと誇りしにはあらずや。足の糸は解くに由なし。曩にこれを繰つりしは、我某省の官長にて、今はこの糸、あなあはれ、天方伯の手中に在り。余が大臣の一行と倶にベルリンに帰りしは、恰も是れ新年の旦なりき。停車場に別を告げて、我家をさして車を駆りつ。こゝにては今も除夜に眠らず、元旦に眠るが習なれば、万戸寂然たり。寒さは強く、路上の雪は稜角ある氷片となりて、晴れたる日に映じ、きらきらと輝けり。車はクロステル街に曲りて、家の入口に駐まりぬ。この時窓を開く音せしが、車よりは見えず。馭丁に「カバン」持たせて梯を登らんとする程に、エリスの梯を駈け下るに逢ひぬ。彼が一声叫びて我頭を抱きしを見て馭丁は呆れたる面もちにて、何やらむ髭の内にて云ひしが聞えず。「善くぞ帰り来玉ひし。帰り来玉はずば我命は絶えなんを。」

我心はこの時までも定まらず、故郷を憶ふ念と栄達を求むる心とは、時として愛情を圧せんとせしが、唯だ此一刹那、低徊踟蹰の思は去りて、余は彼を抱き、彼の頭は我肩に倚りて、彼が喜びの涙ははらはらと肩の上に落ちぬ。

「幾階か持ちて行くべき。」と鑼の如く叫びし馭丁は、いち早く登りて梯の上に立てり。

戸の外に出迎へしエリスが母に、馭丁を労ひ玉へと銀貨をわたして、余は手を取りて引くエリスに伴はれ、急ぎて室に入りぬ。一瞥して余は驚きぬ、机の上には白き木綿、白き「レエス」などを堆く積み上げたれば。

エリスは打笑みつゝこれを指して、「何とか見玉ふ、この心がまへを。」といひつゝ一つの木綿ぎれを取上ぐるを見れば襁褓なりき。「わが心の楽しさを思ひ玉へ。産れん子は君に似て黒き瞳子をや持ちたらん。この瞳子。嗚呼、夢にのみ見しは君が黒き瞳子なり。産れたらん日には君が正しき心にて、よもあだし名をばなのらせ玉はじ。」彼は頭を垂れたり。「穉しと笑ひ玉はんが、寺に入らん日はいかに嬉しからまし。」見上げたる目には涙満ちたり。

二三日の間は大臣をも、たびの疲れやおはさんとて敢て訪らはず、家にのみ籠り居しが、或る日の夕暮使して招かれぬ。往きて見れば待遇殊にめでたく、魯西亜行の労を問ひ慰めて後、われと共に東にかへる心なきか、君が学問こそわが測り知る所ならね、語学のみにて世の用には足りなむ、滞留の余りに久しければ、様々の係累もやあらんと、相沢に問ひしに、さることなしと聞きて落居たりと宣ふ。其気色辞むべくもあらず。あなやと思ひしが、流石に相沢の言を偽なりともいひ難きに、若しこの手にしも縋らずば、本国をも失ひ、名誉を挽きかへさん道をも絶ち、身はこの広漠たる欧洲大都の人の海に葬られんかと思ふ念、心頭を衝いて起れり。嗚呼、何等の特操なき心ぞ、「承はり侍り」と応へたるは。

　黒がねの額はありとも、帰りてエリスに何とかいはん。「ホテル」を出でしときの我心の錯乱は、譬へんに物なかりき。余は道の東西をも分かず、思に沈みて行く程に、往きあふ馬車の馭丁に幾度か叱せられ、驚きて飛びのきつ。暫くしてふとあたりを見れば、獣苑の傍に出でたり。倒るゝ如くに路の辺の榻に倚りて、灼くが如く熱し、椎にて打たるゝ如く響く頭を榻背に持たせ、死したる如きさまにて幾時をか過しけん。劇しき寒さ骨に徹すと覚えて醒めし時は、夜に入りて雪は繁く降り、帽の庇、外套の肩には一寸許も積りたりき。

　最早十一時をや過ぎけん、モハビット、カルヽ街通ひの鉄道馬車の軌道も雪に埋もれ、ブランデンブルゲル門の畔の瓦斯燈は寂しき光を放ちたり。立ち上らんとするに足の凍えたれば、両手にて擦りて、漸やく歩み得る程にはなりぬ。

　足の運びの捗らねば、クロステル街まで来しときは、半夜をや過ぎたりけん。こゝ迄来し道をばいかに歩みしか知らず。一月上旬の夜なれば、ウンテル、デン、リンデンの酒家、茶店は猶ほ人の出入盛りにて賑はしかりしならめど、ふつに覚えず。我脳中には唯我は免すべからぬ罪人なりと思ふ心のみ満ち満ちたりき。

　四階の屋根裏には、エリスはまだ寝ねずと覚ぼしく、烱然たる一星の火、暗き空にすかせば、明かに見ゆるが、降りしきる鷺の如き雪片に、乍ち掩はれ、乍ちまた顕れて、風に弄ばるゝに似たり。戸口に入りしより疲を覚えて、身の節の痛み堪へ難ければ、這ふ如くに梯を登りつ。庖厨を過ぎ、室の戸を開きて入りしに、机に

倚りて襁褓縫ひたりしエリスは振り返へりて、「あ」と叫びぬ。「いかにかし玉ひし。おん身の姿は。」

驚きしも宜なりけり、蒼然として死人に等しき我面色、帽をばいつの間にか失ひ、髪は蓬ろと乱れて、幾度か道にて跌き倒れしことなれば、衣は泥まじりの雪に汙れ、処々は裂けたれば。

余は答へんとすれど声出でず、膝の顫りに戦かれて立つに堪へねば、椅子を握まんとせしまでは覚えしが、その儘に地に倒れぬ。

人事を知る程になりしは数週の後なりき。熱劇しくて譫語のみ言ひしを、エリスが懇にみとる程に、或日相沢は尋ね来て、余がかれに隠したる顛末を審らに知りて、大臣には病の事のみ告げ、よきやうに繕ひ置きしなり。余は始めて、病牀に侍するエリスを見て、その変りたる姿に驚きぬ。彼はこの数週の内にいたく痩せて、血走りし目は窪み、灰色の頬は落ちたり。相沢の助にて日々の生計には窮せざりしが、此恩人は彼を精神的に殺しゝなり。

後に聞けば彼は相沢に逢ひしとき、余が相沢に与へし約束を聞き、またかの夕べ大臣に聞え上げし一諾を知り、俄に座より躍り上がり、面色さながら土の如く、「我豊太郎ぬし、かくまでに我をば欺き玉ひしか」と叫び、その場に僵れぬ。相沢は母を呼びて共に扶けて床に臥させしに、暫くして醒めしときは、目は直視したるまゝにて傍の人をも見知らず、我名を呼びていたく罵り、髪をむしり、蒲団を嚙みなどし、また遽に心づきたる様にて物を探り訐めたり。母の取りて与ふるものをば悉く抛ちしが、机の上なりし襁褓を与へたるとき、探りみて顔に押しあて、涙を流して泣きぬ。

これよりは騒ぐことはなけれど、精神の作用は殆全く廃して、その痴なること赤児の如くなり。医に見せしに、過劇なる心労にて急に起りし「パラノイア」といふ病なれば、治癒の見込なしといふ。ダルドルフの癲狂院に入れむとせしに、泣き叫びて聴かず、後にはかの襁褓一つを身につけて、幾度か出しては見、見ては欷歔す。余が病牀をば離れねど、これさへ心ありてにはあらずと見ゆ。たゞずりずり思ひ出したるやうに「薬を、薬を」といふのみ。

余が病は全く癒えぬ。エリスが生ける屍を抱きて千行の涙を灑ぎしは幾度ぞ。大臣に随ひて帰東の途に上ぼりしときは、相沢と議りてエリスが母に微なる生計

を営むに足るほどの資本を与へ、あはれなる狂女の胎内に遺しゝ子の生れむをりの事をも頼みおきぬ。

嗚呼、相沢謙吉が如き良友は世にまた得がたかるべし。されど我脳裡に一点の彼を憎むこゝろ今日までも残れりけり。

「舞」國民之友、1890 年(明治二十三年)1 月

鉴赏与评论

四年的德国留学生活,对于年轻的森鸥外来说意义重大。这不仅改变了他的命运,激发出了他的文学创作欲望,也使他的情感世界经历了新生和遭受了重创。在德国柏林,森鸥外经历了过山车式大起大落的初恋。最终,他又无情地放弃了这段情缘。据说这位德国女子追随森鸥外来到了日本,因为森鸥外屈服于家族和所属陆军方面的压力,该女子被送回了德国。第二年由陆军高官做媒,森鸥外同海军高官的女儿结了婚。受到传统观念的束缚,在新旧岔路口处摇摆不定的森鸥外最终抛弃了他在欧洲的初恋,也抛弃了新时代青年知识分子的理想,倒退回封建官僚的藩篱之中。森鸥外对新生活的渴求和曾经炙热的情感在顽固的旧势力前不堪一击。他成了一座死火山,没有再次爆发,也没有再次与权贵抗争,甚至成了其中的一员——他最后成为官僚机构的代言人。但是,在他内心深处,那种自由清新空气的味道是他难以忘怀的,也让他对日本近代文明的真实性有了更加深刻的认识。森鸥外在德国留学的经历,特别是对自我追求的放弃和对初恋的背叛,在某种意义上成了他一生之中最大的痛楚。这种刻骨铭心的痛楚和终身的忏悔,最终转化为他日后文学创作的动力。他在婚后不久,便发表了小说《舞姬》(1890 年)。从这个时候开始,森鸥外把在现实生活中的倒退和妥协转变为探索文学之路的力量,这种力量成为他一生创作活动的源泉。

小说《舞姬》从题材到创作思路均来自 19 世纪 80 年代森鸥外在德国留学的经历。富有异国情调的小说《舞姬》是一个有关异国之恋的悲剧故事,它刻画了知识分子阶层的自我觉醒和其在面对强大旧势力时败北的残酷现实。《舞姬》不仅是他的处女作、成名作和代表作,也是日本明治时期短篇小说的精品,在日本近代文学史上具有极其重要的地位。

作品评价

短篇小说《舞姬》是森鸥外小说中最具有影响力的作品。它既是日本近代浪漫主义的开山之作,也是日本近代现实主义文学的先驱之作。一位作家、一部作品,可以表现出某一文艺思潮的主要倾向,也可以属于两个或更多种文艺思潮的范畴。《舞姬》的这种特色十分鲜明,也因为如此,《舞姬》在日本近代文学史上具有特殊的意义。有观点认为二叶亭四迷的《浮云》是日本近代文学的起点,也有观点认为《舞姬》是日本近代文学的起点,不过至少日本近代浪漫主义小说的起点,《舞姬》是当之无愧的。

《舞姬》是一部爱情悲剧，它讲述了留学德国的太田丰太郎，在西方先进思想的熏陶下开始认识自我，追求个性的解放，与爱丽丝陷入了热恋，最终却不得不为了仕途放弃了爱丽丝，回归旧体制里。爱丽丝的原型是一位贫穷的德国舞女，太田丰太郎的原型就是作者森鸥外自己。爱情以悲剧结尾及作品中所隐含的"官权批判"意识的萌芽表现了作者对旧势力微弱、徒劳的反抗。尽管如此，仍然具有里程碑的意义。主人公丰太郎表现出来的不仅是青年时代的森鸥外自己的苦恼，更是明治社会自我觉醒的青年们的共同苦恼，该小说表现了新旧时代交替过程中知识分子的精神困境。

19世纪80年代的日本社会经历了明治维新的初期阶段（1868—1873），铁路、银行、电信业、开采业、军事工业等迅猛发展，资本主义社会的雏形逐步形成。但是，在文化、教育、文艺等领域，封建的残余势力仍然强大。由武士集团成员转型而来的新型官僚集团代表人物大久保利通、木户孝允等与封建残余势力有着千丝万缕的联系。太田丰太郎是在这种动荡的社会变革中成长起来的时代宠儿，等级观念等封建残余思想仍然束缚着他，他尽管受到了明治社会的新式教育，但还是透露出浓郁的封建主义色彩。丰太郎带着新观念、旧思想来到了欧洲。

来到柏林的丰太郎，立刻被资本主义社会的繁华所吸引——金融证券交易所和商行店铺鳞次栉比，夜如白昼，行欢达旦，这是"光怪陆离，令人眼花缭乱"的世界。此时的德国刚刚赢得普法战争，从法国获得了50亿法郎的巨额战争赔款，工业生产总值直线上升。1880年，德国的钢产量已居世界第二位，商船吨位接近545万吨，铁路里程增加了40%。日本和西方的差距令丰太郎瞠目结舌。特别是他接触到德国大学中的自由气息，便无法再禁锢自己。他开始追随时代的脚步，追求自由与先进。然而，非常遗憾的是，丰太郎在遇到挑战和阻碍之时，又软弱地退缩了回去，背叛了理想。

《舞姬》这部小说通过描写主人公丰太郎与德国舞女爱丽丝的爱情来体现丰太郎的自我觉醒。然而，当面对强大的专制势力和社会舆论的压制时，他虽有些许坚持，却并没有实质性的抗争，最终不得不与现实妥协。小说揭露了日本近代封建残余势力的强大和明治维新的虚伪性。主人公丰太郎从本质上来说就不是一个真正追求自由的进步青年，或者说他是个性解放的伪觉醒者。

小说《舞姬》是森鸥外最具有自传性质的小说。它以作者留学德国的经历为背景，主人公丰太郎与森鸥外经历相似，就连女主角爱丽丝的名字都与森鸥外初恋女友的名字一模一样。虽然主人公丰太郎不能

观潮楼歌会

从1907年3月到1910年4月，因森鸥外在自家面朝大海的二楼定期举办诗歌交流聚会而得名。当时，日本诗坛呈现分裂状态。引领现代诗歌的"东京新诗社"与日本传统和歌阵地"根岸短歌会"相互排斥。为了缓解双方的对立情绪，森鸥外同时邀请新诗社的诗人和根岸派的歌人参加"观潮楼歌会"。北原白秋、石川啄木、与谢野铁干、伊藤左千夫等不同派别的著名诗人、歌人在"观潮楼歌会"充分探讨交流，为促进日本近代诗歌的健康发展做出了巨大贡献。

等同于森鸥外本人,但是处处都有森鸥外的影子,主人公丰太郎的一言一行、所感所想都是为森鸥外本人代言。《舞姬》的爱情悲剧不仅影射了森鸥外难忘的初恋悲剧,更隐喻了当时日本青年人的时代悲剧。

自幼以精英身份一路走来的森鸥外肩负着家族的殷切期望,年纪轻轻就被选派出国留学,可谓一帆风顺、意气风发。当时的德国经历了文艺复兴运动,受到了欧洲启蒙思想的影响,人们的自由民主意识及自我意识得到了迅速发展。森鸥外意识到日本社会的落后现状,思考着如何唤醒日本青年。森鸥外在留学期间结识了女友爱丽丝,他回国后,爱丽丝也追到了日本。可是爱丽丝的到来势必会对森鸥外的仕途产生不良影响,为了维护家族的名誉,他在社会舆论的压力,以及想出人头地的强烈欲望之下,将爱丽丝劝回了德国。据说森鸥外万般不舍,但只能妥协。然而,通过对小说《舞姬》的文本分析可以看到,森鸥外是主动回归保守阵营的。与其说他在令人窒息的桎梏之下妥协,不如说他贪恋官僚阶层特权的待遇,他自我意识的觉醒并不彻底。对于爱丽丝的悲剧,森鸥外的分身丰太郎有着不可推卸的责任,他却把责任推给了好友相泽兼吉,甚至推到了国家制度的代言人天方伯爵的身上。伤害就是伤害,背叛就是背叛,任何逃避和辩解的理由都是苍白的。这种毫无担当的逃避行为,表现出作者的时代局限性,也暴露了森鸥外依赖官僚阶层的特性。此外,小说《舞姬》文体工整、语言华美,是日本近代文言体小说的美文典范,它既不是雅俗折中体,也不是完全的口语体,而是融合了日语"汉文调"和德语特色的翻译体,它是具有森鸥外个人语言风格的代表作。

小百科

1.《小说神髓》的意义和基本特征

日本近代文学的启蒙者、文艺理论家坪内逍遥(1859—1935),于1885年发表了探索近代小说创作的论著《小说神髓》,为日本近代文学的登场拉开了序幕。它不是碎片化的感悟点评式文艺批评,也不是传统文学的创作思想,而是日本近代文学史上初具系统性的文艺理论著作。当时的小说创作还没有成为文学创作的主要形式。1884年4月25日,英国小说家兼历史学家沃尔特·贝桑特(Walter Besant,1836—1901)在伦敦皇家学会发表了题为《小说的艺术》("The Art of Fiction")的演讲。同年,亨利·詹姆斯(Henry James,1843—1916)发表了同名论文《小说的艺术》("The Art of Fiction"),批驳贝桑特的某些观点。19世纪末期的小说被认为是洪水猛兽。[①] 先行者们还在为小说名正言顺地踏入文学的殿堂而奋斗着。而在近代文学还没有开场的日本,坪内逍遥在《小说神髓》中,把小说提升到了艺术的高度进行讨论,超越了时代。日本学者龟井秀雄评价道:"即使在近代小说发源地的英国,当时也没有体系化的小说理论,有的只是一些修辞学的论著。"

---

① 殷企平,高奋,童燕萍.英国小说批评史[M].上海:上海外语教育出版社,2001.

> **康德论美的愉悦**
>
> 康德在《判断力批判》中的"美的第一契机"中论及舒适、善良、美好这三种愉悦后总结说:"在所有这三种愉悦方式中,唯有对美的鉴赏的愉悦才是一种无利害的和自由的愉悦;因为没有任何利害,既没有感官的利害,也没有理性的利害来对赞许加以强迫。"康德对美的愉悦的论述为近代美学的诞生开辟了道路。

坪内逍遥将东西方文艺理念加以融合,阐释了近代日本小说创作要达到的艺术境界。"小说的主脑是人情,世态风俗次之""娱人心目""以妙想为乐"。通过"妙想"的表现,他论述了小说在艺术上的独立性和特殊性,强调了新文学以心理描写为主要方式的写实主义立场。他反对艺术有"目的性",对日本江户时代和明治初期大量劝善惩恶文学的功利性目的进行了批判。

《小说神髓》分为两卷,上卷为文学理论,下卷为方法论。主要观点如下。

(1) 审美的愉悦性。艺术以娱人心目、入其妙神为目的。把艺术审美的愉悦和生理快感或善的愉悦相区别,认为艺术审美愉悦是超越功利范畴的自由愉悦。

(2) 具有高于现实生活的时尚、典雅、幽趣等特性。对立面是"贪吝之欲""刻薄之情""肉体之欲"等低级趣味。

(3) 穿越时空,自由驰骋。审美通过艺术思维的全面展开,无拘无束地自由驰骋,和中国古代诗学中所谓的"神思""逸想"等有异曲同工之妙。

(4) 艺术表象和审美情感合二为一,主观和客观交融统一,即达到所谓"物我两忘"的境界。

2. 北村透谷与《文学界》

北村透谷(1868—1894)出身于没落的下级武士家庭,东京专门学校(早稻田大学的前身)辍学,18岁就参与了自由民权运动。其间,他结识了自由民权运动的领导人石坂昌孝,并和他的女儿石坂美那相恋,于1888年结婚。受到英国浪漫主义诗人拜伦《锡雍的囚徒》的影响,1889年他自费出版了《楚囚之诗》,该诗被誉为日本近代最早的自由诗。第二年他又发表了具有开创性意义的新体诗剧《蓬莱曲》。北村透谷在作品中效仿莎士比亚戏剧的修辞方法,吸收了歌德《浮士德》(1808)和拜伦《曼弗雷德》(1817)等作品的部分情节,突出地表现"自我"的觉醒和"我"与现实世界的矛盾,揭示了"自我"追求中"人性"与"神性"冲突的必然性规律。

在日本近代文学中,二叶亭四迷《浮云》的主人公内海文三是近代自我意识觉醒的代表,质疑明治官僚体系的正当性,对腐朽落后的封建观念进行批判,进步意义重大。但是,面对严峻的社会现实,内海文三没有找到出路,只有彷徨、茫然和不知所措。在森鸥外的《舞姬》中,向往自由、平等的丰太郎已经迈出了和爱丽丝相爱的第一步,然而在强大的旧势力面前,他还是屈服了,最终抛弃了爱丽丝,回到了旧的体制内。但是,北村透谷《蓬莱曲》中的主人公柳田素雄全然不顾家族的压制,发出了

"从此以后我是我自己的主人"的呐喊,毅然离开了他认为的"牢笼的家"。这种呐喊来自自我意识的觉醒,是对日本传统思想的反叛。他对"自我"的思考超越了前辈,站在更高视角进行了反思。

1892年以后,北村透谷把主要精力投入文艺评论,同年2月他在《女学杂志》上发表了《厌世世家和女性》《我之牢狱》等文艺评论。这时,他已经成为多家杂志的特约撰稿人。1893年他在《女学杂志》主编、教育家岩本善治的介绍下认识了岛崎藤村、平田秃木、上田敏、户川秋骨、星野天知等人,成为1893年1月创刊的《文学界》的特约撰稿人。樋口一叶、幸田露伴、田边花圃等人也都是《文学界》的主要撰稿人。他们以《文学界》为阵地掀起了浪漫主义创作的热潮。而北村透谷的浪漫主义诗歌和《何为干预人生》《内部生命论》等数十篇文艺评论是当时社会关注度最高的作品。

1892年到1894年是他创作的高峰期。工作过于繁忙,体力透支过度,导致他精神错乱,1894年5月,北村透谷在东京家中自杀,结束了只有26年的短暂人生。但是,他留给人们的精神遗产是丰富的,他的诗歌和评论不仅推动了浪漫主义文学的发展,对以后的日本文学也产生了深远的影响。

北村透谷去世后,《文学界》的同人们继续把浪漫主义文学运动推向深入,不过风格有所改变,逐渐远离政治和宗教,转向艺术至上的唯美主义。

第3讲 《破戒》

岛崎藤村

背景介绍

岛崎藤村是日本近代文学史上具有开创性意义的抒情诗人，从25岁开始连续出版了《嫩菜集》《一叶舟》《夏草》《落梅集》四部现代诗集，名声大噪，成为日本近代诗歌的奠基者之一。他和北村透谷等人通过文学杂志《文学界》进行的创作活动，推动了日本早期浪漫主义文学的发展。1906年他自费出版了日本自然主义长篇小说《破戒》，此后他将精力放在小说创作上，一生笔耕不辍，创作时间超过了半个世纪，跨越了明治、大正和昭和三个时代。他和夏目漱石、森鸥外齐名。他的小说《破戒》与田山花袋的小说《棉被》标志着日本自然主义文学的诞生。

作家与作品

岛崎藤村(1872—1943)，原名岛崎春树，诗人、小说家。出生在信州西筑摩郡(长野县木曾郡，现为岐阜县中津川市)马笼村。晚年他在小说《黎明之前》里描写过家乡山区的特点：有陡峭的山崖、深渊，有木曾川奔流的峡谷、隘口，有广袤的原始森林。藤村是岛崎家四男三女中最小的一个孩子。父亲正树信奉日本国学家平田笃胤的思想学说，对岛崎藤村的家教非常严格。藤村从小受汉学熏陶，学习了《劝学篇》《千字文》《孝经》《论语》等。9岁时他和兄长们离开了家乡，去东京读书。15岁进入明治学院，18岁开始诗歌创作。他十分喜爱卢梭、左拉、福楼拜及莫泊桑等人的作品。21岁他结识了浪漫主义诗人北村透谷[①]，视其为文学道路上的良师益友。1894年北村透谷自杀，这不仅是日本近代文坛的重大损失，也给岛崎藤村留下了难以弥合的心理创伤。后来，

[①] 北村透谷(1868—1894)，日本近代浪漫主义文学的先行者。代表作品有《楚囚之诗》《蓬莱曲》《内部生命论》《何谓干预人生》。

岛崎藤村辗转到日本东北地区的仙台市任教,这期间他的第一部诗集《嫩菜集》问世,这是日本近代诗坛的第一部白话文诗集,开创了日本近代自由体诗歌的新时代。他因此赢得了和土井晚翠①并列日本诗坛第一诗人的美誉。在日本的诗歌界,这个时期称为"晚藤时代"。第二年,他又相继出版了《一叶舟》和《夏草》两部诗集。第四部诗集《落梅集》出版以后,他开始转向散文和小说的创作。1902年,他开始创作《千曲川风情》②,同年在文艺杂志《新小说》上发表了小说《旧东家》(后遭到封禁),1904年发表了小说《水彩画家》。从1899年到1906年,在七年的苦闷煎熬中,他完成了长篇小说《破戒》的创作。这个时期是岛崎藤村生活中最贫穷、创作最艰难的阶段。他在偏僻的山区古城小诸义塾任教六年,贫病交加。1906年在外漂泊多年的岛崎藤村返回了东京,自费出版了小说《破戒》,然而三个女儿相继夭折,因小说出版而欣喜的他被浇了一盆冷水,也给小说《破戒》蒙上了一层悲剧色彩。

作家简表	
1872年	出生
1891年	明治学院本科毕业
1893年	《文学界》创刊
1897年	《嫩菜集》
1898年	《一叶舟》《夏草》
1901年	《落梅集》
1906年	《破戒》
1907年	《春》
1910年	《家》
1912年	《千曲川风情》
1913—1916年	赴法国
1918年	《新生》
1929至1935年	《黎明之前》
1935年	日本文艺家协会会长
1943年	《东方之门》未完,去世

总之,岛崎藤村成为日本近代文坛具有代表性的作家之一,与森鸥外、夏目漱石并称为明治时期的三大文豪,其文学成就主要体现在以下三个方面。

首先是诗歌创作的成就。他是日本近代诗歌的奠基者之一,被誉为"日本现代诗歌之父"。1893年1月,岛崎藤村在《文学界》创刊号上发表了第一篇习作,1897年出版了第一部诗集《嫩菜集》,作为日本近代文学史上的第一部白话文诗集,也是日本前期浪漫主义诗歌的代表作品,开创了日本诗歌的新时代。此后,岛崎藤村又陆续出版了《一叶舟》《夏草》《落梅集》等诗歌集。

其次是散文创作的成就。他的散文《千曲川风情》与国木田独步的散文《武藏野》齐名,二者被誉为日本近代文学的两大散文名篇。相对于《武藏野》纯粹的自然描写,《千曲川风情》则是把日本中部地区千曲川一带的风土人情和民众生活都融入了自然景象的描写,写实主义的创作经历使岛崎藤村顺利完成了由诗歌向散文进而向小说创作的转变,同时也为他后来创作《破戒》等小说积累了重要的生活素材和写作经验。

最后是小说创作上的成就。他一生创作了6部长篇小说和66篇短篇小说。成名

---

① 土井晚翠(1871—1952),诗人、学者,翻译了荷马史诗。代表作有《天地有情》《晓钟》。
② 岛崎藤村著名的随笔散文《千曲川风情》的创作始于1902年,散文集出版于1912年。

作是小说《破戒》，其他5部长篇小说分别是《春》《家》《新生》《黎明之前》《东方之门》（未完稿）。岛崎藤村从20岁开始发表作品，直到71岁去世，创作生涯长达半个世纪，是日本近代文学史上创作生涯最长的作家之一。晚年他作为日本文艺家协会首任会长，曾活跃于世界文学的舞台。岛崎藤村的一生艰辛坎坷，历尽各种磨难，却笔耕不辍、奋发图强。他的文学创作生涯是日本近代文学史的一个剪影，日本近代文学史上的这种"岛崎藤村现象"在世界文学的舞台上也实属罕见。

小说梗概

1906年（明治三十九年），岛崎藤村经过实地调查，根据真实的事件和人物原型创作的长篇小说《破戒》，以自然主义的写实风格揭露了日本社会对"部落民"（贱民）的歧视问题，小说一问世便产生了极大的社会反响。"破戒"在佛教中是指受戒僧人违反宗教戒律，而在该小说中则另有所指，主人公丑松的父亲告诫他，千万不能说出自己的"部落民"身份。丑松对待父亲的这个嘱咐犹如"戒律"一般，然而在经历一番磨难之后，他最终"破戒"。具体来说，该小说讲述了"秽多"出身的主人公濑川丑松的曲折人生。所谓"部落民"，其全称是"特殊部落民"，实质上就是日本历史上的贱民。在日本中世社会，从事殡葬业、处理动物毛皮与尸体的人和乞丐、屠夫、妓女、犯罪者等社会边缘人群长期受到歧视，因为他们多数居住在河滩等低洼之地（河原），所以被称为"河原者"。进入江户时代后，他们更是被纳入"贱籍"，身份地位排在士农工商"四民"之下，更是细分为"秽多"和"非人"。"非人"由罪犯、妓女等构成，身份地位最低，但可以改变贱籍身份，重新回到"四民"当中；"秽多"按字面解释，就是"肮脏之人""不可接触者"，"秽多"是世代从事下贱职业的人，他们的身份不能改变。1871年日本明治政府宣布"四民平等"，废除旧的身份制度，"秽多"改称"特殊部落民"或"部落民"，但歧视根深蒂固，他们在就业、婚姻等方面受到严重歧视。历史上，数十万日本"部落民"为了改变现状组织起来进行不懈斗争，争取平等、合法的权益，消除社会歧视，如1922年成立"全国水平社"，第二次世界大战后又相续派生出"部落解放委员会""全日本同和会""解放同盟全国联合会"等社会团体组织。当然，第二次世界大战期间，日本政府为了消除歧视，在社会福利、改善生活条件等方面做出了许多努力，但针对"部落民"的社会歧视仍然隐蔽地存在着。因此，"部落民"出身的日本人常常隐瞒自己的身份，在明治时代更是如此，一旦秘密被外人知晓，当事人在社会上便无立身之地，永无出头之日。不过，在公务员、教师等少数职业群体中这种歧视相对少一些，这些职业成为部落民出身者改变命运的最好出路。

小说《破戒》的主人公濑川丑松是"部落民"出身，他刚从师范学校毕业，成为一名教师。因此，丑松的父亲告诫他，一定要隐瞒自己的身世，否则将遭受社会无情的唾弃。为了免遭命运的践踏，丑松始终牢记父亲的嘱咐，保守着自己出身的秘密，顺利地

完成了学业,成为受人尊敬的小学教师。作为信州小学的骨干教师,他深受学生们的爱戴。他享受着美好的初恋,过着和常人无异的生活。但是,在平静的表面背后,濑川丑松的内心世界一刻也没有得到安宁。为了不暴露自己"秽多"出身的秘密,他承受了难以忍受的精神折磨,经历了常人难以想象的煎熬和苦闷。每当他看到身边部落民出身的人遭受不公平待遇,他就愈加痛苦不堪。

后来濑川丑松结识了同样是"秽多"出身的人权斗士猪子莲太郎,内心受到了强烈的触动。他折服于猪子莲太郎的人格魅力和勇气,视他为自己的人生导师。受到人权和平等思想启蒙之后,濑川丑松更加不堪忍受隐藏出身秘密的重负,为了心灵的自由与解脱,他决心像猪子莲太郎那样,举起觉醒者的反抗旗帜,对抗社会歧视。在小说最后,受到父亲去世和猪子莲太郎遇害的双重打击,濑川丑松决心打破父亲的"戒律",面对全体学生,他终于公开了自己"贱民"出身的秘密。这样一来,他在日本社会便失去了立身之地,于是便辞去了教师工作,远赴美国得克萨斯州垦荒务农,寻求自由的新天地。

小说的叙事主线围绕濑川丑松的身世之谜从隐瞒到公开("破戒")的过程展开。通过描写濑川丑松内心世界的压抑和苦闷,揭露明治社会封建残余势力的强大,批判封建等级制度的愚昧和野蛮。对于岛崎藤村而言,主人公丑松"破戒"之后远赴美国的结局是一种无奈之举。这是一种逃避行为,主人公应该留在日本,做一名人权斗士。然而这个遗憾只能说是作者受到历史的局限了。

小说原文

第二十三章

(一)

いよいよ出発の日が来た。払暁(ふつぎょう)頃から霙(みぞれ)が降出して、扇屋に集る人々の胸には寂しい旅の思を添へるのであつた。

一台の橇(そり)は朝早く扇屋の前で停つた。下りた客は厚羅紗(あつらしや)の外套で深く身を包んだ紳士風の人、橇曳(そりひき)に案内させて、弁護士に面会を求める。『おゝ、大日向が来た。』と弁護士は出て迎へた。大日向は約束を違(たが)へずやつて来たので、薄暗いうちに下高井を発つたといふ。上れと言はれても上りもせず、たゞ上り框(あがりがまち)のところへ腰掛けた儘(まま)で、弁護士から法律上の智慧を借りた。用談を済し、蓮太郎への弔意(くやみ)を述べ、軈(やが)てそこそこにして行かうとする。其時、弁護士は丑松のことを語り聞(きか)せて、『まあ、上るさ——猪子君の細君も居るし、それに今話した瀬川君も一緒だから、是

非逢つてやつて呉れたまへ。其様なところに腰掛けて居たんぢや、緩々談話も出来ないぢや無いか。』

と強ひるやうに言つた。然し大日向は苦笑するばかり。奈何に薦められても、決して上らうとはしない。いづれ近い内に東京へ出向くから、猪子の家を尋ねよう。其折丑松にも逢はう。左様いふ気心の知れた人なら双方の好都合。委敷いことは出京の上で。と飽迄も言ひ張る。

『其様に今日は御急ぎかね。』

『いえ、ナニ、急ぎといふ訳でも有ませんが――』

斯ういふ談話の様子で、弁護士は大日向の顔に表れる片意地な苦痛を看て取つた。

『では、斯うして呉れ給へ。』

と弁護士は考へた。上の渡しを渡ると休茶屋が有る。彼処で一同待合せて、今朝発つ人を送る約束。多分丑松の親友も行つて居る筈。一歩先へ出掛けて待つて居て呉れないか。兎に角丑松を紹介したいから。と呉々も言ふ。『むゝ、そんなら御待ち申しませう。』斯う約束して、とうとう大日向は上らずに行つて了つた。

『大日向も思出したと見えるなあ。』

と弁護士は独語のやうに言つて、旅の仕度に多忙しい未亡人や丑松に話して笑つた。

蓮華寺の庄馬鹿もやつて来た。奥様からの使と言つて、餞別のしるしに物なぞを呉れた。別に草鞋一足、雪の爪掛一つ、其は庄馬鹿が手製りにしたもので、ほんの志ばかりに納めて呉れといふ。其時丑松は彼の寺住を思出して、何となく斯人にも名残が惜まれたのである。過去つたことを考へると、一緒に蔵裏の内に居た人の生涯は皆な変つた。住職も変つた。奥様も変つた。お志保も変つた。自分も亦た変つた。独り変らないのは、馬鹿々々と呼ばれる斯人ばかり。斯う丑松は考へ乍ら、斯の何時迄も児童のやうな、親戚も無ければ妻子も無いといふ鐘楼の番人に長の別離を告げた。

省吾も来た。手荷物があらば持たして呉れと言ひ入れる。間も無く一台の橇の用意も出来た。遺骨を納めた白木造りの箱は、白い布で巻いた上をまた黒で包んで、成るべく人目に着かないやうにした。橇の上には、斯の遺骨の外に、蓮太郎が形見のかずかず、其他丑松の手荷物なぞを載せた。世間への遠慮から、未亡人と丑松

とは上の渡し迄歩いて、対岸の休茶屋で別に二台の橇を傭ふことにして、軈て一同『御機嫌克う』の声に送られ乍ら扇屋を出た。

霙は蕭々降りそゝいで居た。橇曳は饅頭笠を冠り、刺子の手袋、旨目縞の股引といふ風俗で、一人は梶棒、一人は後押に成つて、互に呼吸を合せ乍ら曳いた。『ホウ、ヨウ』の掛声も起る。丑松は人々と一緒に、先輩の遺骨の後に随いて、雪の上を滑る橇の響を聞き乍ら、静かに自分の一生を考へ考へ歩いた。猜疑、恐怖——あゝ、あゝ、二六時中忘れることの出来なかつた苦痛は僅かに胸を離れたのである。今は鳥のやうに自由だ。どんなに丑松は冷い十二月の朝の空気を呼吸して、漸く重荷を下したやうな其蘇生の思に帰つたであらう。譬へば、海上の長旅を終つて、陸に上つた時の水夫の心地は、土に接吻する程の可懐しさを感ずるとやら。丑松の情は丁度其だ。いや、其よりも一層歓しかつた、一層哀しかつた。踏む度にさくさくと音のする雪の上は、確実に自分の世界のやうに思はれて来た。

（二）

上の渡しの方へ曲らうとする町の角で、一同はお志保に出逢つた。

丁度お志保は音作を連れて、留守は音作の女房に頼んで置いて、見送りの為に其処に待合せて居たところ。丑松とお志保——実にこの二人の歓会は傍で観る人の心にすら深い深い感動を与へたのであつた。冠つて居る帽子を無造作に脱いで、お志保の前に黙礼したは、丑松。清しい、とはいへ涙に濡れた眸をあげて、丑松の顔を熟視つたは、お志保。仮令口唇にいかなる言葉があつても、其時の互の情緒を表すことは出来なかつたであらう。斯うして現世に生きながらへるといふことすら、既にもう不思議な運命の力としか思はれなかつた。まして、さまざまな境涯を通過して、復た逢ふ迄の長い別離を告げる為に、互に可懐しい顔と顔とを合せることが出来ようとは。

丑松の紹介で、お志保は始めて未亡人と弁護士とを知つた。女同志は直に一緒に成つて、言葉を交し乍ら歩き初めた。音作も赤、丑松と弁護士との談話仲間に入つて、敬之進の容体などを語り聞せる。正直な、樸訥な、農夫らしい調子で、主人思ひの音作が風間の家のことを言出した時は、弁護士も丑松も耳を傾けた。音作の言ふには、もしも病人に万一のことが有つたら一切は自分で引受けよう、そのかはりお志保と省吾の身の上を頼む——まあ、自分も子は無し、主人の許しは有るし、するか

らして、あのお末を貰受けて、形見と思つて養ふ積りであると話した。
　上の渡しの長い船橋を越えて対岸の休茶屋に着いたは間も無くであつた。そこには銀之助が早くから待受けて居た。例の下高井の大尽も出て迎へる。弁護士が丑松に紹介した斯の大日向といふ人は、見たところ余り価値の無ささうな――丁度田舎の漢方医者とでも言つたやうな、平凡な容貌で、これが亜米利加の『テキサス』あたりへ渡つて新事業を起さうとする人物とは、いかにしても受取れなかつたのである。しかし、言葉を交して居るうちに、次第に丑松は斯人の堅実な、引締つた、どうやら底の知れないところもある性質を感得くやうに成つた。大日向は『テキサス』にあるといふ日本村のことを丑松に語り聞せた。北佐久の地方から出て遠く其日本村へ渡つた人々のことを語り聞せた。一人、相応の資産ある家に生れて、東京麻布の中学を卒業した青年も、矢張其渡航者の群に交つたことなぞを語り聞せた。
　『へえ、左様でしたか。』と大日向は鷹匠町の宿のことを言出して笑つた。『貴方も彼処の家に泊つておいでゞしたか。いや、彼時は酷い熱湯を浴せかけられましたよ。実は、私も、彼様いふ目に逢はせられたもんですから、其が深因で今度の事業を思立つたやうな訳なんです。今でこそ斯うして笑つて御話するやうなものゝ、どうして彼時は――全く、残念に思ひましたからなあ。』
　盛んな笑声は腰掛けて居る人々の間に起つた。其時、大日向は飛んだところで述懐を始めたと心付いて、苦々しさうに笑つて、丑松と一緒にそこへ腰掛けた。
　『かみさん――それでは先刻のものを茲へ出して下さい。』
　と銀之助は指図する。『お見立』と言つて、別離の酒を斯の江畔の休茶屋で酌交すのは、送る人も、送られる人も、共に共に長く忘れまいと思つたことであつたらう。銀之助は其朝の亭主役、早くから来てそれぞれの用意、万事無造作な書生流儀が反つて熱い情を忍ばせたのである。
　『いろいろ君には御世話に成つた。』と丑松は感慨に堪へないといふ調子で言つた。
　『それは御互ひサ。』と銀之助は笑つて、『しかし、斯うして君を送らうとは、僕も思ひがけなかつたよ。送別会なぞをして貰つた僕の方が反つて君よりは後に成つた。はゝゝゝ――人の一生といふ奴は実際解らないものさね。』
　『いづれ復た東京で逢はう。』と丑松は熱心に友達の顔を眺める。
　『あゝ、其内に僕も出掛ける。さあ何もないが一盃飲んで呉れ給へ。』と言つて、

銀之助は振返つて見て、『お志保さん、済みませんが、一つ御酌して下さいませんか。』

お志保は酒瓶を持添へて勧めた。歓喜と哀傷とが一緒になつて小な胸の中を往来するといふことは、其白い、優しい手の慄へるのを見ても知れた。

『貴方も一つ御上りなすつて下さい。』と銀之助は可羞しがるお志保の手から無理やりに酒瓶を受取つて、かはりに盃を勧め乍ら、『さあ、僕が御酌しませう。』

『いえ、私は頂けません。』とお志保は盃を押隠すやうにする。

『そりや不可。』と大日向は笑ひ乍ら言葉を添へた。『斯ういふ時には召上るものです。真似でもなんでも好う御座んすから、一つ御受けなすつて下さい。』

『ほんのしるしでサ。』と弁護士も横から。

『何卒、それでは、少許頂かせて下さい。』

と言つて、お志保は飲む真似をして、紅くなつた。

（三）

次第に高等四年の生徒が集つて来た。其日の出発を聞伝へて、せめて見送りしたいといふ可憐な心根から、いづれも丑松を慕つてやつて来たのである。丑松は頬の紅い少年と少年との間をあちこちと歩いて、別離の言葉を交換したり、ある時は一つところに佇立つて、是から将来のことを話して聞せたり、ある時は又た霙の降るなかを出て、枯々な岸の柳の下に立つて、船橋を渡つて来る生徒の一群を待ち眺めたりした。

蓮華寺で撞く鐘の音が起つた。第二の鐘はまた冬の日の寂寞を破つて、千曲川の水に響き渡つた。軈て其音が波うつやうに、次第に拡つて、遠くなつて、終に霙の空に消えて行く頃、更に第三の音が震動へるやうに起る――第四――第五。あゝ庄馬鹿は今あの鐘楼に上つて撞き鳴らすのであらう。それは丑松の為に長い別離を告げるやうにも、白々と明初めた一生のあけぼのを報せるやうにも聞える。深い、森厳な音響に胸を打たれて、思はず丑松は首を垂れた。

第六――第七。

詞の無い声は聞くものゝ胸から胸へ伝つた。送る人も、送られる人も、暫時無言の思を取交したのである。

やがて橇の用意も出来たといふ。丑松は根津村に居る叔父夫婦のことを銀之助

に話して、嘸あの二人も心配して居るであらう、もし自分の噂が姫子沢へ伝つたら、其為に叔父夫婦は奈何な迷惑を蒙るかも知れない、ひよつとしたら彼村には居られなくなる——奈何したものだらう。斯う言出した。『其時はまた其時さ。』と銀之助は考へて、『万事大日向さんに頼んで見給へ。もし叔父さんが根津に居られないやうだつたら、下高井の方へでも引越して行くさ。もう斯うなつた以上は、心配したつて仕方が無い——なあに、君、どうにか方法は着くよ。』

『では、其話をして置いて呉れ給へな。』

『宜しい。』

斯う引受けて貰ひ、それから例の『懺悔録』はいづれ東京へ着いた上、新本を求めて、お志保のところへ送り届けることにしよう、と約束して、軈て丑松は未亡人と一緒に見送りの人々へ別離を告げた。弁護士、大日向、音作、銀之助、其他生徒の群はいづれも三台の橇の周囲に集つた。お志保は蒼ざめて、省吾の肩に取縋り乍ら見送つた。

『さあ、押せ、押せ。』と生徒の一人は手を揚げて言つた。

『先生、そこまで御供しやせう。』とまた一人の生徒は橇の後押棒に掴つた。

いざ、出掛けようとするところへ、準教員が霙の中を飛んで来て、生徒一同に用が有るといふ。何事かと、未亡人も、丑松も振返つて見た。蓮太郎の遺骨を載せた橇を先頭に、三台の橇曳は一旦入れた力を復た緩めて、手持無沙汰にそこへ佇立んだのであつた。

（四）

『其位のことは許して呉れたつても好ささうなものぢや無いか。』と銀之助は準教員の前に立つて言つた。『だつて君、考へて見給へ。生徒が自分達の先生を慕つて、そこまで見送りに随いて行かうと言ふんだらう。少年の情としては美しいところぢや無いか。寧ろ賞めてやつて好いことだ。それを学校の方から止めるなんて——第一、君が間違つてる。其様な使に来るのが間違つてる。』

『左様君のやうに言つても困るよ。』と準教員は頭を掻き乍ら、『何も僕が不可と言つた訳では有るまいし。』

『それなら何故学校で不可と言ふのかね。』と銀之助は肩を動つた。

『届けもしないで、無断で休むといふ法は無い。休むなら、休むで、許可を得て、それから見送りに行け——斯う校長先生が言ふのさ。』

『後で届けたら好からう。』

『後で？　後では届にならないやね。校長先生はもう非常に怒つてるんだ。勝野君はまた勝野君で、どうも彼組(あのくみ)の生徒は狡猾(ずる)くて不可(いかん)、斯ういふことが度々重ると学校の威信に関(かは)る、生徒として規則を守らないやうなものは休校させろ——まあ斯う言ふのさ。』

『左様器械的に物を考へなくつても好からう。何ぞと言ふと、校長先生や勝野君は、直に規則、規則だ。半日位休ませたつて、何だ——差支は無いぢやないか。一体、自分達の方から進んで生徒を許すのが至当(あたりまへ)だ。まあ勧めるやうにしてよこすのが至当だ。兎(と)も角(かく)も一緒に仕事をした交誼(よしみ)が有つて見れば、自分達が生徒を連れて見送りに来なけりやならない。ところが自分達は来ない、生徒も不可(いけない)、無断で見送りに行くものは罰するなんて——其様(そん)な無法なことがあるもんか。』

　銀之助は事情を知らないのである。昨日校長が生徒一同を講堂に呼集めて、丑松の休職になつた理由を演説したこと、其時丑松の人物を非難したり、平素(ふだん)の行為(おこなひ)に就いて烈しい攻撃を加へたりして、寧ろ今度の改革は(校長はわざわざ改革といふ言葉を用ゐた)学校の将来に取つて非常な好都合であると言つたこと——そんなこんなは銀之助の知らない出来事であつた。あゝ、教育者は教育者を忌む。同僚としての嫉妬(しつと)、人種としての軽蔑(けいべつ)——世を焼く火焔(ほのほ)は出発の間際まで丑松の身に追ひ迫つて来たのである。

　あまり銀之助が激するので、丑松は一旦橇(そり)を下りた。

『まあ、土屋君、好加減(いゝかげん)にしたら好からう。使に来たものだつて困るぢや無いか。』と丑松は宥(なだ)めるやうに言つた。

『しかし、あんまり解らないからさ。』と銀之助は聞入れる気色(けしき)も無かつた。『そんなら僕の時を考へて見給へ。あの時の送別会は半日以上かゝつた。僕の為に課業を休んで呉れる位なら、瀬川君の為に休むのは猶更(なほさら)のことだ。』と言つて、生徒の方へ向いて、『行け、行け——僕が引受けた。それで悪かつたら、僕が後で談判してやる。』

『行け、行け。』とある生徒は手を振り乍ら叫んだ。

『それでは、君、僕が困るよ。』と丑松は銀之助を押止めて、『送つて呉れるといふ志は有難いがね、其為に生徒に迷惑を掛けるやうでは、僕だつてあまり心地(こゝろもち)が好くない。もう是処(こゝ)で沢山(たくさん)だ——わざわざ是処迄(まで)来て呉れたんだから、それでもう僕

には沢山だ。何卒、君、生徒を是処で返して呉れ給へ。』

斯う言つて、名残を惜む生徒にも同じ意味の言葉を繰返して、やがて丑松は橇に乗らうとした。

『御機嫌よう。』

それが最後にお志保を見た時の丑松の言葉であつた。

蕭条とした岸の柳の枯枝を経てゝ、飯山の町の眺望は右側に展けて居た。対岸に並び接く家々の屋根、ところごろに高い寺院の建築物、今は丘陵のみ残る古城の跡、いづれも雪に包まれて幽かに白く見渡される。天気の好い日には、斯の岸からも望まれる小学校の白壁、蓮華寺の鐘楼、それも霙の空に形を隠した。丑松は二度も三度も振向いて見て、ホツと深い大溜息を吐いた時は、思はず熱い涙が頬を伝つて流れ落ちたのである。橇は雪の上を滑り始めた。

「現代文学大系13　島崎藤村集1」筑摩書房 1968年10月発行

鉴赏与评论

1899年岛崎藤村来到偏僻的长野县北佐久郡小诸町的小诸义塾，一边教授英语，一边创作小说《破戒》，生活十分艰苦。1905年4月，他带着《破戒》的书稿，携妻儿回到东京。到第二年的6月，三个女儿相继夭折，妻子也得了夜盲症。20年后，小说家志贺直哉评论道，为了完成《破戒》，"他尽可能地节衣缩食，致使家人营养不良，几个女儿相继夭折。我知道这些事情后，非常生气"。对于岛崎藤村醉心于小说的创作而不顾家人受苦受难的行为，志贺直哉表示出强烈的不满。

长篇小说《破戒》的主人公濑川丑松的形象和《浮云》中的内海文三都是日本近代写实主义小说中的两个典型的悲剧性人物。内海文三和濑川丑松都是新时期有思想、有才华的知识分子。内海文三因为性格忠厚耿直而不为腐朽的官僚制度所容，濑川丑松则是因为部落民的下等出身而遭到社会的歧视。从某种意义上说，岛崎藤村的小说《破戒》是对二叶亭四迷未完成的《浮云》的创作持续。岛崎藤村的自然主义文学是对二叶亭四迷的写实主义文学的深入拓展。写实主义与现实主义既有联系又有区别，它们都主张原封不动地描写社会现实，

作品评价

有观点认为长篇小说《破戒》是日本自然主义文学的作品，也有观点认为是批判现实主义的作品。本书认为属于后者，《破戒》是日本第一部完整的批判现实主义的作品。但是岛崎藤村没有把《破戒》的社会批判视角坚持下去。所以说，他后来作品的成就没有超过《破戒》。这不仅是他个人的遗憾，也是日本近代小说创作上的一大遗憾。

写实主义偏向描写社会阴暗面，现实主义则强调典型人物与社会事例的塑造。两者好像是西方写实主义这棵藤蔓上开出的两朵花，根源同一。日本自然主义是日本写实主义发展的结果，终结了封建社会"劝善惩恶"的旧文学。在这个斗争过程中，二叶亭四迷与岛崎藤村起到了关键作用，但是由于历史的局限性，他们的文学创作在社会批判性上存在一定的局限。

小说《破戒》是岛崎藤村的成名之作，与田山花袋①的《棉被》并列，宣告日本自然主义文学的诞生。夏目漱石曾对其做出很高的评价：如果说明治时代出了一本像样的小说的话，那就是《破戒》。日本评论界普遍认为，《破戒》是日本近代文

> **岛崎藤村与夏目漱石**
>
> 夏目漱石比岛崎藤村年长5岁，1893年，岛崎藤村就参与了《文学界》的创作活动，在文学界崭露头角。夏目漱石大器晚成，于1905年38岁时发表《我是猫》，一举成名。代表作品有《公子哥》《三四郎》《门》《心》《明暗》等。1916年，夏目漱石49岁病逝。其文学生涯仅有10年。
>
> 岛崎藤村的小说创作源于现实中的酸甜苦辣，是其探索生活、践行人生、苦闷挣扎的结晶。岛崎藤村的作品及他的生命体验，与他的人生感悟融为一体。夏目漱石的小说具有批判性，思想深刻，文笔睿智，更多的是源于生活又高于生活的创作活动，是对社会现实的洞悉，对人生的思考、讽刺、鞭挞。

学中第一部受到了西方文艺思潮影响、运用西方小说概念和写作技巧创作成功的小说。令人遗憾的是，岛崎藤村此后的小说没有再延续《破戒》关注社会与时代的批判视角。在田山花袋的小说《棉被》发表之后，自然主义文学的创作转向了关注个人情感和家庭琐事的"微小叙事"，于是便派生出了具有日本特色的小说体裁——"私小说"。

小说《破戒》将"部落民"作为日本近代社会中最不合理的一个现实问题，从正面进行批判。评论家认为这是"私小说"的经典作品。由于"告白"（坦露心声）的叙事手法在《破戒》中大量运用，人们对这部小说主题的认识产生了分歧，对小说的评价变得复杂起来。在小说《破戒》中，作者对主人公濑川丑松内心世界进行"告白"式描写，主人公对自己的出身感到自卑，对自己隐瞒出身的行为感到羞愧，因此"告白"时便向学生们下跪道歉。这样的叙事方法引起了致力于消除歧视的"解放同盟"的批判，认为此举有"助长歧视之嫌"。当然仁者见仁，智者见智。应该说《破戒》的文学表现力十分强大，充分深入了主人公的内心世界，把叙事焦点集中在"守戒"与"破戒"的矛盾冲突之上，深刻地揭示出顽固的封建残余思想和严峻社会现实的残酷性。

由于岛崎藤村在性格上的懦弱和创作上的不自信，也因为历史的局限及自然主

---

① 田山花袋（1872—1930），日本小说家。曾师从尾崎红叶等人。1891年发表处女作《瓜田》。早期作品有浪漫主义色彩。1902年发表中篇小说《重右卫门的末日》，从此转向自然主义，1907年发表中篇小说《棉被》。后陆续发表《生》《妻》《缘》《乡村教师》等。他与岛崎藤村等是自然主义文学的代表作家。

评论家的误导等，特别是受到第二年问世的小说《棉被》的不良影响，他此后创作的小说，没有继承《破戒》对社会现实的批判精神，而是转向了消极、保守、内敛和反省型的叙事文学创作，这不仅限制了他的文学创作力，也使他失去了再攀高峰的机会。在《破戒》的创作中，真实与虚构的情节是作品的根本要素，然而接下来的小说《春》则发生了逆转——《春》没有情节。笹渊友一指出，小说《春》并不在《破戒》的延长线上，那是因为田山花袋的《棉被》将两者之间的关联性截断了，岛崎藤村没有成为批判现实主义作家，日本写实主义最终没有发展成为现实主义，而是走上了自然主义这条道路。中村光夫的评论更为直接：此期间发生了《破戒》与《棉被》的博弈，至少在对同时代文学的影响方面，这场博弈以《棉被》取得了完全胜利而告终。因此小说《春》的叙事模式变化，确认《棉被》取得了胜利，或者说"藤村对花袋举起了白旗"。作者的现实关怀、宏大叙事被微小叙事所取代。小说《破戒》之后，《春》《家》《新生》《黎明之前》和未完稿的《东方之门》五部长篇小说，都是凝结着岛崎藤村心血的作品。特别是《黎明之前》在日本近代小说中堪称鸿篇巨作。但是，在小说《破戒》之后，尽管岛崎藤村持续了长达37年之久的创作活动，并没有创作出超越前者的作品。最终，《破戒》成了岛崎藤村小说创作的最高峰，在日本近代文学史上具有颠覆性的意义，同时也有种难以为继的遗憾。现实主义文学在日本有些水土不服，这便是所谓的"文学脱政治性"。岛崎藤村被日本文学评论界认为是自然主义文学的代表作家，但难免有降低小说《破戒》的格局之感。不过瑕不掩瑜，小说《破戒》被认为日本近代文学史上的伟大杰作，应该是恰如其分的评价。

　　岛崎藤村的文学创作与他不幸的人生经历密切相关。岛崎藤村年少时，其父亲的非正常死亡[①]，而且他的偶像北村透谷在26岁时自杀，这两件事对他的心理造成了极大的伤害，让他的心情更加郁闷。此外，他的一生中有四次坎坷的婚恋经历，对他的小说创作生涯产生了重大影响。第一次是他在明治女校任教期间，与已有婚约的佐藤辅子发生了师生恋，引发了轩然大波，最后他离职，远走他乡。第二次是他与第一任妻子秦冬子的10年婚姻，他们共同度过了在长野县小诸义塾任教的艰难岁月，1910年妻子因难产去世。第三次是1913年他与侄女驹子的乱伦之恋，遭到了社会与家族的谴责和唾弃，岛崎藤村不得不远渡重洋，在法国生活了4年才返回日本。第四次是1928年他和第二任妻子加藤静子结婚。不幸的情感经历与生活体验成为他创作灵感的源泉，文学创作对他而言是一种精神慰藉。1943年8月22日，岛崎藤村在执笔小说《东方之门》期间，突发脑出血去世。

[①] 岛崎藤村14岁时在东京求学，那一年他接到了父亲正树在老家发狂而死的噩耗。据西丸四方在《藤村的精神分析》等一系列文章中的叙述，岛崎家族的人表现出了精神疾病遗传现象。父亲正树和大姐园子是典型的被害妄想症患者，他和兄长们也多少有患精神分裂症的倾向。

小百科

1. 田山花袋与《棉被》

作为自然主义代表作家的岛崎藤村,在小说的创作中表现出了前后期不同的创作倾向。其成名作《破戒》显然受到了写实主义先驱坪内逍遥、二叶亭四迷和浪漫主义倡导者北村透谷的重大影响,小说《春》以后的创作转向了自然主义文学。很多评论家认为《破戒》与《春》之间有"断层",这是因为受到了田山花袋《棉被》的影响。

田山花袋简表	
1872 年	出生
1886 年	迁入东京
1889 年	学习和歌创作
1891 年	处女作《瓜田》
1902 年	《重右卫门的末日》
1907 年	《棉被》
1909 年	《乡村教师》
1914 年	《恒世万年历》
1917 年	《被枪杀的士兵》
1930 年	病逝

田山花袋,原名田山录弥,出生于群马县,幼年丧父,中学辍学,做过店员。曾在桂园派松浦辰男门下学习和歌创作,因此他于 1891 年发表的处女作《瓜田》具有浪漫主义色彩。1902 年发表中篇小说《重右卫门的末日》。1907 年,一直不温不火的田山花袋发表了中篇小说《棉被》,名声大噪,并以此确立了他作为日本自然主义文学鼻祖的地位。《棉被》讲述了中年文学家竹中时雄厌倦与妻子的生活,对 19 岁的女弟子横山芳子产生了爱恋之情,把她当作自己的梦中情人。作品所表露的仅仅是作者个人的欲望,没有社会现实的元素。小说《棉被》的发表震动了 20 世纪初的日本文坛,成为"改变日本文坛的大事件",开创了日本私小说的"告白小说"体裁,这对自然主义的异化和对"私小说"概念的形成都产生了重大影响。此后,以田山花袋和岛崎藤村为代表的日本自然主义文学统治文坛长达 10 年之久。

2. 日本的自然主义文学

浪漫主义思潮是日本明治文学的一抹亮色。但由于势单力薄和后继无人,没有出现繁荣的局面,更谈不上担当促进民众个性解放和自我觉醒的启蒙大任。这时,日本自然主义文学借助法国自然主义文学思潮的影响,扛起了自我解放的大旗,对自我欲望予以了肯定,冲破了封建思想对人性的禁锢,以洪水般势不可挡的气势,迅速占领了日本文坛,开启了独具特色的日本自然主义文学时代。以岛崎藤村、田山花袋为代表的自然主义作家接触了欧洲自然主义文学思潮,又接受了卢梭及其《忏悔录》所反映的自然主义思想,以及俄国批判现实主义文学等,从形式和内容上为自然主义文学的粉墨登场做了充分准备。

日本自然主义与法国自然主义的相同之处在于都强调文学作品中的"真实性"。但是,西方的自然主义注重"客体的真实",排斥创作技巧,主张客观地、原封不动地描写社会现实生活。最主要的特征是以科学、理性的态度,从遗传学和社会环境的

角度解读人性及人的行为活动。日本自然主义虽然深受西方文学影响,却没有继承以左拉的理念为代表的自然主义科学精神,而是一种变异的日本式自然主义,强调"主体的真实",只关注自己周围的生活琐事,片面强调人的自然属性,与社会隔离,与时代脱节。对法国自然主义客观写实的文艺理念的生吞活剥和自以为是的"创新",导致了日本自然主义文艺思潮的变异,催生了以"私小说""告白小说"为主体的自然主义文学的畸形泛滥。

日本自然主义文学的主要特征表现为以下几点。

(1) 在浪漫主义运动的延长线上,以另类的文学样式给日本式的浪漫主义画上了句号。

(2) 充斥着基于作家的自我解放,最终换来大众解放的理想主义色彩。

(3) 以极端的叙事模式表现自我感觉的"真实",挑战传统文化的权威性。

(4) 强调"无理想、无解决"的"平面描写",主张无技巧,排斥艺术的目的性。

(5) 强调人性的自然属性,把人的"本能冲动""内心的写实"作为主要表现的思想内容。

(6) 事实和真实的混同,自然和本能的混淆,日常生活和个人生活混为一谈。他们认为真实地描写内心世界,就是描写真实的客观世界。

(7) 不仅要如实地描写人生,还要描写心灵世界的极端痛苦。

(8) 强调"迫近自然",提倡"必须露骨,必须真实,必须自然"的私生活的露骨描写。

(9) 主张通过肉欲的描写,直接暴露自己内心的丑恶,然后大胆地"自我告白""自我忏悔",专注于自我的小世界。

(10) 不满所处时代及文坛的窒息状况,在自我反省、追求真实和自由理念的引导下,暴露社会,暴露自我,发现"时代的真实"和"自我的真实"。

除了田山花袋、岛崎藤村,日本自然主义的代表作家和评论家还有国木田独步、正宗白鸟、德田秋声、岩野泡鸣、岛村抱月、长谷川天溪、小栗风叶、真山青果等人。

第 4 讲
《门》
夏目漱石

背景介绍

夏目漱石是日本近代文学史上最具盛名的国民作家,其作品具有很强的思辨性和艺术表现力,表达了对社会现实的批判。明治维新之后,日本在资本主义道路上全盘西化,物质文明得到了迅猛发展,而精神文明的发展则相对滞后,传统文化与西方外来文化发生了激烈碰撞。夏目漱石具有强烈的社会责任感,敏锐地意识到国民文化和思想观念变革的时代已经到来。他迎头痛击封建残余思想,对西方文明带来的现代性弊端给予了无情批判。夏目漱石辛辣地批判日本的现代化成果是"神经衰弱型的"。意思是说,抛弃日本传统文化,借西方现代文明"外壳"的发展模式缺乏"灵魂"。

作家与作品

夏目漱石(1867—1916),原名夏目金之助,江户(今东京都新宿区)人,小说家、文学理论家。漱石是他的笔名,源自我国《晋书·孙楚传》中的孙楚之言——"漱石枕流",寄托了夏目漱石对自己的警示与激励,表现出了夏目漱石不畏强权、不流于世俗、坚持自我的信念及倔强不服输、追求自由和独立的性格。[1] 他在短暂的十年作家生涯中,创作了 11 部长篇小说,4 部中篇小说,7 部短篇小说,16 篇(部)小品文,2 部文学理论著作,此外还有大量的诗歌(汉诗、俳句)、评论、随笔、讲演稿、谈话、书信和日记等。[2] 除此以外,他还是一位出色的画家、演讲家和学者。

1916 年 12 月 9 日夏目漱石去世,享年 51 岁。夏目家族原本有权有势,父亲曾担任地方长官。但是,夏目漱石出生时家道已经中落。夏目漱石在家中排行

---

[1] 王勇萍,赵骄阳. 由汉学构筑而成的文化自信:"漱石"名考及"自我本位"文化观[J]. 东北亚外语研究,2018,6(4):79-83,89.

[2] 何乃英. 夏目漱石和他的一生[M]. 武汉:华中科技大学出版社,2017.

夏目漱石年表	
1867 年	出生(第二年成为盐原家养子)
1874 年	入小学(第一批普通小学)
1888 年	第一高等学校
1889 年	《木屑录》,结识正冈子规
1890 年	东京大学英文系入学
1893 年	东京大学英文系毕业 东京高等师范任教
1895 年	四国岛松山市中学任教
1896 年	熊本第五高等学校任教、结婚
1900 年	英国留学(1903 年回日本)
1905 年	《我是猫》
1907 年	从东京大学辞职,入职《朝日新闻》报社,发表《文学论》《虞美人草》
1908 年	《梦十夜》《三四郎》
1910 年	《门》,在修善寺病危
1914 年	《心》《现代日本开化》
1916 年	《明暗》未完稿,病逝

老八,上有四个哥哥和三个姐姐(姐姐和哥哥各有一人夭折)。他出生后被寄养在别人家中,第二年又被过继给盐原家,成为他家的养子。10 岁时重新回到亲生父母身边,14 岁时母亲因病去世,而他的父亲从来就没有喜欢过他。虽然他在 21 岁时恢复了户籍上的夏目姓氏,但父子之间的关系如同路人,几乎断绝来往。这种被遗弃一般的成长经历给早熟敏感的夏目漱石带来了终身无法治愈的心灵伤害,也对他的人生和文学创作产生了巨大影响。[1]

1903 年,夏目漱石从英国留学回国,任第一高等学校英语教授和东京大学英国文学讲师,并经常给高浜虚子主编的《杜鹃》杂志撰写俳句、杂文类稿件,不久升任东京大学教授。1905 年,夏目漱石在《杜鹃》杂志上发表短篇小说《我是猫》,备受好评,应读者要求而一再连载,内容不断增加,最后竟然成了长篇小说。此后深受鼓舞的夏目漱石又接连发表了《哥儿》《草枕》等小说。

1907 年,夏目漱石辞去东京大学教职,进入《朝日新闻》报社成为专职作家。他相继在《朝日新闻》上连载长篇小说《虞美人草》《坑夫》《三四郎》《后来的事》《门》《过了春分时节》《路人》《心》《路边草》《明暗》(未完成)等。1911 年夏目漱石拒绝了政府授予的博士称号;1915 年 11 月,久米正雄、芥川龙之介等青年作家通过林原耕三的引荐,拜入夏目漱石门下,成为他的弟子。

夏目漱石去世半个多世纪之后,他的头像被印在 1 000 日元的纸币上(1984 年至 2004 年)。2000 年,日本《朝日新闻》进行过一次"千年来备受欢迎的日本文学家"问卷调查,夏目漱石名列榜首,而《源氏物语》的作者紫式部则名列第 2 位,荣获诺贝尔文学奖的川端康成(1968 年获奖)位列第 9 位、大江健三郎(1995 年获奖)位列第 18 位。1967 年,夏目漱石被联合国教科文组织表彰为"世界文化名人"。

小说梗概

长篇小说《门》创作于 1910 年,连载在《朝日新闻》报纸上,与《三四郎》《从此以

---

[1] 李玉双.疯狂与信仰:夏目漱石研究[M].北京:中国社会科学出版社,2013.

后》被并称为夏目漱石创作前期的"爱情三部曲"。小说《门》表达的是关于爱情、社会与家庭伦理的主题，与《三四郎》《从此以后》的主题一脉相通，贯穿始终。小说《门》不仅是一部突出婚恋家庭伦理关系、反映社会现实的社会问题小说，也是夏目漱石第一部描写日本近代社会婚恋和婚姻生活的批判现实主义小说。

小说的叙事主线集中于宗助、阿米、安井三者之间的互动。小说首先描写了宗助和阿米婚后的生活状态。小说的第一章描写宗助和阿米的表面平静却危机四伏的生活场景。两人婚后曾经有三个孩子相继夭折，他们被社会抛弃，戴着"罪"与"罚"的枷锁，苟且生存在大都市的边缘地带。宗助和安井曾经是亲密的好友，宗助却和安井的女友相爱了。同阿米结婚这件事是宗助的人生分水岭，宗助前后经历了完全不同的两种人生。一面是义无反顾的"自然之爱"，一面是对"伦理道德"的背叛。作为一个接受过高等教育的知识分子，宗助在这种"爱"与"罪"之间挣扎，却显得力不从心。宗助从一个富家子弟沦为一个生活困顿，"只能伫立在门下，等待日落的可怜人儿"。

故事展开运用倒叙的手法。安井患病遵从医嘱与阿米去海边疗养，病愈后邀请好友宗助来一起旅游。没有想到的是，正是这次旅行让宗助和阿米一见钟情。阿米背叛了安井，改变了宗助和安井的人生轨迹，安井背井离乡，失去了音信。而宗助被"道德罪名"所累，即使在父亲病重期间也没能赶回老家，被叔父趁机霸占了家产。宗助和阿米从京都搬到了广岛，又搬到了福冈，最后回到了东京。宗助无意间从房东坂井口中得知近期安井要来东京。于是，正在"慢慢愈合"的伤口"又一次被撕开"。为了寻求内心的安宁，宗助只身前往镰仓寺院参禅，却无果而返。这次危机由于安井没有出现而暂时躲了过去。

故事的开始，宗助面临裁员减薪，却还要帮助弟弟小六解决困境。随之以插叙的形式叙述了宗助曾经当公子哥时的生活状态，以及父亲死后家产被叔父侵吞的情节。然后，借房东之口倒叙了宗助、阿米、安井三者之间的三角爱情。倒叙的方式，以及多条线路的插叙，让原本平淡的情节变得曲折生动起来。

故事的结尾，夫妻在家中回廊上的对话。在冬末的一个午后，妻子阿米说："终于要到春天了！"丈夫宗助回答道："是的！不过，冬天很快还会来的！"这与开

> **作品评价**
>
> 小说《门》是一部深入探索自由、爱情与自我的人性悲喜剧大片，是早期觉醒的知识分子追求幸福与人性自我完善的矛盾体现，也是作者与传统社会道德激烈冲撞时的心灵写照，表现了社会近代化进程中东西方文化、新旧思想的摩擦，以及人们的困惑和彷徨。
>
> 小说通过独具匠心的叙事学框架结构，运用叙事视角、时空、时距、频率与时间的转换和插叙、倒叙等创作技巧，营造出了丰富、立体的艺术效果，上演了一场宗助和阿米夫妇表面平和又暗藏危机的家庭悲喜剧，这也是社会的悲喜剧。清冷哀伤的演绎，折射出日本近代化表面繁荣却危机四伏的社会现实。
>
> 这是一部现实主义和浪漫主义相结合的杰作。

篇秋日午后夫妻的对话首尾呼应。故事始于秋季，终于冬末，看似已经度过危机的宗助在冬末初春午后的阳光下，仍然不由自主地发出了"冬天很快还会来的"感叹。这句话是一种隐喻，表现宗助背负道德之"罪"的苍凉、无奈心境，细致地描绘出了一幅表面幸福、其实不幸的生活画卷。正如钱锺书的小说《围城》一样，里面的人想出来，外面的人则想进去。小说的标题《门》是一个隐喻，可以有多种解读。

小说原文

　　宗助は先刻から縁側へ坐蒲団を持ち出して、日当りの好さそうな所へ気楽に胡坐をかいて見たが、やがて手に持っている雑誌を放り出すと共に、ごろりと横になった。秋日和と名のつくほどの上天気なので、往来を行く人の下駄の響が、静かな町だけに、朗らかに聞えて来る。肱枕をして軒から上を見上げると、奇麗な空が一面に蒼く澄んでいる。その空が自分の寝ている縁側の、窮屈な寸法に較べて見ると、非常に広大である。たまの日曜にこうして緩くり空を見るだけでもだいぶ違うなと思いながら、眉を寄せて、ぎらぎらする日をしばらく見つめていたが、眩［「まほ」はママ］しくなったので、今度はぐるりと寝返りをして障子の方を向いた。障子の中では細君が裁縫をしている。「おい、好い天気だな」と話しかけた。細君は、

　「ええ」と云ったなりであった。宗助も別に話がしたい訳でもなかったと見えて、それなり黙ってしまった。しばらくすると今度は細君の方から、

　「ちっと散歩でもしていらっしゃい」と云った。しかしその時は宗助がただうんと云う生返事を返しただけであった。

　　二三分して、細君は障子の硝子の所へ顔を寄せて、縁側に寝ている夫の姿を覗いて見た。夫はどう云う了見か両膝を曲げて海老のように窮屈になっている。そうして両手を組み合わして、その中へ黒い頭を突っ込んでいるから、肱に挟まれて顔がちっとも見えない。「あなたそんな所へ寝ると風邪引いてよ」と細君が注意した。細君の言葉は東京のような、東京でないような、現代の女学生に共通な一種の調子を持っている。

　　宗助は両肱の中で大きな眼をぱちぱちさせながら、「寝やせん、大丈夫だ」と小声で答えた。

それからまた静かになった。外を通る護謨車のベルの音が二三度鳴った後から、遠くで鶏の時音をつくる声が聞えた。宗助は仕立おろしの紡績織の背中へ、自然と浸み込んで来る光線の暖味を、襯衣の下で貪ぼるほど味いながら、表の音を聴くともなく聴いていたが、急に思い出したように、障子越しの細君を呼んで、「御米、近来の近の字はどう書いたっけね」と尋ねた。細君は別に呆れた様子もなく、若い女に特有なけたたましい笑声も立てず、「近江のおうの字じゃなくって」と答えた。「その近江のおうの字が分らないんだ」

　細君は立て切った障子を半分ばかり開けて、敷居の外へ長い物指を出して、その先で近の字を縁側へ書いて見せて、

　「こうでしょう」と云ったぎり、物指の先を、字の留った所へ置いたなり、澄み渡った空を一しきり眺め入った。宗助は細君の顔も見ずに、「やっぱりそうか」と云ったが、冗談でもなかったと見えて、別に笑もしなかった。細君も近の字はまるで気にならない様子で、「本当に好い御天気だわね」と半ば独り言のように云いながら、障子を開けたままた裁縫を始めた。すると宗助は肱で挟んだ頭を少し擡げて、

　「どうも字と云うものは不思議だよ」と始めて細君の顔を見た。

　「なぜ」

　「なぜって、いくら容易い字でも、こりゃ変だと思って疑ぐり出すと分らなくなる。この間も今日の今の字で大変迷った。紙の上へちゃんと書いて見て、じっと眺めていると、何だか違ったような気がする。しまいには見れば見るほど今らしくなくなって来る。——御前そんな事を経験した事はないかい」

　「まさか」

　「おれだけかな」と宗助は頭へ手を当てた。

　「あなたどうかしていらっしゃるのよ」

　「やっぱり神経衰弱のせいかも知れない」

　「そうよ」と細君は夫の顔を見た。夫はようやく立ち上った。

　針箱と糸屑の上を飛び越すように跨いで、茶の間の襖を開けると、すぐ座敷である。南が玄関で塞がれているので、突き当りの障子が、日向から急に這入って来た眸には、うそ寒く映った。そこを開けると、廂に逼るような勾配の崖が、縁鼻から聳えているので、朝の内は当って然るべきはずの日も容易に影を落さな

い。崖には草が生えている。下からして一側も石で畳んでないから、いつ壊れるか分らない虞があるのだけれども、不思議にまだ壊れた事がないそうで、そのためか家主も長い間昔のままにして放ってある。もっとも元は一面の竹藪だったとかで、それを切り開く時に根だけは掘り返さずに土堤の中に埋めて置いたから、地は存外繋っていますからねと、町内に二十年も住んでいる八百屋の爺が勝手口でわざわざ説明してくれた事がある。その時宗助はだって根が残っていれば、また竹が生えて藪になりそうなものじゃないかと聞き返して見た。すると爺は、それがね、ああ切り開かれて見ると、そう甘く行くもんじゃありませんよ。しかし崖だけは大丈夫です。どんな事があったって壊えっこはねえんだからと、あたかも自分のものを弁護でもするように力んで帰って行った。

　崖は秋に入っても別に色づく様子もない。ただ青い草の匂が褪めて、不揃にもじゃもじゃするばかりである。薄だの蔦だのと云う洒落たものに至ってはさらに見当らない。その代り昔の名残りの孟宗が中途に二本、上の方に三本ほどすっくりと立っている。それが多少黄に染まって、幹に日の射すときなぞは、軒から首を出すと、土手の上に秋の暖味を眺められるような心持がする。宗助は朝出て四時過に帰る男だから、日の詰まるこの頃は、滅多に崖の上を覗く暇を有たなかった。暗い便所から出て、手水鉢の水を手に受けながら、ふと廂の外を見上げた時、始めて竹の事を思い出した。幹の頂に濃かな葉が集まって、まるで坊主頭のように見える。それが秋の日に酔って重く下を向いて、寂そりと重なった葉が一枚も動かない。

　宗助は障子を閉てて座敷へ帰って、机の前へ坐った。座敷とは云いながら客を通すからそう名づけるまでで、実は書斎とか居間とか云う方が穏当である。北側に床があるので、申訳のために変な軸を掛けて、その前に朱泥の色をした拙な花活が飾ってある。欄間には額も何もない。ただ真鍮の折釘だけが二本光っている。その他には硝子戸の張った書棚が一つある。けれども中には別にこれと云って目立つほどの立派なものも這入っていない。

　宗助は銀金具の付いた机の抽出を開けてしきりに中を検べ出したが、別に何も見つけ出さないうちに、はたりと締めてしまった。それから硯箱の蓋を取って、

手紙を書き始めた。一本書いて封をして、ちょっと考えたが、
「おい、佐伯のうちは中六番町何番地だったかね」と襖越に細君に聞いた。
「二十五番地じゃなくって」と細君は答えたが、宗助が名宛を書き終る頃になって、
「手紙じゃ駄目よ、行ってよく話をして来なくっちゃ」と付け加えた。
「まあ、駄目までも手紙を一本出しておこう。それでいけなかったら出掛けるとするさ」と云い切ったが、細君が返事をしないので、
「ねえ、おい、それで好いだろう」と念を押した。
細君は悪いとも云い兼ねたと見えて、その上争いもしなかった。宗助は郵便を持ったまま、座敷から直ぐ玄関に出た。細君は夫の足音を聞いて始めて、座を立ったが、これは茶の間の縁伝いに玄関に出た。
「ちょっと散歩に行って来るよ」
「行っていらっしゃい」と細君は微笑しながら答えた。
三十分ばかりして格子ががらりと開いたので、御米はまた裁縫の手をやめて、縁伝いに玄関へ出て見ると、帰ったと思う宗助の代りに、高等学校の制帽を被った、弟の小六が這入って来た。袴の裾が五六寸しか出ないくらいの長い黒羅紗のマントの鈕を外しながら、
「暑い」と云っている。
「だって余まりだわ。この御天気にそんな厚いものを着て出るなんて」
「何、日が暮れたら寒いだろうと思って」と小六は云訳を半分しながら、嫂の後に跟いて、茶の間へ通ったが、縫い掛けてある着物へ眼を着けて、
「相変らず精が出ますね」と云ったなり、長火鉢の前へ胡坐をかいた。嫂は裁縫を隅の方へ押しやっておいて、小六の向へ来て、ちょっと鉄瓶をおろして炭を継ぎ始めた。
「御茶ならたくさんです」と小六が云った。
「厭？」と女学生流に念を押した御米は、
「じゃ御菓子は」と云って笑いかけた。
「あるんですか」と小六が聞いた。
「いいえ、無いの」と正直に答えたが、思い出したように、「待ってちょうだい、あるかも知れないわ」と云いながら立ち上がる拍子に、横にあった炭取を取り退けて、袋戸棚を開けた。小六は御米の後姿の、羽織が帯で高くなった辺を眺めてい

た。何を探すのだかなかなか手間が取れそうなので、

「じゃ御菓子も廃しにしましょう。それよりか、今日は兄さんはどうしました」と聞いた。

「兄さんは今ちょいと」と後向のまま答えて、御米はやはり戸棚の中を探している。やがてぱたりと戸を締めて、

「駄目よ。いつの間にか兄さんがみんな食べてしまった」と云いながら、また火鉢の向へ帰って来た。

「じゃ晩に何か御馳走なさい」

「ええしてよ」と柱時計を見ると、もう四時近くである。御米は「四時、五時、六時」と時間を勘定した。小六は黙って嫂の顔を見ていた。彼は実際嫂の御馳走には余り興味を持ち得なかったのである。

「姉さん、兄さんは佐伯へ行ってくれたんですかね」と聞いた。

「この間から行く行くって云ってる事は云ってるのよ。だけど、兄さんも朝出て夕方に帰るんでしょう。帰ると草臥れちまって、御湯に行くのも大儀そうなんですもの。だから、そう責めるのも実際御気の毒よ」

「そりゃ兄さんも忙がしいには違なかろうけれども、僕もあれがきまらないと気がかりで落ちついて勉強もできないんだから」と云いながら、小六は真鍮の火箸を取って火鉢の灰の中へ何かしきりに書き出した。御米はその動く火箸の先を見ていた。

「だから先刻手紙を出しておいたのよ」と慰めるように云った。

「何て」

「そりゃ私もつい見なかったの。けれども、きっとあの相談よ。今に兄さんが帰って来たら聞いて御覧なさい。きっとそうよ」

「もし手紙を出したのなら、その用には違ないでしょう」

「ええ、本当に出したのよ。今兄さんがその手紙を持って、出しに行ったところなの」

小六はこれ以上弁解のような慰藉のような嫂の言葉に耳を借したくなかった。散歩に出る閑があるなら、手紙の代りに自分で足を運んでくれたらよさそうなものだと思うと余り好い心持でもなかった。座敷へ来て、書棚の中から赤い表紙の洋書を出して、方々頁を剥って見ていた。

二十三

　月が変ってから寒さがだいぶ緩んだ。官吏の増俸問題につれて必然起るべく、多数の噂に上った局員課員の淘汰も、月末までにほぼ片づいた。その間ぽつりぽつりと首を斬られる知人や未知人の名前を絶えず耳にした宗助は、時々家へ帰って御米に、

「今度はおれの番かも知れない」と云う事があった。御米はそれを冗談とも聞き、また本気とも聞いた。まれには隠れた未来を故意に呼び出す不吉な言葉とも解釈した。それを口にする宗助の胸の中にも、御米と同じような雲が去来した。

　月が改って、役所の動揺もこれで一段落だと沙汰せられた時、宗助は生き残った自分の運命を顧りみて、当然のようにも思った。また偶然のようにも思った。立ちながら、御米を見下して、

「まあ助かった」とむずかし気に云った。その嬉しくも悲しくもない様子が、御米には天から落ちた滑稽に見えた。

　また二三日して宗助の月給が五円昇った。

「原則通り二割五分増さないでも仕方があるまい。休められた人も、元給のままでいる人もたくさんあるんだから」と云った宗助は、この五円に自己以上の価値をもたらし帰ったごとく満足の色を見せた。御米は無論の事心のうちに不足を訴えるべき余地を見出さなかった。

　翌日の晩宗助はわが膳の上に頭つきの魚の、尾を皿の外に躍らす態を眺めた。小豆の色に染まった飯の香を嗅いだ。御米はわざわざ清をやって、坂井の家に引き移った小六を招いた。小六は、

「やあ御馳走だなあ」と云って勝手から入って来た。

　梅がちらほらと眼に入るようになった。早いのはすでに色を失なって散りかけた。雨は煙るように降り始めた。それが霽れて、日に蒸されるとき、地面からも、屋根からも、春の記憶を新にすべき湿気がむらむらと立ち上った。背戸に干した雨傘に、小犬がじゃれかかって、蛇の目の色がきらきらする所に陽炎が燃えるごとく長閑に思われる日もあった。

「ようやく冬が過ぎたようね。あなた今度の土曜に佐伯の叔母さんのところへ回

って、小六さんの事をきめていらっしゃいよ。あんまりいつまでも放っておくと、また安(やす)さんが忘れてしまうから」と御米が催促した。宗助は、

「うん、思い切って行って来(き)よう」と答えた。小六は坂井の好意で、そこの書生に住み込んだ。その上に宗助と安之助が、不足のところを分担する事ができたらと小六に云って聞かしたのは、宗助自身であった。小六は兄の運動を待たずに、すぐ安之助に直談判(じきだんぱん)をした。そうして、形式的に宗助の方から依頼すればすぐ安之助が引き受けるまでに自分で埒(らち)を明けたのである。

小康はかくして事を好まない夫婦の上に落ちた。ある日曜の午(ひる)宗助は久しぶりに、四日目の垢(あか)を流すため横町の洗場に行ったら、五十ばかりの頭を剃(そ)った男と、三十代の商人(あきんど)らしい男が、ようやく春らしくなったと云って、時候の挨拶(あいさつ)を取り換わしていた。若い方が、今朝始めて鶯(うぐいす)の鳴声を聞いたと話すと、坊さんの方が、私(わたし)は二三日前にも一度聞いた事があると答えていた。

「まだ鳴きはじめだから下手だね」

「ええ、まだ充分に舌(した)が回りません」

宗助は家(うち)へ帰って御米にこの鶯の問答を繰り返して聞かせた。御米は障子(しょうじ)の硝子(ガラス)に映る麗(うらら)かな日影をすかして見て、

「本当にありがたいわね。ようやくの事春になって」と云って、晴れ晴れしい眉(まゆ)を張った。宗助は縁に出て長く延びた爪を剪(き)りながら、

「うん、しかしまたじき冬になるよ」と答えて、下を向いたまま鋏(はさみ)を動かしていた。

「門」岩波書店，1966 年 3 月発行

鉴赏与评论

长篇小说《门》是夏目漱石运用叙事学原理，在文学表现形式上进行大胆创新的经典作品，在"漱石山脉"的文学成就中具有特殊意义。

夏目漱石在《门》的创作过程中，没有受到当时日本文坛主流的自然主义思潮影响，自然主义文学主张"无思想""无技巧"，他在叙事视角的选择上进行了创新。《三四郎》《从此以后》等前期作品，叙述视角主要是一个人的固定视角。《门》讲述的是宗助和阿米夫妻二人的故事，从单一叙述变成了复数叙述。传统小说多采用第三人称叙事视角和全知全能的上帝视角，但缺点是比较单调；小说《门》采用复数的第三人称叙事视角，这符合巴赫金的复调小说特征，为的是达到客观化叙事的目的。夏目漱石将叙

事焦点放在主人公宗助身上,同时根据情节发展的需要和场景的改变,焦点会转移到阿米或者小六身上。这种叙事方法不同于传统的全知型上帝视角,灵活多变的叙事模式和叙事策略精准刻画出不同角色的言谈举止,以及个性鲜明的心理活动,营造出身临其境的艺术效果,最大程度地保留现实生活的真实性和客观性。① 小说《门》刻画出近代知识分子的矛盾心理、细腻丰富的人物性格,让平淡的故事情节变得跌宕起伏,突出了作品的主题思想。

1911年夏目漱石在题为《现代日本的开化》的演讲中指出,西方的文明开化是自发性的,而日本的文明开化是外发的、肤浅的。因为日本盲目效仿西方,导致社会畸形发展。对日本社会现状深刻的洞察力,让夏目漱石在小说《门》的创作中对知识分子的内心世界进行了细致剖析,揭示了现实与理想的差距、新旧时代的交替、传统与现代的矛盾、东西方文化的碰撞下产生的巨大道德危机,特别是对"利己主义""自我中心主义"等思想和观念的反思引发民众的思考。

> **作品的现代性**
>
> 小说《门》是夏目漱石忍受着病痛,几乎是冒着生命危险匆忙完成的作品,却也是夏目漱石自己最喜爱的一部作品。小说《门》是"漱石山脉"前后期创作活动的分水岭。承上启下,为前期创作落下了帷幕,也是后期创作的开篇之作,更是他的文学创作由近代迈向现代的标志性作品,以批判现实主义和浪漫主义相结合的创作风格,表现了日本文学的"物哀"美学。

小说家通过文学的内容及形式的创新变革促进了社会不断健康发展。若要解放思想,那么文学艺术的形式也必须解放。小说《门》的创作表现出夏目漱石强烈的近代化意识和在文学艺术形式方面进行的努力探索。文学是反映社会、时代的镜子,这种叙事艺术上的创新探索是明治时代日本近代化的必然产物。

故事开始于一个悠闲的秋日午后,以舒缓的节奏展开情节。通过"狭窄""难得""蹙起眉头""明晃晃""目眩"等词语,确定了情感基调和伦理判断立场,暗示这种平静的背后暗流汹涌、危机四伏。在宗助"扔下手里的杂志,躺下来,枕着胳膊"时,画面插入了"秋日的太阳、行人、大街、木屐声"这样喧嚣嘈杂的场景,这与宗助夫妇相依为命、与世隔绝的生活状态迥然不同,形成了两个完全不同的叙事空间。这里运用了停顿和插叙等写作技巧,为情节的展开增添了立体效果,形成了外在悠闲和内部危机的叙事张力。

另外,省略和倒叙等写作技巧的运用也让小说《门》的现代气息更加浓郁。最为经典的是对宗助和阿米两人相爱结合过程的描写。

小说在第十四章倒叙了公子哥时代的宗助和安井交往的经历,只是省略了具体的情节,寥寥数笔便概述了惊世骇俗的往事。阿米原本是安井的未婚妻,她和宗助因安井的安排而相识。当他们一见钟情,背叛了安井之后,风暴突然降临,二人毫无招架之

---

① 李光贞.夏目漱石小说研究[M].北京:外语教学与研究出版社,2007.

力,被道德的风沙无情肆虐。当他们挣扎着爬起来时,已经身处沙漠之中。作者用电影蒙太奇的技法,将男女主人公偷吃"爱"的禁果,受伦理道德谴责而挣扎的场景,朦胧地表现了出来。这个部分以夸张唯美的比喻、粗线条的叙述,营造出富于想象的空间。

> **小说《门》的译文选粹**
>
> 故事发生在冬末春初,结束于樱花散尽、绿叶滴翠之时。那是一场生与死的博弈。那种在十字架上被火焚烧般的煎熬,痛苦不堪。不知是何时,二人毫无抵抗地被风暴猛烈无情地吹倒在地。爬起来时,他们浑身是土,四周迷茫,沙尘漫天。

小说开篇铺垫了宗助夫妇困顿无助的处境,这是抽象美和残酷现实的结合体,具有多重的艺术效果。

首先,小说在不影响主要叙述、不喧宾夺主的前提下,巧妙含蓄地描绘出宗助和阿米相恋的情节。其次,叙事完成了复杂的背景介绍,间接地交代了安稳、平静的生活中,宗助夫妇为什么会有如此巨大的压力。作者用简洁的笔墨,勾画出了爱情火焰的猛烈和社会风暴的无情。这是一幅激情短暂、艰辛漫长的忧伤画卷,更是简洁和详细、残缺和完整、虚幻和写实的统一体。最后,表现了日本独有的风景。樱花散尽、绿叶滴翠之时,正是最有日本特色的季节。这是美好、有希望的季节,也是最矛盾、最纠结的时刻。樱花的凋零不在秋季,而在冬春交接之时。樱花从九州到北海道,持续开花两个月,铺天盖地,漫山遍野,给人们带来了浓郁的春天气息。花儿开放的磅礴气势令人赞叹,而每个区域的开花期只有十天左右。真正的春天是在樱花凋零之后才翩然而至。迎接春天到来的是生命逝去的樱花。人们被樱花所带来的春天气息所感动,又被樱花为迎接春天到来所做出的牺牲而震撼。所以,日本人只对樱花独尊独宠,真正春天里的百花盛开,并不能真正打动日本人。宗助夫妇的幸福和樱花绽放一样来得猛烈、不可阻挡,却来得快消失得也快。他们虽然身处百花盛开的春天,却无暇享受温馨和浪漫,品味到的只有无尽的惆怅。

除了上述三重艺术效果,更为难得的是,倒叙和省略还在不经意间构成了小说中的这种双层结构。"樱花散尽、绿叶滴翠……生与死的博弈……痛苦不堪……风暴猛烈无情,吹倒在地……爬起来时,浑身是土……四周迷茫,沙尘漫天。"这已经不是简单的省略,而是一个惊心动魄的爱情悲剧简介。

宗助从房东坂井那里听说,安井将要回国,这让他大为震惊。这是故事情节的转折点。房东并不知晓他们之间的过往,甚至邀请宗助在安井到访时一同作陪。宗助和安井曾是大学时代的同窗好友。但是,在宗助的心灵深处,藏着像结核病一样恐怖的、见不得人的伤疤。安井的未婚妻成了宗助的新娘。原本疾病缠身的安井经受不住好友和未婚妻的双重背叛,大病一场,最后只身去了国外。宗助和阿米的婚姻始终笼罩在罪与罚的阴影之中。他们承认是他们毁了安井的前途,使他无法继续学业。宗助夫妇一直在尽量避免提到安井的名字,甚至连想也不敢去想。所以,当宗助突然听说要和安井见面时,不仅坐立不安、心神不宁,还感到了恐惧。他甚至不敢告诉妻子阿米,便逃去了镰仓的禅寺,希望通过参禅躲开和安井的见面,也希望心中的愧疚能够得到

解脱。安井要来做客的事件推动了小说叙事的展开。

宗助参禅寻求解脱需要入"门"。这里的"门"是指进入寺庙参禅要经过的山门,也是山中清净之地和山外世俗之地的分界处;在心理上是宗助心中的期待之门、救赎之门。处于迷茫之中的宗助,找不到出路,看不到希望。进入禅门参禅是他最后的一根救命稻草。他留在世俗中唯一的牵挂只有阿米。只要放下牵挂,他可以转身步入"门内的世界",便可求得内心的安宁。但是,最终他没有勇气进入"门内"。他只能是站在门前等待夜幕降临的那个不幸之人。

从更高层面上也可以解释"门"的隐喻,那是日本现代文明的"门",实现现代化的象征之门。面对为物质文明现代化的实现而欣喜不已的民众,夏目漱石清醒地指出:日本要实现现代化还有很长的路要走。他认为,与物质文明现代化形成鲜明对比,精神文明现代化相当贫瘠。全盘西化必将脱离东方文化的传统根基,知识分子普遍感到文化焦虑是物质与精神"不对称"所致,宗助在"门"前的彷徨便是一种隐喻。20世纪初是日本社会的转型期,夏目漱石在小说中隐晦地表达了自己的担忧,担心日本选择帝国主义殖民扩张之"门"。① 这种明暗双重的叙事主线使《门》中近代知识分子的"个人叙事"上升为"宏大叙事",增强了小说叙事结构的艺术张力,深化了小说的主题。

小说《门》的结尾简洁却意义深远,作者重复运用了首尾呼应的叙述模式。小说的开篇处描写夫妻二人在家中连廊上对话的场景,秋日的午后,阳光明媚。结尾处还是夫妻二人在家中连廊上对话的场景:同样沐浴着阳光,同样看似悠闲的夫妻二人,同样寻常的对话。阿米脸上露出了喜滋滋的表情:"真是感谢老天爷啊! 春天终于到来了。"宗助却意味深长地说道:"冬天很快还会来的!"

这里需要我们留意,阿米看到"映在拉门玻璃上耀眼的阳光",联想到宗助弟弟的学费等问题有了着落,宗助没被裁员还提高了薪水,正如这阳春的天气,她因迎来了小康的"岁月静好",而露出了"喜滋滋的表情"。但是,与阿米充满希望"感谢老天爷"的心境相反,宗助"依然耷拉着眼皮",忧郁地说冬天还会来的。这里说的"冬天"具有隐喻意义,与社会、家庭、个人,与宗教、地域、时空,与心理、伦理、灵魂等都有密切的关系。这个冬春交替的时节与当初被风暴席卷之时是同一时刻,作为小说的结尾,意味着新的考验即将到来。宗助夫妇所处时空即使在真正的春天里,阳光也不会照到房间里。这暗示着物质现代化的成果还没有惠及普通民众的生活,宗助仍然是站在春天大门之外的"不幸之人"。镰仓的参禅之行恰如掩耳盗铃,实则自欺欺人。心有愧疚的宗助无法面对安井,只好暂时躲避,但这一刻迟早是要到来的。"罪"与"罚"的问题并没有得到根本解决。日本现代化的真正实现还有很多的"门"需要打开,需要通过。

---

① 邱雅芬.帝国时代的罪与罚:夏目漱石的救赎之"门"[J].外国文学评论,2019(1):85-101.

小说《门》的艺术效果是丰富立体的。叙事学意义上的创作技巧在作品中得到了充分的体现。宗助和阿米夫妇平静之下危机重重的婚姻生活，如同一部清冷哀婉的家庭悲喜剧，也是社会悲喜剧的缩影，折射出日本社会现代化表面繁荣却危机四伏的现实。

夏目漱石是日本近现代文学史上集文学理论批评与创作于一身的著名作家。他一边从事文学创作，一边撰写文学评论，阐明自己的文学思想，例如《文学论》《文学评论》《处女作追怀谈》《创作家的态度》《文艺与道德》《文艺的哲学基础》《文坛趋势》等都是分量厚重的文艺理论著述。夏目漱石自幼酷爱中国古典文学，大学时代专业为英语，主攻英国文学，之后又赴英国留学，研究西方文艺理论。西方文学与自由民主平等的思想给予了他深刻的影响。夏目漱石认为，汉语文学和英语文学似乎两类不沾边，但是实际上他将东西方文化融合在一起，晚年达到"则天去私"的精神境界。他的文学土壤在于日本传统文化；他的文学骨骼源自中国文化；他的文学理念则受到西方思想文化的影响。作为日本20世纪最后一位汉学家，在那个所谓"文明开化"时代，夏目漱石是最早思想独立的作家，也是最苦闷、最孤独的作家。

小百科

1. 正冈子规

正冈子规(1867—1902)，1867年10月14日出生于日本爱媛县松山藩下层武士家庭。本名常规，别号獭祭书屋主人、竹乡下人。著名歌人、俳人、散文家，日本近代俳句革新运动的旗手。去世前三年，因患结核病咯血不止，取意杜鹃啼血，改号为子规。

子规4岁时父亲病逝，他在祖父的指导下修习汉学，小学时喜欢绘画，从中学时代开始喜爱文学。由于受到自由民权运动的影响，他曾立志专攻哲学，成为政治家。他和同学一起举办过演讲活动，热衷于演讲。

正冈子规曾向诗人井手真棕学习创作短歌，早期受到坪内逍遥和幸田露伴文学活动的影响，创作过《月亮的都城》《花枕》《曼珠沙华》等小说，却没有获得预期的成功。

1892年，正冈子规辍学进入《日本》报社，投身于俳句革新运动。他先后发表了《獭祭书屋俳话》《向井去来》《芭蕉杂

正冈子规年表	
1867年	出生
1884年	东京大学预科入学
1888年	汉诗《七草集》
1889年	结识夏目漱石，与其成为终身好友
1890年	东京大学哲学系入学
1892年	《獭祭书屋俳话》
1893年	《芭蕉杂谈》
1895年	《俳谐大要》
1897年	创刊《不如归》
1898年	《杜鹃》主编，创立根岸短歌会
1901年	《墨汁一滴》
1902年	《病床六尺》，病逝

谈》《俳谐大要》《俳句的前途》等文章,积极倡导和推动俳句、短歌的革新运动。

1896年1月,夏目漱石、森鸥外、高浜虚子、河东碧梧桐等人,出席了正冈子规举办的新年句会。以正冈子规为主导的俳句革新运动,进展顺利,成绩斐然。同时,正冈子规的病情也不断恶化。1897年,他和柳原极堂、高浜虚子等共同创刊了俳句期刊《不如归》,翌年改为《杜鹃》,在俳句革新运动中他的名声显赫,影响巨大。夏目漱石的处女作《我是猫》就是发表在《杜鹃》期刊上的,这部作品使他一举成名。

在正冈子规病重卧床不起期间,他仍然致力于俳句的革新,以适应新时代文学的发展潮流。他也对短歌等传统古典文学进行研究和探索,推崇一直被忽略的《万叶集》,对一直以来占据歌坛统治地位的《古今和歌集》评价不高。正冈子规对江户时代前期的俳句家松尾芭蕉一直采取批判的态度,而对于松尾芭蕉之后的与谢芜村赞赏有加。

正冈子规一生中创作了俳句、和歌。其他的主要作品,还有5卷本俳句集《寒山落木》、2卷本《俳句稿》和《俳句诗人芜村》《松萝玉液》《致歌者的书简》《墨汁一滴》《仰卧漫录》,以及在其去世后由弟子左千夫等人编选的短歌集《竹之里歌》等。

2. 夏目漱石与汉学

夏目漱石自幼喜爱中国古典文学,12岁就在学校的小刊物上发表了用汉文撰写的短文《正成论》。为了学习汉文,他甚至从府立一中退学,转入当时著名的汉学堂二松学社,系统地学习了《老子》《庄子》《墨子》《周易》《礼记》《诗经》《论语》《大学》《中庸》《荀子》《韩非子》《孙子》《唐诗选》《文选》等经典,喜欢阅读《左传》《国策》《孟子》《史记》《汉书》。中国文化的熏陶为他日后成为日本近代大文豪奠定了基础。

夏目漱石曾在《木屑录》中自豪地写道,"余儿时诵唐宋诗数千言喜作为文章",所以能"咄嗟冲口而发",且"自觉澹然有朴气"。下面是夏目漱石23岁时用汉文撰写的《木屑录》的节选。

> 天地不能无变,变必动焉。霹雳鸣于上者,天之动也。崩荡震于下者,地之变也。喷火降沙为山之动,流石啮岸为水之动,物皆然,而人为甚,五彩动其目,八音动其耳,枯荣得丧动其心。盖人之性情从境遇而变。故境遇一变,而性情亦自变,是所以居移气也。

上文气势恢宏,布局精美,论说精辟,结构严谨,条理清晰,层次分明,对仗工整,言简意赅。下面是他的一首七言绝句《题自画》。

> 山上有路路不通,柳荫多柳水东西。
> 扁舟尽日孤村岸,几度鹅群访钓翁。

这首诗像一幅白描画,险峻的山峦,湍急的河流,岩石垂柳,孤村静谧,扁舟,鹅群,孤翁独钓。夏目漱石的绝笔,是一首七言律诗。

真从寂寞杳难寻,欲抱虚怀步古今。
碧水碧山何有我,盖天盖地是无心。
依稀暮色月离草,错落秋声风在林。
眼耳双忘身亦失,空中独唱白云吟。

夏目漱石的文学创作随处可见其受汉诗文的影响。他从少年时代就开始写汉诗,并钟爱一生。他在不同的人生阶段都创作了汉诗。从目前收集到的208首汉诗中,可以感受到他深厚的汉学造诣和创作激情。汉诗是贴近夏目漱石内心世界的真实写照,是他生命历程的真实记录。

第 5 讲　《在城崎》

志贺直哉

背景介绍

志贺直哉、有岛武郎①是日本大正时期(1912—1926)白桦派的代表作家。上承夏目漱石的高踏派，下启芥川龙之介的新思潮派，同时也是日本"心境小说"的先驱者和代表作家，文学创作多以命运抗争为主题，具有鲜明的人道主义、民主主义和个人主义等倾向。

作家与作品

志贺直哉(1883—1971)，出生于宫城县石卷町的一个门阀世家。祖父志贺直道曾是相马藩主的家臣。父亲志贺直温任职于日本银行的高层职位，后活跃于东京实业界。志贺直哉的生母在其幼年时去世，他的童年和青少年时代是在东京祖父家中度过的。他7岁进入贵族子弟学校的"学习院"，20岁进入该学习院高等科(高中)学习。青年时代受到社会主义思潮的影响，同情社会底层人民的苦难遭遇，反对封建专制压迫。他曾经拜在日本著名的社会活动家、人道主义者内村鉴三的门下，而且一度信奉基督教，这对他的世界观的形成产生了重要影响。他在大学时代阅读了托尔斯泰、高尔基、易卜生等人的作品，开始倾心于文学创作，与有岛武郎等人成立"十四日会"，创办了同人刊物《望野》《白桦》。早期的代表作品有短篇小说《到网走去》("网走"为地名)，讲述了生活中的常见小事，情节琐碎。然而，志贺直哉以其敏锐的观察力，艺术地再现这些被人忽视的身边琐事，抒发其对生活的深刻感悟，表达了对下层劳苦民众的同情和关注。该小说表现出不同凡响的写作技巧。

---

① 有岛武郎(1878—1923)，日本近代作家，白桦派文学兴盛期的重要人物之一，代表作有《一个女人》《卡因的后裔》等。

作家简表	
1883年	出生
1904年	处女作《菜花与少女》
1906年	东京大学入学
1908年	《到网走去》
1910年	与有岛武郎等共同创办《白桦》杂志
1912年	《大津顺吉》《清兵卫与葫芦》
1917年	《在城崎》《和解》
1920年	《小僧之神》
1927年	《邦子》
1937年	《暗夜行路》
1946年	《灰色的月亮》
1947年	《被蚀的友情》
1949年	被授予"日本文化勋章"
1971年	病逝

1901年日本发生了令人震惊的足尾铜山矿毒事件，自然环境遭到了铜矿废料的污染。志贺直哉不顾父亲的强烈反对，坚决地站在受害渔民和农民一方，支持民众的维权抗议活动。他的父亲因为与足尾铜山矿主有利害关系，因此反对志贺直哉牵扯进去。在《稻村杂谈》《祖父》《一个姐姐的死》等作品中，志贺直哉详细地讲述了该事件的前因后果及与父亲的冲突情况，表明了他痛恨官僚买办、资本家的唯利是图。在后来的《到网走去》《学徒的菩萨》等小说中，他同样表现出对贫困妇女、学徒工等小人物的同情和关爱。这成了志贺直哉早期文学创作的一贯主题。

1907年志贺直哉与家中的女佣恋爱，但遭到以父亲为首的家族反对，只好作罢。1912年，他立志投身于文学创作，再次遭到父亲的强烈反对，父亲想让他从事实业，因为在实业家的眼中，文学创作是不入流的职业。结果，志贺直哉与父亲公开决裂，并离家出走。在这一时期，除了创作小说《到网走去》，他还发表了《混乱的头脑》（1911）、《大津顺吉》（1912）、《正义派》（1912）、《清兵卫与葫芦》（1912）、《范某的犯罪》（1913）等许多优秀作品。其中《大津顺吉》所讲述的便是男主人公与女佣恋爱却遭到父亲反对的故事。在《清兵卫与葫芦》《范某的犯罪》等小说中，作者同样用隐晦的笔触描写了父子关系的不和与儿子心中的怨恨。

父子关系不和让志贺直哉感到痛苦，他的创作陷入停滞期，他甚至谢绝了夏目漱石的约稿，即在《东京朝日新闻》上连载小说。1914年11月到1917年2月，他中断了写作活动。1916年12月夏目漱石去世。志贺直哉对谢绝夏目漱石约稿之事耿耿于怀，于是重新开始了创作。1917年以后，他先后发表了《在城崎》《好人物夫妻》《和解》《一个人和他姐姐的死》《小僧之神》《邦子》等小说作品。其中小说《和解》描述了与父亲重归于好的过程。此后他再度进入蛰伏期。其实这一时期是他创作的转型期，他由创作短篇小说转向创作长篇小说，1921年他开始创作唯一的长篇小说《暗夜行路》，这是一部描写父子关系由对立到最终和解的小说，以作者的亲身经历为素材，其实在1912年他就曾写过短篇小说《时任谦作》，描写了父与子的对立关系。1921年小说《暗夜行路》开始在《改造》杂志上连载，断断续续，直到1937年才最终完稿。第二次世界大战期间，志贺直哉选择了放弃写作，直到日本战败。相比大多数作家美化战争、迎合当局的"转向文学"，志贺直哉是一位值得人们尊敬的有良知

的作家。

　　日本战败后进行了所谓的民主改革,志贺直哉、川端康成等老一代作家,重新拾起笔进行创作。1946年以后,志贺直哉先后发表了《灰色的月亮》《被蚀的友情》《老夫妇》《山鸠》《牵牛花》《自行车》《顽皮》《白线》等多部作品。千余字的短篇小说《灰色的月亮》是这一时期的代表作,他没有再现当年文学创作的辉煌。然而,志贺直哉将自然派作家田山花袋的"私小说"发展成为"心境小说",并以独特的艺术视角和创作技巧,突破了自然主义文学创作思想的局限,以其高超的写作技巧和非凡的语言驾驭才能,创立了独树一帜的"志贺文学"文体风格,成了日本大正年间"最纯粹的作家",被誉为"小说之神"。①

小说梗概

　　1913年,志贺直哉去观看一场体育比赛,返程时不幸遭遇山手线电车交通事故,受伤住进了医院。出院后前往位于兵库县但马地区的城崎温泉疗养。1917年,他以自己在城崎疗养院的亲身经历,创作了《在城崎》,刊载在同年5月号的《白桦》杂志上。

　　作品以第一人称叙事,小说开头便简单交代了"我"来城崎温泉疗养的目的。"我"在东京遭遇车祸受伤,虽然伤已治愈,但"我"担心后背上的旧伤可能复发,而且一旦复发便是致命的;如果两三年内没有复发便从此无忧。于是"我"一个人来到温泉疗养,每天读书、创作、散步,虽然感到孤独寂寞,却很享受这种内心的宁静。随后主人公"我"遭遇了三种小动物的死亡场面,由此引发了对生死的感悟。小说细腻地描写了主人公"我"的心理活动,抒发了心灵深处的触动和感悟,揭示了生命的哲学意义和现实意义,探索着生与死的真谛,堪称一篇充满哲理和思想内涵的"心境小说"。"心境小说"属于"私小说"的极端形式,没有完整的故事情节,重点在于小说主人公的心理活动(心境)描写,某种程度上类似于西方小说中的"意识流"。

　　首先,主人公"我"无意中发现了一只蜜蜂的尸体。这让与死神擦肩而过的"我"感受到心灵的震撼,在蜜蜂尸体的四周,忙忙碌碌、飞来飞去的其他蜜蜂们完全无视蜜蜂尸体的存在。三天三夜,蜜蜂的尸体就这样静静地躺在原地。"我"静静地观察了三天,设身处地体味着死蜜蜂的寂寞,思考着生与死的本质关系。一天晚上大雨冲走了蜜蜂的尸体。

　　不久之后,主人公在桥边河畔看到一只脖子被竹签穿透的老鼠在河水里拼命挣扎的场景。前面提到死蜜蜂的"寂寞",让"我"感到一种"亲切感";这次是老鼠的"挣扎",让"我"感到了一种"厌恶"。这种"动"与"静"的强烈反差再次震撼了主人公的心灵。"我"可以预知老鼠的命运,知道它的一切努力都是徒劳的。但是,老鼠并不知晓,它还

---

① 芥川龙之介对志贺直哉的评价:"是我们当中最纯粹的作家……至少,他确实活得清洁。"

在为了生存拼死挣扎。两三个儿童和一个车夫在不断地向河里的老鼠扔石头取乐,残酷的场面令他不忍再视,于是便悄然地离开了。

随后的一天傍晚,"我"在万籁寂静的小河边散步,看到岩石上着趴着一只蝾螈,其身上鲜艳的花纹让人感受到它的生机。"我"只想吓一吓它,没想到扔出的石头竟打死了蝾螈。侥幸逃过一劫的"我"不经意间却打死了无辜的蝾螈。对于蝾螈来说,这真是飞来横祸。"我"没有杀死蝾螈的意图却杀死了它,这让"我"厌恶"我"自己。蝾螈的死是一种偶然,而"我"没死也是一种偶然。不过,没有被电车撞死的"我"一点也感觉不到活着的喜悦,生与死不是两个对立面,生亦不可喜,死亦不可悲。当"我"放下对生的执着之后,便不再担心后背的旧伤会不会复发。"我"虽然说不惧怕死亡,甚至感到"亲切",希望得到那份"宁静",本能上却执着于生,这才来到城崎温泉疗伤。小说结尾处,"我"目睹了三只小动物之死,对于生死终于开悟,不再担心背上的旧伤复发。于是"我"离开城崎温泉回到东京,后背的旧伤最终也没有复发。

小说原文

城崎にて

山の手線の電車に跳飛ばねとされて怪我をした、其後養生に、一人で但馬の城崎温泉へ出掛けた。背中の傷が脊椎カリエスになれば致命傷になりかねないが、そんな事はあるまいと医者に言われた。二三年で出なければ後は心配はいらない、兎に角要心は肝心だからといわれて、それで来た。三週間以上――我慢出来たら五週間位居たいものだと考えて来た。

頭は未だ何だか明瞭しない。物忘れが烈しくなった。然し気分は近年になく静まって、落ちついたいい気持がしていた。稲の種入れの始まる頃で、気候もよかったのだ。

一人きりで誰も話し相手はない。読むか書くか、ぼんやりと部屋の前に椅子に腰かけて山だの往来だのを見ているか、それでなければ散歩で暮らしていた。散歩する所は町から小さい流れについて少しずつ登りになった路にいい所があった。山の裾を廻っているあたりの小さな潭になった所に山女が沢山集まっている。そして尚よく見ると、足に毛の生えた大きな川蟹が石のように凝然として居るのを見つける事がある。夕方の食事前にはよくこの路を歩いて来た。冷々とした夕方、寂しい秋の山峡を小さい清い流れについて行く時考える事は矢張り沈んだ事が多かった。淋しい考えだった。然しそれには静かないい気持がある。自分はよく怪我の事を考えた。一つ間違えば、今頃は青山の土の下に仰向けになって寝ている所だ

ったなど思う。青い冷たい堅い顔をして、顔の傷も背中の傷も其儘で。祖父や母の死骸が傍にある。それももうお互いに何の交渉もなく、——こんな事が想い浮ぶ。それは淋しいが、それ程に自分を恐怖させない考だった。何時かはそうなる。それが何時か？——今迄はそんな事を思って、その「何時か」を知らず知らず遠い先の事にしていた。然し今は、それが本統に何時か知れないような気がして来た。自分は死ぬ筈だったのを助かった、何かが自分を殺さなかった、自分には仕なければならぬ仕事があるのだ、——中学で習ったロード・クライヴという本に、クライヴがそう思う事によって激励される事が書いてあった。実は自分もそういう風に危うかった出来事を感じたかった。そんな気もした。然し妙に自分の心は静まって了った。自分の心には、何かしら死に対する親しみが起こっていた。

　自分の部屋は二階で、隣のない、割に静かな座敷だった。読み書きに疲れるとよく縁の椅子に出た。脇が玄関の屋根で、それが家へ接続する所が羽目になっている。其羽目の中に蜂の巣があるらしい。虎斑の大きな肥った蜂が天気さえよければ、朝から暮近くまで毎日忙しそうに働いていた。蜂は羽目のあわいから摩抜けて出ると、一ト先ず玄関の屋根に下りた。其処で羽根や触角を前足や後足で叮嚀に調えると、少し歩きまわる奴もあるが、直ぐ細長い羽根を両方へしっかりと張ってぶーんと飛び立つ。飛立つと急に早くなって飛んで行く。植込みの八つ手の花が丁度咲きかけで蜂はそれに群っていた。自分は退屈すると、よく欄干から蜂の出入りを眺めていた。

　或朝の事、自分は一疋蜂が玄関の屋根で死んで居るのを見つけた。足を腹の下にぴったりとつけ、触角はだらしなく顔へたれ下がっていた。他の蜂は一向に冷淡だった。巣の出入りに忙しくその傍を這いまわるが全く拘泥する様子はなかった。忙しく立働いている蜂は如何にも生きている物という感じを与えた。その傍に一疋、朝も昼も夕も、見るたびに一つ所に全く動かずに俯向きに転がっているのを見ると、それが又如何にも死んだものという感じを与えるのだ。それは三日程その儘になっていた。それは見ていて、如何にも静かな感じを与えた。淋しかった。他の蜂が皆巣へ入って仕舞った日暮、冷たい瓦の上に一つ残った死骸を見る事は淋しかった。然し、それは如何にも静かだった。

　夜の間にひどい雨が降った。朝は晴れ、木の葉も地面も屋根も綺麗に洗われていた。蜂の死骸はもう其処になかった。今も巣の蜂共は元気に働いているが、死んだ蜂は雨樋を伝って地面へ流し出された事であろう。足は縮めた儘、触角は顔へこびりついたまま、多分泥にまみれて何処かで凝然としている事だろう。外界にそれを

動かす次の変化が起るまでは死骸は凝然と其処にしているだろう。それとも蟻に曳かれて行くか。それにしろ、それは如何にも静かであった。忙しく忙しく働いてばかりいた蜂が全く動く事がなくなったのだから静かである。自分はその静かさに親しみを感じた。自分は「范の犯罪」という短編小説をその少し前に書いた。范という支那人が過去の出来事だった結婚前の妻と自分の友達だった男との関係に対する嫉妬から、そして自身の生理的圧迫もそれを助長し、その妻を殺す事を書いた。それは范の気持を主にし、仕舞に殺されて墓の下にいる、その静かさを自分は書きたいと思った。

「殺されたる范の妻」を書こうと思った。それはととうとう書かなかったが、自分にはそんな要求が起こっていた。其前からかかっている長篇の主人公の考とは、それは大変異って了った気持だったので弱った。

蜂の死骸が流され、自分の眼界から消えて間もない時だった。ある午前、自分は円山川、それからそれの流れ出る日本海などの見える東山公園へ行くつもりで宿を出た。「一の湯」の前から小川は往来の真中をゆるやかに流れ、円山川へ入る。或所迄来ると橋だの岸だのに人が立って何か川の中の物を見ながら騒いでいた。それは大きな鼠を川へなげ込んだのを見ているのだ。鼠は一生懸命に泳いで逃げようとする。鼠には首の所に7寸ばかりの魚串が刺し貫してあった。頭の上に三寸程、咽喉の下に三寸程それが出ている。鼠は石垣へ這上がろうとする。子供が二三人、四十位の車夫が一人、それへ石を投げる。却々当らない。カチッカチッと石垣に当って跳ね返った。見物人は大声で笑った。鼠は石垣の間に漸く前足をかけた。然し這入ろうとすると魚串が直ぐにつかえた。そして又水へ落ちる。鼠はどうかして助かろうとしている。顔の表情は人間にわからなかったが動作の表情に、それが一生懸命である事がよくわかった。鼠は何処かへ逃げ込む事が出来れば助かると思っていた。子供や車夫は益々面白がって石を投げた。傍の洗場の前で餌を漁っていた二三羽の家鴨が石が飛んで来るので吃驚し、首を延ばしてきょろきょろとした。スポッ、スポッと石が水へ投げ込まれた。家鴨は頓狂な顔をして首を延ばした儘、鳴きながら、忙しく足を動かして上流の方へ泳いで行った。自分は鼠の最期を見る気がしなかった。鼠が殺されまいと、死ぬに極まった運命を担いながら、全力を尽して逃げ廻っている様子が妙に頭についた。自分は淋しい嫌な気持になった。あれが本統なのだと思った。

自分が希っている静かさの前に、ああいう苦しみのある事は恐ろしい事だ。死後の静寂に親しみを持つにしろ、死に到達するまでのああいう動騒は恐ろしいと思っ

た。自殺を知らない動物はいよいよ死に切るまではあの努力を続けなければならない。今自分にあの鼠のような事が起こったら自分はどうするだろう。自分は矢張り鼠と同じような努力をしはしまいか。自分は自分の怪我の場合、それに近い自分になった事を思わないではいられなかった。自分は出来るだけの事をしようとした。自分は自身で病院をきめた。それへ行く方法を指定した。若し医者が留守で、行って直ぐに手術の用意が出来ないと困ると思って電話を先にかけて貰う事などを頼んだ。半分意識を失った状態で、一番大切な事だけによく頭の働いた事は自分でも後から不思議に思った位である。しかも此傷が致命的なものかどうかは自分の問題だった。然し、致命的のものかどうかを問題としながら、殆ど死の恐怖に襲われなかったのも自分では不思議であった。「フェータルなものか、どうか？ 医者は何といっていた？」こう側にいた友に訊いた。「フェータルな傷じゃないそうだ」こう言われた。こう言われると自分は然し急に元気づいた。亢奮から自分は非常に快活になった。フェータルなものだと若し聞いたら自分はどうだったろう。その自分は一寸想像出来ない。自分は弱ったろう。然し普段考えている程、死の恐怖に自分は襲われなかったろうという気がする。そしてそういわれても尚、自分は助かろうと思い、何かしら努力をしたろうという気がする。それは鼠の場合と、そう変わらないものだったに相違ない。で、又それが今来たらどうかと思って見て、猶且、余り変わらない自分であろうと思うと「あるがまま」で、気分で希う所が、そう実際に直ぐは影響はしないものに相違ない、しかも両方が本統で、影響した場合は、それでよく、しない場合でも、それでいいのだと思った。それは仕方のない事だ。

　そんな事があって、又暫くして、或夕方、町から小川に沿うて一人段々上(かみ)へ歩いていった。山陰線の隧道(トンネル)の前で線路を越すと道幅が狭くなって路も急になる、流れも同様に急になって、人家も全く見えなくなった。もう帰ろうと思いながら、あの見える所までという風に角(かど)を一つ一つ先へ先へと歩いて行った。物が総て青白く、空気の肌ざわりも冷々(ひえびえ)として、物静かさが却って何となく自分をそわそわとさせた。大きな桑の木が路傍にある。彼方の、路へ差し出した桑の枝で、或一つの葉だけがヒラヒラヒラヒラ、同じリズムで動いている。風もなく流れの他は総て静寂の中にその葉だけがいつまでもヒラヒラヒラヒラと忙しく動くのが見えた。自分は不思議に思った。多少怖い気もした。然し好奇心もあった。自分は下へいってそれを暫く見上げていた。すると風が吹いて来た。そうしたらその動く葉は動かなくなった。原因は知れた。何かでこういう場合を自分はもっと知っていたと思った。

　段々と薄暗くなって来た。いつまで往っても、先の角(かど)はあった。もうここらで引

きかえそうと思った。自分は何気なく傍の流れを見た。向う側の斜めに水から出ている半畳敷程の石に黒い小さいものがいた。いもりだ。未だ濡れていて、それはいい色をしていた。頭を下に傾斜から流れへ臨んで、じっとしていた。体から滴れた水が黒く乾いた石へ一寸程流れている。自分はそれを何気なく、踞んで見ていた。自分は先程いもりは嫌いでなくなった。蜥蜴は多少好きだ。屋守は虫の中でも最も嫌いだ。いもりは好きでも嫌いでもない。十年程前によく蘆の湖でいもりが宿屋の流し水の出る所に集っているのを見て、自分がいもりだったら堪らないという気をよく起した。いもりに若し生れ変ったら自分はどうするだろう、そんな事を考えた。其頃いもりを見るとそれが想い浮ぶので、いもりを見る事を嫌った。然しもうそんな事を考えなくなっていた。自分はいもりを驚かして水へ入れようと思った。不器用にからだを振りながら歩く形が想われた。自分は踞んだまま、傍の小鞠程の石を取上げ、それを投げてやった。自分は別にいもりを狙わなかった。狙ってもとても当らない程、狙って投げる事の下手な自分はそれが当る事などは全く考えなかった。石はコッといってから流れに落ちた。石の音と同時にいもりは四寸程横へ飛んだように見えた。イモリは尻尾を反らして、高く上げた。自分はどうしたのかしら、と思ってみていた。最初石が当ったとは思わなかった。イモリの反らした尾を自然に静かに下りて来た。すると肘を張ったようにして傾斜に勘へて、前へついていた両の前足の指が内へまくれ込むと、イモリは力なく前へのめってしまった。尾は全く石についた、もう動かない。イモリは死んでしまった。自分は飛んだ事をしたと思った。虫を殺すことをよくする自分であるが、其気が全くないのに殺してしまったのは自分に妙に嫌な気をさした。素より自分のした事ではあったが如何にも偶然だった。イモリにとっては全く不意な死であった。自分は暫く其処にしゃがんでいった。イモリと自分だけになったような気持ちがしてイモリの身に自分がなって其心持を感じた。かわいそうに思うと同時に、生き物の寂しさを一緒に感じた。自分は偶然に死ななかった。イモリは風前に死んだ。自分は寂しい気持ちになって、暫く足元の見える路を温泉宿の方に帰ってきた。遠く町端れの日が見え出した。死んだ蜂はどうなったか。其の後の雨でもう土の下に入ってしまったろう。あの鼠はどうしたろう。海へ流されて、今頃はその水膨れのした体を塵芥と一緒に海岸へでも打ちあげられている事だろう。そして死ななかった自分は今こうして歩いている。そう思った。自分はそれに対し、感謝しなければすまぬような気もした。しかし実際喜びの感じは湧き上がっては来なかった。生きている事と死んでしまっている事と、それは両極ではなかった。それほどに差はないような気がした。もうかなり暗かった。視覚は遠い灯を感じるだけだった。足の踏む感覚も視覚を離れて、如何にも不確かだった。只頭だけが勝手に働く。それが一層そう

いう気分に自分を誘って行った。

　三週間いて、自分は此処を去った。それから、もう三年以上になる。自分はき脊椎カリエスになるだけは助かった。

「城崎にて」現代日本文学全集20、志賀直哉集、築摩書房（昭和29）年6月発行

鉴赏与评论

　　小说《在城崎》是志贺直哉"心境小说"的代表作。辍笔三年之后，该小说是他回归文坛后的第一部作品。《在城崎》的叙事形式主要是对主人公的心境描写，既无奇特的山水风光，也无跌宕起伏的故事情节，篇幅不长，文字朴实无华。初读之下，难免有平淡无味的感觉。掩卷细嚼，却特别值得回味。它的魅力在于把独特的语言风格、令人信服的技巧和耐人寻味的生命感悟巧妙地结合起来，可以说，志贺直哉无愧于"小说之神"的美誉。

　　在小说《在城崎》中，主人公"我"在东京受重伤的事件经过被一笔带过，作者把"我"在城崎温泉的三周疗养生活压缩在不到5 000字的篇幅中，精心推敲，创作出了新型的小说样式，这篇作品具有随笔、杂文和小说的多重风格。志贺直哉自己也认为这是"如实描写的小说"，也说过它"和随笔的界限是模糊的"。该小说明显是一部"私小说"，而且是"私小说"范畴里的"心境小说"。

　　首先，疗养的原因、时间、地点、见闻、环境、感触、认知等均简洁清晰，文笔精致。全篇可分为七个部分：一是到城崎前的情况；二是初到城崎的生活和心境；三是蜜蜂之死；四是老鼠的垂死挣扎；五是蝾螈的意外之死；六是疗养后身心的蜕变；七是三年后的状况。每一个部分，都衔接紧密，顺畅自然，一气呵成，宛如天成自得。日本著名评论家吉田精一[①]称赞志贺直哉，经过志贺直哉艺术加工的心境，闪耀着光辉，他是大正时代最纯粹的文学家的典型代表。

　　其次，《在城崎》的叙事既有细致入微的景物描写，也有冷静理性的自我内心剖析。"我"对自己不平静的人生经历进行了一次整理与反思，字里行间可以感受到主人公对其生存状态的厌倦。虽然"我"没有明确说出原因，但结合作者这一时期与父亲的不和关系及创作停滞的状况，可以推测出他的生活并不如意，他的内心充满了疲惫感。他非常渴望内心的宁静，因此"我"想到如果当初伤重而死的话，现在应该躺在青山墓地，旁边是母亲和祖父的坟墓，这样就可以安静地躺在一起，尽管彼此之间没有任何交流。这显然是"相亲相杀"，不过这份怨气不应该是针对母亲和祖父的，而是针对父亲的。于是"我"说自己并不惧怕死亡，反而对死亡感到亲切，自己渴望死亡带来的"宁静"。然而，此时的"我"并没有真正放下生死，否则主人公也不会一个人来到温泉疗养，而且

[①] 吉田精一（1908—1984），日本文学评论家。毕业于东京大学国文系。任东京大学等高校教授，其研究工作以日本近代文学为中心，兼及古典文学和比较文学。

想住两个星期,如果耐得住寂寞,那就停留三个星期。这不经意的几句话便透露出了他的真实想法,他潜意识里非常惧怕死亡,来温泉疗养的目的就是防止旧伤复发。蜜蜂之死给作者带来了心灵的震撼。这也是作品《在城崎》最有魅力的部分。日本唯美派作家谷崎润一郎①在《文章读本》中特别推崇有关蜜蜂之死的这一段描写,称之为"日本简洁文体的一个典型"。

作者把自己幻想成死去的蜜蜂,思绪在生前和死后的时空中往返穿梭,进行灵与肉的反思和拷问。对自己的人生进行了一次清算,以至于改变了之后的创作思想和写作风格。

作品评价

《在城崎》是一篇散文随笔式的小说,原载于 1917 年 5 月号《白桦》杂志,是志贺直哉由前期的"私小说"(又称自我小说)创作转变到中后期的"心境小说"创作的标志。日本著名评论家伊藤整②认为它兼有"小说的感人力量、传记的趣味性和思想的深刻性"。《在城崎》是志贺直哉短篇小说的代表作,也是日本"心境小说"的代表作。

志贺直哉出身于官僚买办家庭,从小在祖父母身边长大,几乎没有得到父母的疼爱。很早就接受了西方自由、平等、博爱等新思想影响的志贺直哉,和封建专制的父亲产生了不可调和的冲突,以至于与父亲决裂,离家出走。面对来自家庭和社会的双重压迫,志贺直哉全身心地致力于文学创作。早期的文学作品充满浓郁的火药味。在他的内心世界里却有一个孤独、寂寞、苦闷的灵魂在游荡。爱的缺席是他的致命伤。正是在这样的人生低谷时期,他遭遇了电车事故,来到了城崎疗养。所以,劫后余生的幸运儿被蜜蜂的尸体所触动。那只死去的蜜蜂静静地躺在那里,任由雨水将其冲走,或者被蚂蚁们拖走。"我"在这只死蜜蜂身上投射了当下宁静的心境,这是一种解脱,"我"对死亡感到一种莫名的亲切感。

然而,不久"我"又遇到了老鼠之死,原来平静的内心掀起了波澜。"我"看到老鼠脖子上穿透的竹签便联想起自己后背上的旧伤。老鼠拼命挣扎,但结局难逃一死。那么当死神来临,"我"能否平静地接受死亡?理性上来说,"我"愿意平静地接受死亡,但本能一定会驱使自己努力活下去。尽管"我"对死亡带来的宁静感到亲切,但死亡之前的痛苦挣扎让人恐惧。"我"陷入了两难的抉择,犹如哈姆雷特所说的"生存还是毁灭?",对此"我"很难做出选择,只能消极地听天由命。

接着"我"又无意间杀死了一只蝾螈。蝾螈是无辜的,却被"我"杀死了;而"我"虽遭遇严重的车祸,却侥幸活了下来。"我"意识到,生和死不是对立的"两极",而是随机发生的现象。"我"对自己活下来并没有感到喜悦,这表明"我"已经放下对

---

① 谷崎润一郎(1886—1965),日本近代小说家,唯美派文学主要代表人物之一,《源氏物语》现代文的译者。代表作有《刺青》《春琴抄》《细雪》等。

② 伊藤整(1905—1969),日本小说家、文艺评论家、东京工业大学教授。小说有《得能五郎的生活与意见》《鸣海仙吉》《泛滥》等。评论有《日本文坛史》《小说的认识》《近代日本的文学史》等。1990 年小樽市为纪念伊藤整创设了伊藤整文学奖。

生的执着。

总之,三只小动物的死给作者的心灵带来了极大震撼,让他大彻大悟,使他在文学创作上也发生了巨大变化。小说《在城崎》是志贺直哉文学创作前后期的分水岭。《在城崎》的艺术成就在于将真实的外界描写与真实的内心描写有机地统一起来,开创了日本"心境小说"的新天地。不可否认,在城崎温泉的疗养时光使志贺直哉觉醒,他不再纠结于生死,也不再对父亲心存芥蒂,于是长期关系紧张的父子达成和解。

由于受到时代局限和作者思想境界的制约,作品缺少关注日本社会现实问题的批判意识和人文关怀,过多关注作者自身的生命体验或内心感悟。日本文艺评论界把它称为"文坛小说"或"纯文学",主要受众群体窄小,缺乏广泛的阅读人群。只有熟知作家身世、创作经历、社会关系、经济状况等综合情况的读者,才能了解作家的所思所想,理解作品的内涵。

尽管如此,瑕不掩瑜,志贺直哉在日本近代文学史上占有不可替代的地位。他不仅是日本大正年间主流文艺思潮"白桦派"的主要代表作家,而且在自然主义作家田山花袋开创的"私小说"的基础上,发展出更具深层思考和文学品位的"心境小说"。在相当长的时间里,"私小说"和"心境小说"能在日本文坛占有一席之地,这与志贺直哉等著名作家的文学创作有着密不可分的关系。当然,无论是自然主义文学,还是"私小说"或"心境小说",在日本文学史上都有着深厚的传统文化基础,不仅有适合生存的文化土壤,也有适合成长的文学空间,简单来说,具有"脱政治性",或者说缺乏"家国情怀"之硬伤。总之,"心境小说"的创作成就是"志贺文学"的重要组成部分。一方面,"心境小说"成就了志贺直哉独特的文学创作,使他成为日本"心境小说"的代表作家;另一方面,由于脱离了时代,远离社会现实,其文学创作的艺术空间也受到了限制,突显了志贺直哉小说创作题材上的局限性,使他难以取得更大的文学成就。

小百科

1. 私小说与心境小说

"私小说"是在日本大正年间产生的一种特殊文学体裁,有别于"本格小说"(以虚构情节为主的小说)。"私小说"一词于1920年开始散见于当时的报刊。1924年至1925年间,久米正雄发表《私小说和心境小说》,宇野浩二①发表《私小说之我见》等,认为"私小说"是日本的纯文学(高雅文学),代表散文文学的精髓而极力推崇,引

---

① 宇野浩二(1891—1961),日本小说家。本名格次郎。1911年入早稻田大学英国文学系预科,中途退学。1919年发表描写平民生活的短篇小说《仓库里》和长篇小说《苦恼的世界》,这两篇小说奠定了他在日本文坛的地位。

起文坛的争论,从此这个名称便被广泛使用。日本文坛对于"私小说"的概念,一向有广义和狭义两种解释。广义的解释:凡作者以第一人称的手法来叙述故事的,均称为"私小说"。但多数人倾向于狭义的解释:凡是作者脱离时代背景和社会生活,孤立地描写个人身边琐事和心理活动的,便称为"私小说"。总之,"私小说"的特点为:取材于作者亲身经历和身边琐事,运用写实主义的语言风格,采取自我告白(暴露)的叙述手法,坦露自我隐秘的内心世界。"私小说"出现以后,可以说日本自然主义和现实主义的作家都写过这种体裁的小说。一般认为1907年(明治四十年)田山花袋的《棉被》是"私小说"之滥觞。平野谦认为,1913年(大正二年)近松秋江的《疑惑》和木村庄太的《牵引》正式确立了"私小说"的地位。大正时期,"私小说"在文坛上占据了统治地位,成为日本纯文学小说体裁的核心,对日本现代文学的发展产生了重大影响。

"心境小说"是日本特有的一种文学形式。关于其概念众说纷纭,早期常作为"私小说"的别称使用,主要指以作者为主人公、以作者日常生活为题材的小说。20世纪40年代末50年代初,人们对"心境小说"又有了新的诠释。伊藤整从广义的角度把它分成描写生活失败者的破灭型文学和描写精神超然者的调和型文学;平野谦在此基础上又把立足于自然主义传统的前者称作狭义的"私小说",把追求自我与外界和谐、具有拯救色彩的后者称为"心境小说"。志贺直哉则是"心境小说"的代表作家。

2. 白桦派文学

明治末年,随着日本经济的发展,垄断资本主义开始出现。从日本国民的意识形态方面来看,国家主义的权威地位开始动摇,国民自我意识逐渐觉醒,价值观念呈现出多元化发展的趋势。其中,早期觉醒的知识分子尤为彷徨,他们深刻体会到理想与现实之间的矛盾,却找不出解决办法,陷入了苦恼、迷茫的境地。与此同时,文坛上兴起了自然主义文学运动。但是,自然主义文学屈服于权势,未能完成冲破旧道德、旧制度束缚的历史任务。白桦派文学正是在这一社会形势下诞生的,体现了青年知识分子反叛旧道德、抨击社会现状、追求自我价值的进步倾向。

1910年,日本文坛的一批青年作家创办了《白桦》杂志,以此为创作阵地,形成了日本现代文学史上的白桦派,白桦派因杂志而得其名。《白桦》杂志是由此前志贺直哉等主办的《望野》,里见淳、儿岛喜久雄等主办的《麦》,柳宗悦、郡虎彦等主办的《桃园》三本期刊合并而成。白桦派作家大多出身于上流社会的贵族阶级,生活条件优越,未经历过苦难,充满了积极乐观的人生态度,有很强烈的自我意识。白桦派作家接受了高等教育,在西方自由民主思想的熏陶下,他们对社会现状产生了不满,萌发了用知识改造世界的美好愿望,学校的学习使他们广泛接触西方文化,留学的经历则使他们加深了对西方民主思想的认识,从而激发了他们积极改造社会的强烈愿望,影响他们的文学观念及文学创作倾向。

白桦派代表作家有志贺直哉、有岛武郎等人。白桦派作家尊重个性,忠于自我,发展自我,主张人的价值是艺术的源泉,以忠实自我、发挥自我作为文学创作的出发点,以艺术始于表现自己、终于表现自己作为艺术批评的最高标准。与此同时,同情和帮助受侮辱、受迫害的弱者,关注他们的生存状态与生存质量,力图改变人与人之间缺乏关心和同情的冷酷现实,是白桦派的人道主义主张。因此,他们作为自由的追求者,十分尊重他人的个性及其发展自我的正当要求,极力冲击虚伪、世故、邪恶势力。他们对妨碍他人确立自我者抱有发自内心的憎恶,他们对世间的贫困或不幸者则充满了同情。

第6讲 《地狱变》

芥川龙之介

> **背景介绍**
>
> 明治时期西方文化与日本传统文化间的冲突，在大正时期逐渐趋于缓和，全面西化以来引进的各种思潮集中爆发，各种"主义"纷至沓来。在文学方面，人格主义与艺术至上主义思想主导了大正时期的文坛。芥川龙之介的艺术至上主义思想小说《地狱变》便应运而生。

作家与作品

芥川龙之介（1892—1927）的一生宛如划过天际的流星一般短暂，却在近现代的日本文坛留下了璀璨的光辉。

1892年3月1日，芥川龙之介出生于东京市京桥区入船町的一个牛奶商人家庭，原名新原龙之介，曾使用过柳川隆之介、澄江堂主人等别号。因为是辰年、辰月、辰日、辰时所生，所以起名为"龙之介"。其父新原敏三此前已有两个女儿，在龙之介出生的前一年，年仅6岁的长女便因病夭折。或许是因为丧女之痛，在龙之介出生9个月后，母亲便精神失常，尚在襁褓中的龙之介遂被寄养在母亲的娘家。他11岁时母亲病逝。翌年，他被过继给舅父芥川道章，成为养子，改姓芥川。芥川家是明治时期的士族阶层，家族中尚存江户时代的文人情趣。养父芥川道章在篆刻、围棋、盆景、俳句等方面均有涉猎，抚养、教育他的养母也对文学、美术、歌舞伎等颇有兴趣。在这种家庭环境的熏陶下，龙之介受到了良好的教育，他被家中书柜里的古典小说所吸引，对文学产生了浓厚的兴趣。尽管体弱多病、性格敏感，芥川龙之介却早早展现出过人的聪慧，小学和中学阶段不但一直成绩优异，且越发热衷于读书，其兴趣并没有局限于以《西游记》《水浒传》《南总里见八犬传》[①]等作为代表的通俗文学。他在小学一年级时就阅读德

---

① 《南总里见八犬传》，作者泷泽马琴（1767—1848），本名兴邦，笔名曲亭马琴，日本江户时代著名读本小说家，一生创作了300多部读本小说。代表作《南总里见八犬传》创作时间长达28年，共190回200多万字，登场人物400多人，时间跨度60多年，是江户文学读本小说的奇葩。

富芦花①的随笔《自然与人生》这类深奥难懂的书籍;到了中学时代,他更是遍阅泉镜花、夏目漱石、森鸥外等人的小说与汉诗。少年时期的广泛阅读为他日后走上作家之路打下了坚实的基础。

  1910 年,芥川龙之介凭借优异的学习成绩免试升入了第一高等学校,同级生有后来成为作家的久米正雄、山本有三等人。进入"一高"之后,芥川龙之介意识到自己在理性思维、文学表现力,乃至翻译等方面的能力并不出众,这种心理落差令他陷入了精神困顿。幸好这让他产生了如饥似渴的阅读欲望,在此期间芥川对西方文学产生了兴趣,广泛阅读了屠格涅夫、易卜生、莫泊桑、王尔德、戈蒂埃等人的作品,同时也大量涉猎了西方哲学书籍。1913 年芥川龙之介以第二名的优异成绩从第一高等学校毕业,同年 9 月进入了东京大学英文科。大学期间他开始倾心于中国文学,读过

作家简表	
1892 年	出生
1910 年	第一高等学校入学
1913 年	东京大学入学
1914 年	处女作《老年》发表
1915 年	《罗生门》
1916 年	《新思潮》第四次复刊,《鼻子》
1918 年	《地狱变》
1919 年	大阪每日新闻社入职
1921 年	中国旅行
1923 年	《侏儒的话》
1925 年	文化学院文学部讲师
1927 年	《河童》,自杀 遗稿《齿轮》《西方人》《一个傻子的生涯》

《珠村谈怪》《新齐谐》《西厢记》《琵琶行》等古典作品。同时他也没错过当时正在流行的志贺直哉的小说。这个时期,芥川开始厌倦王尔德和戈蒂埃的文学作品,转而热衷于斯特林堡的作品。

  1914 年 2 月,芥川与久米正雄等友人共同推动了同人杂志《新思潮》②的复刊。尽管《新思潮》于翌年 10 月再次陷入了停刊困境,却为这些未来的作家提供了一个文学创作的舞台。在这次《新思潮》短暂复刊期间,芥川以"柳川隆之介"的笔名发表了一些西方文学译作及《老年》《青年与死》等小说。此外,芥川还在另一本杂志《心之花》上发表了小说《大川之水》。虽然这些习作尚显稚嫩,但芥川通过这些尝试,树立了文学创作的信心。1915 年芥川龙之介发表了小说《罗生门》。不过,这部小说在最初发表时与今天所见的版本有很大不同,并未受到好评,甚至还遭到久米正雄等人的贬评。当时,友人丰岛与志雄在文坛已小有名气,久米正雄、土屋文明等也备受瞩目,不甘落后的芥川龙之介坚定了从事文学创作的决心。不久之后,经友人林原耕三介绍,芥川龙之介加入了以夏目漱石为核心的文人结社"木曜会",从此与他所仰慕的夏目漱石结下了师生之谊。

---

  ① 德富芦花(1868—1927),本名健次郎,日本小说家、散文家。以剖析和鞭笞社会的黑暗在日本近代文学中独树一帜,代表作有小说《不如归》《黑潮》,随笔集《自然与人生》。
  ② 《新思潮》是日本著名的文艺期刊,自 1907 年由小山内薰等人创立之后,多次停刊,多次复刊。

1916年2月，芥川龙之介参与了《新思潮》的第四次复刊，并发表了成名作《鼻子》。这篇短篇小说受到了夏目漱石的赞赏，这让芥川龙之介重振自信。很快，他又陆续在《新思潮》上发表了《孤独地狱》《父亲》《酒虫》《仙人》《猴子》《烟草与恶魔》等一系列短篇小说，同时还在《新小说》《希望》《中央公论》等刊物上发表了《芋粥》《手巾》等广受好评之作，其作家之路从此一片坦途。芥川龙之介与其他人共同成为"新思潮派"的中坚力量。同年12月，芥川龙之介大学毕业，进入横须贺海军机关学校任英语教师，业余时间继续从事文学创作，颇具影响力的《蜘蛛之丝》《戏作三昧》《地狱变》就诞生在这段时间。1919年，芥川龙之介从海军机关学校辞职，进入大阪每日新闻社开始了职业作家生涯，一直到1927年自杀。在此期间，他相继创作了《竹林中》《侏儒的话》《点鬼簿》《玄鹤山房》《河童》《齿轮》等名篇。

　　芥川龙之介在短暂的一生中，共创作了约150篇短篇小说，还有大量的随笔、诗歌、游记等作品，可谓著述丰厚。他学贯中西，涉猎广泛，传统和歌、俳句与现代新诗、小说、戏剧，无不精通。芥川龙之介的创作生涯恰好与日本的大正时代重合。大正文坛，自然主义文学盛极而衰，各种反自然主义文学和无产阶级文学蓬勃兴起。面对各种纷繁的文艺思潮，芥川龙之介采取了一种冷静、理性的态度，既厌倦自然主义用呆板的客观描写来暴露丑陋的现实，也不赞赏白桦派基于人道主义所追求的虚幻人生，同时也反对耽美派的消极颓废；虽不否认文学与政治的共谋关系，但对文学过于追求政治思想性而放弃文艺之美和精神自由也表示担忧。他用对待人生的认真态度对待文学创作，通过文学创作理性地认识和考察现实与人生，尝试用艺术的文学和文学的艺术来调和人世间的美丑与善恶，拉近现实与理想的距离。虽然其人生观和艺术观含有一定的理性主义成分，但实际上，这种试图用抽象的艺术来调和理想与现实、意志与宿命的想法，与大正人格主义和明治末期流行的精神主义①思想一样，本质上仍属于唯心主义的范畴。芥川龙之介用自己的生命体验进行创作，践行自己的文学理念，然而他最终的自杀行为无疑昭示了其理念的失败。天生的敏感气质与幼年的复杂境遇，深厚的东方文化基础与开阔的西方文化视野，根深蒂固的传统观念与纷繁涌入的现代思想，对自由精神的追求与对人生宿命的苦恼，个人精神的不安与时代变化的担忧……种种冲突和矛盾，最终压垮了这位耀眼的文学天才。

　　《地狱变》是芥川龙之介早期历史小说的代表作，也是集中体现芥川龙之介艺术至上主义思想的短篇小说。

---

　　① 精神主义：与物质主义相对，强调人的精神作用，视其为决定性因素。日本精神主义运动由清泽满之（1863—1903）所提倡而兴起，其实质是一种宗教哲学思想。

小说梗概

《地狱变》的故事发生在日本的平安朝时代,小说叙事者是一位在地方领主堀川大公家侍奉了20多年的老仆人。

堀川大公家的画师良秀,艾发衰容、鹤骨鸡肤、形象丑陋,且性情偏执古怪、傲慢专横、贪婪怠惰,而其画技又超然卓越、别具一格,在画坛颇负盛名。其本人也甚是自得,常以天下第一自居。由于其言行举止像个猴子,很多人暗地里称其为"猿秀"。可是,这样一个亲者厌、仇者恨的人,却有一个容貌秀丽、天资聪颖、乖巧孝顺的独生女,刻薄寡情的良秀也难得地在面对自己女儿时表现出温情的一面,将之视为掌上明珠,甚是怜爱。

大公家的少爷因厌恶画师良秀,将府上养的一只小猴子取名为"良秀",并时常虐待和捉弄它。一天,良秀的女儿见小猴子被少爷追打,便借口不忍看见父亲被追打而求少爷放过小猴子。被解救的小猴子从此把良秀之女当作最亲近的人。大公早就对良秀之女图谋不轨,听说此事后,借机对良秀之女的美貌和善良大为赞赏,不顾良秀的不满,将之收入内府作为侍女。恃才傲物且固执的良秀,屡次借画作获赏之机欲将女儿讨回身边,终于招致了大公的不悦。

一日,大公突然将良秀召到身边,命他绘一幅地狱经变屏风图。良秀为追求艺术上的真实,主张"非所见,不能绘"。为了绘制这幅地狱经变屏风图,他不但在自己的房间中养蛇,用锁链将弟子捆住,甚至让猫头鹰抓咬,对弟子流露出的惊恐表情进行现场临摹,达到走火入魔的程度。一旦全身心投入绘画,良秀就不再惦记女儿了,乃至五六个月不曾去大公官邸。而在此期间,他的女儿也因无法违逆大公的旨意而日渐忧郁和憔悴。

一个夜阑人静的晚上,与良秀女儿亲近的小猴子突然跑到叙事者老仆人身边,情绪激动地大声嘶叫,拼命地扯着老仆人来到一个房间。未近门口时,老仆人就隐约听到了争斗撕扯之声。在小猴子的拍打催促下,老仆人不得已拉开了房门,只见良秀的女儿面颊潮红,眼角挂泪,衣衫凌乱地逃了出来,同时,他听到了另外一人慌张离去的脚步声。

半个月后,良秀来官邸求见大公,大公也异常爽快地接见了他。良秀禀告大公,自己曾目睹火焰之灾、铁索捆人、怪鸟啄人等残虐的景象,也曾在梦境中见过牛头马面狱卒和三头六臂的小鬼,自从受命绘制地狱经变屏风图以来,不分昼夜,终不负所

作品评价

芥川龙之介的代表作之一,日本近现代文学史上的名篇。

(1)表现了新思潮派重视文学虚构、讲究写作技巧等特征。

(2)作品的谋篇布局极尽巧思,情节简单却充满张力。

(3)以极端的艺术手法探讨艺术和人生之间的关系。

(4)通过历史题材,透视现实,批判现实。

(5)《地狱变》是作家人生悲剧意识的流露。

劳，现已初见端倪，唯有美艳的贵妇坐于车中被烈火焚身的情景，因未曾亲见而无法画出。大公闻言竟然面露喜色，待良秀主动提出想观看贵妇被烈火焚身的景象之请求，先是脸色一沉，而后又大笑起来，随即同意了良秀的疯狂请求，还称赞其无愧于天下第一画师之名。

几天后的一个夜晚，大公在京都城外一处废弃的宅院中召见良秀。大公由数位强健、凶悍的武士拱卫着端坐于廊檐下，廊前院中停放着封闭严密的华美牛车。在确认过是良秀主动要看烈火焚人的场景后，大公刻意地用痛苦的语调强调车中之女乃有罪之人，一旦焚车必香消玉殒，尸骨无存，接着又大声狂笑，命人掀起车厢挂帘后，露出了被铁索缚着的良秀之女。

小说《地狱变》在临近结尾处迎来了高潮部分。起初，良秀大惊失色地冲向了木车，但当木车在大公的命令下被点燃，燃起了熊熊大火后，良秀反而露出了冷静甚至是佛教徒般喜悦的表情，脸上浮现出虔诚信众般的光辉，目不转睛地注视着自己宠爱的女儿被烈火焚身的情景。在众人的恐惧和大公的狂笑中，那只名叫良秀的小猴纵身投入火场，与姑娘一起隐没在了黑烟之中。时过月余，良秀终于完成了那幅地狱经变屏风图，交于大公后，翌日悬梁自尽。

小说原文

二

　　良秀と申しましたら、或は唯今でも猶、あの男の事を覚えていらつしやる方がございませう。その頃絵筆をとりましては、良秀の右に出るものは一人もあるまいと申された位、高名な絵師でございます。あの時の事がございました時には、彼是もう五十の阪(さか)に、手がとゞいて居りましたらうか。見た所は唯、背の低い、骨と皮ばかりに痩せた、意地の悪さうな老人でございました。それが大殿様の御邸へ参ります時には、よく丁字染(ちやうじぞめ)の狩衣(かりぎぬ)に揉烏帽子(もみゑぼし)をかけて居りましたが、人がらは至つて卑しい方で、何故か年よりらしくもなく、唇の目立つて赤いのが、その上に又気味の悪い、如何にも獣めいた心もちを起させたものでございます。中にはあれは画筆を舐(な)めるので紅がつくのだなどと申した人も居りましたが、どう云ふものでございませうか。尤もそれより口の悪い誰彼は、良秀の立居(たちゐ)振舞(ふるまひ)が猿のやうだとか申しまして、猿秀と云ふ諢名(あだな)までつけた事がございました。

　　いや猿秀と申せば、かやうな御話もございます。その頃大殿様の御邸には、十五になる良秀の一人娘が、小女房(こねうばう)に上つて居りましたが、これは又生みの親には似もつかない、愛嬌のある娘でございました。その上早く女親に別れましたせゐか、思

ひやりの深い、年よりはませた、俐巧な生れつきで、年の若いのにも似ず、何かとよく気がつくものでございますから、御台様を始め外の女房たちにも、可愛がられて居たやうでございます。

　すると何かの折に、丹波の国から人馴れた猿を一匹、献上したものがございまして、それに丁度悪戯盛りの若殿様が、良秀と云ふ名を御つけになりました。唯でさへその猿の容子が可笑しい所へ、かやうな名がついたのでございますから、御邸中誰一人笑はないものはございません。それも笑ふばかりならよろしうございますが、面白半分に皆のものが、やれ御庭の松に上つたの、やれ曹司の畳をよごしたのと、その度毎に、良秀々々と呼び立てては、兎に角いぢめたがるのでございます。

　所が或日の事、前に申しました良秀の娘が、御文を結んだ寒紅梅の枝を持つて、長い御廊下を通りかかりますと、遠くの遣戸の向うから、例の小猿の良秀が、大方足でも挫いたのでございませう、何時ものやうに柱へ駆け上る元気もなく、跛を引き引き、一散に、逃げて参るのでございます。しかもその後からは楚をふり上げた若殿様が「柑子盗人め、待て。待て。」と仰有りながら、追ひかけていらつしやるのではございませんか。良秀の娘はこれを見ますと、ちよいとの間ためらつたやうでございますが、丁度その時逃げて来た猿が、袴の裾にすがりながら、哀れな声を出して啼き立てました――と、急に可哀さうだと思ふ心が、抑へ切れなくなつたのでございませう。片手に梅の枝をかざした儘、片手に紫匂の桂の袖を軽さうにはらりと開きますと、やさしくその猿を抱き上げて、若殿様の御前に小腰をかゞめながら「恐れながら畜生でございます。どうか御勘弁遊ばしまし。」と、涼しい声で申し上げました。

　が、若殿様の方は、気負つて駆けてお出でになつた所でございますから、むづかしい御顔をなすつて、二三度御み足を御踏鳴しになりながら、
「何でかばふ。その猿は柑子盗人だぞ。」
「畜生でございますから、……」
　娘はもう一度かう繰返しましたがやがて寂しさうにほゝ笑みますと、
「それに良秀と申しますと、父が御折檻を受けますやうで、どうも唯見ては居られませぬ。」と、思ひ切つたやうに申すのでございます。これには流石の若殿様も、我を御折りになつたのでございませう。
「さうか。父親の命乞なら、枉げて赦してとらすとしよう。」
　不承無承にかう仰有ると、楚をそこへ御捨てになつて、元いらしつた遣戸の方

第６講　《地獄変》　芥川龍之介

へ、その儘御帰りになつてしまひました。

三

　良秀の娘とこの小猿との仲がよくなつたのは、それからの事でございます。娘は御姫様から頂戴した黄金の鈴を、美しい真紅の紐に下げて、それを猿の頭へ懸けてやりますし、猿は又どんな事がございましても、滅多に娘の身のまはりを離れません。或時娘の風邪の心地で、床に就きました時なども、小猿はちやんとその枕もとに坐りこんで、気のせゐか心細さうな顔をしながら、頻に爪を噛んで居りました。

　かうなると又妙なもので、誰も今までのやうにこの小猿を、いぢめるものはございません。いや、反つてだんだん可愛がり始めて、しまひには若殿様でさへ、時々柿や栗を投げて御やりになつたばかりか、侍の誰やらがこの猿を足蹴にした時なぞは、大層御立腹にもなつたさうでございます。その後大殿様がわざわざ良秀の娘に猿を抱いて、御前へ出るやうと御沙汰になつたのも、この若殿様の御腹立になつた話を、御聞きになつてからだとか申しました。その序に自然と娘の猿を可愛がる所由も御耳にはいつたのでございませう。

「孝行な奴ぢや。褒めてとらすぞ。」

　かやうな御意で、娘はその時、紅の袙を御褒美に頂きました。所がこの袙を又見やう見真似に、猿が恭しく押頂きましたので、大殿様の御機嫌は、一入よろしかつたさうでございます。でございますから、大殿様が良秀の娘を御贔屓になつたのは、全くこの猿を可愛がつた、孝行恩愛の情を御賞美なすつたので、決して世間で兎や角申しますやうに、色を御好みになつた訳ではございません。尤もかやうな噂の立ちました起りも、無理のない所がございますが、それは又後になつて、ゆつくり御話し致しませう。ここでは唯大殿様が、如何に美しいにした所で、絵師風情の娘などに、想ひを御懸けになる方ではないと云ふ事を、申し上げて置けば、よろしうございます。

　さて良秀の娘は、面目を施して御前を下りましたが、元より悧巧な女でございますから、はしたない外の女房たちの妬を受けるやうな事もございません。反つてそれ以来、猿と一しよに何かといとしがられまして、取分け御姫様の御側からは御離れ申した事がないと云つてもよろしい位、物見車の御供にもついぞ欠けた事はございませんでした。

　が、娘の事は一先づ措きまして、これから又親の良秀の事を申し上げませう。

成程猿の方は、かやうに間もなく、皆のものに可愛がられるやうになりましたが、肝腎の良秀はやはり誰にでも嫌はれて、相不変陰へまはつては、猿秀呼りをされて居りました。しかもそれが又、御邸の中ばかりではございません。現に横川の僧都様も、良秀と申しますと、魔障にでも御遇ひになつたやうに、顔の色を変へて、御憎み遊ばしました。（尤もこれは良秀が僧都様の御行状を戯画に描いたからだなどと申しますが、何分下ざまの噂でございますから、確に左様とは申されますまい。）兎に角、あの男の不評判は、どちらの方に伺ひましても、さう云ふ調子ばかりでございます。もし悪く云はないものがあつたと致しますと、それは二三人の絵師仲間か、或は又、あの男の絵を知つてゐるだけで、あの男の人間は知らないものばかりでございませう。

　しかし実際、良秀には、見た所が卑しかつたばかりでなく、もつと人に嫌がられる悪い癖があつたのでございますから、それも全く自業自得とでもなすより外に、致し方はございません。

四

　その癖と申しますのは、吝嗇で、慳貪で、恥知らずで、怠けもので、強慾で――いやその中でも取分け甚しいのは、横柄で高慢で、何時も本朝第一の絵師と申す事を、鼻の先へぶら下げてゐる事でございませう。それも画道の上ばかりならまだしもでございますが、あの男の負け惜しみになりますと、世間の習慣とか慣例とか申すやうなものまで、すべて莫迦に致さずには置かないのでございます。これは永年良秀の弟子になつてゐた男の話でございますが、或日さる方の御邸で名高い檜垣の巫女に御霊が憑いて、恐しい御託宣があつた時も、あの男は空耳を走らせながら、有合せた筆と墨とで、その巫女の物凄い顔を、丁寧に写して居つたとか申しました。大方御霊の御祟りも、あの男の眼から見ましたなら、子供欺し位にしか思はれないのでございませう。

　さやうな男でございますから、吉祥天を描く時は、卑しい傀儡の顔を写しましたり、不動明王を描く時は、無頼の放免の姿を像りましたり、いろいろの勿体ない真似を致しましたが、それでも当人を詰りますと「良秀の描いた神仏が、その良秀に冥罰を当てられるとは、異な事を聞くものぢや」と空嘯いてゐるではございませんか。これには流石の弟子たちも呆れ返つて、中には未来の恐ろしさに、匆々暇をとつたものも、少くなかつたやうに見うけました。――先づ一口に申しました

なら、慢業重畳とでも名づけませうか。兎に角当時天が下で、自分程の偉い人間はないと思つてゐた男でございます。

　従つて良秀がどの位画道でも、高く止つて居りましたかは、申し上げるまでもございますまい。尤もその絵でさへ、あの男のは筆使ひでも彩色でも、まるで外の絵師とは違つて居りましたから、仲の悪い絵師仲間では、山師だなどと申す評判も、大分あつたやうでございます。その連中の申しますには、川成とか金岡とか、その外昔の名匠の筆になつた物と申しますと、やれ板戸の梅の花が、月の夜毎に匂つたの、やれ屏風の大宮人が、笛を吹く音さへ聞えたのと、優美な噂が立つてゐるものでございますが、良秀の絵になりますと、何時でも必ず気味の悪い、妙な評判だけしか伝はりません。譬へばあの男が龍蓋寺の門へ描きました、五趣生死の絵に致しましても、夜更けて門の下を通りますと、天人の嘆息をつく音や啜り泣きをする声が、聞えたと申す事でございます。いや、中には死人の腐つて行く臭気を、嗅いだと申すものさへございました。それから大殿様の御云ひつけで描いた、女房たちの似絵なども、その絵に写されたゞけの人間は、三年と尽たない中に、皆魂の抜けたやうな病気になつて、死んだと申すではございませんか。悪く云ふものに申させますと、それが良秀の絵の邪道に落ちてゐる、何よりの証拠ださうでございます。

　が、何分前にも申し上げました通り、横紙破りな男でございますから、それが反つて良秀は大自慢で、何時ぞや大殿様が御冗談に、「その方は兎角醜いものが好きと見える。」と仰有つた時も、あの年に似ず赤い唇でにやりと気味悪く笑ひながら、「さやうでござりまする。かいなでの絵師には総じて醜いものの美しさなどと申す事は、わからう筈がございませぬ。」と、横柄に御答へ申し上げました。如何に本朝第一の絵師に致せ、よくも大殿様の御前へ出て、そのやうな高言が吐けたものでございます。先刻引合に出しました弟子が、内々師匠に「智羅永寿」と云ふ諢名をつけて、増長慢を譏つて居りましたが、それも無理はございません。御承知でもございませうが、「智羅永寿」と申しますのは、昔震旦から渡つて参りました天狗の名でございます。

　しかしこの良秀にさへ——この何とも云ひやうのない、横道者の良秀にさへ、たつた一つ人間らしい、情愛のある所がございました。

　　　　　　　　五

　と申しますのは、良秀が、あの一人娘の小女房をまるで気違ひのやうに可愛がつてゐた事でございます。先刻申し上げました通り、娘も至つて気のやさしい、親思ひの女でございましたが、あの男の子煩悩は、決してそれにも劣りますまい。何し

ろ娘の着る物とか、髪飾とかの事と申しますと、どこの御寺の勧進にも喜捨をした事のないあの男が、金銭には更に惜し気もなく、整へてやると云ふのでございますから、嘘のやうな気が致すではございませんか。

　が、良秀の娘を可愛がるのは、唯可愛がるだけで、やがてよい聟をとらうなどと申す事は、夢にも考へて居りません。それ所か、あの娘へ悪く云ひ寄るものでもございましたら、反つて辻冠者ばらでも駆り集めて、暗打位は喰はせ兼ねない量見でございます。でございますから、あの娘が大殿様の御声がかりで、小女房に上りました時も、老爺の方は大不服で、当座の間は御前へ出ても、苦り切つてばかり居りました。大殿様が娘の美しいのに御心を惹かされて、親の不承知なのもかまはずに、召し上げたなどと申す噂は、大方かやうな容子を見たものの当推量から出たのでございませう。

　尤も其噂は嘘でございましても、子煩悩の一心から、良秀が始終娘の下るやうに祈つて居りましたのは確でございます。或時大殿様の御云ひつけで、稚児文殊を描きました時も、御寵愛の童の顔を写しまして、見事な出来でございましたから、大殿様も至極御満足で、「褒美には望みの物を取らせるぞ。遠慮なく望め。」と云ふ難有い御言が下りました。すると良秀は畏まつて、何を申すかと思ひますと、「何卒私の娘をば御下げ下さいまするやうに。」と臆面もなく申し上げました。外のお邸ならば兎も角も、堀河の大殿様の御側に仕へてゐるのを、如何に可愛いからと申しまして、かやうに無躾に御暇を願ひますものが、どこの国に居りませう。これには大腹中の大殿様も聊か御機嫌を損じたと見えまして、暫くは唯、黙つて良秀の顔を眺めて御居でになりましたが、やがて、「それはならぬ。」と吐出すやうに仰有ると、急にその儘御立になつてしまひました。かやうな事が、前後四五遍もございましたらうか。今になつて考へて見ますと、大殿様の良秀を御覧になる眼は、その都度にだんだんと冷やかになつていらしつたやうでございます。すると又、それにつけても、娘の方は父親の身が案じられるせゐでもございますか、曹司へ下つてゐる時などは、よく袿の袖を嚙んで、しくしく泣いて居りました。そこで大殿様が良秀の娘に懸想なすつたなどと申す噂が、愈々拡がるやうになつたのでございませう。中には地獄変の屛風の由来も、実は娘が大殿様の御意に従はなかつたからだなどと申すものも居りますが、元よりさやうな事がある筈はございません。

　私どもの眼から見ますと、大殿様が良秀の娘を御下げにならなかつたのは、全く娘の身の上を哀れに思召したからで、あのやうに頑な親の側へやるよりは御邸に置いて、何の不自由なく暮させてやらうと云ふ難有い御考へだつたやうでござい

ます。それは元より気立ての優しいあの娘を、御贔屓になつたのには間違ひございません。が、色を御好みになつたと申しますのは、恐らく"牽強附会"の説でございませう。いや、跡方もない嘘と申した方が、宜しい位でございます。

それは兎も角もと致しまして、かやうに娘の事から良秀の御覚えが大分悪くなつて来た時でございます。どう思召したか、大殿様は突然良秀を御召になつて、地獄変の屏風を描くやうに、御云ひつけなさいました。

（中略）

十八

火は見る見る中に、車蓋をつつみました。庇についた紫の流蘇が、煽られたやうにさつと靡くと、その下から濛々と夜目にも白い煙が渦を巻いて、或は簾、或は袖、或は棟の金物が、一時に砕けて飛んだかと思ふ程、火の粉が雨のやうに舞ひ上る——その凄じさと云つたらございません。いや、それよりもめらめらと舌を吐いて袖格子に搦みながら、半空までも立ち昇る烈々とした炎の色は、まるで日輪が地に落ちて、天火が迸つたやうだとでも申しませうか。前に危く叫ばうとした私も、今は全く魂を消して、唯茫然と口を開きながら、この恐ろしい光景を見守るより外はございませんでした。しかし親の良秀は——

良秀のその時の顔つきは、今でも私は忘れません。思はず知らず車の方へ駆け寄らうとしたあの男は、火が燃え上ると同時に、足を止めて、やはり手をさし伸した儘、食ひ入るばかりの眼つきをして、車をつつむ焔煙を吸ひつけられたやうに眺めて居りましたが、満身に浴びた火の光で、皺だらけな醜い顔は、髭の先までもよく見えます。が、その大きく見開いた眼の中と云ひ、引き歪めた唇のあたりと云ひ、或は又絶えず引き攣つてゐる頬の肉の震へと云ひ、良秀の心に交々往来する恐れと悲しみと驚きとは、歴々と顔に描かれました。首を刎ねられる前の盗人でも、乃至は十王の庁へ引き出された、十逆五悪の罪人でも、ああまで苦しさうな顔を致しますまい。これには流石にあの強力の侍でさへ、思はず色を変へて、畏る畏る大殿様の御顔を仰ぎました。

が、大殿様は繁く唇を御噛みになりながら、時々気味悪く御笑ひになつて、眼も放さずぢつと車の方を御見つめになつていらつしやいます。さうしてその車の中には——あああ、私はその時、その車にどんな娘の姿を眺めたか、それを詳しく申し上げる勇気は、到底あらうとも思はれません。あの煙に咽んで仰向けた顔の白さ、

焔を掃つてふり乱れた髪の長さ、それから又見る間に火と変つて行く、桜の唐衣の美しさ、——何と云ふ惨たらしい景色でございましたらう。殊に夜風が一下しして、煙が向うへ靡いた時、赤い上に金粉を撒いたやうな、焔の中から浮き上つて、髪を口に嚙みながら、縛の鎖も切れるばかり身悶えをした有様は、地獄の業苦を目のあたりへ写し出したかと疑はれて、私始め強力の侍までおのづと身の毛がよだちました。

　するとその夜風が又一渡り、御庭の木々の梢にさつと通ふ——と誰でも、思ひましたらう。さう云ふ音が暗い空を、どこも知らず走つたと思ふと、忽ち何か黒いものが、地にもつかず宙にも飛ばず、鞠のやうに躍りながら、御所の屋根から火の燃えさかる車の中へ、一文字にとびこみました。さうして朱塗のやうな袖格子が、ばらばらと焼け落ちる中に、のけ反つた娘の肩を抱いて、帛を裂くやうな鋭い声を、何とも云へず苦しさうに、長く煙の外へ飛ばせました。続いて又、二声三声——私たちは我知らず、あつと同音に叫びました。壁代のやうな焔を後にして、娘の肩に縋つてゐるのは、堀河の御邸に繋いであつた、あの良秀と諢名のある、猿だつたのでございますから。その猿が何処をどうしてこの御所まで、忍んで来たか、それは勿論誰にもわかりません。が、日頃可愛がつてくれた娘なればこそ、猿も一しよに火の中へはひつたのでございませう。

十九

　が、猿の姿が見えたのは、ほんの一瞬間でございました。金梨子地のやうな火の粉が一しきり、ぱつと空へ上つたかと思ふ中に、猿は元より娘の姿も、黒煙の底に隠されて、御庭のまん中には唯、一輛の火の車が凄じい音を立てながら、燃え沸つてゐるばかりでございます。いや、火の車と云ふよりも、或は火の柱と云つた方が、あの星空を衝いて煮え返る、恐ろしい火焔の有様にはふさはしいかも知れません。

　その火の柱を前にして、凝り固まつたやうに立つてゐる良秀は、——何と云ふ不思議な事でございませう。あのさつきまで地獄の責苦に悩んでゐたやうな良秀は、今は云ひやうのない輝きを、さながら恍惚とした法悦の輝きを、皺だらけな満面に浮べながら、大殿様の御前も忘れたのか、両腕をしつかり胸に組んで、佇んでゐるではございませんか。それがどうもあの男の眼の中には、娘の悶え死ぬ有様が映つてゐないやうなのでございます。唯美しい火焔の色と、その中に苦しむ女人の姿とが、限りなく心を悦ばせる——さう云ふ景色に見えました。

　しかも不思議なのは、何もあの男が一人娘の断末魔を嬉しさうに眺めてゐた、そ

ればかりではございません。その時の良秀には、何故か人間とは思はれない、夢に見る獅子王の怒りに似た、怪しげな厳（おごそか）さがございました。でございますから不意の火の手に驚いて、啼き騒ぎながら飛びまはる数の知れない夜烏でさへ、気のせゐるか良秀の揉烏帽子のまはりへは、近づかなかつたやうでございます。恐らくは無心の鳥の眼にも、あの男の頭の上に、円光の如く懸つてゐる、不可思議な威厳が見えたのでございませう。

　鳥でさへさうでございます。まして私たちは仕丁までも、皆息をひそめながら、身の内も震へるばかり、異様な随喜の心に充ち満ちて、まるで開眼の仏でも見るやうに、眼も離さず、良秀を見つめました。空一面に鳴り渡る車の火と、それに魂を奪はれて、立ちすくんでゐる良秀と——何と云ふ荘厳、何と云ふ歓喜でございませう。が、その中でたつた、御縁の上の大殿様だけは、まるで別人かと思はれる程、御顔の色も青ざめて、口元に泡を御ためになりながら、紫の指貫（きしぬき）の膝を両手にしつかり御つかみになつて、丁度喉の渇いた獣のやうに喘（あへ）ぎつづけていらつしやいました。

二十

　その夜雪解の御所で、大殿様が車を御焼きになつた事は、誰の口からともなく世上へ洩れましたが、それに就いては随分いろいろな批判を致すものも居つたやうでございます。先第一に何故（なぜ）大殿様が良秀の娘を御焼き殺しなすつたか、——これは、かなはぬ恋の恨みからなすつたのだと云ふ噂が、一番多うございました。が、大殿様の思召しは、全く車を焼き人を殺してまでも、屏風の画を描かうとする絵師根性の曲（よこしま）なのを懲らす御心算だつたのに相違ございません。現に私は、大殿様が御口づからさう仰有（おつしや）るのを伺つた事さへございます。

　それからあの良秀が、目前で娘を焼き殺されながら、それでも屏風の画を描きたいと云ふその木石のやうな心もちが、やはり何かとあげつらはれたやうでございます。中にはあの男を罵（ののし）つて、画の為には親子の情愛も忘れてしまふ、人面獣心の曲者（くせもの）だなどと申すものもございました。あの横川の僧都様などは、かう云ふ考へに味方をなすつた御一人で、「如何に一芸一能に秀でやうとも、人として五常を弁（わきま）へねば、地獄に堕ちる外はない」などと、よく仰有つたものでございます。

　所がその後一月ばかり経（た）つて、愈々地獄変の屏風が出来上りますと良秀は早速それを御邸へ持つて出て、恭しく大殿様の御覧に供へました。丁度その時は僧都様も御居合はせになりましたが、屏風の画を一目御覧になりますと、流石にあの一帖の

天地に吹き荒んでゐる火の嵐の恐しさに御驚きなすつたのでございませう。それまでは苦い顔をなさりながら、良秀の方をじろじろ睨めつけていらしつたのが、思はず知らず膝を打つて、「出かし居つた」と仰有いました。この言を御聞きになつて、大殿様が苦笑なすつた時の御容子も、未だに私は忘れません。

　それ以来あの男を悪く云ふものは、少くとも御邸の中だけでは、殆ど一人もゐなくなりました。誰でもあの屏風を見るものは、如何に日頃良秀を憎く思つてゐるにせよ、不思議に厳かな心もちに打たれて、炎熱地獄の大苦艱を如実に感じるからでもございませうか。

　しかしさうなつた時分には、良秀はもうこの世に無い人の数にはいつて居りました。それも屏風の出来上つた次の夜に、自分の部屋の梁へ縄をかけて、縊れ死んだのでございます。一人娘を先立てたあの男は、恐らく安閑として生きながらへるのに堪へなかつたのでございませう。屍骸は今でもあの男の家の跡に埋まつて居ります。尤も小さな標の石は、その後何十年かの雨風に曝されて、とうの昔誰の墓とも知れないやうに、苔蒸してゐるにちがひございません。

『芥川龍之介全集　第一巻』岩波書店、1995（平成7）年11月発行

鉴赏与评论

　　小说《地狱变》最初发表于1918年，以连载的形式先后刊登在《大阪每日新闻》和《东京日日新闻》两份报纸上。当时芥川龙之介尚在海军机关学校任教，而且新婚不久，搬家至镰仓市。虽然工作颇为忙碌，这却是他人生中最为充实的一段时光。为了增加家庭收入，新婚不久的芥川龙之介便与大阪每日新闻社签订了一份"社友合同"，成了大阪每日新闻社的签约作家。由于当时的芥川龙之介已颇有名气，而且前一年的秋天在《大阪每日新闻》上连载的小说《戏作三昧》大获好评，大阪每日新闻社接受了芥川提出的除稿费之外每月额外补贴50日元，在其他杂志上发表小说不受限制等条件。于是芥川龙之介便提前签订合同，不过，他要等到下一年才能正式从海军机关学校辞职，成为职业作家。但从签约的这一刻起，写作对于芥川来说，已经不再是一种业余爱好，而是家庭经济收入的主要来源。总之，自断退路的芥川龙之介是以一个职业作家的心态来创作《地狱变》的，可谓背水一战。

　　《地狱变》是芥川龙之介早期历史小说的代表作，取材于日本古典故事集《宇治拾遗物语》第三卷第六篇《绘佛师良秀见自家失火欢喜记》和《古今著闻集》第十一卷《画图》中"弘高地狱变屏风"一节。事实上，这两个古典故事本身篇幅极短，能够从两个彼此并不相关的故事中撷取核心要素，并融合在一起作为自己小说的骨骼，离不开作者深厚的古典文学素养。作者通过精心地设置人物，巧妙地编织情节，为小说注入血肉

和灵魂，这些充分展现出芥川龙之介超凡的文学才华。

> **作者的本名与别名**
>
> "介"和"助"是日本男性名字的常用字。用于人名时，二者读音相同，含义也相同，都表示"帮助"之意，经常被混淆。芥川龙之介原姓新原，户籍上登记的是"介"字，在养父芥川家及中学、大学的各种名簿上记载的是"龙之助"。但作家自己更喜欢使用的是"介"。
>
> 古代日本，因受中国文化的影响，除了姓名，还有"字"和"通称"等多个名字。但在实行了户籍制的明治时期，只允许户籍上登记的一个名字。作为变通，笔名或雅号开始在文人中流行，这种趋势一直持续到大正时期才逐渐消失。芥川龙之介登上文坛之时，已经开始盛行直接用本名发表作品，但他依然喜欢用各种别名，其中广为人知的是"柳川隆之介""我鬼"系列笔名和"澄江"系列雅号等。"我鬼"系列的笔名有"我鬼先生""病我鬼""我鬼散人""我鬼窟主人"等。他还将自己的书斋命名为"我鬼窟"。"澄江"系列的雅号，有"澄江堂主""澄江堂主人""澄江堂老人""澄江子"。此外，还用过"龙""椒图道人""澄心亭""寿陵余子""桃实居士""三拙渔人"等笔名和雅号，据日本筑摩书房版《芥川龙之介全集》所载的"别名索引"统计，他一生使用过的别名有80多个，表现了芥川龙之介的博学、儒雅与风趣。

《地狱变》是以一个全程目睹事件始末的旁观者的第一人称视角来讲述的，但这个旁观者并非像拍电影的摄影机一样发挥记录作用。芥川龙之介颇具匠心地将讲述者设定为一个与封建领主堀川大公有着人身依附关系的老仆人，使故事的讲述者具有了双重身份，模糊了事件的真实性和叙述的客观性，这种"不真实"的叙事策略在文本与读者间构建了一种张力。开篇第一节描述堀川大公的句子全部使用了敬语，直接告诉了读者讲述者"下属"的身份和心态。作者还细致地对每句的句末语气做了微妙的调整，避免单调。在对堀川大公的介绍中，老仆人先是提到世人的评价，诸如堀川大公为人秉性近似秦始皇、隋炀帝等暴君，接着又对此极力否认，将大公描述为富甲天下、豪气万丈、宽仁大度且颇受民众爱戴的仁者。双重身份的叙事者和自相矛盾的描写，在开篇处就动摇了读者对讲述者的信任，同时也放大了文本与读者，乃至隐藏在文本之后的作者与读者之间的对立关系，引导着读者从一种"悬置"的状态中展开文学的欣赏活动，提高了文本的艺术魅力。

芥川在小说中设置了多组相互对立的人物形象。与年富力强、高大伟岸、受人敬仰的大公相比，主人公良秀却是一个苍颜垂暮、形销骨立、人鬼皆厌的角色。两人的年龄、相貌、地位的对比构成了小说结构的张力。

画师良秀与其女儿的形象也完全处于两个极端。少女的美貌和善良，一方面与良秀的丑陋和冷酷形成了对比，另一方面也凸显了堀川大公的自私和残忍，用事实瓦解了老仆人对大公的"不真实"叙述，同时也成为激化大公与良秀的冲突、推动情节发展的重要因素。此外，被称为"猴子"的画师良秀与被称为"良秀"的猴子也形成了一种对比结构。芥川通过小猴子的求救、叩谢等拟人化的手法，将良秀本应具有的人性转移到了小猴子的身上，与虚伪、残暴、丧失人性的大公形成了强烈反差，也是对最后自杀

的良秀本人的彻底否定。小说中的小猴子形象像极了雨果笔下《巴黎圣母院》的敲钟人卡西莫多,而大公的人物形象则比巴黎圣母院副主教克洛德更加道貌岸然、蛇蝎心肠。尽管《地狱变》中的出场人物不多,人物的形象和性格甚至还有脸谱化倾向,但作者正是通过这种对立关系的设计,巧妙地将出场人物置于两个极端。因此,整篇小说的架构才丝毫未显单薄,反而让人觉得人物形象格外生动鲜明。

《地狱变》采用了回忆式和插入式的叙事手法。第一至第五节主要刻画堀川大公、画师良秀、良秀女儿的人物形象及人物关系,在介绍每个人物的过程中都插入了或长或短的逸闻来佐证人物的性格特征,尤其是在介绍良秀的女儿时,作者独出机杼地引入了一个良秀的女儿智救小猴子的场面,表现了这个 15 岁少女的善良、机智,不但与良秀的丑陋、残忍和冷漠形成对比,也为之后大公命良秀绘制地狱经变屏风图,以及小猴子殉死的情节埋下了伏笔,反衬出良秀、大公等人的冷酷寡情。在进入绘制地狱经变屏风图的故事主线前,第六节的叙事者又忽然从回忆中跳出,对绘成之后的地狱经变屏风图进行了详细的描述,既在进入主线故事前渲染了气氛,也再次通过对"回忆"形式的强调营造出一种真实感,增强了作品的感染力。

任何一个在文学创作上有追求的作家,必然会十分重视创作技巧,尤其擅长创作短篇小说的作家更是如此。芥川龙之介曾在其文艺随笔《侏儒的话》"鉴赏"一节中谈到,艺术鉴赏活动是艺术家与鉴赏者的合作,任何时代都不陨其名的作品必须要有耐得住多角度鉴赏的特色。尽管《地狱变》是芥川以职业作家的身份创作的首部作品,但显然当时的他已经有意识地在作品中置入了留白,拓宽了作品的诠释空间。作者精心地选取了一个参与事件的第三者作为故事的叙述者。既然叙述者并非全知全能,自然无法不分时段地全盘把握作品中所有出场人物的行动和想法,这就为作者在一些关键问题上的模糊化处理留有了余地。例如,小说的第三节中,老仆人强调大公对良秀女儿的喜爱完全是出于对其善良、孝顺的赞赏,而非出于好色,但他又提到另外一些传言。那么,可疑的叙述者和传言之间究竟哪个更为可靠,就只能由读者自行判断了。看似不经意的闲笔,实则是作品中的传神之笔。第十二节中良秀的女儿因为无法违逆贪图美色的大公的旨意而感到忧伤,面露憔悴,原本喜欢良秀女儿的众人也忽然对她疏远起来。身为仆人自然不方便打听大公旨意的内容,不知道众人态度转变的原因或许是由于老仆人年老智昏,但对于读者来说,原因不言自明。总之,在"不真实""不完全"的叙事模式之下,缺失的情节内容可以由读者去想象和补充,这充分体现了叙事策略之巧妙。小说的最后一节提到,画师良秀自杀后,横川的僧都①警示世人,即使有杰出的艺能也不可以忘记纲常五德,否则必堕地狱。僧都似乎是因良秀为了艺术而舍弃亲情才有感而发的。可是在第八节中作者就通过画师良秀午睡时的梦话暗示他早已预感自己会下地狱,并且还说地狱中自己的女儿在等他。良秀的梦话单纯是一种预告,是作者为了最终的结局而做的铺垫,还是在暗示二人有堕入地狱之罪呢?在点燃良秀

---

① 日本古代的一种僧官。

> **与谷崎润一郎的争论**
>
> 1927年2月，在一次座谈会上，关于谷崎润一郎的作品，芥川龙之介提到了"故事情节的趣味性和艺术价值无关"。随后，谷崎润一郎在杂志《改造》上连载随笔《饶舌录》，反驳说情节的趣味性是小说的特权。芥川龙之介也在杂志《改造》上提到"文艺呢，还是太过文艺"，他认为谷崎润一郎当下的小说缺乏诗意精神，写《刺青》的时候很好，不过写《正是因为爱》的时候不是诗人。结尾处，芥川龙之介写道："伟大的朋友啊，你走你的路吧。"
>
> 芥川龙之介似乎从心底希望谷崎润一郎的小说在艺术上有所提高，也是出于对谷崎润一郎的尊敬。随后谷崎润一郎又在《改造》上撰文反驳，再次引起了争论，最终以芥川龙之介的自杀为两人的争论画上了句号。

之女所乘的豪华牛车之前，大公明确声称车上所乘的是"有罪之人"，包括良秀本人在内，现场却没人对其有罪的说法提出疑问，而且大公还在事后对老仆人说此举是为了根治良秀的邪恶秉性——恃才傲物，藐视权威。小说有多处叙事似乎暗示，大公觊觎良秀的女儿美色却没有得逞，便借良秀绘制地狱经变图的机会烧死了她。但作者对叙事者的立场和"有罪""邪恶秉性"等细节的模糊化处理，让小说情节变得并不那么确定了。在老仆人的"不真实"叙事中，一天夜里他在小猴子"良秀"的"引领下"来到一处房门外，小猴子见老仆人有些迟疑，便跳上他肩头胡乱抓挠，惊慌的他"无意间"拉开房门，良秀的女儿猛然从房内冲出来却摔倒在地，抬脸看老仆人时表情很是惊恐，仿佛看到了一个怪物，她气喘吁吁，面颊潮红，衣裳不整，一改往日的稚幼柔弱，反而显出几分妖艳的美丽，这时另有一道身影匆忙离去。这段叙事有点欲盖弥彰的味道。显然是大公对良秀女儿图谋不轨，老仆人"撞破"了大公的"好事"。然而，面对老仆人的询问，良秀的女儿却不肯（不敢）说出来。因此，"遁走者的身份"成为小说中最大的悬疑，存在多重阐释的可能。

《地狱变》发表一年之后，芥川龙之介在《艺术及其他》一文中指出，艺术家首先应尽力使作品完美，否则艺术家献身于艺术就失去了意义，但奔向艺术完美之路时会受到某种阻碍，为了创作出非凡的作品，在必要的时候或场合，艺术家可能将灵魂出卖给恶魔。这种偏激的发言显然带有艺术至上主义倾向，艺术至上主义将唯美主义推向极致。但值得注意的是，唯美主义把艺术作品或者说艺术之美放在至高位置，主张艺术独立于道德。芥川龙之介关注的是作为创作主体的艺术家的人生与艺术的关系，强调艺术家应该将追求艺术的完美作为人生的追求，同时他也意识到了完美艺术与人生、现实存在着冲突，追求艺术上的完美难免要付出沉重的代价。

芥川龙之介的这种思想在《地狱变》中孤高倨傲的画师良秀身上得到了极为充分的体现。相对于作为统治阶层的堀川大公来说，良秀在身份和地位上处于依附的关系。非凡的艺术成就和画坛上无出其右的地位令其恃才傲物，故事中，他甚至胆敢挑战大公的权威，几次向大公讨要女儿回家，结果大公恼羞成怒，借机烧死良秀的女儿，但良秀没有屈服于淫威，竟然画成了地狱经变屏风图。大公与良秀的对立中暗含着世俗与艺术的对立关系，尽管现实世界中良秀只能匍匐于大公脚下，但他在艺术世界中

的成就,大公永远也无法企及。在小说的最后一节中,讲述故事的老仆人透露,大公自称无意烧车杀人,根本意图在于惩治傲慢的良秀。事实上也很可能如此。因为不论大公、良秀及良秀的女儿三者究竟有无情感纠葛,都改变不了大公的行为本质——利用世俗权力惩治艺术家。大公以烧死良秀女儿的方式来维护自己的世俗权威,而良秀通过舍弃人类的情感、将女儿置于死地的方式,实现了自己作为艺术家的使命,维护了自己作为艺术家的尊严。可是,最终良秀的自杀依然昭示了艺术在现实和强权面前的失败。不难发现,芥川龙之介在良秀身上寄托着追求艺术的终极理想。当然这种艺术至上主义思想在芥川龙之介的创作生涯中持续时间并不长,不久他便做出了修正,回归到注重理性的创作态度。但是在我们读者看来,良秀在强权面前表现出孤高、狷介的态度,体现了芥川龙之介拒绝向晦暗现实屈服的姿态;主人公良秀最终自杀暗示了芥川龙之介对前途和命运的悲观;将文学和艺术对立于现实与人生,甚至摆在现实和人生之上,这是芥川龙之介最大的悲哀。从芥川龙之介的成长经历可以看出,书籍才是他真正的朋友。与真实的社会生活体验相比,书本中的思想才是他的世界观、人生观、价值观的直接来源。芥川龙之介把书本中虚幻的理想人生摆在了现实人生之上,甚至否定后者,这便注定了其文学与人生的悲剧性结局。

《地狱变》虽然篇幅不长,但在叙事结构、叙事策略等方面具有诸多优点,充分体现了新思潮派重视写作技巧的特征。芥川龙之介运用其卓越的才华,将自己的艺术追求、人生态度融于并不复杂的小说情节中,于有限的篇幅内营造出丰富的阐释空间,达到了极高的艺术成就,在日本近现代文学史上留下了极具艺术魅力的经典之作。

小百科

1. 新思潮派及其代表作家

《新思潮》作为文艺杂志,在20世纪的日本文坛名声特别响亮。1907年10月,小山内薰①创办了介绍西方现代戏剧及文艺动向的杂志《新思潮》,翌年3月停刊。1910年,谷崎润一郎、和辻哲郎②等东京大学在校生复刊《新思潮》。此后,作为东京大学文学爱好者的同人刊物,《新思潮》经历了十几次的停刊、复刊。其中比较著名的几次复刊如下:谷崎润一郎等人的第二次复刊,久米正雄等人的第三次复刊,芥川龙之介等人的第四次复刊,川端康成等人的第六次复刊。而文学流派中的"新思潮派",特指第三次(1914)和第四次(1916)《新思潮》复刊的同人。

新思潮派是日本大正年间主要的文学流派之一,属于新现实主义(新现实主义包括新思潮派、新早稻田派)思潮。新思潮派作家大多是夏目漱石的门人,重视题材

---

① 小山内薰(1881—1928),日本戏剧艺术家、小说家、诗人、翻译家,日本现代戏剧的重要奠基人。代表作有戏剧《自由剧场》《森有礼》,小说《江岛生岛》《梦之浮桥》,以及诗歌《梦见草》等。
② 和辻哲郎(1889—1960),日本哲学家、伦理学家、文化史学者,日本伦理学会会员。代表作有《风土》《日本精神史研究》等。

的多样性,讲究写作技巧,注重艺术形式的完美,善于运用传统的现实主义方法,以充满理性的心理描写,从生活片段中把握现实、审视人生。他们反对自然主义纯客观的描写方法,同时质疑白桦派文学的理想主义,强调在理性的基础上分析社会现实。此外,新思潮派又与新浪漫派、唯美派或颓废派文学等相区别,也被称为新理智派、新技巧派等。代表作家有芥川龙之介、久米正雄、丰岛与志雄、山本有三等人。

久米正雄(1891—1952),小说家、剧作家、俳句诗人。代表作有《牛奶屋的兄弟》《侵蚀的青春》《人和幸福》《阿武隈心中》等戏剧,以及《萤草》《破船》等小说。

丰岛与志雄(1890—1955),小说家、翻译家、儿童文学家,法政大学名誉教授、明治大学文学部教授、日本艺术院会员。著有小说、戏曲、童话、文艺评论和随笔等多类作品。代表作有《湖水和他们》《苏生》《白朝》《山吹之花》等。还翻译了《悲惨世界》等作品。

山本有三(1887—1974),本名山本勇造,小说家、剧作家,日本艺术院会员、文化勋章获得者。代表作有《生命之冠》《婴儿杀戮》《美百俵》《女人的一生》《路边的石头》《真实一路》《波浪》等。

在第三次复刊《新思潮》的同人中,关系比较亲近的是久米正雄、芥川龙之介等作家。他们经常聚在一起,互相激发创作的灵感,还把自己的作品印出来,让夏目漱石进行点评。夏目漱石虽然很忙,但是每次都逐一进行点评,给予了他们很大的鼓励。不幸的是,夏目漱石在1916年突然去世,《新思潮》在1917年3月追悼号发出后即停刊。

2. 芥川文学奖

芥川文学奖是为纪念芥川龙之介而设的文学奖。1935年提出设立新人奖的设想。此后,每年举行两次评选活动。芥川奖是日本文学的最高荣誉之一,是纯文学奖的代表;而直木奖则是大众文学奖的代表奖项。

第 7 讲

《伊豆舞女》

川端康成

背景介绍

《伊豆舞女》是日本著名作家川端康成的成名作,这部自传体小说发表于 1926 年,取材于作者高中时代的伊豆半岛旅行经历。该小说一经发表便获得了读者好评,迄今近百年,受到一代又一代人的喜爱。当我们仔细品味《伊豆舞女》时,便会感受到小说文本所蕴含的"物哀"之美,也会感叹作者含蓄蕴藉的文笔之妙。

作家与作品

川端康成(1899—1972),日本新感觉派的代表作家,出生于大阪乡下的富贵人家。父亲荣吉是一名医生,在川端康成还在襁褓中的时候便不幸病逝,第二年母亲也因病离开了人世。于是,川端康成由祖父母抚养,他的姐姐则寄养在亲戚家里。然而他上小学的时候,姐姐和祖母也因病相继去世。从此,他与年事已高的祖父相依为命。在他 14 岁的时候祖父也撒手人寰,留下他孤身一人。不仅如此,少年时代的川端康成参加了多位亲戚的葬礼,甚至被同学们戏称为"葬礼上的名人"。这种悲伤和痛苦的早年经历在他内心形成"孤儿根性",即一种应激心理创伤,给他带来了难以抚平的心灵伤痛,使他形成了孤僻的性格。因为过早体验了生离死别与人情冷暖,加之祖父母的溺爱,他养成了孤僻内向、忧郁固执的性格。川端康成曾在自传小说《葬礼上的名人》中描写过自己当时的心境:"亲戚们的怜悯之心,强迫我成为可怜的人儿。在我幼小的心灵里,一半是对他们施舍的感恩,一半是孤傲的抵触情绪。"不过,"孤儿根性"造就了川端康成文学与众不同的艺术风格。

川端康成从小就热爱文学、博览群书,显露出过人的才华。可以想象,当幼小的川端康成服侍在病魔缠身的祖父病榻前,该是多么无助和绝望,能够慰藉他孤苦心灵的只有文学。他的自传体小说《十六岁的日记》便是对这一时期心路历程的感怀,冷漠无

作家简表	
1899年	出生
1914年	执笔《十六岁的日记》
1921年	第6次复刊《新思潮》
1924年	东京大学毕业,创刊《文艺时代》
1926年	第一部作品集《感情装饰》
1927年	第二部作品集《伊豆舞女》
1937年	《雪国》
1948年	日本笔友俱乐部会长
1958年	国际笔友俱乐部副会长
1961年	获第21届文化勋章
1968年	获诺贝尔文学奖
1972年	自杀身亡

常的现实世界和温润的文学世界形成了极大反差。1917年川端康成考入东京第一高等学校,开始大量接受西方文学的熏陶,他尤其喜爱陀思妥耶夫斯基、托尔斯泰、契诃夫等俄国文学家的作品。同时他也接触到了日本文坛白桦派、新思潮派等前沿的文艺思潮,受到芥川龙之介、志贺直哉、谷崎润一郎、德田秋声等人的影响。川端康成还在高中时期便已开始了文学创作。他坚定了文学创作的志向,憧憬着诺贝尔文学奖的青睐。①

1921年川端康成进入东京大学文学部,与今东光、石滨金作等人一起复刊《新思潮》(第6次),并发表了小说《招魂节的一幕》,由此登上了日本文坛。他结识了芥川龙之介、久米正雄和横光利一等著名作家。1922年1月,川端康成在《时事新报》上发表《创作月评》,2月发表文学评论《本月的创作界》。在小说创作的同时,他也开始了文艺批评活动,一生中共发表了296篇评论文章。

1924年川端康成和横光利一等人创办了文学期刊《文艺时代》,发起新感觉派文艺运动。这期间他发表的作品有《她的盛装》《暴力团伙的夜晚》《海上的火祭》《林金花的忧郁》《葬礼上的名人》《精灵祭》《南方的火》《篝火》《非常》等短篇小说。1926年川端康成发表了成名作《伊豆舞女》,从此进入了创作的多产时期,先后在《文艺时代》和《文艺春秋》发表了5部短篇小说集,其中第一部短篇作品集《感情装饰》收录了35篇"掌中小说"。作者透过这些短篇小说以敏锐的目光观察人间万象,透视人的内心世界。1929年10月,川端康成等人创立了《文学》期刊,随后移居上野的樱木町,在这里他创作了名篇《浅草红团》和续篇《浅草祭》,以及具有新心理主义文风的《水晶幻想》等作品。

1935年川端康成开始在《文艺春秋》等刊物上发表《夕景色之镜》《白朝之镜》等短篇小说,随后合并为中篇小说《雪国》,1937年6月由创元社正式出版。此后该小说经历了多次修改,1948年才最终定稿。这部以越后汤泽温泉为舞台的著作成为川端康成文学的巅峰之作,获得了当年的"文艺恳话会奖"。1948年川端康成就任日本笔友俱乐部会长;1953年他当选艺术院会员;1957年他在东京主持召开第29届国际笔友俱乐部大会;1959年他荣获德意志联邦政府颁发的歌德金奖;1960年他获

---

① 川端康成.川端康成全集 補卷一 日記・手帖・ノート[M].東京:新潮社,1984:286-287.

得了法国政府颁发的艺术文化勋章;1961年他被日本政府授予了文化勋章;1968年10月他凭借《雪国》《古都》《千只鹤》等作品获得了诺贝尔文学奖。同年12月,他在瑞典皇家学院举行的授奖仪式上,发表了题为《我在美丽的日本》的演讲。1972年4月16日,川端康成在家中自杀,关于他自杀的原因,至今仍然是一个谜。

小说梗概

《伊豆舞女》是川端康成的自传体小说,以其19岁时的伊豆半岛旅行经历为素材创作而成。"我"是一个20岁的高中学生,独自一人从东京来伊豆旅行。在汤川桥附近与来自大岛的一众艺人邂逅,舞女阿薰第一次跟"我"说话时便脸颊绯红。随后在天城七里的山道上再次相遇,于是便决定结伴同行。"我"是旧制高中东京第一高等学校的学生,社会地位很高,但没有轻视身份低微的艺人,愿意与她们平等相处,"对她们,我不好奇,也不轻视,完全忘了她们是巡回演出的艺人"。

在小说的第二部分,舞女阿薰的哥哥荣吉把"我"送到温泉旅馆,正要离开时,"我"把一小包零钱当作一点心意送给他,让他买些水果,表达我想和他们交往的意愿,其实"我"的真实目的是接近舞女阿薰。在小说的第四部分,"我"特意收起学生帽,买了一顶便帽戴在头上,目的是缩短与艺人在身份上的距离。此外,"我"还与舞女玩起五子棋;荣吉到"我"住的旅馆房间玩,"我"请他吃饭,想拉近彼此的关系。"我"给不识字的舞女读书;舞女为了感谢我,邀请我寒假去她家乡大岛游玩等。小说对这些细枝末节的事进行了描写,目的是表现大岛艺人们浓浓的人情味,这温暖了"我"那颗孤寂自闭的心灵,"我"最终彻底敞开心扉,回归正常的社会生活。

初次见面时,舞女阿薰梳着奇特的传统发髻,让她那小巧、匀称、标致的脸庞显得很刻板,明明只有14岁,"我"却误认为她有十七八岁,因为她举止透出一股稳重成熟的味道。与"我"交往时,舞女意识到自己的身份卑微,表现出取悦客人的职业习惯,但其动作难掩生涩与羞怯。在茶店的一个场面,舞女阿薰看到"我"要坐下时,便把自己的坐垫翻过来放在"我"身边,因为坐垫是被她坐过的;看到"我"要抽烟时,她立刻细心地为"我"拿来烟灰缸;"我"要离开房间,舞女就抢先走到门口,替我摆好木屐。或许是一种职业习惯,但也表现出小舞女对"我"心存好感。在小说的第五部分,舞女担心"我"这个娇生惯养的学生哥走不惯山路,特意为"我"找来竹竿当手杖,弯下身子给"我"掸去身上的尘土;发现泉水后,姑娘们都站立在泉水周围,表示让"我"先喝泉水,"跟在女人后面喝,水便脏了"。当"我"与舞女熟识之后,两人之间产生了微妙的感觉,一种朦胧、青涩的情愫暗生。在小说的第三部分,"我"与大岛艺人们再次相遇,当"我"和荣吉在旅馆阳台上谈话时,在对面的温泉浴场洗澡的舞女发现了我们,竟然高兴得忘乎所以,浑身一丝不挂地跑出来,踮起脚尖向我们招手。舞女阿薰是一个羞怯腼腆、纯洁天真、美丽无瑕的少女,迫于生计当舞女的她处于社会底层,受到世人的歧视,却

善解人意，与人为善，向往美好的生活。"我"与舞女阿薰两情相悦，但身份等级的巨大鸿沟隔在当中，只能是"发乎情，止乎礼"。小说的第六部分，当阿妈不同意舞女阿薰与"我"一起去看电影时，她怅然若失。小说的第七部分，舞女阿薰早上来码头送"我"，不管"我"问什么，她都低眉不语。而当"我"乘船远离码头时，却看见她久久地挥动手中白色的东西（手帕）。

小说原文

第一章

　　道がつづら折りになって、いよいよ天城峠に近づいたと思うころ、雨足が杉の密林を白く染めながら、すさまじい早さで麓から私を追って来た。私は二十歳、高等学校の制帽をかぶり、紺飛白の着物に袴をはき、学生カバンを肩にかけていた。一人伊豆の旅に出てから四日目のことだった。修善寺温泉に一夜泊まり、湯ヶ島温泉に二夜泊まり、そして朴歯の高下駄で天城を登って来たのだった。重なり合った山々や原生林や深い渓谷の秋に見とれながらも、私は一つの期待に胸をときめかして道を急いでいるのだった。そのうちに大粒の雨が私を打ち始めた。折れ曲がった急な坂道を駆け登った。ようやく峠の北口の茶屋にたどり着いてほっとすると同時に、私はその入口で立ちすくんでしまった。あまりに期待がみごとに的中したからである。そこに旅芸人の一行が休んでいたのだ。

　　突っ立っている私を見た踊子がすぐに自分の座布団をはずして、裏返しにそばに置いた。

　　「ええ……。」とだけ言って、私はその上に腰をおろした。坂道を走った息切れと驚きとで、「ありがとう。」という言葉が喉にひっかかって出なかったのだ。

　　踊子とま近に向かい合ったので、私はあわてて袂から煙草を取り出した。踊子がまだ連れの女の前の煙草盆を引き寄せて私に近くしてくれた。やっぱり私は黙っていた。

　　踊子は十七くらいに見えた。私にはわからない古風の不思議な形に大きく髪を結っていた。それが卵型のりりしい顔を非常に小さく見せながらも、美しく調和していた。髪を豊かに誇張して描いた、稗史的な娘の絵姿のような感じだった。踊子の連れは四十代の女が一人、若い女が二人、ほかに長岡温泉の印半纏を着た

二十五六の男がいた。

　私はそれまでにこの踊子を二度見ているのだった。最初は私が湯ヶ島へ来る途中、修善寺へ行く彼女たちと湯川橋の近くで出会った。その時は若い女が三人だったが、踊子は太鼓をさげていた。私は振り返り振り返り眺めて、旅情が自分の身についたと思った。それから、湯ヶ島の二日目の夜、宿屋へ流しが来た。踊子が玄関の板敷で踊るのを、私は梯子段の中途に腰をおろして一心に見ていた。

　——あの日が修善寺で今夜が湯ヶ島なら、明日は天城を南に越えて湯ヶ野温泉へ行くのだろう。天城七里の山道できっと追いつけるだろう。そう空想して道を急いだのだったが、雨宿りの茶屋でぴったり落ち合ったものだから私はどぎまぎしてしまったのだ。

　まもなく、茶屋の婆さんが私の別の部屋へ案内してくれた。平常用はないらしく戸障子がなかった。下をのぞくと美しい谷が目の届かないほど深かった。私は膚に粟粒をこしらえ、かちかちと歯を鳴らして身震いした。茶を入れに来た婆さんに、寒いというと、「おや、だんな様おぬれになってるじゃございませんか。こちらでしばらくおあたりなさいまし、さあ、おめしものをおかわかしなさいまし。」と、手を取るようにして、自分たちの居間へ誘ってくれた。

　その部屋は炉が切ってあって、障子をあけると強い火気が流れて来た。私は敷居ぎわに立って躊躇した。水死人のように全身青ぶくれの爺さんが炉端にあぐらをかいているのだ。瞳まで黄色く腐ったような目を物うげに私の方へ向けた。身の回りに古手紙や紙袋の山を築いて、その紙くずのなかに埋もれていると言ってもよかった。とうてい生物と思えない山の怪奇を眺めたまま、私は棒立ちになった。

　「こんなお恥ずかしい姿をお見せいたしまして。でも、うちのじじいでございますからご心配なさいますな。お見苦しくても、動けないのでございますから、このままで堪忍してやって下さいまし。」そう断ってから、婆さんが話したところによると爺さんは長年中風を煩って、全身が不随になってしまっているのだそうだ。紙の山は、諸国から中風の療法を教えて来た手紙や、諸国から取り寄せた中風の薬の袋なのである。爺さんは峠を越える旅人から聞いたり、新聞の広告を見たりす

ると、その一つをも漏らさずに、全国から中風の療法を聞き、売薬を求めたのだそうだ。そして、それらの手紙や紙袋を一つも捨てずに身の回りに置いて眺めながら暮らして来たのだそうだ。長年の間にそれが古ぼけた反古の山を築いたのだそうだ。私は婆さんに答える言葉もなく、囲炉裏の上にうつむいていた。山を越える自動車が家を揺すぶった。秋でもこんなに寒い、そしてまもなく雪に染まる峠を、なぜこの爺さんはおりないのだろうと考えていた。私の着物から湯気が立って、頭が痛むほど火が強かった。婆さんは店に出て旅芸人の女と話していた。

「そうかねえ。この前連れていた子がもうこんなになったのかい。いい娘になって、お前さんも結構者だよ。こんなにきれいになったかねえ。女の子は早いもんだよ。」

小一時間経つと、旅芸人たちが出立つらしい物音が聞こえて来た。私も落ち着いている場合ではないのだが、胸騒ぎするばかりで立ち上がる勇気が出なかった。旅慣れたと言っても女の足だから、十町や二十町遅れたって一走りに追いつけると思いながら、炉のそばでいらいらしていた。しかし踊子たちがそばにいなくなると、かえって私の空想は解き放たれたように生き生きと踊り始めた。彼らを送り出して来た婆さんに聞いた。

「あの芸人は今夜どこで泊まるんでしょう。」

「あんな者、どこで泊まるやらわかるものでございますか、旦那様。お客があればあり次第、どこにだって泊まるんでございますよ。今夜の宿のあてなんぞございますものか。」

はなはだしい軽蔑を含んだ婆さんの言葉が、それならば、踊子を今夜は私の部屋に泊まらせるのだ、と思ったほど私をあおり立てた。

雨足が細くなって、峰が明るんで来た。もう十分も待てばきれいに晴れ上がると、しきりに引き止められたけれども、じっとすわっていられなかった。

「爺さん、お大事になさいよ。寒くなりますからね。」と私は心から言って立ち上がった。爺さんは黄色い眼を重そうに動かしてかすかにうなずいた。「旦那さま、旦那さま。」と叫びながら婆さんが追っかけて来た。

「こんなにいただいてはもったいのうございます。申しわけございません。」そして私のカバンを抱きかかえて渡そうとせずに、いくら断わってもその辺まで送ると言って承知しなかった。

一町ばかりもちょこちょこついて来て、同じことを繰り返していた。

「もったいのうございます。お粗末いたしました。お顔をよく覚えております。今度お通りの時にお礼をいたします。この次もきっとお立ち寄り下さいまし。お忘れはいたしません。」私は五十銭銀貨を一枚置いただけだったので、痛く驚いて涙がこぼれそうに感じているのだったが、踊子に早く追いつきたいものだから、婆さんのよろよろした足取りが迷惑でもあった。とうとう峠のトンネルまで来てしまった。

「どうもありがとう。お爺さんが一人だから帰ってあげて下さい。」と私が言うと、婆さんはやっとのことでカバンを離した。

暗いトンネルに入ると、冷たい雫がぽたぽた落ちていた。南伊豆への出口が前方に小さく明るんでいた。

第二章

トンネルの出口から白塗りのさくに片側を縫われた峠道が稲妻のように流れていた。この模型のような展望の裾のほうに芸人たちの姿が見えた。六町と行かないうちに私は彼らの一行に追いついた。しかし急に歩調をゆるめることもできないので、私は冷淡なふうに女たちを追い越してしまった。十間程先きに一人歩いていた男が私を見ると立ち止まった。

「お足が早いですね。―いい塩梅に晴れました。」

私はほっとして男を並んで歩き始めた。男は次ぎ次ぎにいろんなことを私に聞いた。二人が話し出したのを見て、うしろから女たちがばたばた走り寄って来た。

男は大きい柳行李を背負っていた。四十女は小犬を抱いていた。上の娘が風呂敷包み、中の娘が柳行李、それぞれ大きい荷物を持っていた。踊子は太鼓とそのわくを負うていた。四十女もぽつぽつ私に話しかけた。

「高等学校の学生さんよ。」と、上の娘が踊子にささやいた。私が振り返ると笑いながら言った。「そうでしょう。それくらいのことは知っています。島へ学生さんが来ますもの。」

一行は大島の波浮の港の人たちだった。春に島を出てから旅を続けているのだが、寒くなるし、冬の用意はして来ないので、下田に十日ほどいて温泉から島へ帰るのだと言った。大島と聞くと私は一層詩を感じて、また踊子の美しい髪を眺めた。大島のこともいろいろ尋ねた。

「学生さんがたくさん泳ぎに来るね。」踊子が連れの女に言った。「夏でしょう。」

と、私がふり向くと、踊子はどぎまぎして、「冬でも……。」と、小声で答えたように思われた。「冬でも?」踊子はやはり連れの女を見て笑った。
「冬でも泳げるんですか。」と、私はもう一度言うと、踊子は赤くなって、非常にまじめな顔をしながら軽くうなずいた。
「ばかだ。この子は。」と、四十女が笑った。

湯ヶ野までは河津川の渓谷に沿うて三里余りの下りだった。峠を越えてからは、山やの色までが南国らしく感じられた。私と男とは絶えず話し続けて、すっかり親しくなった。荻乗や梨本なぞの小さい村里を過ぎて、湯ヶ野のわら屋根が麓に見えるようになったころ、私は下田までいっしょに旅をしたいと思い切って言った。彼は大変喜んだ。

湯ヶ野の木賃宿の前で四十女が、ではお別れ、という顔をした時に、彼は言ってくれた。
「この方はお連れになりたいとおっしゃるんだよ。」
「それは、それは。旅は道連れ、世は情け。私たちのようなつまらない者でも、ご退屈しのぎにはなりますよ。まあ上がってお休みないまし。」とむぞうさに答えた。娘たちは一時に私を見たが、至極なんでもないという顔をして、少し恥ずかしそうに私を眺めていた。

皆といっしょに宿屋の二階へ上がって荷物を降ろした。畳や襖も古びてきたなかった。踊子が下から茶を運んで来た。私の前にすわると、真紅になりながら手をぶるぶる震わせるので茶碗が茶托から落ちかかり、落とすまいと畳に置く拍子に茶をこぼしてしまった。あまりにひどいはにかみようなので、私はあっけにとられた。
「まあ!いやらしい。この子は色気づいたんだよ。あれあれあれ……。」と、四十女があきれはてたというふうに眉をひそめて手拭を投げた。踊子はそれを拾って、窮屈そうに畳をふいた。

この意外な言葉で、私はふと自分を省みた。峠の婆さんにあおり立てられた空想がぽきんと折れるのを感じた。そのうちに突然四十女が、
「書生さんの紺がすりはほんとにいいねえ。」と言って、しげしげ私を眺めた。
「この方のかすりは民次と同じ柄だね。そうだね。同じ柄じゃないかね。」
そばの女に幾度もだめを押してから私に言った。
「国に学校行きの子供を残してあるんですが、その子を今思い出しましてね。そ

の子の飛白と柄が同じなんでですもの。この節は紺飛白もお高くてほんとに困ってしまう。」

「どこの学校です。」

「尋常五年なんです。」

「へえ、尋常五年とはどうも……。」

「甲府の学校へ行ってるんでございますよ。長く大島におりますけれど、国は甲斐の甲府でございましてね。」

一時間ほど休んでから、男が私を別の温泉宿へ案内してくれた。それまでは私も芸人たちと同じ木賃宿に泊まることとばかり思っていたのだった。私たちは街道から石ころ路や石段を一町ばかりおりて、小川のほとりにある共同湯の横の橋を渡った。橋の向こうは温泉宿の庭だった。

そこの内湯につかっていると、あとから男がはいって来た。自分が二十四になることや、女房が二度とも流産と早産とで子供を死なせたことなぞを話し出した。彼は長岡温泉の印半纏を着ているので、長岡の人間だと私は思っていたのだった。また顔つきも話ぶりも相当知識的なところから、物好きか芸人の娘にほれたかで、荷物を持ってやりながらついて来ているのだと想像していた。

湯から上がると私はすぐに昼飯を食べた。湯ヶ島を朝の八時に出たのだったが、その時はまだ三時前だった。男が帰りかけに、庭から私を見上げてあいさつをした。

「これで柿でもおあがりなさい。二階から失礼。」と言って、私は金包みを投げた。男は断って行き過ぎようとしたが、庭に紙包みが落ちたままなので、引き返してそれを拾うと、

「こんなことをなさっちゃいけません。」とほうり上げた。それが藁屋根の上に落ちた。私がもう一度投げると、男は持って帰った。

夕暮れからひどい雨になった。山々の姿が遠近を失って白く染まり、前の小川が見る見る黄色く濁って音を高めた。こんな雨では踊子たちが流して来ることもあるまいと思いながら、私はじっとすわっていられないので二度も三度も湯にはいってみたりしていた。部屋は薄暗かった。隣室との間の襖を四角く切り抜いたところに鴨居から電燈が下がっていて、一つの明かりが二室兼用になっているのだった。

ととんとんとん、激しい雨の音の遠くに太鼓の響きがかすかに生まれた。私はかき破るように雨戸をあけて体を乗り出した。太鼓の音が近づいてくるようだ。

雨風が私の頭をたたいた。私は眼を閉じて耳を澄ましながら、太鼓がどこをどう歩いてここへ来るかを知ろうとした。まもなく三味線の音が聞こえた。女の長い叫び声が聞こえた。にぎやかな笑い声が聞こえた。そして芸人たちは木賃宿と向かい合った料理屋のお座敷に呼ばれているのだとわかった。三四人の女の声と二三人の男の声とが聞き分けられた。そこがすめばこちらへ流して来るのだろうと待っていた。しかしその酒宴は陽気を越えてばか騒ぎになって行くらしい。女の金切り声が時々稲妻のようにやみ夜に鋭く通った。私は神経をとがらせて、いつまでも戸をあけたままじっとすわっていた。太鼓の音が聞こえる度に胸がほうと明るんだ。

「ああ、踊子はまだ宴席にすわっていたのだ。すわって太鼓を打っているのだ。」

太鼓がやむとたまらなかった。雨の音の底に沈み込んでしまった。

やがて、皆が追っかけっこをしているのか、踊り回っているのか、乱れた足音がしばらく続いた。そして、ぴたと静まり返ってしまった。私は目を光らせた。この静けさが何であるかをやみを通して見ようとした。踊子の今夜が汚れるのであろうかと悩ましかった。

雨戸を閉じて床にはいっても胸が苦しかった。また湯にはいった。湯を荒々しくかき回した。雨が上がって、月が出た。雨に洗われた秋の夜がさえざえと明るんだ。はだしで湯殿を抜け出して行ったって、どうともできないのだと思った。二時を過ぎていた。

（中略）

第六章

甲州屋という木賃宿は下田の北口をはいるとすぐだった。私は芸人たちのあとから屋根裏のような二階へ通った。天井がなく、街道に向かった窓ぎわにすわると、屋根裏が頭につかえるのだった。

「肩は痛くないかい。」と、おふくろは踊子に幾度もだめを押していた。

「手は痛くないかい。」踊子は太鼓を打つ時の手まねをしてみた。「痛くない。打てるね、打てるね。」

「まあよかったね。」私は太鼓をさげてみた。

「おや、重いんだな。」「それはあなたの思っているより重いわ。あなたのカバンより重いわ。」と踊子が笑った。

芸人たちは同じ宿の人々とにぎやかにあいさつをかわしていた。やはり芸人や

香具師(やし)のような連中ばかりだった。下田の港はこんな渡り鳥の巣であるらしかった。踊子はちょこちょこ部屋へはいって来た宿の子供に銅貨をやっていた。私が甲州屋を出ようとすると、踊子が玄関に先回りしていて下駄をそろえてくれながら、

「活動につれて行って下さいね。」と、またひとり言のようにつぶやいた。

無頼漢のような男に途中まで道を案内してもらって、私と栄吉とは前町長が主人だという宿屋へ行った。湯にはいって、栄吉といっしょに新しい魚の昼食を食った。

「これで明日の法事に花でも買って供えて下さい。」 そう言ってわずかばかりの包金を栄吉に持たせて帰した。私は明日の朝の船で東京に帰らなければならないのだった。旅費がもうなくなっているのだ。学校の都合があると言ったので芸人たちも強いて止めることはできなかった。

昼飯から三時間とたたないうちに夕飯をすませて、私は一人下田の北へ橋を渡った。下田富士によじ登って港を眺めた。帰りに甲州屋へ寄ってみると、芸人たちは鳥鍋で飯を食っているところだった。

「一口でも召し上がって下さいませんか。女が箸を入れてきたないけれども、笑い話の種になりますよ。」と、おふくろは行李から茶碗と箸を出して、百合子に洗って来させた。

明日が赤ん坊の四十九日だから、せめてもう二日だけ出立を延ばしてくれと、またしても皆が言ったが、

私は学校を楯に取って承知しなかった。おふくろは繰り返し繰り返し言った。

「それじゃ冬休みには皆で船まで迎えに行きますよ。日を知らせて下さいましね。

お待ちしておりますよ。宿屋へなんぞいらしちゃいやですよ、船まで迎えに行きますよ。」

部屋に千代子と百合子しかいなくなった時活動に誘うと、千代子は腹を押さえてみせて、

「体が悪いんですもの、あんなに歩くと弱ってしまって。」と、あおい顔でぐったりしていた。百合子はかたくなってうつむいてしまった。踊子は階下で宿の子供と遊んでいた。私を見るとおふくろにすがりついて活動に行かせてくれとせがんでいたが、顔を失ったようにぼんやり私のところにもどって下駄を直してくれた。

第7讲 《伊豆舞女》 川端康成

「なんだって。一人で連れて行ってもらったらいいじゃないか。」と、栄吉が話し込んだけれども、

おふくろが承知しないらしかった。なぜ一人ではいけないのか、私は実に不思議だった。玄関を出ようとすると踊子は犬の頭をなでていた。私が言葉を掛けかねたほどによそよそしいふうだった。顔を上げて私を見る気力もなさそうだった。私は一人で活動に行った。

女弁士が豆洋燈で説明を読んでいた。すぐに出て宿へ帰った。窓敷居に肘をついて、いつまでも夜の町を眺めていた。暗い町だった。遠くから絶えずかすかに太鼓の音が聞こえて来るような気がした。わけもなく涙がぽたぽた落ちた。

第七章

出立の朝、七時に飯を食っていると、栄吉が道から私を呼んだ。黒紋附の羽織を着込んでいる。私を送るための礼装らしい。女たちの姿が見えない。私はすばやく寂しさを感じた。栄吉が部屋へ上がって来て言った。「皆もお送りしたいのですが、昨夜おそく寝て起きられないので失礼させていただきました。冬はお待ちしているから是非と申しておりました。」

町は秋の朝風が冷たかった。栄吉は途中で敷島四箱と柿とカオールという口中清涼剤とを買ってくれた。「妹の名が薫ですから。」と、かすかに笑いながら言った。「船の中で蜜柑はよくありませんが、柿は船酔いにいいくらいですから食べられます。」「これをあげましょうか。」

私は鳥打ち帽を脱いで栄吉の頭にかぶせてやった。そしてカバンの中から学校の制帽を出してしわを伸ばしながら、二人で笑った。

乗船場に近づくと、海際にうずくまっている踊子の姿が私の胸に飛び込んだ。そばに行くまで彼女はじっとしていた。黙って頭を下げた。昨夜のままの化粧が私を一層感情的にした。眦の紅がおこっているかのような顔に幼いりりしさを与えていた。栄吉が言った。「ほかの者も来るのか。」踊子は頭を振った。

「皆まだ寝ているのか。」踊子はうなずいた。

栄吉が船の切符とはしけ券とを買いに行った間に、私はいろいろ話しかけて見たが、踊子は掘割が海に入るところをじっと見おろしたまま一言も言わなかった。私の言葉が終わらない先き終わらない先きに、何度となくこくりこくりうなずいて見せるだけだった。　そこへ、「お婆さん、この人がいいや。」と、土方風の男が私に

近づいて来た。

「学生さん、東京へ行きなさるのだね。あんたを見込んで頼むのだがね、この婆さんを東京へ連れてってくんねえか。かわいそうな婆さんなんだ。倅が蓮台寺の銀山に働いていたんだがね、今度の流行性感冒てやつで倅も嫁も死んじまったんだ。こんな孫が三人も残っちまったんだ。どうにもしょうがねえから、わしらが相談して国へ帰してやるところなんだ。国は水戸だがね、婆さん何もわからねえんだから、霊岸島へ着いたら、上野の駅へ行く電車に乗せてやってくんな。めんどうだろうがな、わしらが手を合わして頼みてえ。まあこのありさまを見てやってくれりゃ、かわいそうだと思いなさるだろう。」

ぽかんと立っている婆さんの背には、乳飲み子がくくりつけてあった。下が三つ上が五つくらいの二人の女の子が左右の手につかまっていた。きたない風呂敷包みから大きい握り飯と梅干とが見えていた。五六人の鉱夫が婆さんをいたわっていた。私は婆さんの世話を快く引き受けた。

「頼みましたぞ。」

「ありがてえ。わしらが水戸まで送らにゃならねえんだが、そうもできねえでな。」なぞと鉱夫たちはそれぞれ私にあいさつした。

はしけはひどく揺れた。踊子はやはり唇をきっと閉じたまま一方を見つめていた。私が縄梯子につかまろうとして振り返った時、さようならを言おうとしたが、それもよして、もう一ぺんうなずいて見せた。はしけが帰って行った。栄吉はさっき私がやったばかりの鳥打帽をしきりに振っていた。ずっと遠ざかってから踊子が白いものを振り始めた。

汽船が下田の海を出て伊豆半島の南端がうしろに消えて行くまで、私は欄干にもたれて沖の大島を一心に眺めていた。踊子に別れたのは遠い昔であるような気持ちだった。婆さんはどうしたかと船室をのぞいてみると、もう人々が車座に取り囲んで、いろいろ慰めているらしかった。私は安心して、その隣りの船室にはいった。相模灘は波が高かった。すわっていると、時々左右に倒れた。船員が小さい金だらいを配って回った。私はカバンを枕にして横たわった。頭がからっぽで時間というものを感じなかった。涙がぽろぽろカバンに流れた。頬が冷たいのでカバンを裏返しにしたほどだった。私の横に少年が寝ていた。河津の工場主の息子で入学準備に東京へ行くのだったから、一高の制帽をかぶっている私に好意を感じたらしかった。少し話してから彼は言った。

第7讲 《伊豆舞女》 川端康成

「何かご不幸でもおありになったのですか。」
「いいえ、今人に別れて来たんです。」

私は非常にすなおに言った。泣いているのを見られても平気(へいき)だった。私は何も考えていなかった。ただすがすがしい満足(まんぞく)の中に静かに眠っているようだった。

海はいつのまに暮れたのかも知らずにいたが、網代(あじろ)や熱海には灯があった。膚が寒く腹(はら)がすいた。少年が竹の皮包を開いてくれた。私はそれが人の物であることを忘れたかのように海苔巻(のりまき)のすしなぞを食った。そして少年の学生マントの中にもぐり込んだ。私はどんなに親切にされても、それを大変自然に受け入れられるような美しい空虚(くうきょ)な気持ちだった。明日の朝早く婆さんを上野駅へ連れて行って水戸まで切符を買ってやるのも、至極あたりまえのことだと思っていた。何もかもが一つに溶(と)け合って感じられた。船室の洋燈(ようとう)が消えてしまった。船に積んだ生魚(なまざかな)と潮のにおいが強くなった。まっくらななかで少年の体温に温まりながら、私は涙を出任せにしていた。頭が澄(す)んだ水になってしまっていて、それがぽろぽろ零れ、そのあとには何も残らないような甘(あま)い快(こころよ)さだった。

鉴赏与评论

1918年，高中时期的川端康成在风光旖旎的伊豆半岛邂逅了社会底层的卖艺少女，1926年小说《伊豆舞女》问世，经过8年的酝酿、构思，无论是创作思想，还是写作手法，都已经非常成熟。在接受西方文艺理论和创作技巧的同时，川端康成更注重坚持日本文学传统。精雕细琢的《伊豆舞女》获得了巨大成功，多次被改编成电影，经久不衰。

《伊豆舞女》描写了"我"在南伊豆半岛邂逅一众流浪艺人，并一起旅行了四天的平凡故事。作品以"我"和流浪艺人中年龄最小的舞女、14岁的阿薰之间暗生情愫的故事为主线，展开了平淡而温暖的叙述。一方面，流浪艺人生活在社会底层，深知世间人情冷暖，看透人间百态。另一方面，艺人们的本性仍然质朴纯真，尤其是舞女阿薰表面上成熟稳重，在"我"面前最终流露出天真烂漫的真性情，深深地吸引住了"我"，她犹如一股清澈的暖流，进

作品评价

小说一经发表便获得了广大读者的好评，迄今近百年，更是打动了一代又一代的青年读者，被誉为一曲感人的青春恋歌。仔细品味《伊豆舞女》，我们会陶醉于其中蕴含的幽雅而又细腻的传统美和言有尽而意无穷的艺术境界，也会感叹于作者那精练而又意境深远的文笔。

入了"我"冰河似的内心,升腾起温婉轻盈的水汽,泛起细碎的浪花。这是真情的流露、心灵的复苏与灵魂的洗涤。《伊豆舞女》是川端康成的成名作,也是令其摆脱心灵的孤独、直面现实人生的一部杰作。

该小说是川端康成的自传体小说。主人公"我"为第一叙事人,"那年我二十岁,头戴高等学校的学生帽,身穿藏青色碎白花纹的和服和裙裤,肩上挂着书包。我独自旅行到伊豆来,已经是第四天了,在修善寺温泉住了一夜,在汤岛温泉住了两夜,然后穿着高齿的木屐登上了天城山"。修善寺是许多日本名著中主人公活动的场所,如尾崎红叶的《金色夜叉》、夏目漱石的《哥儿》、德富芦花的《不如归》等。当然,修善寺更是因《伊豆舞女》而名声远扬,吸引众多文学青年与情侣前来"朝圣"。

"我"头上的学生帽在当时是社会精英的标志,东京第一高等学校学生的社会地位高,受到人们的尊重。然而,"我"的内心是苦闷、阴冷、灰暗、封闭的,"我"性格孤僻、内向、敏感、懦弱。伊豆之旅是作者孤独的心灵向大自然的一次释放,也是驱走孤愁哀怨的青春探索之旅。

小说采取倒叙方式,一开始便写"我"拼命赶路。"道路变得曲曲折折的,眼看着就要到天城山的山顶了,正在这么想的时候,阵雨已经把丛密的杉树林笼罩成白花花的一片,以惊人的速度从山脚下向我追来。"原来"我"是为了追赶一位舞女,之前在旅途中见过两次面,一方面被舞女的容貌吸引,另一方面担心舞女被坏人欺负。于是,"有一个期望催我匆忙赶路。这时候,豆大的雨点开始打在我的身上,我沿着弯曲陡峭的坡道向上奔行,好不容易才来到山顶上北路口的茶馆,我呼了一口气,同时站在茶馆门口呆住了。因为我的心愿已经达成,那伙流浪艺人正在那里休息"。

而流浪艺人一家人生活在社会的最底层。为了生计,他们常年背井离乡,四处漂泊,为有钱人演出,供富人消遣取乐,受到社会的歧视,甚至他们自己都认为,流浪艺人是低人一等的。就是这样社会地位卑微的小舞女和她的一家人却给了"我"难能的温暖,让"我"人生中第一次有了恋爱的悸动,让一个在冬季的寒风中瑟瑟发抖的青年感受到了春天般的温暖。

"我"和小舞女及其家人四天四夜的相处,让"我"经历了很多未曾体验过的人间温情,给了"我"很多前所未有的人生感悟,温暖的家庭氛围对"我"来说是一种奢望。"我"虽然身份地位比艺人们高,内心却是无比的荒芜;卑微弱势的流浪艺人们虽然生活上很艰辛,但也有希望与快乐。小说中有"我"和舞女的哥哥荣吉一起洗澡的情节,这本来是普通得不能再普通的事情,对于自闭、羞涩的"我"来说却有着不平凡的意义。荣吉讲述了他的凄苦身世,"我"第一次深切地了解到在社会底层生活的艰辛。荣吉邀请"我"和他家人一起吃饭,"我"感受到日常家庭的气氛,这令极度缺乏家庭温暖的"我"感到无比温馨。特别是年仅14岁的舞女阿薰已经担起了成人的生活重担,却毫

无怨言。她的可爱容貌与天真性格深深地打动了"我",慢慢打开了我封闭已久的心扉。"我"听到舞女阿薰与别人聊天"他是个好人呢。""这句话听来单纯而又爽快,是幼稚地顺口流露出感情的声音。我自己也能天真地感到我是一个好人了。我心情愉快地抬起眼来眺望着群山,眼睑里微微觉得痛。我这个二十岁的人,一再严肃地反省到自己由于孤儿根性养成的怪脾气,我正因为受不了那种令人窒息的忧郁感,这才走上到伊豆的旅程。因此,听见有人从社会的一般意义说我是个好人,真是说不出的感谢。"善良的舞女阿薰的话滋润了"我"的干涸心田,让"我"恢复了对生活的信心。

小说在人物刻画方面特别注重细节描写。在天城岭北口的茶屋里,腼腆的阿薰端茶过来,跪坐在"我"面前,脸却臊得透红,手也在抖,茶碗险些掉下来,结果茶水洒出来了。这段描写非常细致,将少女的娇羞神态刻画得非常传神,她虽是舞女身份,但由于入行不久,身上仍然保留着少女应有的纯情与矜持。

但另一方面,她又显出成熟、稳重的一面,在旅途中默默地关照着"我"。例如,身材瘦小的她总是替"我"拿着行李,怕"我"这个书生走不惯山路,为"我"找来竹竿当手杖。还有当她发现了泉水时,一定要"我"先喝,怕自己先喝会弄脏泉水。其实泉水无所谓脏不脏的,因为山泉是流动的,由于艺人们自觉身份卑微,更主要的是"女人不洁"这种封建思想根深蒂固,她觉得自己先喝是对"我"的不敬。

《古今和歌集》中有一首和歌,诗意与《伊豆舞女》的情意贴近。

むすぶ手の、しづくににごる、山の井の、あかでも人に、わかれぬるかな
(口渴觅清泉,掬水漏指间。山路初逢君,奈何离别情。)

和歌大意是说,清洌甘甜的泉水啊,我正想合掌掬水畅饮,指间却滴落水珠,扰浑了清水,也扰乱了我的心绪。旅途中你与我邂逅,刚互生好感便要分别,虽是萍水相逢,但心中难免生出遗憾,好似泉水被指间滑落的水滴溅起涟漪一般。

主人公"我"从第一次见到舞女阿薰便从心里喜欢上了她。为了能多接触到阿薰,我动了许多小心思,"我"和阿薰下五子棋,读书给不识字的阿薰听。每一次舞女阿薰去演出招待客人,"我"都会焦急万分、坐立不安,生怕她有什么闪失。就这样,两人度过了短暂美好的时光。"我"与舞女阿薰之间萌生出了青涩甜蜜的情愫,当然这还算不上爱情,毕竟他们在一起的时间还不到四天,舞女的妈妈却敏锐地看穿了两人之间的小秘密。由于他们身份地位上的巨大差距,不可能有好的结果,受伤害的一定是舞女阿薰。因此,阿薰妈妈狠心地将女儿的爱情扼杀在萌芽中,阿薰想与"我"一起出去看电影的请求遭到了她的拒绝。

最后,小说迎来了离别场景,"码头送别"是一个清冷的画面。作者用含蓄的语言

描写了舞女阿薰对"我"难以割舍的感情。"快到船码头的时候,舞女蹲在海边的身影扑进我的心头。在我们走近她身边以前,她一直在发愣,沉默地垂着头。她没有卸掉昨夜的妆容,愈加打动了我,眼角上的胭脂使她那像是生气的脸上显出一股幼稚的神情。"她来为"我"送行,却沉默无语,只是黯然地看着大海。无论"我"说什么,她除了点头,一句话也不说。一直到船已经离开码头很远了,她才开始久久地挥动手中白色的东西。

《伊豆舞女》没有缠绵悱恻的叙事,也没有大起大落、生离死别的场面。描写的只是纯美、懵懂的情窦初开,淡然、伤感的依恋。这种毫无瑕疵的初恋美得令人心疼。小说巧妙地运用了象征的手法,从头至尾含蓄、凝练,欲言又止,充满了凄婉的情意。应该叙述的没有叙述,应该表达的没有表达,但是,应该表现的意境,所要流露的情感,都得到了充分体现。作品采用第一人称叙事,突出了"我"的主体感受,"我"不是被描写的主体,要描写的中心人物是舞女阿薰。而这个中心人物不是直接、客观地表现出来,而是通过第一人称"我"的视角来表现,舞女阿薰被作者刻画得非常成功,成为世间美好事物的化身。所以,小说《伊豆舞女》不仅仅是一个少男少女情窦初开的爱情故事,还是作者川端康成告别悲情的少年时代的一首离歌,他终于走出了愁苦悲伤的"孤儿根性"樊篱,从这种意义上说,该小说是一部青春成长小说。

因此,作者在小说结尾处有意淡化了男女离别的感伤。"我"和舞女阿薰说着告别的话时,一名矿工对我说道:"拜托你把这个婆婆带到东京去,可以吗?蛮可怜的一个老婆婆……儿子和媳妇都死啦,留下了这么三个孙子……她家乡在水户,可是老婆婆一点也不认识路,要是到了灵岸岛,请你把她送上开往上野去的电车就行啦。""我"爽快地答应这个请求。表面上来看,这个情节与小说的爱情主题没有丝毫关系,事实上却大有深意。"我"在船上,"头脑空空如也,没有了时间的感觉。泪水扑簌簌地滴在书包上,连脸颊都觉得凉了,只好把枕头翻转过来"。"我"之所以流泪,不只是因为与喜欢的阿薰分别,更主要的是这次伊豆旅行彻底治愈了"孤儿根性",从此"我"相信"人间自有真情在",人与人之间的关系不再冷漠与麻木不仁,"我"从自己的心魔中走了出来,这是欣喜的眼泪、被净化之后高兴的眼泪。"我处在一种美好的空虚心境里,不管人家怎样亲切对待我,都非常自然地承受着。我想明天清早带那个老婆婆到上野车站给她买票去水户,也是极其应当的。我感到所有的一切都融合在一起了。""我"沉浸在助人为乐的喜悦当中,这是人们相互交流、相互抚慰而产生的和谐、幸福的理想境界。"我的头脑变成一泓清水,滴滴答答地流出来,以后什么都没有留下,只感觉甜蜜的愉快。"总之,"我"与伊豆舞女萍水相逢,只在内心留下一丝情感的涟漪,便无缘相见,美好纯真中留下些许感伤,整篇作品的细腻描写透露着日本传统的"物哀"之美。

小百科

我在美丽的日本
——川端康成在诺贝尔文学奖颁奖典礼上的演讲

唐月梅 译

（节选）

春花秋月杜鹃夏，冬雪皑皑寒意加。

这是道元禅师的一首和歌，题名《本来面目》。

冬月拨云相伴随，更怜风雪浸月身。

这是明惠上人（1173—1232）作的一首和歌。当别人索书时，我曾书录这两首诗相赠。

明惠在这首和歌前面，还详细地写了一段可以说是叙述这首和歌的故事的长序，以阐明诗的意境。

元仁元年（1124）十二月十二日晚，天阴月暗，我进花宫殿坐禅，及至夜半，禅毕，我自峰房移至下房，月亮从云缝间露出，月光洒满雪地。山谷里传来阵阵狼嗥，但因有月亮陪伴，我丝毫不觉害怕。我进下房，后复出，月亮又躲进云中。等到听见夜半钟声，重登峰房时，月亮又拨云而出，送我上路。当我来到峰顶，步入禅堂时，月亮又躲入云中，似要隐藏到对面山峰后，莫非月亮有意暗中与我做伴？

在这首诗的后面，他继续写道：

步入峰顶禅堂时，但见月儿斜隐山头。

山头月落我随前，夜夜愿陪尔共眠。

明惠当时是在禅堂过夜，还是黎明前又折回禅堂，已经弄不清楚，但他又接着写道：

禅毕偶尔睁眼，但见残月余晖映入窗前。我在暗处观赏，心境清澈，仿佛与月光浑然相融。

心境无边光灿灿，明月疑我是蟾光。

既然有人将西行称为"樱花诗人"，那么自然也有人把明惠叫作"月亮诗人"了。

明明皎皎明明皎，皎皎明明月儿明。

这首仅以感叹声堆砌起来的"和歌"，连同那三首从夜半到拂晓吟咏的"冬月"，其特色就是"虽咏歌，实际不以为是歌"（西行的话）。这首歌是坦率、纯真、忠实地向月亮倾吐衷肠的三十一个字韵，与其说他是所谓"以月为伴"，莫如说他是"与月相亲"，亲密到把看月的我变为月，被我看的月变为我，而没入大自然之中，同大自然融为一体。所以残月才会把黎明前坐在昏暗的禅堂里思索参禅的我那种"清澈心境"的光，误认为是月亮本身的光。

第8讲

《人间失格》

太宰治

背景介绍

1945年8月15日,日本接受《波茨坦公告》,宣布无条件投降。日本发动的侵略战争给亚洲各国人民带来了巨大灾难,也让日本人民付出了惨痛的代价。在战后的废墟上,如何重建日本便成了头等大事。日本文艺界率先摆脱了军国主义统治的束缚和战争的阴霾,老一代作家重新开始创作,新锐作家也开始崛起。这一时期"无赖派"的代表作家太宰治以"自我毁灭式"的文学创作震惊了日本文坛。

作家与作品

1948年6月13日,日本战后文学史上第一个放射出耀眼光芒的小说家太宰治,选择以与偶像芥川龙之介一样的自杀方式告别了世界。太宰治的一生虽然短暂,却跨越了明治、大正、昭和三个时期,经历了日本穷兵黩武到第二次世界大战无条件投降的整个过程。1929年第一次自杀未遂之后,太宰治的人生像过山车一样跌宕起伏,最后跌落到无底的深渊。小说《人间失格》堪称其浓墨重彩的绝笔之作。

太宰治(1909—1948),本名津岛修治,1909年出生在日本青森县北津轻郡的乡绅之家。津岛家在明治初期还只是普通的小地主家庭,从太宰治的曾祖父那一代开始经商,之后又进入金融业,再加上厉行勤俭的家风,到了明治中后期,津岛家族便开始崛起。但真正使津岛家族腾飞的是太宰治的父亲源右卫门,作为津岛家的上门女婿,他彻底改变了津岛家的命运。1900年源右卫门继承了家主的地位,开始掌管津岛家的大片土地及私有银行,借助日本近代金融体制改革的契机,迅速扩充了家族的财富。他是当地的纳税大户,因此当选了青森县议会议员和日本众议院议员,1916年荣获了四等瑞宝勋章,1922年被选为贵族院议员,从乡下的地主转变为贵族。1905年,前代津岛家主谢世后,独掌大权的源右卫门将原来商人风格的宅邸拆除,在原址斥巨资重

作家简表	
1909 年	出生
1927 年	弘前高等学校入学
1929 年	第一次自杀失败
1930 年	东京大学法文科
1931 年	和小山初代结婚
1935 年	第一届芥川文学奖候补
1936 年	第三届芥川文学奖候补
1937 年	与初代殉情失败、离婚
1939 年	和石原美知子再婚
1940 年	《奔跑吧，梅勒斯》
1947 年	《斜阳》
1948 年	《人间失格》，投水自尽

建官邸。太宰治就出生在这座豪宅里，这座豪宅如今成为太宰治纪念馆"斜阳馆"。

命运似乎和太宰治开了一个天大的玩笑，他虽含着金汤勺出生，却度过了不幸的童年，甚至整个人生都过得十分艰辛。太宰治的父亲犹如一座大山压迫着他，这使得他在青春期便突显叛逆的性格。日本明治后期，残余的封建势力依然强大，作为偏远地区大地主的津岛家就像是一座顽固的封建堡垒。太宰治的父母共有 11 个子女，他是第 10 个孩子（两个哥哥、一个弟弟都夭折了），在以长子继承制为主流的日本家父长制度下，太宰治完全是一个任人摆布、可有可无的弱小者。他外祖母一家有众多亲属和佣人，几十口人的大家族里，人际关系极其复杂，日常生活讲究繁文缛节。这让天赋迥异、早熟敏感的太宰治感到沉闷、压抑和恐惧。当时已是国会议员的父亲源右卫门常驻东京，只是偶尔回老家一趟，还要不停地接待政要、乡绅，完全没有时间理会太宰治。而太宰治的母亲体弱多病，他出生后就由乳母抚养，1 周岁左右转由姨母抚养。实际上姨母连自己的 4 个女儿都无暇照顾，因此一直照料他的是一个年仅十几岁的女佣。太宰治从小就缺少爱与呵护，没有安全感，身边没有值得信任的人，他一生都在渴望被人疼爱，期待着真诚的友谊。特殊的童年经历给他的人格形成和人生道路都带来了极大的消极影响。

太宰治在中学阶段便开始了文学活动。他仰慕泉镜花和芥川龙之介，阅读了大量泉镜花、芥川龙之介、志贺直哉等人的小说，1925 年发表了小说《最后的太阁》。之后与同学创办了《星座》《蜃气楼》等同人刊物，还用不同笔名发表了大量早期习作。1927 年 4 月，18 岁的太宰治升入弘前高等学校。这一年的 7 月，他的偶像芥川龙之介自杀，让他备受打击，并为他后来的多次自杀（未遂）埋下了伏笔。也就是在这一年他开始出入烟花柳巷，并结识了艺伎小山初代（第一任妻子）。翌年，太宰治创办了同人杂志《细胞文艺》，并发表了一系列作品，但反响不大。在左翼思想的影响下，太宰治参加了学校内部的社会科学研究会，发表了《无间地狱》和《地主一代》等具有左翼倾向的文学作品。这不仅遭到了族人的反对，也招来了同学们的异样目光。对地主家庭出身的厌恶感和负罪感让他感觉"生而有罪"，他表现出自我毁灭的倾向，加之恋爱失败和学业不顺的困扰，1929 年 12 月他第一次服药自杀，后被抢救了过来。

1930年太宰治进入东京大学法文科学习,从此他更加热衷于参加左翼政治活动。这期间他遇见了仰慕已久的作家井伏鳟二①。同年秋,太宰治的长兄津岛文治来到东京,以分家解除户籍为条件,同意他与艺伎小山初代结婚。其实长兄这样做的目的是自保,因为太宰治参加左翼政治活动,他担心家族受到牵连才解除其户籍。得知真相后的太宰治心灰意冷,便与银座咖啡店的女招待投海自杀,他本人获救,却导致女方死亡。于是太宰治被起诉,罪名是"过失杀人罪",后经长兄疏通获救。在长兄的逼迫下他放弃参加左翼政治活动。1933年,他开始以太宰治为笔名发表了《列车》《圣代冬奥》《鱼服记》等作品。此外,他这一时期的文学创作得到了井伏鳟二、佐藤春夫②等前辈作家的指导,获益匪浅。1934年,太宰治在《文艺春秋》发表《洋之介的气焰》,1935年2月发表《逆行》。

1935年太宰治因拖欠学费被东京大学开除,并且在东京新闻社的招聘考试中落榜,他第三次自杀未果。同年,面向新人作家的芥川文学奖设立,8月太宰治的《逆行》入围首届芥川文学奖,但以微弱之差与该奖失之交臂。为此他对评委川端康成心生怨恨。第二年太宰治给评委佐藤春夫写信,恳请对方在评审时关照自己,结果再一次落选。太宰治又开始怀疑佐藤春夫不支持自己获奖,从此二人关系恶化。总之,职业作家道路上的接连挫折,也给太宰治带来了沉重的打击。他患上了腹膜炎,因滥用吗啡止痛,导致药物上瘾,他为了买药而到处借债。长兄津岛文治和井伏鳟二只好连哄带骗将他送入了精神病院。被亲人师友欺骗,被当成精神病人,特别是他出院后得知妻子小山初代出轨,这些打击彻底动摇了太宰治对人的信任,甚至认为自己丧失了做人的资格,从而彻底否定了自我。太宰治和小山初代服安眠药后投水自杀,获救后二人离婚。

1938年太宰治迎来人生中的转折点。在井伏鳟二的介绍下,他结识了中学教师石原美知子,翌年二人结婚。直到第二次世界大战结束,太宰治度过了一段较为稳定的日子,文学创作也进入了稳定期。1939年他因发表《女生徒》而获得了北村透谷奖。这时期他的主要作品有《弃姥》《回忆》《老海德堡》《超级控诉》《奔跑吧,梅勒斯》《东京八景》,长篇小说《新哈姆雷特》《七代女》《正义与微笑》《右大臣实朝》《裸川》《佳日》《津轻》,以及短篇佳作《富岳百景》等。这些作品有赋予古典素材现代意义的创作,有深刻描写当下青年男女愁绪与迷茫的现代作品,表现了内心的苦闷与煎熬,隐喻着世俗黑暗势力的强大与顽固。在黯淡戏谑的底色上,时而也会流露出幽默开朗或积极向上的一面,他的文学才华与生性怪僻、悲剧命运之间形成了强烈的反差。

1943年12月,太宰治为了撰写以鲁迅留学日本的生活为主题的长篇小说,赴仙台调研,于1945年2月完成了鲁迅留学日本生活的传记小说《惜别》,在朝日新闻出版

---

① 井伏鳟二(1898—1993),本名满寿二,日本小说家。代表作有《山椒鱼》《遥拜队长》《黑雨》等。
② 佐藤春夫(1892—1964),日本诗人、小说家、评论家。代表作有《殉情诗集》和小说《田园的忧郁》《都会的忧郁》等。

社发表。太宰治是唯一一位以鲁迅为原型创作长篇小说的作家。

小说梗概

《人间失格》是一部中篇小说，叙事结构由"前言"、三篇笔记体的"手札"及"后记"构成，小说中的"前言"和后记"也是小说内容的一部分，不是字面意义上的"前言"和"后记"。太宰治有意将该小说设计成"小说中的小说"，目的是将自己与小说主人公大庭叶藏分割开来，因为三篇笔记体"手札"的内容与作者本人的人生经历如出一辙，所以需要突破以往"前言"和"后记"的概念和界定，增加小说的文学意义。

作品的"后记"叙述了"我"获得大庭叶藏"手札"的经过。战争结束后的某一天，"我"来到千叶县船桥市，寻访搬至此地的一个朋友。为了打听朋友住址，"我"偶然进了一间咖啡厅，恰巧老板娘是熟人，她十年前经营酒吧时，"我"是她的常客。一番寒暄之后，"我"不仅问清楚了朋友的详细住址，老板娘还给了"我"三本笔记和三张照片，说可以作为小说素材。这是老板娘的一个朋友留下的，他的名字叫"阿叶"。"我"本来对此兴致索然，照片中人物诡异的表情却让我印象深刻、难以忘怀。

小说的"前言"描绘了主人公"大庭叶藏"幼年、青年和壮年三张不同时期照片给"我"的印象。第一张照片是一个10岁左右的男孩。男孩被一大群女孩围在中间，双手紧握，脸上似笑非笑，表情诡异，丑陋至极。第二张照片，男孩已经变成了俊朗的青年，脸上堆积着微笑，却诡谲中透着虚假，令人生厌。最奇怪的是第三张照片，他坐在破旧房间的一角，花白的头发，木然的表情看不出年龄，虽然找不到任何特别之处，却让人有毛骨悚然之感。总之，主人公大庭叶藏的三篇笔记，与他的三张照片相对应，分别记述了幼年、青年及壮年不同阶段的成长经历和心路历程，讲述了他一步步沦落到失去做人资格的过程。

大庭叶藏出生在日本东北地区的一个大户人家，但他自幼没有得到父母的疼爱，内心脆弱，性格孤僻、敏感，成为大家族里被漠视的弱小者。家庭内部森严的等级、封建的繁文缛节、人与人之间的复杂关系让他对人际交往产生了极大恐惧。绝望的他从小就学会了约束和压抑自我，为了迎合他人，讨他人欢喜，他竟然学会了"小丑"的娱人之术，为自己设计了乖巧滑稽的"假面"，讨好他人，这是一种伪装术。

中学时代的大庭叶藏去外地读书，开始了独立生活。他认为自己善于伪装，演技炉火纯青，没想到被一个叫竹一的男生识破。竹一还一针见血地指责他表面假装正经，内心里却喜欢奢侈糜烂的生活。事实也是如此，来到东京的高中学校就读后，大庭叶藏在坏朋友堀木正雄的教唆下过着奢靡的生活，穿梭在花街柳巷之中，试图抚慰缺乏安全感的心灵。虽然他知道这是饮鸩止渴，却乐此不疲，无法自拔。然而性格懦弱的大庭叶藏，尽管自幼在异性的环绕中长大，却不懂女人的内心世界，甚至对女性感到陌生和恐惧。

后来大庭叶藏参加了左翼政治活动，受到警方、校方、家族的多重阻挠和惩罚。面对来自家庭、社会、学校等多方面的压力，他那脆弱的意志力难以承受，他对社会活动与人际交往深感恐惧，进而产生悲观厌世的情绪。他与咖啡店女招待殉情自杀，结果女方死了，他活了下来。检察官以过失杀人罪起诉他，大庭叶藏习惯性地想通过伪装表演推卸责任，却被无情地戳破。虽然经家族的斡旋，他没有受到应得的惩罚，但是，比起刑罚，伪装表演的失败对他的打击更大。此后颓废消沉的大庭叶藏更加沉迷于女色，他酗酒，终日生活在不安和恐惧之中。

　　再后来，大庭叶藏在酒吧老板娘的开导和介绍下，与一名年轻女子结婚，过上了普通人的家庭生活。但是好景不长，大庭叶藏又故态复发，开始在外面鬼混。特别是后来目睹了妻子在家中与书商出轨的一幕，彻底地泯灭了他内心深处最后的一抹人性光亮，击垮了他生存下去的意志。他甚至感觉不到愤怒、厌恶和悲伤，有的只是怀疑、愧疚和恐惧。压抑、扭曲的大庭叶藏被挤压得喘不过气来，最终他只能落荒而逃。他吞服安眠药，决意离开这个世界，但又一次自杀未遂。他为了戒酒而滥用吗啡，染上药瘾导致债务如山；随后他被家族送进精神病院。出院后回到故乡，在人们嫌弃的目光中，他如行尸走肉般度此残生。最后，大庭叶藏哀叹道："我已经丧失了做人的资格。"

小说原文

第一の手記

　恥の多い生涯を送って来ました。

　自分には、人間の生活というものが、見当つかないのです。自分は東北の田舎に生れましたので、汽車をはじめて見たのは、よほど大きくなってからでした。自分は停車場のブリッジを、上って、降りて、そうしてそれが線路をまたぎ越えるために造られたものだという事には全然気づかず、ただそれは停車場の構内を外国の遊戯場みたいに、複雑に楽しく、ハイカラにするためにのみ、設備せられてあるものだとばかり思っていました。しかも、かなり永い間そう思っていたのです。ブリッジの上ったり降りたりは、自分にはむしろ、ずいぶん垢抜けのした遊戯で、それは鉄道のサーヴィスの中でも、最も気のきいたサーヴィスの一つだと思っていたのですが、のちにそれはただ旅客が線路をまたぎ越えるための頗る実利的な階段に過ぎないのを発見して、にわかに興が覚めました。

　また、自分は子供の頃、絵本で地下鉄道というものを見て、これもやはり、実利的な必要から案出せられたものではなく、地上の車に乗るよりは、地下の車に乗ったほうが風がわりで面白い遊びだから、とばかり思っていました。

　自分は子供の頃から病弱で、よく寝込みましたが、寝ながら、敷布、枕のカヴァ、掛蒲団のカヴァを、つくづく、つまらない装飾だと思い、それが案外に実用品だった事

を、二十歳ちかくになってわかって、人間のつましさに暗然とし、悲しい思いをしました。

　また、自分は、空腹という事を知りませんでした。いや、それは、自分が衣食住に困らない家に育ったという意味ではなく、そんな馬鹿な意味ではなく、自分には「空腹」という感覚はどんなものだか、さっぱりわからなかったのです。へんな言いかたですが、おなかが空いていても、自分でそれに気がつかないのです。小学校、中学校、自分が学校から帰って来ると、周囲の人たちが、それ、おなかが空いたろう、自分たちにも覚えがある、学校から帰って来た時の空腹は全くひどいからな、甘納豆はどう？ カステラも、パンもあるよ、などと言って騒ぎますので、自分は持ち前のおべっか精神を発揮して、おなかが空いた、と呟いて、甘納豆を十粒ばかり口にほうり込むのですが、空腹感とは、どんなものだか、ちっともわかっていやしなかったのです。

　自分だって、それは勿論、大いにものを食べますが、しかし、空腹感から、ものを食べた記憶は、ほとんどありません。めずらしいと思われたものを食べます。豪華と思われたものを食べます。また、よそへ行って出されたものも、無理をしてまで、たいてい食べます。そうして、子供の頃の自分にとって、最も苦痛な時刻は、実に、自分の家の食事の時間でした。

　自分の田舎の家では、十人くらいの家族全部、めいめいのお膳を二列に向い合せに並べて、末っ子の自分は、もちろん一ばん下の座でしたが、その食事の部屋は薄暗く、昼ごはんの時など、十幾人の家族が、ただ黙々としてめしを食っている有様には、自分はいつも肌寒い思いをしました。それに田舎の昔気質の家でしたので、おかずも、たいていきまっていて、めずらしいもの、豪華なもの、そんなものは望むべくもなかったので、いよいよ自分は食事の時刻を恐怖しました。自分はその薄暗い部屋の末席に、寒さにがたがた震える思いで口にごはんを少量ずつ運び、押し込み、人間は、どうして一日に三度々々ごはんを食べるのだろう、実にみな厳粛な顔をして食べている、これも一種の儀式のようなもので、家族が日に三度々々、時刻をきめて薄暗い一部屋に集り、お膳を順序正しく並べ、食べたくなくても無言でごはんを噛みながら、うつむき、家中にうごめいている霊たちに祈るためのものかも知れない、とさえ考えた事があるくらいでした。

　めしを食べなければ死ぬ、という言葉は、自分の耳には、ただイヤなおどかしとしか聞えませんでした。その迷信は、（いまでも自分には、何だか迷信のように思われてならないのですが）しかし、いつも自分に不安と恐怖を与えました。人間は、めしを食べなければ死ぬから、そのために働いて、めしを食べなければならぬ、という言葉ほど自分にとって難解で晦渋で、そうして脅迫めいた響きを感じさせる言葉は、無かったのです。

つまり自分には、人間の営みというものが未だに何もわかっていない、という事になりそうです。自分の幸福の観念と、世のすべての人たちの幸福の観念とが、まるで食いちがっているような不安、自分はその不安のために夜々、転輾し、呻吟し、発狂しかけた事さえあります。自分は、いったい幸福なのでしょうか。自分は小さい時から、実にしばしば、仕合せ者だと人に言われて来ましたが、自分ではいつも地獄の思いで、かえって、自分を仕合せ者だと言ったひとたちのほうが、比較にも何もならぬくらいずっとずっと安楽なように自分には見えるのです。

自分には、禍いのかたまりが十個あって、その中の一個でも、隣人が脊負ったら、その一個だけでも充分に隣人の生命取りになるのではあるまいかと、思った事さえありました。

つまり、わからないのです。隣人の苦しみの性質、程度が、まるで見当つかないのです。プラクテカルな苦しみ、ただ、めしを食えたらそれで解決できる苦しみ、しかし、それこそ最も強い痛苦で、自分の例の十個の禍いなど、吹っ飛んでしまう程の、凄惨な阿鼻地獄なのかも知れない、それは、わからない、しかし、それにしては、よく自殺もせず、発狂もせず、政党を論じ、絶望せず、屈せず生活のたたかいを続けて行ける、苦しくないんじゃないか？ エゴイストになりきって、しかもそれを当然の事と確信し、いちども自分を疑った事が無いんじゃないか？ それなら、楽だ、しかし、人間というものは、皆そんなもので、またそれで満点なのではないかしら、わからない……夜はぐっすり眠り、朝は爽快なのかしら、どんな夢を見ているのだろう、道を歩きながら何を考えているのだろう、金？ まさか、それだけでも無いだろう、人間は、めしを食うために生きているのだ、という説は聞いた事があるような気がするけれども、金のために生きている、という言葉は、耳にした事が無い、いや、しかし、ことに依ると、……いや、それもわからない、……考えれば考えるほど、自分には、わからなくなり、自分ひとり全く変っているような、不安と恐怖に襲われるばかりなのです。自分は隣人と、ほとんど会話が出来ません。何を、どう言ったらいいのか、わからないのです。

そこで考え出したのは、道化でした。

それは、自分の、人間に対する最後の求愛でした。自分は、人間を極度に恐れていながら、それでいて、人間を、どうしても思い切れなかったらしいのです。そうして自分は、この道化の一線でわずかに人間につながる事が出来たのでした。おもてでは、絶えず笑顔をつくりながらも、内心は必死の、それこそ千番に一番の兼ね合いとでもいうべき危機一髪の、油汗流してのサーヴィスでした。

自分は子供の頃から、自分の家族の者たちに対してさえ、彼等がどんなに苦しく、またどんな事を考えて生きているのか、まるでちっとも見当つかず、ただおそろし

く、その気まずさに堪える事が出来ず、既に道化の上手になっていました。つまり、自分は、いつのまにやら、一言も本当の事を言わない子になっていたのです。

その頃の、家族たちと一緒にうつした写真などを見ると、他の者たちは皆まじめな顔をしているのに、自分ひとり、必ず奇妙に顔をゆがめて笑っているのです。これもまた、自分の幼く悲しい道化の一種でした。

また自分は、肉親たちに何か言われて、口応（くちごた）えした事はいちども有りませんでした。そのわずかなおこごとは、自分には霹靂（へきれき）の如く強く感ぜられ、狂うみたいになり、口応えどころか、そのおこごとこそ、謂わば万世一系の人間の「真理」とかいうものに違いない、自分にはその真理を行う力が無いのだから、もはや人間と一緒に住めないのではないかしら、と思い込んでしまうのでした。だから自分には、言い争いも自己弁解も出来ないのでした。人から悪く言われると、いかにも、もっとも、自分がひどい思い違いをしているような気がして来て、いつもその攻撃を黙して受け、内心、狂うほどの恐怖を感じました。

それは誰でも、人から非難せられたり、怒られたりしていい気持がするものでは無いかも知れませんが、自分は怒っている人間の顔に、獅子（しし）よりも鰐（わに）よりも竜よりも、もっとおそろしい動物の本性を見るのです。ふだんは、その本性をかくしているようですけれども、何かの機会に、たとえば、牛が草原でおっとりした形で寝ていて、突如、尻尾（しっぽ）でピシッと腹の虻（あぶ）を打ち殺すみたいに、不意に人間のおそろしい正体を、怒りに依って暴露する様子を見て、自分はいつも髪の逆立つほどの戦慄（せんりつ）を覚え、この本性もまた人間の生きて行く資格の一つなのかも知れないと思えば、ほとんど自分に絶望を感じるのでした。

人間に対して、いつも恐怖に震いおののき、また、人間としての自分の言動に、みじんも自信を持てず、そうして自分ひとりの懊悩（おうのう）は胸の中の小箱に秘め、その憂鬱、ナアヴァスネスを、ひたかくしに隠して、ひたすら無邪気の楽天性を装い、自分はお道化たお変人として、次第に完成されて行きました。

何でもいいから、笑わせておればいいのだ、そうすると、人間たちは、自分が彼等の所謂「生活」の外にいても、あまりそれを気にしないのではないかしら、とにかく、彼等人間たちの目障りになってはいけない、自分は無だ、風だ、空（そら）だ、というような思いばかりが募り、自分はお道化に依って家族を笑わせ、また、家族よりも、もっと不可解でおそろしい下男や下女にまで、必死のお道化のサーヴィスをしたのです。

自分は夏に、浴衣の下に赤い毛糸のセエターを着て廊下を歩き、家中の者を笑わせました。めったに笑わない長兄も、それを見て噴き出し、

「それあ、葉ちゃん、似合わない」

と、可愛くてたまらないような口調で言いました。なに、自分だって、真夏に毛糸のセエターを着て歩くほど、いくら何でも、そんな、暑さ寒さを知らぬお変人ではありません。姉の脚絆を両腕にはめて、浴衣の袖口から覗かせ、以てセエターを着ているように見せかけていたのです。

　自分の父は、東京に用事の多いひとでしたので、上野の桜木町に別荘を持っていて、月の大半は東京のその別荘で暮していました。そうして帰る時には家族の者たち、また親戚の者たちにまで、実におびただしくお土産を買って来るのが、まあ、父の趣味みたいなものでした。

　いつかの父の上京の前夜、父は子供たちを客間に集め、こんど帰る時には、どんなお土産がいいか、一人々々に笑いながら尋ね、それに対する子供たちの答をいちいち手帖に書きとめるのでした。父が、こんなに子供たちと親しくするのは、めずらしい事でした。

「葉蔵は？」

　と聞かれて、自分は、口ごもってしまいました。

　何が欲しいと聞かれると、とたんに、何も欲しくなくなるのでした。どうでもいい、どうせ自分を楽しくさせてくれるものなんか無いんだという思いが、ちらと動くのです。と、同時に、人から与えられるものを、どんなに自分の好みに合わなくても、それを拒む事も出来ませんでした。イヤな事を、イヤと言えず、また、好きな事も、おずおずと盗むように、極めてにがく味い、そうして言い知れぬ恐怖感にもだえるのでした。つまり、自分には、二者選一の力さえ無かったのです。これが、後年に到り、いよいよ自分の所謂「恥の多い生涯」の、重大な原因ともなる性癖の一つだったように思われます。

　自分が黙って、もじもじしているので、父はちょっと不機嫌な顔になり、

「やはり、本か。浅草の仲店にお正月の獅子舞いのお獅子、子供がかぶって遊ぶのには手頃な大きさのが売っていたけど、欲しくないか」

　欲しくないか、と言われると、もうダメなんです。お道化た返事も何も出来やしないんです。お道化役者は、完全に落第でした。

「本が、いいでしょう」

　長兄は、まじめな顔をして言いました。

「そうか」

　父は、興覚め顔に手帖に書きとめもせず、パチと手帖を閉じました。

　何という失敗、自分は父を怒らせた、父の復讐は、きっと、おそるべきものに違いない、いまのうちに何とかして取りかえしのつかぬものか、とその夜、蒲団の中でがたがた震えながら考え、そっと起きて客間に行き、父が先刻、手帖をしまい込んだ

箸の机の引き出しをあけて、手帖を取り上げ、パラパラめくって、お土産の注文記入の個所を見つけ、手帖の鉛筆をなめて、シシマイ、と書いて寝ました。自分はその獅子舞いのお獅子を、ちっとも欲しくは無かったのです。かえって、本のほうがいいくらいでした。けれども、自分は、父がそのお獅子を自分に買って与えたいのだという事に気がつき、父のその意向に迎合して、父の機嫌を直したいばかりに、深夜、客間に忍び込むという冒険を、敢えておかしたのでした。

そうして、この自分の非常の手段は、果して思いどおりの大成功を以て報いられました。やがて、父は東京から帰って来て、母に大声で言っているのを、自分は子供部屋で聞いていました。

「仲店のおもちゃ屋で、この手帖を開いてみたら、これ、ここに、シシマイ、と書いてある。これは、私の字ではない。はてな？ と首をかしげて、思い当りました。これは、葉蔵のいたずらですよ。あいつは、私が聞いた時には、にやにやして黙っていたが、あとで、どうしてもお獅子が欲しくてたまらなくなったんだね。何せ、どうも、あれは、変った坊主ですからね。知らん振りして、ちゃんと書いている。そんなに欲しかったのなら、そう言えばよいのに。私は、おもちゃ屋の店先で笑いましたよ。葉蔵を早くここへ呼びなさい」

また一方、自分は、下男や下女たちを洋室に集めて、下男のひとりに滅茶苦茶(めちゃくちゃ)にピアノのキイをたたかせ、(田舎ではありましたが、その家には、たいていのものが、そろっていました)自分はその出鱈目(でたらめ)の曲に合せて、インデヤンの踊りを踊って見せて、皆を大笑いさせました。次兄は、フラッシュを焚(た)いて、自分のインデヤン踊りを撮影して、その写真が出来たのを見ると、自分の腰布(それは更紗(さらさ)の風呂敷でした)の合せ目から、小さいおチンポが見えていたので、これがまた家中の大笑いでした。自分にとって、これまた意外の成功というべきものだったかも知れません。

自分は毎月、新刊の少年雑誌を十冊以上も、とっていて、またその他(ほか)にも、さまざまの本を東京から取り寄せて黙って読んでいましたので、メチャラクチャラ博士だの、また、ナンジャモンジャ博士などとは、たいへんな馴染(なじみ)で、また、怪談、講談、落語、江戸小咄(こばなし)などの類にも、かなり通じていましたから、剽軽(ひょうきん)な事をまじめな顔をして言って、家の者たちを笑わせるのには事を欠きませんでした。

しかし、嗚呼(ああ)、学校！

自分は、そこでは、尊敬されかけていたのです。尊敬されるという観念もまた、甚(はなは)だ自分を、おびえさせました。ほとんど完全に近く人をだまして、そうして、或るひとりの全知全能の者に見破られ、木っ葉みじんにやられて、死ぬる以上の赤恥

をかかせられる、それが、「尊敬される」という状態の自分の定義でありました。人間をだまして、「尊敬され」ても、誰かひとりが知っている、そうして、人間たちも、やがて、そのひとりから教えられて、だまされた事に気づいた時、その時の人間たちの怒り、復讐は、いったい、まあ、どんなでしょうか。想像してさえ、身の毛がよだつ心地がするのです。

　自分は、金持ちの家に生れたという事よりも、俗にいう「できる」事に依って、学校中の尊敬を得そうになりました。自分は、子供の頃から病弱で、よく一つき二つき、また一学年ちかくも寝込んで学校を休んだ事さえあったのですが、それでも、病み上りのからだで人力車に乗って学校へ行き、学年末の試験を受けてみると、クラスの誰よりも所謂「できて」いるようでした。からだ具合いのよい時でも、自分は、さっぱり勉強せず、学校へ行っても授業時間に漫画などを書き、休憩時間にはそれをクラスの者たちに説明して聞かせて、笑わせてやりました。また、綴り方には、滑稽噺（こっけいばなし）ばかり書き、先生から注意されても、しかし、自分は、やめませんでした。先生は、実はこっそり自分のその滑稽噺を楽しみにしている事を自分は、知っていたからでした。或る日、自分は、れいに依って、自分が母に連れられて上京の途中の汽車で、おしっこを客車の通路にある痰壺（たんつぼ）にしてしまった失敗談（しかし、その上京の時に、自分は痰壺と知らずにしたのではありませんでした。子供の無邪気をてらって、わざと、そうしたのでした）を、ことさらに悲しそうな筆致で書いて提出し、先生は、きっと笑うという自信がありましたので、職員室に引き揚げて行く先生のあとを、そっとつけて行きましたら、先生は、教室を出るとすぐ、自分のその綴り方を、他のクラスの者たちの綴り方の中から選び出し、廊下を歩きながら読みはじめて、クスクス笑い、やがて職員室にはいって読み終えたのか、顔を真赤にして大声を挙げて笑い、他の先生に、さっそくそれを読ませているのを見とどけ、自分は、たいへん満足でした。

　お茶目。

　自分は、所謂お茶目に見られる事に成功しました。尊敬される事から、のがれる事に成功しました。通信簿は全学科とも十点でしたが、操行というものだけは、七点だったり、六点だったりして、それもまた家中の大笑いの種でした。

　けれども自分の本性は、そんなお茶目さんなどとは、凡そ対蹠（たいせき）的なものでした。その頃、既に自分は、女中や下男から、哀（かな）しい事を教えられ、犯されていました。幼少の者に対して、そのような事を行うのは、人間の行い得る犯罪の中で最も醜悪で下等で、残酷な犯罪だと、自分はいまでは思っています。しかし、自分は、忍びました。これでまた一つ、人間の特質を見たというような気持さえして、そうして、力無く笑っていました。もし自分に、本当の事を言う習慣がついていたなら、悪びれず、

彼等の犯罪を父や母に訴える事が出来たのかも知れませんが、しかし、自分は、その父や母をも全部は理解する事が出来なかったのです。人間に訴える、自分は、その手段には少しも期待できませんでした。父に訴えても、母に訴えても、お巡りに訴えても、政府に訴えても、結局は世渡りに強い人の、世間に通りのいい言いぶんに言いまくられるだけの事では無いかしら。

　必ず片手落のあるのが、わかり切っている、所詮、人間に訴えるのは無駄である、自分はやはり、本当の事は何も言わず、忍んで、そうしてお道化をつづけているより他、無い気持なのでした。

　なんだ、人間への不信を言っているのか？　へえ？　お前はいつクリスチャンになったんだい、と嘲笑する人も或いはあるかも知れませんが、しかし、人間への不信は、必ずしもすぐに宗教の道に通じているとは限らないと、自分には思われるのですけど。現にその嘲笑する人をも含めて、人間は、お互いの不信の中で、エホバも何も念頭に置かず、平気で生きているではありませんか。やはり、自分の幼少の頃の事でありましたが、父の属していた或る政党の有名人が、この町に演説に来て、自分は下男たちに連れられて劇場に聞きに行きました。満員で、そうして、この町の特に父と親しくしている人たちの顔は皆、見えて、大いに拍手などしていました。演説がすんで、聴衆は雪の夜道を三々五々かたまって家路に就き、クソミソに今夜の演説会の悪口を言っているのでした。中には、父と特に親しい人の声もまじっていました。父の開会の辞も下手、れいの有名人の演説も何が何やら、わけがわからぬ、とその所謂父の「同志たち」が怒声に似た口調で言っているのです。そうしてそのひとたちは、自分の家に立ち寄って客間に上り込み、今夜の演説会は大成功だったと、しんから嬉しそうな顔をして父に言っていました。下男たちまで、今夜の演説会はどうだったと母に聞かれ、とても面白かった、と言ってけろりとしているのです。演説会ほど面白くないものはない、と帰る途々、下男たちが嘆き合っていたのです。

　しかし、こんなのは、ほんのささやかな一例に過ぎません。互いにあざむき合って、しかもいずれも不思議に何の傷もつかず、あざむき合っている事にさえ気がついていないみたいな、実にあざやかな、それこそ清く明るくほがらかな不信の例が、人間の生活に充満しているように思われます。けれども、自分には、あざむき合っているという事には、さして特別の興味もありません。自分だって、お道化に依って、朝から晩まで人間をあざむいているのです。自分は、修身教科書的な正義とか何とかいう道徳には、あまり関心を持てないのです。自分には、あざむき合っていながら、清く明るく朗らかに生きている、或いは生き得る自信を持っているみたいな人間が難解なのです。人間は、ついに自分にその妙諦を教えてはくれませんで

した。それさえわかったら、自分は、人間をこんなに恐怖し、また、必死のサーヴィスなどしなくて、すんだのでしょう。人間の生活と対立してしまって、夜々の地獄のこれほどの苦しみを嘗めずにすんだのでしょう。つまり、自分が下男下女たちの憎むべきあの犯罪をさえ、誰にも訴えなかったのは、人間への不信からではなく、また勿論クリスト主義のためでもなく、人間が、葉蔵という自分に対して信用の殻を固く閉じていたからだったと思います。父母でさえ、自分にとって難解なものを、時折、見せる事があったのですから。

そうして、その、誰にも訴えない、自分の孤独の匂いが、多くの女性に、本能に依って嗅ぎ当てられ、後年さまざま、自分がつけ込まれる誘因の一つになったような気もするのです。

つまり、自分は、女性にとって、恋の秘密を守れる男であったというわけなのでした。

あとがき（後半）

その夜、友人とわずかなお酒を汲み交し、泊めてもらう事にして、私は朝まで一睡もせずに、れいのノートに読みふけった。

その手記に書かれてあるのは、昔の話ではあったが、しかし、現代の人たちが読んでも、かなりの興味を持つに違いない。下手に私の筆を加えるよりは、これはこのまま、どこかの雑誌社にたのんで発表してもらったほうが、なお、有意義な事のように思われた。

子供たちへの土産の海産物は、干物だけ。私は、リュックサックを背負って友人の許を辞し、れいの喫茶店に立ち寄り、

「きのうは、どうも。ところで、……」

とすぐに切り出し、

「このノートは、しばらく貸していただけませんか」

「ええ、どうぞ」

「このひとは、まだ生きているのですか?」

「さあ、それが、さっぱりわからないんです。十年ほど前に、京橋のお店あてに、そのノートと写真の小包が送られて来て、差し出し人は葉ちゃんにきまっているのですが、その小包には、葉ちゃんの住所も、名前さえも書いていなかったんです。空襲の時、ほかのものにまぎれて、これも不思議にたすかって、私はこないだはじめて、全部読んでみて、……」

「泣きましたか?」

「いいえ、泣くというより、……だめね、人間も、ああなっては、もう駄目ね」

「それから十年、とすると、もう亡くなっているかも知れないね。これは、あなたへのお礼のつもりで送ってよこしたのでしょう。多少、誇張して書いているようなところもあるけど、しかし、あなたも、相当ひどい被害をこうむったようですね。もし、これが全部事実だったら、そうして僕がこのひとの友人だったら、やっぱり脳病院に連れて行きたくなったかも知れない」

「あのひとのお父さんが悪いのですよ」

何気なさそうに、そう言った。

「私たちの知っている葉ちゃんは、とても素直で、よく気がきいて、あれでお酒さえ飲まなければ、いいえ、飲んでも、……神様みたいないい子でした」

「人間失格」新潮文庫、新潮社 1952 年(昭和二十七年)年 10 月発行

鉴赏与评论

小说《人间失格》脱稿一个月之后，太宰治便与情人双双投河自尽。在此之前的一年，小说《斜阳》的成功让太宰治的文学创作达到了巅峰，他成为最受瞩目的流行作家。因此，他的自杀轰动了整个日本社会。

《人间失格》一经出版便迅速成为畅销书。这部自传体的小说将太宰治的一生投影到主人公大庭叶藏的身上。作者用细致入微的笔触，将自己脆弱敏感的内心世界告白于天下。小说主人公大庭叶藏一步步走向死亡深渊，沦落至"丧失作为人的资格"的过程，不仅是他个人的人生悲剧，也是日本封建传统家族制度走向没落、腐朽的封建家父长制走向崩溃的丧钟，表达了作者对日本社会现实的批判，对社会伦理道德秩序的解构。大庭叶藏扭曲的人物性格也是战后美军占领下日本社会文化扭曲的一种象征。

大庭叶藏在家族中的地位和生存状态与日本民众在战后美军统治下的地位如出一辙。精神家园的失落和旧的道德伦理崩坏，导致日本民众的情绪陷入焦躁不安中，这成为战后日本面临的重大社会问题。因此"无赖派"（又称新戏作派）文学的迅速崛起，正是畸形社会的产物。"无赖派"文学创作活动以反传统、反权威为宗旨，在年轻一代当中拥有众多读者。

《人间失格》具有鲜明的时代性，它是日本社会传统观念与现代文明思想冲突的缩影，反映了战后初期日本社会价值观混乱的客观事实。存在主义、虚无主义等现代思想与旧的伦理观念激烈冲突，短时间内让人无所适从，纷纷陷入消极、颓废的彷徨之中。小说中，大庭叶藏缺失母爱却有超强"女人缘"，他总是能轻易地引发出女子的母性本能。这在太宰治的潜意识里是一种代位心理补偿。父亲过于强势，母亲体弱多病，他由乳母喂养，在女人的包围中长大，导致他遇事容易感情用事。《人间失格》间接地批判了日本战后社会充斥的功利主义思想。显然，功利主义有悖于传统日本社会的"人情义理"。

小说的标题具有隐喻性指涉。"丧失作为人的资格"的不仅是被家庭和社会无视的畸形儿大庭叶藏本人,也包括没有独立人格和失去尊严的人、失去家园的人、找不到精神故乡的日本人群体。这应该解读为太宰治对人世间罪恶的辛辣批判,对精神麻木的民众发出的呐喊,这是一种反讽叙事,具有唤醒民众的文学力量。《人间失格》表现出的孤独性、悲剧性,具有跨越时空的超前性、审视社会的批判性,不愧为日本"无赖派"文学的代表作。这让人联想起陀思妥耶夫斯基的作品《白痴》,一个纯真无垢的青年,在物欲横流、爱恨交织、光怪陆离的世界里,他的出路只有也只能是变成"白痴"。

主人公大庭叶藏以回忆的形式写的三篇"手札"是小说的主干部分。第一篇比较短,主要是其青少年时代的回忆,后两篇是其长大以后的经历。在大庭叶藏的记忆中,他似乎生来就对世界有着强烈的疏离感,对火车站、天桥、地铁、床单、被罩、枕套等物品的实用性认知迟钝。由于经济条件优渥,他甚至没有体验过饥饿的感觉,不理解工作谋生的意义。在旁人看来,他的童年是幸福的,而实际上只有他自己知道,他的童年是在怎样不堪的孤独和不安中度过的。他与身边的人格格不入,没有安全感,人际交往更是让他感到恐惧。大庭叶藏对"人性恶"有着深刻的认识:"牛在草地上舒坦地睡觉之时,会突然甩动尾巴抽死叮在肚皮上的牛虻。人在发怒的时候,可怕的本性也会不经意地暴露出来。"大庭叶藏惧怕那会突然甩动

> **作品评价**
>
> 《人间失格》是日本广为人知的名著,畅销排行榜的常青树。
> (1)作者生前完成的最后一部作品,是表现作家人生与思想的半自传体小说。
> (2)采用笔记的所有者和发现者的双层叙事结构,突破了日本私小说的樊篱,巧妙地把虚构融入自传体的文学创作中。
> (3)双层叙事都采用第一人称,丰富了小说的叙事结构和叙事技巧,提升了私小说的创作视野和文学创作品质。
> (4)以细腻的笔触描写了主人公敏感、脆弱和多疑的特质,表达了对自身软弱的失望。
> (5)在消沉阴郁的基调中,表达了对爱与情谊的渴望。
> (6)在战后美军统治日本的背景下,主人公以自己一生的悲叹,替芸芸众生问苍天。批判社会的虚伪性、功利性、无赖性,揭露假面具掩盖下的真实。
> (7)作品的荒诞性、悲剧性、堕落性具有批判社会的深层喻义。

起来的"尾巴"打在自己的脸上。为了掩饰自己惶恐的内心感受,他开始学习伪装自己,用滑稽的表情和动作,博取他人的好感,减少冲突,避免受到伤害。长期生活在假面之下的他,无论是行为举止还是性格,都显得另类乖张。小说中大庭叶藏的家人、生活环境、成长经历都给他造成了不可逆转的恶劣影响。在冰冷的封建大家族氛围中,上到父母,下到佣人,几乎没有人真心陪伴在他的身边,他的情感无处寄托,没有人可以依靠,他甚至觉得和家人一起吃饭都是一种煎熬。他是大家族的小少爷,却无力阻止下人们对他的猥亵。他不知道谁能保护他。他的心灵从小就伤痕累累。另外,他的三篇"手札"很少涉及"母亲",因为在太宰治的记忆中,母亲体弱多病,很少出现在他身边。在他的情感世界中,母亲是空白的、缺位的。小说中父亲和长兄的人物形象是家

族权力的象征,更是令大庭叶藏恐惧的对象。因此,大庭叶藏的表演型人格的形成,实际上是天性敏感、自我意识过剩和缺乏关爱共同作用的结果。大庭叶藏在度过儿童期之后表演型人格不断强化,而内心依然是一个充满恐惧和孤独的柔弱孩童。

对于在东京求学的大庭叶藏而言,人依然是难以理解的可怕生物,现实世界和火车站、地铁一样,只不过是复杂、有趣的游乐场所。出于这种游戏人生的心态,大庭叶藏在不良友人的教唆下,开始了吃喝嫖赌的堕落生活。这些叛逆行为给大庭叶藏提供了暂时的精神慰藉,但终究难以化解他内心的苦闷。而且,他越是长时间进行"道化"(小丑)伪装,越是迷失自我,越是陷入自我否定的怪圈,越是产生"我是欺骗者"的负罪感。为了寻找人生目标,大庭叶藏参加了左翼运动,但由于当时日本左翼运动缺乏明确的斗争纲领,流于形式,夸夸其谈,纸上谈兵,这让大庭叶藏逐渐感到厌倦,也让他对人生的意义感到更加迷茫。以上种种,加之经济拮据的现实问题,导致了他与咖啡厅女招待的殉情事件。对左翼运动的背叛与女招待的死亡加深了他的罪恶感,使他对现实人生的希冀变成了绝望,他只能继续依靠烟酒美色来麻痹自我。尽管此后曾鼓起勇气尝试普通人的家庭生活,但妻子的出轨让大庭叶藏再次陷入了对人性恶的恐惧中,在被强制送进了精神病院之后,他彻底地走向了沉沦的深渊。

在第一篇"手札"的回忆中,大庭叶藏将自己的不幸归结为天生的性格缺陷所致。后两篇"手札"则运用高超的反讽描写和超常的艺术叙述,寻找着个人悲剧命运的社会根源,向读者控诉社会的虚假和黑暗。涉及诸如人文思想的混乱、民众精神的荒芜、封建家族的精神压迫、底层民众的贫困、战争遗孀和女性卖淫、毒品泛滥等诸多社会现实问题。

在小说"后记"的末尾处,太宰治借酒吧女老板之口说出,一切都是"他父亲的错",大庭叶藏是一个率真的好人("神的孩子")。他的父亲是一个资本家兼政客,在日本封建主义向资本主义过渡的明治后期乘势崛起,他是日本封建地主阶级和财阀联合专政的象征。因此将大庭叶藏的悲剧归结于"他父亲的错",这是作者对封建残余思想和日本军国主义的隐喻性批判。小说结尾处"我"与酒吧老板娘的一番对话,充分表明太宰治对造成悲剧命运的社会根源有着清醒认识,这也是《人间失格》能够超越普通意义上的自传体小说或青春小说,成为日本战后经典名著的原因。

遗憾的是,尽管太宰治认识到自身的弱点和社会问题的根源,但是,他自始至终悲观、厌世。在作品中他让主人公大庭叶藏带着"一切,终将过去"的幻想,痛苦无奈地活了下去,他却义无反顾地结束了自己的生命。太宰治终究没有摆脱被封建残余势力蹂躏和作茧自缚的厄运,他用"自我毁灭"的方式,对现实社会做出无声的控诉和最后的反抗。"丧失作为人的资格"是作品主人公大庭叶藏的悲哀,也是作家太宰治的悲哀;既是个人的悲剧,也是时代的悲剧。

从 1946 年至 1948 年最后的 3 年间,太宰治陆续发表了《潘多拉之盒》《薄明》《维荣之妻》《樱桃》《幸福家庭》等一系列作品,这些作品具有自嘲自虐、空虚颓废的创作风

格。太宰治通过对悲哀、绝望、无助的人物的塑造，反映特殊时期的社会现实问题，为日本战后荒芜的精神世界带来了一丝慰藉。小说《斜阳》和《人间失格》是太宰治最具影响力、最有代表性的两部文学作品。《斜阳》一经出版就引起了轰动，作品以女主人公的视角叙述了没落贵族家庭在战后的遭遇，在批判社会和宣泄绝望情绪的同时，寄托了对未来的一丝期望。随后"斜阳族"成了具有时代特色的流行语。而《人间失格》则是太宰治生命中的最后一次倾诉，也是一部人生自画像般的作品，以"双重第一人称"笔记体小说的叙事视角，描写主人公在人世间惶恐不安的心路历程，最终以主人公"丧失作为人的资格"的极端结局，结束了作者作为"无赖派"代表作家的解构主义文学生涯。失眠和肺结核的病痛折磨也让太宰治受尽煎熬，他日渐衰弱，燃尽了全部的生命之光。病痛的折磨，成为压垮他的最后一根稻草，他最终和情人一起跳水自尽，完成了最后一次自我毁灭，以自戕的方式，诠释了现实版"人间失格"的悲剧命运，可谓"人生如戏""戏如人生"①。

太宰治在现实生活中活得艰辛酸楚，他的作品却真诚坦荡。他的生活，遍布着忧郁的压抑感，充满了悲剧性色彩。他这部杰出的文学作品成就了他不平凡的人生。太宰治是日本战后初期文坛上最受瞩目的作家之一，他的文学创作对日本现当代文学产生了深远影响。

小百科

1. 坂口安吾及其《堕落论》

"无赖派"文学的另一位代表作家坂口安吾（原名坂口炳五），1906年出生于日本新潟县。自幼性格叛逆，上学期间屡屡逃课，对文学和宗教兴趣浓厚，喜欢读谷崎润一郎、芥川龙之介、巴尔扎克、爱伦坡②、波德莱尔③和契诃夫等作家的作品。受到法国象征主义诗人波德莱尔的影响，他在中学时就曾提出要做一个"伟大的落伍者"的人生宣言。

1926年坂口安吾进入东洋大学印度哲学伦理学系，1930年毕业后与朋友一起创办了同人杂志《语言》。他在刊物上发表了处女作《从枯木酒窖中》，得到了作家岛崎藤村的好评，这让他坚定了走文学道路的信心。随后，他连续发表了短篇小说《风博士》《黑谷村》《海雾》《霓博士的颓废》等作品，成长为深受文坛瞩目的新星作家。

---

① 关于太宰治最后的自杀身亡，有日本研究者认为太宰治当时并不是真想自杀，也可能是酒醉之后受到他的崇拜者山崎富荣的诱导而自杀的。也有研究者认为，对于这最后的一次自杀，太宰治并没有当回事，但是，山崎富荣是认真的，所以，他们捆绑在一起，双双溺水身亡。

② 埃德加·爱伦·坡（Edgar Allan Poe，1809—1849），美国小说家、诗人、文学评论家。代表作有小说《黑猫》和诗歌《乌鸦》等。

③ 夏尔·皮埃尔·波德莱尔（Charles Pierre Baudelaire，1821—1867），法国现代派诗人，象征派诗歌先驱。代表作有《恶之花》《巴黎的忧郁》《美学珍玩》《可怜的比利时！》等。

1942年坂口安吾发表了评论《日本文化私观》，批判了日本的传统审美思想，推崇日本现代社会中出现的新观念、新思潮。同年发表《青春论》一文，坂口安吾提出青春之美的"沦落"观点。"沦落"即在现实中追求奇迹，宣称这个世界永远无法与家庭相容，除了破灭一无所有。在这些观点的基础上，坂口安吾在1946年发表了"无赖派"文学理论宣言——《堕落论》。目睹了战后社会风气发生的颠倒性变化，他在《堕落论》中再次批判了日本传统的旧道德和价值观，他认为战后违反传统道德秩序的行为是人性的表现，如果这是堕落的话，那就应该以堕落到底的方式彻底颠覆空洞的道德秩序，从而重新发现自我、实现人性的复归，在此基础上才能期待新秩序的建立和国家的新生。可以看出，《堕落论》这篇论文并非真的宣扬颓废主义，而是对现实与人生的"反讽"，一针见血地戳破了军国主义政府主导的政治体制与伦理道德的伪善面具，为失去行为道德准则而陷入迷茫和彷徨的普通日本民众提供了一种新观念，尽管存在一定的片面性和局限性，但在特殊年代发挥了积极作用，一经发表就引起了强烈反响。不久之后，坂口安吾将《堕落论》中的观点援用于文学创作，发表了短篇小说《白痴》。这部作品以战争时代为背景，通过把主人公伊泽与一个痴呆女孩共同置于污浊混乱的生活环境中，以反讽的方式逆转了智与痴、卑贱与圣洁等价值观念，在展示战时人们精神的彷徨与苦闷的同时，表达了对未来的期望。正因为《堕落论》与《白痴》获得了巨大成功，坂口安吾在日本战后文坛得以扬名，成为"无赖派"文学的代表作家之一。

2. 战后登场的"无赖派"文学

"无赖派"指的是战后初期活跃于日本文坛的一个作家群体，代表作家是坂口安吾、太宰治。无赖派的作家大部分在战前就已经在文学界崭露头角。战争期间，文坛上也是一片萧条，不符合当局政策导向的纯文艺作品受到压制，大部分作家都停止了创作。在战后百废待兴的大潮中，文学也随之渐渐复苏。无赖派并没有形成有组织的文艺团体，没有创办刊物，也没有共同开展过文学活动。他们因作品都体现出了相同的特征和倾向而被文学界归并为一个派别。在战后日本社会秩序混乱、传统价值体系崩溃、物质生活匮乏和精神世界陷入恐慌的特殊背景下，无赖派的作家们以叛逆、自嘲、堕落等"无赖"式的文学创作，与世相抗争，宣泄心中的不满，具有反世俗、反权威、反道德的现实意义。

"无赖派"这一称呼源自太宰治的自我定位。在1945年10月开始连载的书信体小说《潘多拉之盒》中，太宰治借作品中的人物之口，提到在法国有一群人被称为"自由人"的人，这些人大多过着无赖般的生活，他们讴歌自由，反对当权者。1946年1月，太宰治在写给井伏鳟二的信中和同年5月在《东西》杂志发表的文章中，两次使用了"无赖派"一词，声称自己是"自由人"，是"无赖派"，要反抗世风，反抗束缚，嘲笑得势者。在扭曲压抑的特殊时期，太宰治通过"无赖"的创作风格，表现了一种追求自由精神的反抗性，这恰好和当时一批作家的创作思想和艺术特点相吻合，由

此,"无赖派"作为这一流派的名称,在日本文学史上固定了下来。

无赖派文学产生的根源在于对战后日本社会现实的不满。这些青壮年作家亲身体验了日本战时专制体制的压迫,经历了战争的溃败,目睹了战后社会的混乱,经历了传统价值观的崩溃,吞下了战争失败的苦果。他们希冀以叛逆、自嘲、堕落的"无赖"姿态,把人性和思想从旧秩序、旧传统、旧道德的束缚中解放出来。

无赖派的作家在文学观念和创作方法上强调直觉,打破传统文学观的束缚。无赖派作家与传统的私小说及自然主义、现实主义的客观描写不同,提倡反客观、反现实主义的手法,重视文学的虚构性和故事性,同时兼具反世俗、反权威的批判性思想内核。由于无赖派与江户时代的通俗小说"戏作文学"有相似之处,因此也被称为"新戏作派"。

无赖派的其他主要作家及其代表作如下:

织田作之助(1913—1947),小说家、剧作家。代表作有《俗臭》《夫妇善哉》《竞马》《世相》。

石川淳(1899—1987),小说家、评论家、翻译家,代表作有《普贤》《紫苑物语》《江户文学掌记》。

伊藤整(1905—1969),日本小说家、文艺评论家、东京工业大学教授。小说有《得能五郎的生活与意见》《鸣海仙吉》《泛滥》等。评论有《日本文坛史》《小说的认识》《近代日本的文学史》等。1990年小樽市为纪念伊藤整创设了"伊藤整文学奖"。

高见顺(1907—1965),本名高间芳雄,小说家、诗人、评论家。代表作有《激流》《生命之树》,诗歌《树木派》,评论《昭和文学盛衰史》。

第9讲 《个人的体验》

大江健三郎

背景介绍

大江健三郎是日本当代著名作家,也是开创日本战后"新文学"的旗手。主要代表作有《万延元年的足球队》《个人的体验》《洪水涌上我的灵魂》《广岛札记》《听雨树的女人们》等诸多名作,曾获得过芥川文学奖、新潮社文学奖、野间文学奖及欧洲共同体设立的犹罗帕利文学奖、意大利的蒙特罗文学奖等。1994年继川端康成之后,大江健三郎获得了诺贝尔文学奖。大江健三郎于2023年3月3日逝世,享年88岁。

作家与作品

1935年大江健三郎出生于日本爱媛县喜多郡大濑村。1954年大江健三郎以优异的成绩考入东京大学,喜欢阅读法国存在主义作家加缪等人的著作;1956年他在著名法国文学研究者渡边一夫的指导下,开始阅读、学习法国文学作品,尤其是阅读了大量的萨特文学原著。而且他在学生期间便发表了《奇妙的工作》《死者的奢华》(1957)等作品,得到了荒正人、平野谦等前辈作家的赞誉,从此拉开了大江文学创作的时代序幕。1958年他凭借小说《饲育》获得了芥川文学奖。这一年,他出版了第一部长篇小说《剥芽击仔》,获得了广泛的赞誉,成为"新文学"的旗手。此后,他相继出版了短篇小说集《在看之前跳》(1958),长篇小说《孤独青年的休假》(1960)、《青年的污名》(1960)等。1959年大江健三郎大学毕业;1960年6月至7月,他参加第三届日本作家访华团,在北京发表讲话,支持日本国内正在开展的反对修改安保条约的学生运动。这期间,大江有幸受到毛泽东主席的接见,而且与郭沫若、茅盾、巴金等中国作家结下了深厚的友谊。此后他多次访问中国。

大江健三郎自1961年起在《文学界》连载小说《17岁·政治少年之死》,该小说以真实事件为原型而创作。该小说揭露了日本右翼思想对青少年的精神毒害。因此,大

江健三郎经常遭受日本右翼团体的恐吓和威胁。1963年大江健三郎的第一个儿子大江光出生,婴儿的头盖骨先天异常,脑组织外溢,虽经治疗免于夭折,却留下了无法治愈的后遗症。这一时期他的作品主题思想变得明确与成熟。同年他到广岛旅行,调查有关原子弹核爆问题,并开始创作《广岛札记》。大江健三郎将原子弹核爆造成的人间惨剧与大儿子生来便残疾的悲惨境遇联系起来,他时常意识到人的死亡问题,这种意识渗透进他的文学创作中。这一时期他发表了许多以残疾儿童、核武器为主题的随笔和演说。1964年以长子残疾为题材的小说《个人的体验》出版,获得了新潮社文学奖。此外还出版了短篇小说集《性的人》(1963)、长篇小说《叫声》(1964)、《日常生活的冒险》(1964)等。1965年他出版了《严肃地走钢丝》《大江健三郎全集》。

1966年大江健三郎发表了随笔《乌托邦的想象力》,借用文学作品建构心目中的理想世界。1967年他出版了小说《万延元年的足球队》。该作品是大江长期对文学体裁创新试验的一部成功作品,表现出独特的"森林意识",源于他儿时的故乡记忆,四国岛上的茂密森林成为大江文学想象力的源泉,"森林"被赋予了丰富的喻义,成为对抗现代社会压迫的乌托邦,其写作手法颇有些类似于魔幻现实主义文学的写作手法。该作品获得了第三届谷崎润一郎文学奖。

1972年2月日本恐怖组织"赤军"发动了袭击,即"朝间山庄事件",赤军针对同伴12人的私刑(杀人)事件浮出水面,震惊了整个日本。在此背景下,1973年大江健三郎创作了小说《洪水涌上我的灵魂》,荣获了第26届野间文学奖,该小说表现了一种虚无主义思想。"祈祷、和解、救赎"等主题在他的文学作品中生根发芽。1979年他以复调小说形式创作了《同时代游戏》《现代传奇集》等作品。在《同时代游戏》中他提出文学宣言,为了创造新世界,必须彻底破坏旧世界,从"灭亡"走向"觉醒",从"破坏旧世界"走向"继续活下去"。

1990年大江健三郎出版了以家庭生活为题材的《安静的生活》,从1993年到1995年,完成了长篇小说《燃烧的绿树》三部曲的创作。1994年他被授予了诺贝尔文学奖。大江健三郎在获奖时发表了《暧昧的日本和我》的演讲,这显然是在与川端康成的演讲

作家简表

1935年	出生
1954年	东京大学入学
1957年	《奇妙的工作》《死者的奢华》
1958年	《饲育》《剥芽击仔》成为"新文学"旗手
1960年	反对修改安保条约
1963年	长子大江光出生
1964年	《个人的体验》
1967年	《万延元年的足球队》
1973年	《洪水涌上我的灵魂》
1979年	《同时代游戏》
1990年	《安静的生活》
1993年—1995年	《燃烧的绿树》三部曲
1994年	获得诺贝尔文学奖,发表题为《暧昧的日本和我》的演讲,拒绝日本文化勋章
1999年	《空翻》,回归文坛
2023年	去世

题目《我在美丽的中本》(又译为《美丽的日本和我》)进行对照。他将南京大屠杀视为20世纪人类人道主义灾难,希望日本政府能够认清历史,承认犯过的历史罪行。但是日本政府并没有正式做出深刻反省,因此身为日本人的大江健三郎拒绝接受天皇授予的日本文化勋章,这在日本社会引起了轩然大波。

1999年,大江健三郎以长篇小说《空翻》回归文坛,依然具有旺盛的创作力。2000年他出版了《被偷换的孩子》,2002年他发表了《愁容童子》,2005年他写了《再见,我的书》。这3部作品被称为他的"后期的工作三部曲"。大江健三郎将自己的人生经历及经验告诉代表未来与希望的孩子们,同时他在《水死》(2009)、《晚年样式集》(2013)等晚期作品中告诫人们:"要为孩子们找寻希望。"他在《我的小说家历程》里有一句名言:"自己的灵魂问题才是最应该担心的问题。"这表现出作家的社会责任感和思想高度。

大江健三郎曾明确地表示过:"在我的血管里流淌着中国文学的血液。"

小说梗概

小说《个人的体验》是大江健三郎以自己与智力障碍儿子为原型,书写其面对生命难题的道德挣扎和心路历程,是大江健三郎震撼人心的代表作之一。

该小说分为13章,描写了在夏季的8天内发生的故事。主人公鸟是一个极具挫败感和徒劳感的人,从15岁开始,他就一直被别人叫作"鸟"(绰号),25岁的时候结婚,但是婚后的一个月一直都沉溺在酒中。后来他提交了退学申请,在岳父的帮助下找到了一个教师职位,英语补习班老师。当孩子快要出生的时候,鸟也放弃了自己一直以来想要去非洲探险的想法。在很多文学作品中,非洲探险都是一种符号,是面对现实生活产生的一种对自由及青春的渴望,鸟在现实生活中亲手将自己的这种渴望扼杀了,因此表现出一种极度的绝望。他本身是存在主义的一个代表者,是一个反英雄式的人物,渴望能按照自己的意愿自由发展,希望可以对自己的价值进行肯定。

虽然他对孩子的出生感到非常高兴,但新生儿是一个头盖骨发育不全的脑患儿,即使手术修复但生存的概率也不大。这件事让鸟陷入两难的抉择,是放弃治疗还是选择手术,这令其身心疲惫,几乎到了崩溃边缘。然而,鸟为了生活上不受脑患儿子的拖累,为了所谓的"自由",竟然选了逃避,躲进了情妇火见子的家中。一方面,他希望脑患儿子最好在医院自生自灭;另一方面,他借助酒精等来掩饰自己的焦虑与不安。

女主人公火见子在结婚一年后,丈夫就自杀了。火见子受到极大的创伤,她白天待在家里,只有晚上才会出门。她在逃避现实,但她没有想过重新开始一段婚姻生活,而是决定就这样浑浑噩噩地度过余生。作为存在主义的信奉者,男女主人公在相遇之后便产生了共鸣。火见子得知鸟想去非洲探险,她便希望可以与鸟一起同行;后来,在对待残疾婴儿的问题上,两个人的想法也是一致的,即将残疾儿交给堕胎医生处理掉(安乐死)。作为他者,火见子就是鸟的一面人生镜子,鸟从火见子的身上看到了自

己的自私模样。他最终醒悟过来,决心要去拯救自己的孩子,他想要做一个负责任的男人。小说的最后,鸟的儿子的手术获得了成功。鸟与火见子也都获得了新生。

　　小说透过鸟个人的精神煎熬,描写了精神危机中的男主人公鸟如何逃避、堕落、挣扎,到最后选择了再生与共生。《个人的体验》是大江健三郎的剖心和自我救赎之作。和故事中的父亲鸟一样,大江因为儿子的出生,找到面对宿命、面对生命苦难,乃至承担生而为人之责任的道路。最终,鸟决心好好抚养小孩。而现实中的大江健三郎之子大江光,尽管有智力障碍问题,仍然被发掘出独特的音乐才能,11岁时开始学习钢琴,13岁已经能自己作曲。1992年29岁的大江光发表了个人第一张音乐专辑——《大江光的音乐》,1994年又发行了第二张专辑,并荣获日本金唱片大奖。同一年,大江健三郎获得了诺贝尔文学奖。

小说原文

　　分布を示す小さなアフリカは腐蝕しはじめている死んだ頭に似ているし、交通関係を示す小さなアフリカは皮膚を剥いで毛細血管をすっかりあらわにした傷ましい頭だ。それらはともに、なまなましく暴力的な変死の印象をよびおこす。
「陳列からとりだしてお眼に掛けますか?」
「いや、ぼくがほしいのは、これではなくて、ミシュランの西アフリカ図と、中央および南アフリカ図です」と鳥(バード)はいった。
　　書店員が、さまざまな種類のミシュラン自動車旅行社地図がぎっしりつまった書棚に屈みこんでせわしげに探しはじめると、鳥(バード)はいかにもアフリカ通らしく、
「番号は、182と155です」と声をかけた。
　　かれが嘆息しながら見つめていたのは、ずっしりした置物みたいな総皮装の世界全図の一ページだった。彼は数週間前すでに、その豪華本の値段を確かめてみたが、それは、予備校教師としてのかれの給料の五箇月分にあたる。臨時の通訳の収入をいれるなら、三箇月で、鳥(バード)はそれを手に入れることができるだろう。しかし、鳥(バード)は、かれ自身と妻と、そしていま、存在しはじめようとしているものとを、養わねばならない。かれは家庭の首長だ。
　　書店員は赤い紙表紙の地図を二種類選びだして陳列棚の上においた。彼女は小さく汚れた掌をもっていて、その指は灌木にすがりついているカメレオンの肢さながらの卑しさだった。その指がふれている地図のマーク、輪まわしのやり方でタイヤを押しながら走っている蛙(かえる)じみたゴム人間のマークに眼をとめて、鳥(バード)はつまらない買物をしているという気分になった。しかしそれは重要な実用地図なの

だ。鳥(バード)は、いま買おうとしている地図とはちがう、陳列棚のなかの贅沢(ぜいたく)な地図のことを未練がましく訊(たず)ねてみた。
「なぜこの世界全図は、いつもアフリカのページがひらかれてあるのですか?」
書店員は、なんとなく警戒して黙っていた。
なぜこれは、いつもアフリカのページがひらかれてあるのだろう? と鳥(バード)自問自答をはじめた。書店主がこの本のうちアフリカのページがもっとも美しいと考えているわけだろうか? しかし、アフリカのように、めまぐるしく変化しつつある大陸の地図は、その古びかたも早い。そこから世界全図の総体への侵蝕がはじまるのだ。したがってアフリカの地図のページをひらいておくことは、この世界全図の古さを端的に広告してしまうことになるだろう。それでは政治関係がすっかり固定してしまって、もう決して古びない大陸の地図としては、どこを選ぶべきだろうか。アフリカ大陸、それも北アフリカ大陸? 鳥(バード)は、その自問自答を途中でやめて、赤い表紙のふたつのアフリカ地図を買うと、肥りすぎの裸婦のブロンズとモンスター・ツリイの鉢うえのあいだの通路をうつむいて通りすぎ階段を降りた。ブロンズの下腹は欲求不満な連中の掌の脂にまみれ犬の鼻のように濡れた光をはなっていた。鳥(バード)もまた学生の時分、そこに指をふれて通りすぎていたものだったが、いまはブロンズをまっすぐ見つめる勇気さえもたなかった。裸で横たわっているかれの妻の脇で、医師と看護婦たちが、それぞれ肱(ひじ)までむきだした腕を消毒液でザブザブ洗っているところをかれは覗(のぞ)いてしまったのだった。医師の腕はすっかり毛むくじゃらだった。

混雑している一階の雑誌売場をぬけるとき、鳥(バード)は、地図をくろんだハトロン紙包みを、注意深く背広の外ポケットにさしこみ、腕でおさえて歩いた。それは、鳥(バード)がはじめて買った、実用向きのアフリカ地図だった。しかし、おれが現実にアフリカの土地を踏み、濃いサン・グラスをかけてアフリカの空を見あげる日はおとずれるだろうか? と鳥(バード)は不安な思いで考えた。むしろおれは、いま、この瞬間にもアフリカへ出発する可能性を決定的にうしないつつあるのではないか? すなわち、おれは、いま、自分の青春の唯一で最後のめざましい緊張にみちた機会に、やむなく別れをつげつつあるのではないか? もしそうだとしても、しかし、もうそれをまぬがれることはできない。

鳥(バード)は、憤ろしげに荒あらしく洋書店の扉をおして初夏の夕暮の舗道に出た。空気の汚れと薄暗がりのせいで霧にとざされたような感じの舗道。厚(ハード)表紙(カヴア)の新着

洋書をならべてある飾り窓の中で蛍光燈をとりかえていた電気工事夫が鳥の前に背を屈めて跳び降りてきたので、鳥は驚いて一歩退り、そのまま暗く翳っている広いガラス窓のなかの自分自身、短距離ランナーほどのスピードで老けこみつつある自分自身を眺めた。鳥、かれは二十七歳と四箇月だ。かれが鳥という渾名でよばれるようになったのは十五歳のころだった。それ以来かれはずっと鳥だ。いま飾り窓のガラスの暗い墨色をした湖にぎこちない恰好で水死体のように浮んでいる現在のかれも、なお鳥に似ている。鳥は小柄で、痩せっぽっちだ。かれの友人たちは大学を卒業して就職したとたんに肥りはじめ、それでもなお痩せていた連中さえ結婚すると肥ったけれども、鳥ひとりは、幾分腹がふくれてきただけで痩せたままだった。かれはいつも肩をそびやかして前屈みに歩く、立ちどまっている時もおなじ姿勢だった。それは運動家タイプの痩せた老人の感じだ。かれのそびやかした肩は閉じられた翼のようだし、容貌自体、鳥をしのばせる。すべすべして皺ひとつない渋色の鼻梁はクチバシのように張って力強く彎曲しているし、眼球はニカワ色のかたく鈍い光をたたえて、ほとんど感情をあらわすことがない。ただ、時どき、驚いたように激しく見ひらかれるだけだ。唇はいつもひきしめられて薄く硬く、頬から顎にかけては鋭くとがっている。そして、赤っぽく炎のように燃えたって空にむかっている髪。鳥は十五歳のとき、すでにこのままの顔をしていた、二十歳でもそうだった。かれはいつまで鳥のようであるのだろう？十五歳から六十歳にいたるまで、おなじ顔、おなじ姿勢で、生きるほかない、そのような種類の人間なのか？そうだとすれば、鳥はいま、飾り窓のガラスのなかにかれの全生涯をつうじてのかれ自身を眺めているのだった。鳥は嘔きたくなるほど切実に具体的な嫌悪感におそわれて見震いした。かれはひとつの啓示をうけた気分だった、疲れはてて子沢山の老いぼれ鳥……

　その時、ガラスの奥のほの昏い湖のなかを、どこか確実に奇妙なところのある女が、鳥にむかって近づいてきた。肩幅のがっしりした大女で、ガラスに映っている鳥の頭の上にその顔がでるほどの背の高さだった。鳥は、背後から怪物に襲撃されたような気分で、つい身構えながらふりかえった。女はかれのすぐ前に立ちどまって、穿鑿するように真剣な表情で、鳥をしげしげと見つめていた。緊張した鳥もまた、女を見かえした。一瞬あと、鳥は女の眼の中の硬く尖った緊急なものが優わしげな無関心の水に洗いさらされるのを見た。女は鳥にたいして、それがど

のような性質のものであるかは判然としないにしてもともかく一種の利害関係のきずなを発見しかけていたのだが、不意に、鳥(バード)が、そのきずなにふさわしい対象ではないことに気づいたのだ。その時になって鳥(バード)の方でも、ふさふさとカールした豊かすぎるほどの髪につつまれたフラ・アンジェリコの受胎告知図の天使みたいな顔の異常、とくに上唇に剃(そ)りのこされた数本の髭(ひげ)を見出(みいだ)した。それはすさまじい厚化粧の壁をつらぬいてとびだし、たよりなげに震えている。

「やあ！」と大女は闊達(かったつ)に響く若い男の声で、軽率な失敗に自分自身閉口しているといった挨拶をした。それは感じの良かった。

「やあ！」と鳥(バード)，は急いで微笑して、これもかれを鳥じみた印象にする属性のひとつの、いくらか嗄(しわが)れた甲高い声で挨拶をかえした。

男娼がそのままハイヒールの踵(かかと)で半回転してゆったりと歩み去るのをちょっと見送り、その逆の方向に鳥(バード)は歩きだした。鳥(バード)は狭い路地をぬけ、都電の通っている広い舗道を、注意深く警戒しながら渡って行った。時どき痙攣(けいれん)的なほどにも激しくなる鳥(バード)の神経過敏な要心深さもまた、怯(おび)えて気のくるいかけた小っぽけな鳥のことを思わせる。とにかく鳥(バード)という渾名はかれによく似合っている。

あいつは、飾り窓に自分を映してみながら誰かを待ちうけている様子のおれを、性倒錯者とまちがえたわけだ、と鳥(バード)は考えた。それは不名誉な誤解だが、ふりかえったかれを見て、男娼が、ただちにその誤解に気がついた以上、かれの名誉は回復されたのである。そこで鳥(バード)は、いまその滑稽感だけを楽しんでいた。やあ！というのはあの際じつにしっくりした挨拶ではないか。あいつは相当に知的な人間にちがいない。鳥(バード)は大女に扮(ふん)した若者に突発的な友情を感じた。今夜あの若者は、うまい具合に、性倒錯者を見つけだして鴨(かも)にすることができるのだろうか？ むしろ、おれが勇気をふるいおこして、かれについて行くべきだったかもしれない。鳥(バード)は、自分があの男娼と二人で、どこかのわけのわからないおかしな隅っこに入り込んでいったのだったら、と空想しながら、舗道を渡りきって酒場や軽飲食店のならぶ盛り場の一郭へ入りこんで行った。あの男とおれとは、兄弟のように仲良く裸で寝そべっ寝そべって話しあうだろう。おれまで裸になっているのはあの男を窮屈な気持ちから救うためだ。おれはいま妻が出産しつつあるということをうちあけるだろう。また、おれがずいぶん前からアフリカを旅行したいと考えており、その旅行のあと≪アフリカの空≫という冒険記を出版することが、夢のまた夢であるこ

とを話すだろう。そして、いったん妻が出産し、おれが家族の檻に閉じこめられたなら（現に結婚以来、おれはその檻のなかにいるのだが、また檻の蓋はひらいているようだった。しかし生まれてくる子供がその蓋をガチリとおろしてしまうわけだ）おれにはもうアフリカへひとりで旅に出ることなどまったく不可能になるということを話すだろう。あの男は、おれを脅かしているノイローゼの種子のひと粒ひと粒を丹念にひろいあつめて理解してくれるにちがいない。なぜなら、自分の内部の歪みに忠実であろうとして、ついには女装して性倒錯の仲間を街にさがしもとめるにいたった、そういう若者は、無意識の深い奥底に根をはる不安や恐怖感に本当に鋭敏な眼と耳と心とをもった種族であろうからだ。

　明日の朝、あいつとおれとはラジオのニュースでも聞きながら、むかいあって髭を剃ることになったかもしれない、ひとつのシャボン壺を使って。あいつはまだ若かったが、それにしては髭の濃さそうな男だったから、と鳥は考え、そこで空想の鎖を切って微笑した。あいつと一緒に夜をすごすのは無理にしても、一杯だけ飲みに誘うべきだった。鳥はいま軒なみにこぢんまりした安酒場のならぶ通りを、酔っぱらいが幾人もはいりこんでいる雑踏まぎれて歩いていた。かれは喉が渇いていて自分だけでも、一杯飲みたい気分だった。鳥は痩せて長い頸を素早くめぐらして通りの両側の酒場を物色した。しかし、実際のところかれは、どの酒場にも入ってゆくつもりはなかった。もし、かれがアルコールの匂いをぷんぷんたてて、妻と新生児のベッド脇にかけつけたとしたら、かれは義母はどのような反応を示すだろう！ 鳥は、義母のみならず義父にも、アルコール飲料にとらえられた自分を再び見せたくなかった。停年まで義父は、鳥が卒業した官立大学の英文学科の主任教授だった。そしていま、私立大学に移って講座をひらいている。鳥が、かれの年齢で予備校の教師のポストをえることができたのは、幸運というより、義父の好意のたまものなのだ。鳥は、義父を愛していたし、畏怖してもいた。かれは鳥がで出会った、もっとも巨大なところのある老人だった。鳥はかれをあらためて失望させたくなかった。

　鳥は二十五歳の五月に結婚したが、その夏、四週間のあいだ、ウイスキーを飲みつづけた。突然かれは、アルコールの海を漂流し始めたのだ。かれは泥酔したロビンソン・クルーソーだった。鳥は大学院学生としてのすべての義務を放擲し、アルバイトもかれ自身の勉強も、何もかも棄ててかえりみず、深夜はなおさらのこと真昼のあいだも、暗くしたりウィング・キッチンでレコードを聴きながら、ただウ

イスキーを飲んでいた。いまとなっては、あの最悪の日々鳥(バード)は、ウイスキーを飲んで音楽を聴くことと酔いつぶれて辛い眠りを眠ることのほかに、生きている人間らしい行為をなにひとつしなかったような気がする。四週間後、かれは七百時間もつづいた深く苦渋にみちた酔いから蘇(よみがえ)り、戦火にまみれた都市ほどにも荒廃しきった、惨めな醒めた自分を見出した。鳥(バード)はほんのわずかな復活の見こみしかない精神的禁治産者として、かれの内部の曠野はもとより、かれをとりまく外部との関係の曠野を開拓しなおす試みをはじめねばならなかった。

鳥(バード)は大学院に退学届をだし、義父に予備校の教師のポストを探してもらった。それから二年たっていま、かれは、妻の出産をむかえようとしているのである。その鳥(バード)が再びアルコールの毒に血を汚して妻の病室にあらわれたなら、義母は、その娘と孫とをひきつれて死にものぐるいの勢いで逃げうせるにちがいない！

鳥(バード)自身、自分のなかにいまも残る隠微ながら根強いアルコールへの指向を警戒していた。ウイスキーの地獄の四週間以来、かれはなぜ、自分が七百時間も酔いつづけたのかをくりかえし考えてきたが、確たる理由にたどつけたことはなかった。自分がなぜウイスキーの深淵(しんえん)にもぐりこんだのかわからない以上、再び、不意にそこへ立ち戻ってしまう危険は、つねにのこされているわけだ。鳥(バード)が、あの四週間の真の意味を理解していないあいだは、新しい惨めな四週間から身をまもる防禦手段もまた、かれのものになってはいない。

鳥(バード)はかれがつねに熱中して読むアフリカ関係書のひとつの探検史で、このような一節に出会った、≪探検家たちが例外なく語る村人たちの泥酔騒ぎは、今もあり、そのことは今もなおこの美しい国の生活には何か欠けるものがあること、絶望的な自暴自棄へ人々を追いこむ根源的な不満があることを示している≫。これはスーダンの荒野の集落の村人たちについての言葉だが、それを読んで鳥(バード)は、自分自身の生活の内なる何か欠けるものと根源的な不満について徹底して考えてみることを自分が避けていることに思い到った。しかしそれらは確実に存在するのだから、そこで鳥(バード)はいま注意深くアルコール飲料を拒ンでいるのである。

鳥(バード)は、その放射状の盛り場の焦点にあたるもっとも奥の広場に出た。正面の大劇場の電光時計は七時を指している。病院の義母に電話をかけて産婦の安否を問う時間だ。かれは午後三時から一時間ごとに電話をかけてきたのだった。鳥(バード)はあたりを見まわした。広場の周囲にいくつもの公衆電話があったが、それらはすべてふさがっている。鳥(バード)は妻の出産の進み具合についてよりもむしろ、受付の入院

患者専用の電話のまえにたたずんで、かれからの連絡を待っている義母の神経のことを考えて苛いらした。その病院に娘を運びこんで以来ずっと義母は、自分がそこで不当に侮蔑的な待遇をうけているという固定観念にとらえられているのだった。あの電話を他の患者の家族が占拠していればいいんだが、と鳥(バード)はあわれな望みをかけた。それから鳥(バード)は通りをひきかえして酒場や喫茶店、お汁粉屋、中華そば屋、とんかつ屋、洋品店などなどを物色した。それらのひとつに入り込んで、電話を借りるという手があるわけだ。しかしできることなら酒場は避けたかったし、すでに食事も終えていた。胃薬でも買うことにしようか？

鳥(バード)は薬屋を探して歩いて行き、四つ角に面した風変わりな店の前に出た。その店の庇(ひさし)には、腰を下ろして身がまえ拳銃を発射しようとしているカウ・ボーイの巨大な絵看板が吊りさげられている。鳥(バード)は、カウ・ボーイの拍車つき長靴が踏みしだいているインディアンの頭にしるされた、≪ガン・コーナー≫という飾り文字を読んだ。店内には紙の万国旗と黄や緑のモールがはりめぐらされた下に極彩色の箱型の装置がいちめんに並べられ、鳥(バード)よりもずっと若い連中がしきりに右往左往している。鳥(バード)は赤と藍のカラー・テープでふちどりしたガラス戸ごしに店内を見わたし、奥の隅に、朱色の電話機が置かれているのを確かめた。

鳥(バード)はすでに流行遅れのロックン・ロールを叫びたてているジューク・ボックスとコカ・コーラ自動販売機のあいだをぬけて、乾いた泥に汚れている板張りの店内に入りこんで行った。たちまち耳の奥で花火がとどろきはじめたような具合だ。鳥(バード)は、スロット・マシーンや投げ矢(ダーツ)、それに箱のなかの風景のミニチュアを狙ってライフル銃を撃つ装置（ミニアチュアの森かげを、茶色の鹿や白いウサギ、緑の巨大なカエルなどが小さなベルト・コンベアにのって動いている。鳥(バード)がその脇をとおりすぎるとき、上機嫌で笑っている女友達に見守られた高校生がカエルを一匹撃ち、装置の手前の点数を表示器は五点加算した）などと、それらにむらがるハイ・ティーンたちのあいだを迷路を歩くように苦労しながらすりぬけて電話機にたどりついた。鳥(バード)は、硬貨を差しこむと、すでに暗記してしまった病院の番号をダイヤルした。かれは片方の耳に、遠方でコールする音を、そしてもう片方の耳に、ロックン・ロールと、一万匹の蟹がそろって駆ける足音を聴いた。遊び道具に夢中のハイ・ティーンたちが毛ばだった床板を、手袋みたいに柔らかいイタリアン・シューズの底で、しきりにこすりつけている響き。義母はこの喧噪をいったいなんだと思うだろう？ 電話の時間に遅れたことと共に、この騒音についても弁解すべきだろうか？

コールする音が四度きこえたあと、妻の声をいくらが幼なくしたような義母の声

が答えた。鳥(バード)は、結局なにひとつ弁解せず、すぐさま妻の安否を訊ねた。

「まだです、まだ生まれてきません、あの子は死ぬほど苦しんでいるのに、まだです。まだ生まれてきません」

鳥(バード)は一瞬言葉に窮したまま、エボナイトの受話器にあけられた数十の蟻穴(ありあな)を見つめた。黒い星にかざられた夜の空のようなその表面は鳥(バード)の吐息のたびに曇ったり晴れたりした。

「それじゃ、八時にお電話します、さようなら。」と一分後に鳥(バード)はいって、受話器を置き、溜息(ためいき)をついた。

鳥(バード)のすぐ脇にミニアチュア・カーでドライブする装置がおかれていて、フィリッピン人みたいな少年が、運転台に坐り、ハンドルを操作していた。ミニアチュアのジャガー・Eタイプが装置の中央にシリンダーで支えられ、そのすぐ下を田園風景を描いたベルトが、回転しつづけているので、ジャガー・Eタイプは郊外の素晴らしい道をいつまでも疾走していることになる。道は果てしなくくねくねと曲り、たえまなく牛や羊、子守り娘などの障害物が現れてはジャガー・Eタイプを危うくする。小刻みにハンドルを切ってシリンダーを動かし、車を事故から救うのが、ゲームの遊び手の仕事だ。少年は、浅黒く短い額に皺を深くきざんで熱中してハンドルに屈みこんでいた。少年はベルトの循環運動にいつか終りがきて、かれのジャガー・Eタイプが目的地に到着することがあると錯覚してでもいるように、鋭い犬歯で噛みしめた薄い唇のあいだから、シュー、シューという音と唾とをはきだしながら、運転をつづけている。しかし障害物にみちた道路は小さな車のまえにいつまでもくりひろげられつづける。時どき、ベルトの回転速度が遅くなりかけると、少年は大急ぎでズボンのポケットから硬貨をさぐりだしては装置についた鉄の瞼(まぶた)みたいな穴におとしこむのだ。鳥(バード)は少年の斜め後ろに立ったまま、しばらく見物していた。そのうち鳥(バード)は耐えがたいほどの徒労の感覚が、かれの足もとにしのびよるのを感じた。鳥(バード)は灼けた鉄板の上を渡っているような歩き方でそそくさと急ぎ、裏の出口に向った。そしてかれはじつに異様な一対の装置にでくわした。

右側の装置にはアメリカ人向きの香港(ホンコン)土産めいた金銀あやにしきの竜の刺繍をしたシャンパーを揃って着ている若者たちが群があって、得体のしれない大きな衝撃音をたてていた。鳥(バード)は、いまのところ誰にもかえりみられていない、左側の装置に近づいて行った。それはヨーロッパ中世の拷問具、鉄の処女の二十世紀タイプだ。赤と黒のメカニックな縞にぬりわけられた鉄鋼製、等身大の美しい娘が裸の胸

を両腕でしっかりとかかえている。その両腕をひき剥がして、隠された鉄の乳房をかいま見るために力をふりしぼるわけだが、それを試みるプレイヤーの握力と牽引力とは、鉄の娘の両眼の計算器に数字であらわれるシステムになっている。娘の頭の上には、握力と牽引力の年齢別平均値も表示されている。

....

個人的な体験（新潮文庫）ペーパーバック―1981/2/27

鉴赏与评论

　　1963年夏天，大江健三郎到广岛收集创作素材，汇集成《广岛日记》。他接触了核爆受害者，对他们的可怕后遗症及生存状况感到极度震惊。他痛恨战争、谴责战争，为那些核爆受害者的遭遇感到悲愤。同一年，大儿子大江光出生，却天生残疾，大江健三郎备受煎熬。他难以想象处于同样境遇的人们的痛苦，他们的内心该是何等的焦灼与痛苦。第二年，大江健三郎发表了小说《个人的体验》。这两件事与该小说的创作动机之间存在密切关联。

　　正如列夫·托尔斯泰在《安娜·卡列尼娜》的开篇语所说，幸福的家庭都是相似的，不幸的家庭各有各的不幸。1945年8月6日，美军在广岛投下原子弹，数万名日本人化为灰烬，在随后的几十年间，无数日本人忍受着核辐射所引起的后遗症的折磨。无疑，广岛的日本人是战争的受害者，但他们同时也是加害者，他们被军国主义分子裹挟着直接或间接地参与了侵略战争，广岛人民遭受核爆是由日本发动侵略战争导致的。时至今日，日本政府也不愿意为战争犯下的罪行道歉。不仅如此，许多受到核辐射的广岛人过了数年后才发病，却得不到公费医疗。从这个意义上说，广岛的这些居民被当时的日本政府"遗弃"了，为此他们对日本政府提起集体诉讼。据2021年7月29日《朝日新闻》报道，最后一批84名广岛核爆受害者胜诉，获得了国家赔偿。

　　可以想象，当年到访广岛的大江健三郎一定会有种同病相怜的感受，他决心要为广岛核爆受害者发声，同时也是一种自我救赎。为了使自己从个人家庭的不幸遭遇中走出来，他让自己作为一个社会人直面人类的灾难和痛苦，通过描写小说主人公的悲惨世界，将自己心中的痛苦释放出来。他将"小我"的生存体验升华到人类"大我"的共生信念。《个人的体验》表达了"大我"思想，深刻启迪着世人，只有那些敢于承担责任、直面人生痛苦的人，才能够最终得以拯救自己。

　　长期以来大江健三郎非常关注人的本质与人类命运这类题材。为此他创作了许多以残障群体、核爆受害者、地球污染与环境保护、战争与和平等为主题的文学作品。关于《个人的体验》这部小说的创作动机，大江健三郎曾经说过："这里的生死都是世界和时代的产物，都是围绕人类'大我'的共生主题展开的。但总的来说，也只是个人对生死的所思、所想、所感。"大江健三郎曾经试图将时代、世界和个体交织在一起，作为

一个"大我"共生的课题进行认真思考。他将这种思考与残疾儿子的生活融为一体,构思为小说情节,这是他的救赎方式,将自己从苦难世界中拯救出来,成为支撑他生活下去的勇气与力量。该小说以多元世界和动荡时代为叙事背景,表现了小宇宙与大宇宙相结合的审美体验。所谓大宇宙,按照爱因斯坦广义相对论来说,是指所有的宇宙和空间;所谓小宇宙,是指我们所生存的世界及所能认识到的宇宙。大江健三郎认为:"小宇宙也可以包容大宇宙、唤醒大宇宙。两者的关系是,小宇宙是出发点,而大宇宙是终结点,循环往复,周而复始。"

大江健三郎对小说的情节设计、叙事结构等也有着非常独特的创作理念。按照他的观点,作者的想象力即便只是描写现实的一个缩影,也要把描写的对象分剥出更多层面的棱镜像,对每个棱镜像的景物描写都必须具备艺术的真实性,并在多元视角的叙事过程中进行概括和提炼主题思想,提升人物形象的精神境界,拓宽作品的艺术想象空间。经典的文学作品具有超越时空的魔力,其思想性、艺术性经得起不同时代读者的审美需求与不同视角的解读。大师级的作品不仅表现出透视社会现实的深刻性、跨越时空的想象力,更重要的是让五彩缤纷、光怪陆离的大千世界定格在文字的具象上,将历史的行进步伐定格在文本中,为读者插上想象的翅膀,认知宇宙万物的真谛,阅读人生的缤纷画卷。

小说《个人的体验》成功地塑造了一位父亲形象,他没有真正的名字,从中学时代起,他便被人称为"鸟"(绰号)。从小说情节来判断,主人公鸟是与奉行集团主义的传统日本人格格不入的人物,或者说是受萨特存在主义思想影响的异类日本人。日本战败之后,日本社会的传统伦理道德体系被打破,取而代之的是以美国消费主义为代表的西方资本主义价值观。然而,追求物质享乐的消费思想导致人被物化、异化,这引发了一系列的社会问题。于是萨特的存在主义思想便在日本吸引了大批拥趸。存在主义强调存在先于本质与个人的自由,但同时它也片面地夸大了人性中恶的成分。大江健三郎意识到了存在主义思想的局限性,所以他为小说结尾安排了一个"大团圆"的结局,用积极的人生态度否定了人生无意义的消极观点,选择了与人生的痛苦共存共生。

小说作者将主人公鸟塑造成一个萨特式的人物形象,小说将戏剧冲突压缩在夏日的8天时间内,描写了看重"个人自由"的父亲面对先天残疾婴儿的出生、经历了由父亲内心痛苦挣扎到自我救赎、勇敢面对痛苦的心路历程。小说前半部的主人公是一个"反英雄"式的人物,而在小说结尾处则完成了蜕变,成为一名有责任、有担当的父亲,这也是大江本人的自我救赎,他将智障儿子大江光培养成了一名音乐家。

小说《个人的体验》在叙事方法上也很成功。把主人公鸟一直想去非洲探险的渴望与逃避责任、从残疾儿子身边逃离的念头糅为一体,展现出男主角鸟内心世界的多重层构造与场景。以前他只是抱有去非洲冒险的愿望,当他面对天生残疾的儿子时,他开始产生逃避责任的念头,急于实施去非洲探险的计划。这时候去非洲探险,已经不再是青春的梦想,而是变成了逃避现实的借口。幸好在最后的关头,他灵魂深处

的良知战胜了邪恶,在人性堕落的深渊之际,他抓住了芥川龙之介笔下曾经描述过的"蜘蛛丝",最终得到了救赎,释放出人性光辉。他最终没有去非洲探险,而是决定留下来抚养自己的残疾儿子,同家人一道与惨烈的命运抗争。大江健三郎在小说中详细地刻画了主人公鸟的矛盾心理,面对残疾婴儿的出生,他由最初想要逃避和自欺欺人到胸中升腾起面对困境的勇气,最终决心承担起做父亲的责任,经历了一场成熟蜕变的心路历程。

大江健三郎的作品表现了存在主义的意识、人生的悖谬、无可逃脱的责任、人的尊严等主题,这些主题思想通过对主人公性格的塑造表现了出来,这得益于大江健三郎年轻时阅读萨特文学所获得的养料。大江健三郎作品的重点在于对处于人生逆境中的人物形象塑造,这种安排有利于暴露人性的弱点。《个人的体验》为展现主人公怪诞的性格特征设计了多样化的舞台。小说中主人公鸟与女主人公火见子的另类生活展现出了"人生的悖谬",反映出日本社会立体、真实的一面。

小说主人公鸟虽然是27岁的青年,却已处于40岁的人的健康状态。在道德伦理上,他是懦弱者、卑贱者、企图逃避责任的人,正如小说作者给他起的名字"鸟"一样,这是他的绰号,非常形象地表明他为人处世的特点。一方面,当残疾孩子出生后,他希望孩子自己快些死去。但另一方面,他又否定自我,对自己的行为感到羞愧,经常自我轻蔑、自我嘲弄。他认为自己是一个不值得被信任、胆怯卑鄙的小人,自己的思想混乱,又时常迷惘,好像蛔虫一样自私自利,他为自己感到羞耻。不过,他对生活本质也有自己的见解,生活都是在演戏,虚幻无常。躺在床上的妻子会莫名其妙地发脾气,岳母打扮得像个女戏子。所有的人都在逢场作戏,包括自己也在表演。然而,他不想演戏,他想放纵自我。另外,他开始酗酒,他把自己变成了酒坛子,连续几个星期酗酒。有一次喝多了,在给学生补习英语时,他在课堂上呕吐,连胃液都吐了出来,就好像在阎王殿上痛苦挣扎的小鬼,不停地呻吟着,五脏六腑疼得如刀绞一般。

不仅主人公鸟的行为荒诞、怪异,女主人公火见子也同样在表演人生。大学毕业后的她融不进正常的社会,与周围的人群格格不入,整天郁郁寡欢,工作上也面临被辞退的危机,平日里与同事摩擦不断,各种遭遇可笑又无奈。婚后不久,丈夫就自杀了。

> **作品评价**
>
> 《个人的体验》是大江健三郎基于亲身经历而创作的长篇小说,这是一部拷问人性、震撼心灵的现实主义作品。
>
> (1) 存在主义片面地放大了人性的恶。小说主人公"鸟"是一个深受存在主义思想影响的利己主义者,为了所谓的"个人自由",他不愿承担家庭责任,甚至想放弃对脑瘫新生儿的治疗,任其自生自灭。
>
> (2) 大江健三郎认识到存在主义的思想局限,他用自己的表现方式超越了存在主义。小说描写了精神危机中的主人公"鸟"如何逃避、堕落、挣扎,最后选择了再生与共生。
>
> (3)《个人的体验》经得起深层次解读。大江健三郎是一位有社会责任感的作家,考虑作者的广岛之行及"安保斗争"的历史语境,该作品隐含了其影射日本逃避战争责任的批判思想。

火见子一个人在家时总是躺在黑暗的卧室里,不停地抽着烟,烟雾缭绕,或许她在思考人生。火见子说:"只要活着,就不会忘记丈夫自杀时痛苦的表情。"大江健三郎认为,小说情节能够塑造人物性格,塑造出与社会环境相对应的怪诞人物。大江健三郎运用"导入神话"和通过想象烘托现实的手法,运用荒诞的叙事策略揭示了社交面具下的真实人性。

作为"直觉型作家"的大江健三郎,以个人的生命体验营造出想象的艺术世界。作家借助小说创作缓解了内心的焦虑和痛苦。大江健三郎的创作除了涉及后现代主义文学的自我主体意识、政治意识形态,也涉及现代主义文学创作常见的精神分析。《个人的体验》多维视角的叙事重点是主人公战胜自我的过程。

作者按照"走入地狱—走出炼狱—恢复人性"三个层面对主人公的变化展开了叙述。最初的小说主人公不思进取,嗜酒如命。"连地狱也想进去看一看。"实际上,他胆小懦弱,孤独且缺乏责任感。面对自己残疾的孩子和未来生活,他只想逃避。残疾儿子头上那可怕的肿瘤,幻化成无数的问号和感叹号,不断地压迫他,攻击他,折磨他。魔鬼与天使同体,恐怖与希望并存,懦弱与坚强共生,最终天使战胜了魔鬼,希望代替了恐惧,坚强驱除了懦弱。曾经失去理性的主人公鸟回归到人性的正常轨道。这一阶段的心灵历程描写突出了"过去""婴儿""不幸"三个关键词。"婴儿"象征着未来。主人公鸟以俯视的姿态看着孩子的脸,试图理解孩子哭声所表达的各种含义。这一情景的描写隐喻了将来与希望。"过去"象征着曾经的美好,也连接着未来。青春时代的主人公鸟显得踌躇满志,"具有勇往直前的精神,敢拼敢闯,向往自由,对外界的一切事物都不畏惧"。他不再逃避,决定全力救助残疾婴儿,希望孩子在大学医院接受手术,而不再选择逃避。他重新找到了之前"英雄"的"自我"。第三个关键词是"不幸",寓意人生不同阶段经历的各种挫折和磨难。鸟的岳父说得好:"面对这样的不幸,你能正面接受,就是胜利了。"主人公鸟在经历大起大落之后,面对现实,最终他不再自暴自弃,以"无哀无怨"的心态坦然接受现实。小说反映社会现实的同时,寄托了大江健三郎对未来的美好希望,表达出了对人类社会度过各种灾难、不断走向美好未来的憧憬和信念。

在《个人的体验》中,存在主义思想和人道主义精神交织在一起,展现了复杂的思想内涵与生命体验。大江健三郎和残疾儿子共同生活的特殊经历让他的社会观察力与众不同,他体验到了非同寻常的人类大爱,他努力学习用一个弱者的眼光去感受世界,他看到了不一样的世界。大江健三郎认为文学的想象力,首先要着眼于人道主义。人道主义和人类博爱与自我放纵的个人主义、利己主义、逃避主义是融合不到一起去的。在《个人的体验》这部小说里,男主角鸟一出场便买了一本非洲地图,他很早就想去非洲旅行,参加冒险,寻求刺激,然后出版一本属于自己的游记,命名为《非洲的天空》。这是鸟这辈子最大的梦想。他对非洲的热情也感染了女主角火见子,她也想去非洲旅行。在面临抉择时,她对鸟说道:"去非洲旅行吧,你就会忘记残疾婴儿。我也会忘记自杀的丈夫。"两人所想的"非洲旅行"不再是一种愿望,而是变成了逃

避责任、躲避现实困境的借口。不过,主人公鸟终于清醒过来,意识到所谓非洲之行不过是逃避的借口。在《个人的体验》结尾处,鸟逐渐找回了作为父亲的责任感,他下定决心,要不顾一切地把孩子抚养长大,不管孩子能否治愈。他找到顶级水平的医生给孩子做手术,将自己的血输给了孩子。他终于体验到父亲的责任感与勇于担当的幸福。为了孩子将来的生活幸福,他只有振作起来努力工作。像获得新生一般,他变得积极阳光,这是时代呼唤的主体精神。大江健三郎的小说虽然叙事夸张、荒诞,却表达了严肃的思想内容,表现了在现实生存困境中唤醒人类大爱的创作思想。

该小说主要采用全知视角的第三人称叙事模式,不过在对主人公鸟进行叙述时,一方面从人物自身的第一视角进行叙述,另一方面也从女主人公、鸟的前女友火见子及其他人的视角进行叙述。这种混合型的叙事模式扩大了作品的叙事空间,具有复调小说的叙事特点。此外,作品的叙事风格严肃中带有荒诞夸张,给人独特的审美体验,这也是后现代主义文学的特点之一。

总之,大江健三郎的文学作品蕴含丰富的生命体验,略带荒诞、夸张的叙事风格,将人类面临灾难时的反应,即恐惧、辛酸、悲愤、坚忍等情感融合在一起。该小说中有一段关于核武器试验的情节描写:男女主人公通过电视和广播,了解到核武器的巨大破坏力后,多次发出核武器将导致世界末日的警告,表达了人类的共同呼声。该小说有了大团圆式的结局,然而很多读者容易忽视一点,美军对广岛投放核武器是为了尽快结束战争,但日本当局一直没有彻底清算战争责任。既然战争与核武器不能完全被消灭,那么人类便只能与其共存共生,所以要避免再犯同样的错误。可以认为,小说《个人的体验》隐含着另一种解读,即对第二次世界大战日本政府发动侵略战争的罪责采取无视态度的一种隐喻式批判。个人的灾难将构成人类的共同灾难;人类共同的灾难同样会波及无数的个人。大江健三郎的文学作品具有格局宏大、思想深邃等特点,能让读者感受到探索未知世界的艺术魅力,经得起多角度、多层面的深度解读。

小百科

暧昧的日本和我
——大江健三郎在诺贝尔文学奖颁奖典礼上的演讲(节选)

高鹏飞 译

在距离斯德哥尔摩万里之遥的日本四国岛上,有一片森林,那里是我童年时代的乐园。第二次世界大战是人类的灾难。在那个恐怖的年代,比起峡谷里的狭窄小屋,我更愿意睡在大自然的森林里。

有两本书伴随着我的成长,即《哈克贝利·芬历险记》和《尼尔斯历险记》。他们的故事,对我产生了很大影响。尼尔斯能听懂鸟儿的语言,是个喜欢探险旅行的少

年。他带给了我太多的启迪和快乐。

我们家世代生活在四国岛的茂密森林里,童趣烂漫的我执着地坚信:在真正的大自然中,会发生和小说里一样的故事。这是最有魅力的事情,令我神往。

此外,在穿越到瑞典的旅途中,尼尔斯与他的野天鹅朋友们同心协力、并肩战斗的情节,让我那顽劣的心性得以修正,让我变得谦虚而自信,开启了一个纯粹的人生历程。这个转变,令我身心愉悦。

最令我难以忘怀的是,当尼尔斯回到了家乡,呼喊着爸爸妈妈的那个时刻。那是思念已久的爆发,是最高境界的礼赞。我被尼尔斯的呼喊震撼了。尼尔斯的高尚情感,净化了我的心灵。我甚至感觉到在和尼尔斯一起呼喊:

"爸爸、妈妈,我长大了!我回来了!"

法语的原文是:"Maman, Papa! Je suis grandje suis de nouveau unhomme!"特别是"Je suis de nouveau unhomme!"深深地印在我的脑海里。

成家立业以后,持续到20世纪的后半叶,我始终生活在艰难困苦之中。从家庭生活到社会工作,我把人生的苦涩注入小说的创作之中,并成为我的生活方式。我不断地重复着那声呼喊:"Je suis de nouveau unhomme!"一直到今天。

请女士们、先生们原谅我在这样的场合,赘述我个人生活的琐事。实际上,我的文学创作追求,就是要把个人的琐碎生活融入社会、国家和世界之中。

十分抱歉,我还要讲一下我家里的事情。

早在半个世纪之前,那个森林里的孩子,在阅读尼尔斯的故事时,就坚信有两个梦想一定能够实现。第一个梦想,是总有一天会听懂鸟儿的语言;第二个梦想,是像尼尔斯那样,与亲爱的野天鹅们结伴而行,从空中飞往令人憧憬的斯堪的纳维亚半岛。

婚后,我们的第一个孩子,是个先天性的智障儿。他的名字叫"光",与英语单词"light"对应。他对人类的语言几乎没有反应,却对鸟儿的啼鸣有所感觉。直到他六岁那年的一个夏日,我们带他去了山中的小屋。鸟儿的鸣叫声,从湖对面的树林中传了过来,光第一次开口说话了:"这是……水鸟!"他的声音就像从唱片里发出的一样,解说员在解说鸟儿的啼鸣。从此,我们开始了用语言交流。

现在的他一边在职业培训所里工作,一边创作歌曲。为残障人设置的职业培训机构,是效仿瑞典的做法而兴办的福利机构。人类创造了音乐。而小鸟的歌声,把六岁的他与音乐融为一体。或许可以说,智障儿"光",替我这个做父亲的实现了听懂鸟儿语言的梦想。

我的妻子是我生命中的女神,也是尼尔斯的野天鹅朋友中那只叫作"阿克"的化身。现在,我们夫妻比翼双飞,携手来到了斯德哥尔摩。

第一个来到这里的日本作家是川端康成。他在这里发表了《美丽的日本和我》的演讲。他的演讲是非常美丽的,也是非常"暧昧的"(含蓄的)。

"vague"这个英语单词,可以对应日语"暧昧的"语义。但是,也可以译为其他的意思。正是因为如此,"暧昧的"在英语中也可以有多种不同的翻译形式。

川端康成在他的演讲中,有意识地体现了日语的"暧昧"性。这应该是他精心设计的。

首先他的演讲题目就彰显了日语"暧昧"性的含蓄语义。他通过日语原文题目《美丽的日本的我》中的"の"这个格助词表现出来。

在这个题目中,可以将"我"与"美丽的日本"理解为从属关系。但是,日语"の"这个格助词还同时具有同格和并列的功能。所以,也可以将"美丽的日本"和"我"理解为并列关系。

美国的一位日本文学研究学者将川端康成演讲的题目翻译为"Japan, the Beautiful, and Myself"。如果把英译版的题目再翻译成日语的话,就变成了《美丽的日本和我》。虽然和日语原文不完全相同,但未必不是正确的翻译。

川端康成通过《美丽的日本和我》的演讲,表现出了具有日本特色的神秘主义。这种神秘主义思想不仅仅是日本的,更是具有整个东方文化的色彩。

川端康成的独特性,在于借用日本中世禅僧的和歌所表现的神秘主义意境,抒发了现代人的自我内心世界的情感。这些禅味十足的和歌,显示出语言本身具有的封闭性和局限性的特点。禅僧们的和歌,在语言表达和信息传递方面显示出不对等性。语言难以直接传达真谛、表现真理。只有进入无我的、自然无为的精神状态,才能领会无限的遐想意境并引发共鸣。

我敬佩川端康成这位优秀艺术家的魄力:他的一生,经历了几十年的艰苦创作,终于在禅宗拒绝理性思维的和歌世界里,找到了知音。晚年,他在斯德哥尔摩这里,用日语朗诵了日本中世禅僧的和歌。勇敢、率真地表达了他的人生信仰,阐释了他的文学理念,即"美丽的日本和我"。

第10讲

《挪威的森林》

村上春树

背景介绍

　　从20世纪60年代起,日本经济开始了持续长达30年的快速增长期,进入高度发达的资本主义社会。国内生产总值在1967年超过了英国和法国,1968年超过了联邦德国,1979年超越了苏联,日本成为世界第二大经济体,1980年以后进入繁荣鼎盛期,被誉为"日本战后经济奇迹"。伴随社会经济的高速发展,人们的精神危机也与日俱增。1987年村上春树出版了第五部长篇小说《挪威的森林》,讲述了"团块世代"①在1968—1969年"全共斗"②时期的青春成长故事。小说中"都市""丧失""孤独""青春""恋爱""自我"等关键词深深地吸引日本及世界其他国家的广大读者,成为一部畅销书。村上春树成为继川端康成、大江健三郎之后最为世人瞩目的日本当代作家③。

作家与作品

　　作为当代日本文坛的流行作家,也是"世界上名声最大的日本作家"④,村上春树自1979年处女作《且听风吟》问世并获得第22届《群像》新人文学奖以来,一直笔耕不辍。他的作品不仅获得了日本野间文艺新人奖、谷崎润一郎奖、读卖新闻文学奖、每

---

① 专指日本在1947—1949年出生的一代人,是日本第二次世界大战之后出现的第一次婴儿潮人口。在日本,"团块一代"被看作20世纪60年代中期推动经济腾飞的主力,是日本经济的脊梁。

② "全共斗"是"全学共斗会议"的简称。1967年,新左翼和无党派学生组织了"全日本学生共同斗争会议",以区别于既有的学生自治组织并开展学生运动。学生运动甚至发展为暴力形式,浪潮遍布日本全国。在世界范围,当时美国有"反越战运动",法国有"巴黎五月革命",德国(指联邦德国)有社会主义的学生联盟主导的国际性反体制运动,等等。日本的"全共斗一代",指1965—1972年在全共斗运动、安保运动、越南战争期间度过了大学时代的一代,他们是1968年至1969年学生运动的主体,村上春树在早稻田大学上学时期经历了这场学生运动。

③ 杨炳菁.后现代语境中的村上春树[M].北京:中央编译出版社,2009.

④ 栗坪良樹,柘植光彦.村上春樹スタディーズ[M].東京:若草書房,1999.

日出版文化奖等诸多文学奖项,还荣获了弗朗茨·卡夫卡奖、耶路撒冷文学奖、弗兰克·奥康纳国际短篇小说奖、加泰罗尼亚国际奖、安徒生文学奖等多项国际文学奖。村上春树创作的小说在世界范围内引发了久盛不衰的村上现象,他成为日本第一位真正意义上的后战后作家。①

村上春树(1949—)出生于京都市,父亲村上千秋是京都净土宗西山派光明寺僧侣的后代,曾当过和尚,后来还俗;担任过高中语文教师。母亲村上幸美是大阪商人之女,也是高中语文教师。村上春树作为家中独子,自幼受到文学的熏陶,阅读了托尔斯泰、陀思妥耶夫斯基、罗斯·迈克唐纳、艾德·迈克贝恩等人的作品,这对他后来的文学创作产生了深远影响。村上春树从高中时代开始就阅读原版的美国文学,并对欧美电影、音乐颇感兴趣,他尤其喜欢爵士乐,爵士乐及美国流行文化的影响在他的作品中随处可见。

作家简表	
1949 年	出生
1968 年	早稻田大学入学
1979 年	《且听风吟》
1980 年	《1973 年的弹子球》
1982 年	《寻羊冒险记》
1985 年	《世界尽头与冷酷仙境》
1987 年	《挪威的森林》
1988 年	《舞!舞!舞!》
1992 年	《国境以南太阳以西》
1995 年	《奇鸟行状录》
1999 年	《斯普特尼克恋人》
2002 年	《海边的卡夫卡》
2009 年	《1Q84》
2013 年	《没有色彩的多崎作和他的巡礼之年》
2017 年	《刺杀骑士团长》
2019 年	《弃猫》
2023 年	《城市及其不确定的墙》

1968 年 4 月,村上春树考入早稻田大学戏剧专业,阅读了大量电影剧本。大学时代的村上春树经历了 1968—1969 年的日本学生运动,这一时期,他开始与高桥阳子交往,随后二人结婚。作为"全共斗一代",经历过学生运动的失败,村上春树深刻体会到幻灭、迷惘与空虚感,这种刻骨铭心的情绪体验成为青春成长小说——《挪威的森林》的重要创作源泉。从 1974 年开始,他与妻子一起经营爵士乐酒吧长达 8 年,接触到了社会各类人物。他大量阅读西方现代作品,深受美国文学的影响。他 30 岁时开始进行文学创作,发表了第一部作品《且听风吟》。1979 年 6 月,村上春树凭借小说《且听风吟》获得了第 22 届《群像》新人文学奖。1980 年长篇小说《1973 年的弹子球》出版,1982 年他又出版了长篇小说《寻羊冒险记》(获得第 4 届野间文艺新人奖),这三部小说被称为"青春三部曲"。

1983 年 5 月,村上春树出版了短篇小说集《开往中国的慢船》。1984 年 7 月出版了短篇小说集《萤》。1985 年出版了长篇小说《世界尽头与冷酷仙境》,他凭借此作品获得第 21 届谷崎润一郎奖;11 月,出版短篇小说集《旋转木马鏖战记》。1986 年出版了与作家五木宽之的对谈集《照亮冷酷仙境的风》、短篇小说集《再袭面包店》和随笔集

---

① 杰·鲁宾. 洗耳倾听村上春树的世界[M]. 冯涛,译. 南京:南京大学出版社,2012.

《朗格汉岛的下午》。1987年9月,现实主义题材长篇小说《挪威的森林》出版,一举打破了日本文坛多年的沉寂。截至2017年年底,《挪威的森林》在日本的销售量已突破2 000万册,成为日本销售量最高的书籍①,并由此引发了"村上春树现象"(他创作的小说几乎均成为畅销书)。我国于1989年由漓江出版社正式引进该小说,由林少华将其译成中文。后来,上海译文出版社将其再次出版,仅该版本就销售逾400万册,它连续畅销18年之久,成为出版界的现象级产品。②《挪威的森里》在韩国亦刮起了一股"村上旋风"。2010年由越南导演陈英雄将其改编的同名电影上映,从而形成了新一轮"挪威的森林"热。同时,小说《挪威的森林》也得到了国内外学术界的高度关注。

在创作《挪威的森林》之前,1982年的《寻羊冒险记》作为村上春树第一部长篇小说,首次触及政治话题,在充满荒诞的冒险故事中加入富于隐喻性的象征物"羊"。从这部小说开始,村上突破描写学生运动的狭窄视野,开始探索日本近现代对亚洲各国的侵略战争问题。正如美国小说评论家杰·鲁宾指出:"……影子帝国之后隐藏着一种巨大的、吞噬个人的、极权主义的意志,其化身就是一只背部有褐色星斑的羊。"

1995年《发条鸟年代记》(也译为《奇鸟行状录》)的出版,标志着村上文学带有疏离感的"都市文学"的早期创作阶段的结束。这是村上春树首次直接书写第二次世界大战及日本侵略战争问题,他勇敢地承担起作家的道义和责任。"我"在寻找妻子和自身的过程中,发现了(日本)政府近代历史中最丑恶的一面,即隐藏于日常生活表面之下的暴力和恐怖。《发条鸟年代记》的故事背景虽然设定在20世纪80年代中期,却一直深挖至侵略战争发生的年代,这是日本现代社会"疾患"的根源。这部小说获得第47届读卖新闻文学奖,受到了评委大江健三郎的肯定,被称为是村上春树站在日本之外遥望日本的转型之作。③

1995年日本发生了阪神大地震和东京地铁沙林事件。《地下》(1996)是村上春树的第一部纪实文学,让东京地铁沙林事件以小说的形式重新出现在公众面前。随后,他对奥姆真理教的8名原信徒进行了采访,出版了第二部纪实文学《在约定的场所——地下续集》(1998),获得了1999年度第二届桑原武夫学艺奖④。2002年村上春树完成了长篇小说《海边的卡夫卡》,这部小说的英译本(2005年)获得了《纽约时报》年度十大好书小说类首位的殊荣,并于2006年获得弗朗茨·卡夫卡奖,也获得了诺贝尔文学奖的提名。自此,村上春树被认为是日本最有希望获得诺贝尔文学奖的作家。2004年,为纪念自己创作25周年,村上春树发表了《天黑以后》,该小说被称为"书写读者眼睛"的实验小说。该作品的最大特点是运用了"我们"这一虚构的视角,有一种"我和读者一起偷看的感觉"。该小说是村上春树写作生涯中第一部完全以第三人称

---

① 魏海燕.出版30年,再品《挪威的森林》[J].出版广角,2018(10):87-89.
② 向永芳.《挪威的森林》在中国大陆的出版历程及影响(1989—2018)[D].保定:河北大学,2019.
③ 黒古一夫.村上春樹「喪失」の物語から「転換」の物語へ[M].東京:勉誠社,2007.
④ 桑原武夫学艺奖是为了纪念法国文学研究者桑原武夫于1998年设立的学术奖项,授奖对象为人文科学的优秀著作。

叙事的长篇小说。

2009年,为了向奥威尔的小说《1984》致敬,村上创作了小说《1Q84》。这被誉为村上春树经历了30多年写作生涯之后的集大成之作,也是他所有长篇小说中篇幅最长的一部。人物角色众多,写作手法包含写实和超现实,集推理小说、历史小说、爱情小说于一体,是一部可以从多方面解读和欣赏的综合小说,被认为村上春树最有分量的作品,堪称其作为严肃文学作家的代表作。《1Q84》荣获2009年日本"年度最畅销图书"第一名,获得耶路撒冷文学奖。耶路撒冷文学奖每两年颁发一次,表彰对人类自由、社会公平、政治民主做出贡献的作家。

2013年村上春树推出了长篇小说《没有色彩的多崎作和他的巡礼之年》,讲述了36岁的工程师多崎作与其高中时代的4个好友的经历,好友姓氏中都带有颜色,而自己没有色彩的名字令他感到一种"无法言喻的距离感"和不安。他在李斯特的钢琴曲《巡礼之年》的引导下,努力克服内心深处的失落感与孤独、绝望,为了探寻自己16年前被4个好友断交的"理由",再次踏上"巡礼"(朝圣)旅途。这部新作在日本图书市场聚集了极高的人气,也是村上春树所有作品中销售速度最快的,上市第七天就创造了销量破百万的市场佳绩。早稻田大学佐佐木敦教授对这部小说评价道:真相裹挟着"痛"与"善",未解而且不该解开的秘密若隐若现。然而正如小说中主人公沙罗对多崎作所说的那样:"即使记忆可以隐藏,历史却无法更改。"的确,总有一天得鼓起勇气,直面过去,就算充满不解之谜也要勇敢面对。这大概是村上春树通过这部作品想要传达给读者的人生哲理。除了"向死而生""从绝望开始,以希望结局""孤独""治愈"等村上文学的主题或关键词,村上通过主人公多崎作的"巡礼",面对日本的现实问题与未来出路进行了深刻的反思。

这些现实问题有明确的指涉性。例如,在政治体制上,日本首相走马灯似轮流执政;在经济上,1995年泡沫经济崩溃,导致日本工业制造"共同体"解体;在自然环境方面,1995年和2011年相继发生阪神大地震和东北地区大地震,地震引发海啸,导致福岛核电站发生了严重的核泄漏,周围民众笼罩在核辐射的阴影下惶恐不安,而且核污水的排放还引发了巨大的海洋生态危机,直接危害众多太平洋沿岸国家的海洋渔业安全。在此大背景下,村上试图通过对"共同体"的重构,从精神层面拯救日本国民,让他们摆脱困境,进而提出重建日本未来的宏伟设想。① 另外,这部小说在叙事语言上依旧延续了一贯的洗练风格,译者林少华称《没有色彩的多崎作和他的巡礼之年》在文体、笔调或语言风格、叙事模式方面均深深吸引着他,"就像被心仪的姑娘抚摸了一下"②。

作家是语言哲学的实践者。英国哲学家维特根斯坦将语言的界限设定为主体自身,

---

① 王晶,张青."共同体"的幻灭·寻找·重构:村上春树《没有色彩的多崎作和他的巡礼之年》解读[J].西安外国语大学学报,2018,26(4):108-113.

② 林少华.村上春树的文体之美:读《没有色彩的多崎作和他的巡礼之年》[J].艺术评论,2014(6):109-114.

即只能是我能理解的语言的界限,意味着我的世界的界限。在常识所定义的公共世界的一致性之外,个体的私人体验隐藏在心灵深处,不为人知。若须表达,只能通过"我",其表达的程度与真假,完全取决于"我"自身。多崎作的生与死,既是主人公个体的选择,也是作家村上为他设定的世界的界限。这一界限是作家村上所理解的语言和他所观察的世界的界限。村上春树按照自己独特的风格,继续坚持着自己的创作之路。

2017年2月24日,村上春树时隔7年出版了新作《刺杀骑士团长》。这部小说彰显出作家的责任和担当,他以独特的叙述方式书写了跨越欧洲和中国的战时记忆,完成了对人类历史、战时历史的灾难性的讲述。这些灾难带给人类的只有生灵涂炭。奥姆真理教的恐怖主义就是日本对侵略扩张历史没有反省的"后遗症",军国主义的毒瘤没有得到彻底清算。村上春树作为文学家,他对肩负的历史使命责无旁贷,不断地去激活那些被政治刻意压制的记忆。[1]

2019年6月,村上春树在《文艺春秋》杂志上发表了自传性随笔《弃猫》。通过隐喻书写,他强调对世界和自我认识的哲学思考,把视线提升到猫消失的松树上俯瞰大地,揭示出"地下二层"的世界,强调超越现实的时空因果的重要性,打破时间与空间的连续性。总之,村上春树虽然没有获得诺贝尔文学奖,但他的文学作品不仅具有极高的思想性和艺术性,同时也拥有大量的普通读者,其作品一如既往地在世界各国畅销。毋庸置疑,村上春村是一位严肃的文学作家,同时也是当代日本文坛深受读者喜爱的流行作家。

小说梗概

长篇小说《挪威的森林》的主人公渡边乘坐波音747飞机降落在德国汉堡机场,听到飞机上播放的背景音乐——甲壳虫乐队演奏的《挪威的森林》,熟悉的旋律顿时令他激动不已,此时的他已经是37岁的中年人,仍然回想起自己的大学时代——1968年春天至1970年秋天的一段往事。

1968年的春天,渡边刚刚升入大学,住在东京一栋右翼团体运营的学生宿舍里,绰号"敢死队"的舍友是一个做事认真、守规矩、爱干净、纯真质朴的人。高中时代的渡边是在神户度过的,他和唯一的好朋友木月及木月的恋人直子三人经常一起外出游玩或谈天说地。对于木月和直子来说,渡边是必不可少的存在。他就像一条将木月和直子同外部世界连接起来的链条。然而,木月突然自杀,直子选择了东京的武藏野女子大学。渡边和另外一个女生恋爱,高考填志愿时选择了东京私立大学,异地恋导致与女生分手。三人的关系便就此中断。1968年5月的一天,渡边在东京中央线的电车上,偶遇一年未曾见面的直子。直子一个人住在国分寺的公寓中。两人开始了交往

---

[1] 但汉松. 历史阴影下的文学与肖像画:论村上春树的《刺杀骑士团长》[J]. 当代外国文学,2018,39(4):65-72.

（恋爱），经常在周末约会。10月的时候，渡边和同宿舍楼的永泽成了朋友。永泽家境优渥，是东京大学的二年级学生，人生目标是考入日本外务省，当上外交官。永泽虽然已有娴静高雅、温柔善良的女朋友初美，但喜欢到处猎艳。

第二年4月，在直子20岁生日那天，渡边和直子发生了肉体关系，然后直子就悄然无声地消失了。两个月后，渡边收到了直子的来信。直子因为精神疾病前往京都深山的"阿美寮"（精神病疗养院）接受治疗。渡边陷入了巨大的悲伤和孤独之中。暑假期间，日本学生运动席卷大学校园。渡边感到大学教育毫无意义，但仍坚持继续自己的学业。一天在一家餐馆里，同校的女同学绿子主动跟渡边打招呼，向他借戏剧史笔记。从此，两人开始交往，经常见面，但表面上只是一般的朋友关系。

突然某一天，直子来信了，渡边前去"阿美寮"看望直子时，结识了直子的舍友玲子。玲子用吉他弹奏了《米歇尔》《独行者》《朱丽娅》等曲子。唯独《挪威的森林》这首曲子，直子付费给玲子，请她为自己弹奏，因为这是她最喜欢的曲子。渡边回到了学校。一个星期天，绿子带他来到大学的附属医院，她父亲因患脑肿瘤住院，不久后离开了人世，而绿子的母亲两年前也是患此病去世。渡边20岁生日后的第三天，收到了直子寄来的生日礼物———一件她亲手织的毛衣。寒假的时候，渡边再次去了"阿美寮"看望直子。1970年，渡边在学年末的考试结束后，搬出了学生宿舍，在吉祥寺郊外租了房子，想和直子一起共同开启新的生活。4月初的时候，渡边意外收到了玲子的来信，得知直子病情恶化。不过，如同掉入泥沼一般颓废的渡边在与精力旺盛的绿子相处过程中，逐渐感受到人世间的温暖，得到了慰藉。

渡边意识到自己爱上了绿子，便将自己的情感变化如实地写信告诉了直子的舍友玲子。结果，8月26日直子自杀了。参加完葬礼之后，渡边带着巨大的伤痛开始漫无目的的旅行。一个月后返回东京，这时接到玲子的来信，玲子离开生活了8年的"阿美寮"，来到东京找到渡边。她身穿直子的衣服，和渡边一起为直子举行了一个特别的葬礼，她用吉他弹了50首曲子。第二天，玲子与渡边在上野车站告别。送走了玲子，渡边给绿子打电话，整个世界除了她之外别无所求。绿子问渡边："你现在在哪里？"渡边也不知道自己身处何方，只是在一个不知地名的广场中央，不断地呼唤着绿子的名字。这个小说结局极富寓意。

长篇小说《挪威的森林》是由村上春树的短篇小说《萤》改写而成的，其中的第二章和第三章基本就是将《萤》直接照搬过来。《挪威的森林》1987年由日本讲谈社出版，分为上下两卷，共十一章，附有后记。第一章至第六章是上卷，书的封面是如鲜血一般的红色，象征着生的世界；第六章（承前）至第十一章和后记是下卷，书的封面有森林一般的绿色，象征着死亡的世界；上下卷的装帧则是相反的颜色（上卷为红底绿字，下卷为绿底红字），代表村上春树在小说中对于生与死的思考：死并非生的对立面，而是作为生的一部分永存。作为为数不多的村上春树现实主义作品，《挪威的森林》通过叙述主人公渡边从高中到大学的成长经历，讲述了他与直子和绿子二位女友之间的恋爱与

感情纠葛,凸显了现代都市青年孤独、迷茫的青春和成长焦虑。

小说原文

第一章

　　僕は三十七歳で、そのときボーイング747のシートに座っていた。その巨大な飛行機はぶ厚い雨雲をくぐり抜けて降下し、ハンブルク空港に着陸しようとしているところだった。十一月の冷ややかな雨が大地を暗く染め、雨合羽を着た整備工たちや、のっぺりとした空港ビルの上に立った旗や、BMWの広告板やそんな何もかもをフランドル派の陰うつな絵の背景のように見せていた。やれやれ、またドイツか、と僕は思った。

　　飛行機が着地を完了すると禁煙のサインが消え、天井のスピーカーから小さな音でBGMが流れはじめた。それはどこかのオーケストラが甘く演奏するビートルズの『ノルウェイの森』だった。そしてそのメロディーはいつものように僕を混乱させた。いや、いつもとは比べものにならないくらい激しく僕を混乱させ揺り動かした。

　　僕は頭がはりさけてしまわないように身をかがめて両手で顔を覆い、そのままじっとしていた。やがてドイツ人のスチュワーデスがやってきて、気分がわるいのかと英語で訊いた。大丈夫、少し目まいがしただけだと僕は答えた。

　　「本当に大丈夫?」

　　「大丈夫です、ありがとう」と僕は言った。スチュワーデスはにっこりと笑って行ってしまい、音楽はビリー・ジョエルの曲に変った。僕は顔を上げて北海の上空に浮かんだ暗い雲を眺め、自分がこれまでの人生の過程で失ってきた多くのもののことを考えた。失われた時間、死にあるいは去っていった人々、もう戻ることのない想い。

　　飛行機が完全にストップして、人々がシートベルトを外し、物入れの中からバッグやら上着やらをとりだし始めるまで、僕はずっとあの草原の中にいた。僕は草の匂いをかぎ、肌に風を感じ、鳥の声を聴いた。それは一九六九年の秋で、僕はもうすぐ二十歳になろうとしていた。

　　前と同じスチュワーデスがやってきて、僕の隣りに腰を下ろし、もう大丈夫かと訊ねた。「大丈夫です、ありがとう。ちょっと哀しくなっただけだから」と僕は言って微笑んだ。

　　「(そういうこと私にもときどきありますよ。よくわかります)」彼女はそう言って首を振り、席から立ちあがってとても素敵な笑顔を僕に向けてくれた(よい御旅行を。さようなら)」と僕も言った。

十八年という歳月が過ぎ去ってしまった今でも、僕はあの草原の風景をはっきりと思いだすことができる。何日かつづいたやわらかな雨に夏のあいだのほこりをすっかり洗い流された山肌は深く鮮かな青みをたたえ、十月の風はすすきの穂をあちこちで揺らせ、細長い雲が凍りつくような青い天頂にぴたりとはりついていた。空は高く、じっと見ていると目が痛くなるほどだった。風は草原をわたり、彼女の髪をかすかに揺らせて雑木林に抜けていった。梢の葉がさらさらと音を立て、遠くの方で犬の鳴く声が聞こえた。まるで別の世界の入口から聞こえてくるような小さくかすんだ鳴き声だった。その他にはどんな物音もなかった。どんな物音も我々の耳には届かなかった。誰一人ともすれ違わなかった。まっ赤な鳥が二羽草原の中から何かに怯えたようにとびあがって雑木林の方に飛んでいくのを見かけただけだった。歩きながら直子は僕に井戸の話をしてくれた。

　記憶というのはなんだか不思議なものだ。その中に実際に身を置いていたとき、僕はそんな風景に殆んど注意なんて払わなかった。とくに印象的な風景だとも思わなかったし、十八年後もその風景を細部まで覚えているかもしれないとは考えつきもしなかった。正直なところ、そのときの僕には風景なんてどうでもいいようなものだったのだ。僕は僕自身のことを考え、そのときとなりを並んで歩いていた一人の美しい女のことを考え、僕と彼女とのことを考え、そしてまた僕自身のことを考えた。それは何を見ても何を感じても何を考えても、結局すべてはブーメランのように自分自身の手もとに戻ってくるという年代だったのだ。おまけに僕は恋をしていて、その恋はひどくややこしい場所に僕を運\びこんでいた。まわりの風景に気持を向ける余裕なんてどこにもなかったのだ。

　でも今では僕の脳裏に最初に浮かぶのはその草原の風景だ。草の匂い、かすかな冷やかさを含んだ風、山の稜線、犬の鳴く声、そんなものがまず最初に浮かびあがってくる。とてもくっきりと。それらはあまりにくっきりとしているので、手をのばせばひとつひとつ指でなぞれそうな気がするくらいだ。しかしその風景の中には人の姿は見えない。誰もいない。直子もいないし、僕もいない。我々はいったいどこに消えてしまったんだろう、と僕は思う。どうしてこんなことが起りうるんだろう、と。あれほど大事そうに見えたものは、彼女やそのときの僕や僕の世界は、みんなどこに行ってしまったんだろう、と。そう、僕には直子の顔を今すぐ思いだすことさえできないのだ。僕が手にしているのは人影のない背景だけなのだ。

　もちろん時間さえかければ僕は彼女の顔を思いだすことができる。小さな冷たい手や、さらりとした手ざわりのまっすぐなきれいな髪や、やわらかな丸い形の耳たぶやそのすぐ下にある小さなホクロや、冬になるとよく着ていた上品なキャメルのコートや、いつも相手の目をじっとのぞきこみながら質問する癖や、ときどき何かの加減で震え気味になる声（まるで強風の吹く丘の上でしゃべっているみたいだ

った)や、そんなイメージをひとつひとつ積みかさねていくと、ふっと自然に彼女の顔が浮かびあがってくる。まず横顔が浮かびあがってくる。これはたぶん僕と直子がいつも並んで歩いていたせいだろう。だから僕が最初に思いだすのはいつも彼女の横顔なのだ。それから彼女は僕の方を向き、にっこりと笑い、少し首をかしげ、話しかけ、僕の目をのぞきこむ。まるで澄んだ泉の底をちらりとよぎる小さな魚の影を探し求めるみたいに。

　でもそんな風に僕の頭の中に直子の顔が浮かんでくるまでには少し時間がかかる。そして年月がたつにつれてそれに要する時間はだんだん長くなってくる。哀しいことではあるけれど、それは真実なのだ。最初は五秒あれば思いだせたのに、それが十秒になり三十秒になり一分になる。まるで夕暮の影のようにそれはどんどん長くなる。そしておそらくやがては夕闇の中に吸いこまれてしまうことになるのだろう。そう、僕の記憶は直子の立っていた場所から確実に遠ざかりつつあるのだ。ちょうど僕がかつての僕自身が立っていた場所から確実に遠ざかりつつあるように。そして風景だけが、その十月の草原の風景だけが、まるで映画の中の象徴的なシーンみたいにくりかえしくりかえし僕の頭の中に浮かんでくる。そしてその風景は僕の頭のある部分を執拗に蹴りつづけている。おい、起きろ、俺はまだここにいるんだぞ、起きろ、起きて理解しろ、どうして俺がまだここにいるのかというその理由を。痛みはない。痛みはまったくない。蹴とばすたびにうつろな音がするだけだ。そしてその音さえもたぶんいつかは消えてしまうのだろう。他の何もかもが結局は消えてしまったように。しかしハンブルク空港のルフトハンザ機の中で、彼らはいつもより長くいつもより強く僕の頭を蹴りつづけていた。起きろ、理解しろ、と。だからこそ僕はこの文章を書いている。僕は何ごとによらず文章にして書いてみないことには物事をうまく理解できないというタイプの人間なのだ。

　彼女はそのとき何の話をしていたんだっけ？

　そうだ、彼女は僕に野井戸の話をしていたのだ。そんな井戸が本当に存在したのかどうか、僕にはわからない。あるいはそれは彼女の中にしか存在しないイメージなり記号であったのかもしれない——あの暗い日々に彼女がその頭の中で紡ぎだした他の数多くの事物と同じように。でも直子がその井戸の話をしてくれたあとでは、僕はその井戸の姿なしには草原の風景を思いだすことができなくなってしまった。実際に目にしたわけではない井戸の姿が、僕の頭の中では分離することのできない一部として風景の中にしっかりと焼きつけられているのだ。僕はその井戸の様子を細かく描写することだってできる。井戸は草原が終って雑木林が始まるそのちょうど境い目あたりにある。大地にぽっかりと開いた直径一メートルばかりの暗い穴を草が巧妙に覆い隠している。まわりには柵もないし、少し高くなった

石囲いもない。ただその穴が口を開けているだけである。縁石は風雨にさらされて奇妙な白濁色に変色し、ところどころでひび割れて崩れおちている。小さな緑色のトカゲがそんな石のすきまにするするともぐりこむのが見える。身をのりだしてその穴の中をのぞきこんでみても何も見えない。僕に唯一わかるのはそれがとにかくおそろしく深いということだけだ。見当もつかないくらい深いのだ。そして穴の中には暗黒が——世の中のあらゆる種類の暗黒を煮つめたような濃密な暗黒が——つまっている。

「それは本当に——本当に深いのよ」と直子は丁寧に言葉を選びながら言った。彼女はときどきそんな話し方をした。正確な言葉を探し求めながらとてもゆっくりと話すのだ。

「本当に深いの。でもそれが何処にあるかは誰にもわからないの。このへんの何処かにあることは確かなんだけれど」

彼女はそう言うとツイードの上着のポケットに両手をつっこんだまま僕の顔を見て本当よという風ににっこりと微笑んだ。

「でもそれじゃ危くってしようがないだろう」と僕は言った。「どこかに深い井戸がある、でもそれが何処にあるかは誰も知らないなんてね。落っこっちゃったらどうしようもないじゃないか」

「どうしようもないでしょうね。ひゅううううう、ボン、それでおしまいだもの」

「そういうのは実際には起こらないの？」

「ときどき起こるの。二年か三年に一度くらいかな。人が急にいなくなっちゃって、どれだけ捜してもみつからないの。そうするとこのへんの人は言うの、あれは野井戸に落っこちたんだって」

「あまり良い死に方じゃなさそうだね」と僕は言った。

「ひどい死に方よ」と彼女は言って、上着についた草の穂を手で払って落とした。「そのまま首の骨でも折ってあっさり死んじゃえばいいけれど、何かの加減で足をくじくくらいですんじゃったらどうしようもないわね。声を限りに叫んでみても誰にも聞こえないし、誰かがみつけてくれる見込みもないし、まわりにはムカデやクモやらがうようよいるし、そこで死んでいった人たちの白骨があたり一面にちらばっているし、暗くてじめじめしていて。そして上の方には光の円がまるで冬の月みたいに小さく小さく浮かんでいるの。そんなところで一人ぼっちでじわじわと死んでいくの」

「考えただけで身の毛がよだつわ」と僕が言った。「誰かが見つけて囲いを作るべきだよ」

「でも誰にもその井戸を見つけることはできないの。だからちゃんとした道を離れちゃ駄目よ」

「離れないよ」

　直子はポケットから左手を出して僕の手を握った。「でも大丈夫よ、あなたは。あなたは何も心配することはないの。あなたは暗闇に盲滅法にこのへんを歩きまわったって絶対に井戸には落ちないの。そしてこうしてあなたにくっついている限り、私も井戸には落ちないの」

　「絶対に?」

　「絶対に」

　「どうしてそんなことがわかるの?」

　「私にはわかるのよ。ただわかるの」直子は僕の手をしっかりと握ったままそう言った。そしてしばらく黙って歩きつづけた。「その手のことって私にはすごくよくわかるの。理屈とかそんなのじゃなくて、ただ感じるのね。たとえば今こうしてあなたにしっかりとくっついているとね、私ちっとも怖くないの。どんな悪いものも暗いものも私を誘おうとはしないのよ」

　「じゃあ話は簡単だ。ずっとこうしてりゃいいんじゃないか」と僕は言った。

　「それ——本気で言ってるの?」

　「もちろん本気だ」

　直子は立ちどまった。僕も立ちどまった。彼女は両手を僕の肩にあてて正面から、僕の目をじっとのぞきこんだ。彼女の瞳の奥の方ではまっ黒な重い液体が不思議な図形の渦を描いていた。そんな一対の美しい瞳が長いあいだ僕の中をのぞきこんでいた。それから彼女は背のびをして僕の頬にそっと頬をつけた。それは一瞬胸がつまってしまうくらいあたたかくて素敵な仕草だった。

　「ありがとう」と直子は言った。

　「どういたしまして」と僕は言った。

　「あなたがそう言ってくれて私とても嬉しいの。本当よ」と彼女は哀しそうに微笑しながら言った。「でもそれはできないのよ」

　「どうして?」

　「それはいけないことだからよ。それはひどいことだからよ。それは——」と言いかけて直子はふと口をつぐみ、そのまま歩きつづけた。いろんな思いが彼女の頭の中でぐるぐるとまわっていることがわかっていたので、僕も口をはさまずにそのとなりを黙って歩いた。

　「それは——正しくないことだからよ、あなたにとっても私にとっても」とずいぶんあとで彼女はそうつづけた。

　「どんな風に正しくないんだろう?」と僕は静かな声で訊ねてみた。

　「だって誰かが誰かをずっと永遠に守りつづけるなんて、そんなこと不可能だからよ。ねえ、もしよ、もし私があなたと結婚したとするわよね。あなたは会社につ

とめるわね。するとあなたが会社に行ってるあいだいったい誰が私を守ってくれるの？ あなたが出張に行っているあいだいったい誰が私を守ってくれるの？ 私は死ぬまであなたにくっついてまわってるの？ ねえ、そんなの対等じゃないじゃない。そんなの人間関係とも呼べないでしょう？ そしてあなたはいつか私にうんざりするのよ。俺の人生っていったい何だったんだ？ この女のおもりをするだけのことなのかって。私そんなの嫌よ。それでは私の抱えている問題は解決したことにはならないのよ」

「これが一生つづくわけじゃないんだ」と僕は彼女の背中に手をあてて、言った。「いつか終る。終ったところで僕らはもう一度考えなおせばいい。これからどうしようかってね。そのときはあるいは君の方が僕を助けてくれるかもしれない。僕らは収支決算表を睨んで生きているわけじゃない。もし君が僕を今必要としているなら僕を使えばいいんだ。そうだろ？ どうしてそんなに固く物事を考えるんだよ？ ねえ、もっと肩の力を抜きなよ。肩に力が入ってるから、そんな風に構えて物事を見ちゃうんだ。肩の力を抜けばもっと体が軽くなるよ」

「どうしてそんなこと言うの？」と直子はおそろしく乾いた声で言った。

彼女の声を聞いて、僕は自分が何か間違ったことを口にしたらしいなと思った。

「どうしてよ？」と直子はじっと足もとの地面を見つめながら言った。「肩の力を抜けば体が軽くなることくらい私にもわかっているわよ。そんなこと言ってもらったって何の役にも立たないのよ。ねえ、いい？ もし私が今肩の力を抜いたら、私バラバラになっちゃうのよ。私は昔からこういう風にしてしか生きてこなかったし、今でもそういう風にしてしか生きていけないのよ。一度力を抜いたらもうもとには戻れないのよ。私はバラバラになって――どこかに吹きとばされてしまうのよ。どうしてそれがわからないの？ それがわからないで、どうして私の面倒をみるなんて言うことができるの？」

僕は黙っていた。

「私はあなたが考えているよりずっと深く混乱しているのよ。暗くて、冷たくて、混乱していて……ねえ、どうしてあなたあのとき私と寝たりしたのよ？ どうして私を放っておいてくれなかったのよ？」

我々はひどくしんとした松林の中を歩いていた。道の上には夏の終りに死んだ蝉の死骸がからからに乾いてちらばっていて、それが靴の下でばりばりという音を立てた。僕と直子はまるで探しものでもしているみたいに、地面を見ながらゆっくりとその松林の中の道を歩いた。

「ごめんなさい」と直子は言って僕の腕をやさしく握った。そして何度か首を振った。「あなたを傷つけるつもりはなかったの。私の言ったこと気にしないでね。本当にごめんなさい。私はただ自分に腹を立てていただけなの」

「たぶん僕は君のことをまだ本当には理解してないんだと思う」と僕は言った。「僕は頭の良い人間じゃないし、物事を理解するのに時間がかかる。でももし時間さえあれば僕は君のことをきちんと理解するし、そうなれば僕は世界中の誰よりもきちんと理解できると思う」
　僕らはそこで立ちどまって静けさの中で耳を澄ませ、僕は靴の先で蝉の死骸や松ぼっくりを転がしたり、松の枝のあいだから見える空を見あげたりしていた。直子は上着のポケットに両手をつっこんで何を見るともなくじっと考えごとをしていた。
　「ねえワタナベ君、私のこと好き?」
　「もちろん」と僕は答えた。
　「じゃあ私のおねがいをふたつ聞いてくれる?」
　「みっつ聞くよ」
　直子は笑って首を振った。「ふたつでいいのよ。ふたつで十分。ひとつはね、あなたがこうして会いに来てくれたことに対して私はすごく感謝してるんだということをわかってはしいの。とても嬉しいし、とても——救われるのよ。もしたとえそう見えなかったとしても、そうなのよ」
　「また会いにくるよ」と僕は言った。「もうひとつは?」
　「私のことを覚えていてほしいの。私が存在し、こうしてあなたのとなりにいたことをずっと覚えていてくれる?」
　「もちろんずっと覚えているよ」と僕は答えた。
　彼女はそのまま何も言わずに先に立って歩きはじめた。梢を抜けてくる秋の光が彼女の上着の肩の上でちらちらと踊っていた。また犬の声が聞こえたが、それは前よりいくぶん我々の方に近づいているように思えた。直子は小さな丘のように盛りあがったところを上り、松林の外に出て、なだらかな坂を足速に下った。僕はその二、三歩あとをついて歩いた。
　「こっちにおいでよ。そのへんに井戸があるかもしれないよ」と僕は彼女の背中に声をかけた。
　直子は立ちどまってにっこりと笑い、僕の腕をそっとつかんだ。そして我々は残りの道を二人で並んで歩いた。
　「本当にいつまでも私のことを忘れないでいてくれる?」と彼女は小さな囁くような声で訊ねた。
　「いつまでも忘れないさ」と僕は言った。「君のことを忘れられるわけがないよ」

（中略）

僕は緑に電話をかけ、君とどうしても話がしたいんだ。話すことがいっぱいある。話さなくちゃいけないことがいっぱいある。世界中に君以外に求めるものは何もない。君と会って話したい。何もかもを君と二人で最初から始めたい、と言った。

緑は長いあいだ電話の向こうで黙っていた。まるで世界中の細かい雨が世界中の芝生に降っているようなそんな沈黙がつづいた。僕はそのあいだガラス窓にずっと額を押し付けて目を閉じていた。それからやがて緑が口を開いた。「あなた、今どこにいるの?」と彼女は静かな声で言った。

僕は受話器を持ったまま顔を上げ、電話ボックスのまわりをぐるりと見まわしてみた。僕は今どこにいるのだ? でもそこがどこなのか僕にはわからなかった。見当もつかなかった。いったいここはどこなんだ? 僕の目にうつるのはいずこへともなく歩きすぎていく無数の人々の姿だけだった。僕はどこでもない場所の真ん中から緑を呼びつづけていた。

『ノルウェイの森』講談社文庫、講談社 2014 年 3 月 18 日第 49 刷発行

鉴赏与评论

村上春树于 1987 年创作了长篇小说《挪威的森林》，该长篇小说塑造了从 20 世纪 60 年代末到 70 年代初经历日本资本主义经济腾飞、学生运动失败的动荡时期的青年形象。这是日本现代文学中当之无愧的"世界小说"，也成为日本销售量最高的书籍。作为第一个纯正的"二战后时期作家"，村上春树被誉为日本 20 世纪 80 年代的文学旗手。

1979 年，村上春树凭借《且听风吟》登上了日本文坛。1980 年 6 月他发表了《1973 年的弹子球》，1982 年 10 月发表了《寻羊冒险记》并获得了第 4 届野间文艺新人奖。这三部主题连贯、同一主角的小说，被称为"青春三部曲"。1985 年，他的长篇小说《世界尽头与冷酷仙境》获得了谷崎润一郎奖。成名之后的村上春树在日本忙于访谈、演讲、评论、采访等繁重的日常事务，这让他感到身心疲惫。1986 年 10 月村上春树和妻子阳子启程前往欧洲，并旅居三年。村上春树免去了过多的交际和应酬，全身心投入创作之中。1986 年年末他在希腊米克诺斯岛的小酒馆里完成了小说《挪威的森林》的前半部分，第二年 4 月完成了小说《挪威的森林》的创作。

村上春树自认为长篇小说作家，他的很多长篇小说却是从短篇小说改写而来的。比如，《世界尽头与冷酷仙境》中的一部分是由《小镇与不确切的墙》（1980）发展而来的，长篇小说《挪威的森林》的雏形是短篇小说《萤》（1983）。1983 年 1 月，短篇小说《萤》发表在《中央公论》杂志上，《萤》成为长篇小说《挪威的森林》的母体。我国当代作家邱华栋认为，在短篇小说的创作方面，村上春树绝对可以媲美世界级大师。[①]《挪威

---

① 杨炳菁.后现代语境中的村上春树[M].北京:中央编译出版社,2009.

的森林》是第一部男女主人公都拥有名字的小说，男主人公称谓不再只是以前的第一人称"我"。

作品评价

长篇小说《挪威的森林》是村上春树创作的第一部现实主义作品，受到世界各国读者的喜爱，人气经久不衰。

（1）该小说表面上是一部爱情小说，但本质上更应该是寻求自我意识的成长小说。

（2）"身份认同"可以为小说解读提供一种全新视角。第二次世界大战后日本在国际政治上缺少独立的话语权，而且传统文化受到欧美文化的冲击，这便导致了其身份认同与主体意识的重构问题。

（3）小说的故事设定在1970年前后，主人公经历了学生运动失败而陷入颓废与迷惘。这种精神焦虑是现代性问题所造成的，所以它能引起青年读者的共鸣。

（4）村上春树借用披头士乐队的名曲《挪威的森林》作为小说名，歌词中有一句"美丽的小鸟飞走了"，这寓意作者对逝去青春的一种追忆。

37岁的主人公渡边彻在飞机降落到柏林时，听到了震撼他心灵的甲壳虫乐队的名曲《挪威的森林》，不由自主地回忆起十几年前的大学时代、20岁时的自己和直子及绿子的感情纠葛等。作为村上的第五部长篇小说，《挪威的森林》的故事情节既没有奇思妙想，也没有天马行空，不具备叙事模式的创新性，而是一部现实主义风格的作品。对此，村上自己这样评价道：

接下来我写了一个直截了当表现"男孩遇到女孩"的故事，取"披头士"的一首歌叫做《挪威的森林》。很多读者以为对我来说《挪威的森林》是一种撤退，一种对我的作品一直以来坚持的东西的背叛。然而对我而言，情况恰恰相反：这是一次冒险，一次挑战。我从未写过这种直截（接）、简单的故事，我想试试自己到底行不行。①

《挪威的森林》被村上春村称为"百分之百向现实发起挑战"②的作品，取得了巨大的成功，成为村上文学作品中的经典代表作，以及世界范围内的超级畅销书。因此，学术界对这部作品的评论与研究至今依然热度不减。

《挪威的森林》单行本腰封上的一句宣传用的广告词，村上春树的本意是想这样写，"这是村上春树百分之百的现实主义小说"，但由于营销需要，最后的文案是"百分之百的恋爱小说"。因此"恋爱小说""非恋爱小说"成为解读《挪威的森林》的两条相反的途径，可以获得不一样的阅读体验与人生启迪。作为一部在全世界畅销30多年的小说，《挪威的森林》被赋予"城市小说""小资情调""爱情小说"等标签，在"丧失""孤独""无力感""成长"等主题之下不断被人追问："什么是自己的青春？"正如林少华③评价的那样："从我们中国

---

① 杰·鲁宾.洗耳倾听村上春树的世界[M].冯涛,译.南京:南京大学出版社,2012:134.
② 村上春樹.村上春樹全作品 1979～1989〈6〉ノルウェイの森[M].東京:講談社,1990.
③ 林少华是我国著名翻译家，他翻译了日本作家村上春树、夏目漱石、芥川龙之介、川端康成等名家的作品，尤其以翻译村上春树的作品而为大众熟悉。自1989年翻译《挪威的森林》开始，30多年来林少华翻译了村上春树的38部作品，是中国翻译村上作品最多、最受欢迎的译者之一。

读者角度来说,同是日本作家,川端也好,大江也罢,读之总觉得是在读别人,中间好像横着一道足够高的门槛,把我们客气而又坚决地挡在门外;而读村上,我们则觉得在读自己,是在叩问自己的心灵,倾听自己心灵的回声,在自己的精神世界中游历,看到的是我们自己。"①这种仿佛"读自己"般的心灵共鸣,从独具匠心的小说开篇便将读者带入了《挪威的森林》中的文学世界。

> 三十七岁的我坐在波音747客机上。庞大的机体穿过厚重的雨云,俯身向汉堡机场降落。十一月砭人肌肤的冷雨,将大地涂得一片阴沉,使得身披雨衣的地勤工、候机楼上呆然垂向地面的旗,以及 BMW 广告板等一切的一切,看上去竟同佛兰德派抑郁画的背景一般。罢了罢了,又是德国,我想。
>
> 飞机一着陆,禁烟显示牌倏然消失,天花板扩音器中低声流出背景音乐,那是一个管弦乐队自鸣得意地演奏的甲壳虫乐队的《挪威的森林》。那旋律一如往日地使我难以自已,不,比往日还要强烈地摇撼着我的身心。

正如加西亚·马尔克斯在《百年孤独》开篇的经典场景一样:"多年以后,奥雷连诺上校站在行刑队面前,准会想起父亲带他去参观冰块的那个遥远的下午。"②《挪威的森林》一开篇便将读者拉入"我"的双重时空之中,37岁的"我"(渡边)正抵达德国的汉堡机场;另一个时空里,18年前19岁的"我"和直子一起在草原上谈论"深井"。作者在小说开端处将"我"置于整个故事结构的末端与开始,从而形成一个无尽循环往复的圆环结构,过去与未来之间不再只是单行道。虽然人只是天地间的匆匆过客,但当他在记忆的时空中留下痕迹,便可以一遍遍地重复着那一幕。

《挪威的森林》选取了第一人称回溯记忆的叙事手法。小说的叙事从"我"乘坐的飞机降落于机场开始,听到甲壳虫乐队演奏的曲子《挪威的森林》,选定为"现在",进而展开往事的回忆,站在"现在"的时间点上,去叙述"过去",即18年前的往事,这样如"历史的现在"(historical present)一样栩栩如生地重构了19岁时"我"的往事,形成了"时间倒错"。在开篇的第一章里,一边展开故事,另一边插入"外倒叙"。在空间上,"庞大的机体穿过厚重的雨云,俯身向汉堡机场降落"这样的空间变化和移动,带给读者宛如时空穿梭一般的体验。接下来便是甲壳虫乐队演奏《挪威的森林》的音乐空间,读者跟随着作者一起进入了一个崭新的空间:"仿佛依然置身于那片草地之中,呼吸着草的芬芳,感受着风的轻柔,谛听着鸟的鸣啭。"随后通过时间转换进入青春空间:"那是一九六九年的秋天,我快满二十岁的时候。"不过,写到这里时作者并没有直接回归18年前的时空,而是采取了一个停顿手法,从过去的时空再次回到现实世界,空姐走

---

① 村上春树.挪威的森林[M].林少华,译.上海:上海译文出版社,2008,"村上春树何以为村上春树"(代译序):1-2.
② 加西亚·马尔克斯.百年孤独[M].范晔,译.海南:南海出版社,2017:1.

村上春树的作家之路

村上春树属于日本第一次"婴儿潮"的"团块世代"。日本在战后的废墟上,恢复经济建设,刚刚摆脱了混乱的局面。"团块世代"与经历过战争和大饥荒时代的父辈们完全不同,成长在物质充足的年代。村上春树在中学时代是个逃学、贪玩的"问题少年"。1967年他高考落榜,成了"浪人"(复读生)。一年后考入早稻田大学。在世界大学生运动的影响下,当时的日本大学生组成了"全共斗"等学生组织(1968—1969)。早稻田大学是当时学生运动的中心之一,学生运动如火如荼。他们反对安保条约,抵制学费上涨,主张校园民主化,进行罢课、集会、游行示威等,甚至发生了流血事件,波及整个日本。村上春树虽然没有参与学生运动,但仍被贴上"全共斗"一代的标签。这成为《挪威的森林》的时代背景,在小说中有大量的描写。1971年,他在大学期间与高桥阳子成婚,夫妻俩共同经营一家爵士乐酒吧"彼得猫"。1975年3月大学毕业,毕业论文的题目是《美国电影中的旅行思想》。1978年4月的某一天,村上春树在明治神宫棒球场一边喝啤酒一边看棒球比赛时,突然产生了写小说的欲望。从此以后,他每天在酒吧结束工作后,就开始进行创作,常常写到凌晨三四点。半年以后,处女作《且听风吟》问世。1979年6月,而立之年的村上春树获得了第22届《群像》新人奖。同年7月《且听风吟》由讲谈社出版。1981年,他将酒吧转让,移居千叶县船桥市,开始走上专业作家的道路。

到"我"身边再次确认"我"的状态,"我"笑着回答:"只是觉得有些感伤而已。"寥寥数语,用"即使在经历过18度春秋的今天,我仍可真切地记起那片草地的风景。(中略)直子一边移动步履,一边向我讲述水井的故事",将小说叙事者"我"再次带入新的时空。"我"站在18年后,以37岁的姿态讲述19岁的"我",人物视角切换成了"我"和直子。"我"伤感地追问着自己的青春,感觉青春的自己"只在乎我自己"及"和直子的关系"。现在回想起来,不禁要问:"我们到底消失在什么地方了呢?为什么会发生那样的事情呢?看上去那般可贵的东西,她和当时的我以及我的世界都遁往何处去了呢?"18年前"那样的事情"到底是什么事情?直子和"我"之间到底发生了什么?"我"继续回忆道:"当然,只要有时间,我总会忆起她的面容。"表明了直子对"我"的重要性,也暗示了直子已经离"我"远去,这18年来她不曾陪伴着我,她仿佛定格在了18年前。言语之间透露出直子已经不在人世的事实。最终以"想到这里,我悲哀得难以自禁。因为,直子连爱都没爱过我"而结束。作者在第一章就给整个小说营造出一种悲伤的恋爱物语氛围,"我"深爱着直子,直子也特别在意"我",希望自己永远被"我"记住,但为何现在的"我"突然意识到直子从来没有爱过"我"?直子似乎已经意识到自己将要离开"我","我"和直子之间发生了什么?在悲戚、淡然、深情之中,唤起消失的东西,捕捉沉淀在记忆中关于青春和成长的往事。连接现在的"我"和18年前的"我"之间的时空是甲壳虫乐队的歌曲《挪威的森林》,英文原曲名为"Norwegian Wood(This Bird Had Flown)",收录于1965年12月的《橡胶灵魂》("Rubber Soul")专辑中。

歌词的大致内容:我曾经拥有过一个女友,也可以说她曾经拥有过我,她要我留下来。当我醒来时,我独自一人,这只鸟飞走了。最后,我点燃了一堆火。"挪威的森林",在歌曲中反复出现,原文中"Norwegian wood",指的是一种松木"挪威木",当时许多英国民众用它来装潢房子。原创约翰·列侬在接受采访时曾表示,这首歌描写的是他自己的一段感情出轨经历,最早歌曲名为"This Bird Had Flown",意思是歌曲中的那个我曾经拥有的女友(she)离开了,暗指那段感情经历的结束,后来改用出现在歌词中第一段和最后一段的"Norwegian wood"作为歌名。村上春树将该歌曲名直接翻译成"ノルウェイの森",并把它作为女主人公直子最喜爱的歌曲,在整个故事情节中反复出现,可以称为直子的"镇魂曲"。从歌词脉络来看,该曲的情节意境和小说同出一辙。20岁生日当天的直子和歌词中的女孩一样,将"我"带到她的房间,倾诉到了深夜。在她号啕大哭之中,我们"走到"一起了。之后,直子就悄然搬走,不辞而别,没留下只言片语,从"我"的世界里消失了。

作家余华指出:"音乐的叙述和文学的叙述有时候是如此的相似,它们都暗示了时间的衰老和时间的新生,暗示了空间的转瞬即逝;它们都经历了段落的开始,情感的跌宕起伏,高潮的推出和结束时的回响。"[①]村上春树在作品中通过音乐《挪威的森林》的文学性叙事,以及小说《挪威的森林》的音乐性叙事,塑造了直子的人物形象,实现了文学与音乐的互文与对话。

至今,对小说《挪威的森林》的解读,存在两种截然相反的方法:一种将其视为爱情小说,另一种将视其为现代性批判小说。当我们视其为爱情小说来解读时,一般都是引入女性主义批评理论,例如男主人公渡边带有男凝视角与菲勒斯中心主义(phallus-centric),女性成为满足男性欲望的工具。在这种菲勒斯中心主义思想指引下,直子作为一个月亮型的女孩,只是留存于他的冰冷记忆之中;绿子成为渡边心目中的阳光少女,则是基于她的大胆的表白。女主人公直子与初美的自杀,其原因可以归结为自我主体意识的缺失。因为,真正的爱情必然是灵与肉的完美结合,不存在柏拉图式的纯粹爱情。对于只有性欲而无爱情的男人来说,他们追求女性的目的是满足感官与生理的需求;对于女人而言,没有爱的性行为,那便是肉体的屈从和堕落,绝无精神愉悦和享受可言。从根本上来说,肉体应该是她们表达情感和欲望的载体,然而一旦被肉欲和困惑所纠缠,便会失去实现自我价值与人生幸福的根基。

作者村上春树不遗余力地赞美她们的美貌与良德,直子清纯,初美娴静,绿子活泼,玲子成熟,四位女性都是美丽与美好的化身。从某种意义上说,她们满足了身为男性的作者对于女性的种种要求和期望,也是作者的主观意愿的延伸。男主人公渡边对于女性美貌的反复描述和赞美,将女性置于被男性审视的地位上,否定了女性主体作为美的创造者、美的观赏者的位置和权利。最终,男主人公在"女性遍历"(猎艳)之后得到了"精神

[①] 余华.高潮[M].北京:华艺出版社,2000:"前言"1-2.

成长"。小说开头,渡边乘坐飞机即将降落在汉堡机场,耳边响起了《挪威的森林》的乐曲,37 岁的他想起了 19 岁时的往事,想起了他交往过的四位女性,最终这四位女性都成为他人生旅途中的过客。小说的这种男性叙事成为女性主义批评的最大理由。

相对于爱情小说解读的研究方法,更多研究者将《挪威的森林》视为现代性批判小说。现代性分为启蒙现代性与审美现代性。文艺复兴运动标志启蒙现代性思潮的兴起,结束了欧洲中世纪神权的统治,破除了迷信与愚昧,但同时也导致了科学万能主义的流行。19 世纪后期,资本主义社会出现了严重的社会问题,贫富差距加大,环境污染问题严重,科学技术的进步并没有能力解决人类的精神问题,于是审美现代性思潮开始出现,主张用文学艺术的感性力量对抗工具理性。不过应该看到,审美现代性思想同样存在着局限性,特别是面对消费主义对人们的欲望裹挟仍然无能为力。但是,对现代性的反思让我们看清楚了人类面对的精神困境。

20 世纪 60 年代至 70 年代,日本进入经济高度发展时期,人们的物质生活变得富裕起来,但人们的精神危机也与日俱增。于是,物质生活的丰富与人们的欲求膨胀,造成了精神世界的严重失衡。人与人之间的情感交流减少,心理距离拉大。生活在都市的人们就像无根的浮萍一般,孤独、虚无、失落,却又无力面对强大的社会压力。大都市的繁华表象掩饰不了人们内心的焦虑,许多年轻人因自我原因或社会原因受到异化与疏离而陷入孤独,异化与疏离则是研究后现代小说的孤独感主题的两个关键词。

《挪威的森林》把男女主人公的孤独感描绘得相当深刻。对于现代人而言,孤独是足以销蚀生命的毒物,善良的人在寂寞中慢慢死去,邪恶的人在疯狂中灭亡。孤独感是一种精神陷阱,正如女主人公直子所说的那样,一口没有希望的"深井",深陷其中的人只能在绝望中慢慢等待死亡降临。

现代人的孤独感很大程度来自现代性对人生意义的消解,换言之,就是人的异化或物化,人生变得毫无意义,精神上缺乏归属感。人的异化是指自然、社会及人与人之间的关系对于人的本质的改变和扭曲,人的物质生产与精神生产及其产品变成异己力量,反过来统治人的一种社会现象。造成这种现象的恰好是人类自己。启蒙现代性实现了对宗教的批判,然而人类没有想到的是,资本主义大工业化生产造就了拜金主义的盛行,人与人之间的关系变成了赤裸裸的金钱关系。

那么谈到人的异化,最著名的理论应是萨特的存在主义。存在主义的四个基本观点是:存在先于本质、自我意识、自由和责任、死亡。萨特本人曾于 1966 年到访过日本,逗留四个星期,在东京和京都等地做了三场公开演讲,引起了巨大轰动。这正值日本学生运动进行得如火如荼的时期。当时的青年人经历了日美安保斗争、越南战争及校园纷争(学生运动),然而随着这些运动的无疾而终,热血青年逐渐陷入了理想幻灭的状态,变得颓废虚无。因此,他们对萨特的存在主义思想趋之若鹜,视为圭臬。

小说《挪威的森林》从表层叙事结构来看,讲述了渡边、直子、绿子之间的三角恋故

事,扉页上的"献给许许多多的祭日"及后记中的"献给我离开人世的几位朋友",两者首尾呼应,强调了作者对于生与死、存在与束缚的哲学思考。直子、木月、初美等人物在青春中迷茫、彷徨,由于构建伦理身份(主体性)的失败,他们相继上演了自杀的人生悲剧;从深层结构上看,"映射战后日本建构本民族伦理身份的失败"①。日本在第二次世界大战后没有彻底反省与清算战争责任,便接受了美国主导的所谓民主改革,这就导致日本社会容易陷入思想混乱的局面,成为纵容军国主义右翼思想生存的温床。同样,直子曾经是木月的女朋友,她对这种伦理身份没有理性的认识,便接受了木月的好朋友渡边的追求,希望依靠渡边女朋友新的伦理身份来重塑自我,结果却事与愿违。

那一晚是"我"唯一一次拥有直子。"我"深爱着直子,魂牵梦绕。这却导致直子精神错乱,让她陷入沉重的伦理危机。直子从小就将自己封闭在与木月的二人世界中,两小无猜,亲密无间,"像在无人岛上长大的光屁股孩子"。她深爱着木月,却无法同他在身体上结合。木月得不到直子,毫无征兆地突然自杀了。直子失去了心中最爱,悲痛不已,也陷入了深深的自责当中。直子试图通过与木月的好友渡边——"我"的交往,将"我"当作木月的替身,摆脱她的伦理困境,却始终活在木月死亡的阴影里。在20岁生日的当晚,直子与渡边的身体结合又让她产生了是否真的爱过木月的怀疑。这种困惑成为沉重的精神负担,让直子对自我、他者及身份都产生了严重的混乱,对自我的身份认同和人生价值产生了怀疑,甚至否定。

以此类推,萨特的存在主义视角让读者对小说文本隐藏的现代性批判有了更深刻的理解。日本民众自古以来就将天皇当作神一样的存在,两千多年来深受东方伦理思想的支配。随着第二次世界大战的失败,天皇一夜之间由高高在上、拥有至高无上权力的"神",变成了普普通通的"人"。然而,短期内日本民众并不适应西方民主主义思想与价值观的洗礼,显得无所适从。"伦理身份与伦理环境的突变,无疑在战后日本看似祥和的民主主义氛围之中埋下了民族精神危机的种子。"②这是20世纪60年代日本爆发席卷全国的"全共斗"学生运动,以及20世纪90年代发生震惊全球的东京地铁沙林事件的重要原因,也是村上文学作品的深层创作动机与思想根源。总之,在当今全球一体化与去全球化并存的复杂时代背景下,人类社会共同面对诸如宗教种族、地域歧视与纷争、环境保护、恐怖活动等各种问题,为了抗衡技术理性对人性的挤压,拯救被"物化""异化"的人类自我,并且实现"诗意的栖居",文学艺术等人文学科正发挥着重要作用。《挪威的森林》表现了现代社会青年人对生存现状、身份认同等问题的焦虑不安、孤独疏离,给读者带来精神慰藉,该小说被译成多种文字出版,作为畅销书多次再版,且长盛不衰。从长远眼光来看,《挪威的森林》一定可以成为一部受到世界各国读者喜爱的世界性文学经典。

---

① 任洁.论村上春树《挪威的森林》中的身份困惑与伦理思考[J].当代外国文学,2020,41(3):81-87.
② 任洁.论村上春树《挪威的森林》中的身份困惑与伦理思考[J].当代外国文学,2020,41(3):81-87.

> 小百科

1. 世界文学视阈下的村上春树

村上春树是日本家喻户晓的当代著名作家,不但写小说,也写诗歌、散文、随笔,荣获世界性的文学奖众多,并且连续多年被提名诺贝尔文学奖候选人。他的许多作品被改编成舞台剧、电视剧和电影等,风靡全球。村上春树的绝大部分文学作品在中国都有一种或几种译本,发行量巨大,对青年人影响深远。同时,他还是一位成就斐然的翻译家,译介了卡佛、卡波蒂、钱德勒等重要作家的著作,特别是翻译出版了卡佛全集,他的翻译实践能力非常强。

德国诗人歌德在1827年曾预言:"世界文学的时代即将来临。每个人都应该为加速世界文学时代的到来而贡献自己的一份力量。"然而,全球化导致的文化混乱使得个体与世界之间的关系已然脱离实际的关系,虽然这种违和感避免个体陷入孤独与疏离的状态,但对他人的不信任感增加了生存难度。因此,超越民族文学视野的世界文学则是一剂良药。村上是第一位在世界范围内拥有如此多读者的日本小说家,其作品被世界范围的大众读者所接受,表达了深层次的、具有普遍共性的思想主题,在他构建的"地下二层"世界中,他所探索的文学思想与哲学问题相通,这是村上春树成为世界性作家的原因所在。

2. 歌曲《挪威的森林》英文歌词

甲壳虫乐队的歌曲《挪威的森林》,英文原曲名为"Norwegian Wood(This Bird Had Flown)",收录于1965年12月发行的《橡胶灵魂》("Rubber Soul")专辑中,歌词如下。

I once had a girl,
Or should I say she once had me.
She showed me her room,
Isn't it good, Norwegian wood?

She asked me to stay
And she told me to sit anywhere,
So I looked around
And I noticed there wasn't a chair.
I sat on a rug biding my time,
Drinking her wine.
We talked until two and then she said,
"It's time for bed?"

She told me she worked in the morning and started to laugh,
I told her I didn't,
And crawled off to sleep in the bath.

And when I awoke I was alone,
This bird had flown,
So I lit a fire,
Isn't it good, Norwegian wood?

第 11 讲

《无限近似于透明的蓝》

村上龙

背景介绍

20世纪六七十年代世界经历了东西方冷战、越南战争、石油危机及"垮掉的一代"的嬉皮士文化等,世界政治经济与社会文化进入多元化时期。这一时期是日本经济高速增长的发展时期,然而作为战败国,日本在国际关系中缺乏政治话语权,这给日本青年人带来巨大的心理落差,他们热衷于参加政治运动,梦想改变日本社会,但都以失败告终。在这种背景下,日本战后出生的新生代作家崭露头角。代表人物村上龙的早期作品以表现青少年的"亚文化"题材为主,包括近年备受关注的"宅男""丧文化"等雏形样态,这种"破坏性"主题对传统文化具有解构性。后期作品则强调"建设性",探索冲破闭塞的现实的可能性,实现自我的精神独立,体现出村上龙对现实社会的人文情怀。

作家与作品

村上龙,本名村上龙之助,1952年出生于日本长崎县佐世保市的一个教师之家。他不仅是日本著名的小说家,同时也是一名电影导演,活跃在当今日本文坛等多个领域,其作品强调思想性、批判性,其创作风格属于"社会派"文学,具有强烈的批判性。学生时代他就积极参加学校的各种社团活动,精力旺盛,积累了大量的社会经验。1967年他进入长崎县立佐世保北高中就读,曾加入学校的橄榄球队,但半年后因为无法适应而退出。随后与朋友组成摇滚乐团,但一年后解散,之后村上龙加入学校的新闻社。1976年村上龙发表了处女作《无限近似于透明的蓝》,荣获第75届芥川文学奖,创造了当月销售100万册的空前纪录,引起了全日本的轰动,被日本评论家认为是"一个重大的社会事件,而非单纯的文学事件"。作为一名新人作家,村上龙因此一举成名,受到文坛瞩目。成名至今40多年,出版了40多部长篇小说与短篇小说集,以及电影剧本、散文随笔等多种体裁的作品。除此之外,他还以电影导演、广播DJ、脱口

秀主持人、音乐制作人、体育赛事记者、波普艺术家等多重身份活跃于大众传媒领域。总之，精力旺盛的村上龙有着强烈的社会意识与使命感，敏锐地感受时代跳动的脉搏，密切注视社会风潮的发展动态，具有强烈的社会改革意识与批判精神。他的作品始终关注日本社会的重大问题，例如青少年犯罪、少女卖淫"援交"等社会问题，描绘日本社会底层边缘人的生存状态，剖析社会矛盾与人性欲望的深层根源。他用隐喻的文学形式将思想观念和批判意识传达给日本民众，启迪思想，发人深省。

作家简表	
1952年	出生
1967年	长崎县立佐世保北高中
1972年	东京武藏野美术大学
1976年	《无限近似于透明的蓝》获《群像》新人奖和芥川文学奖
1980年	《寄物柜里的婴孩》
1984年	《悲伤的热带》
1987年	69（Sixty nine）
1992年	黄玉系列
1996年	《京子的轨迹》
2000年	《希望之国》
2001年	《最后的家族》
2003年	《启蒙宣言》
2005年	《香蕉模式》
2006年	《盾》

村上龙的作品反映了战后日本人许多无法回避的现实问题，如美军基地、美国文化入侵、反抗父权、批判天皇制思想，以及价值观日趋多元化的网络时代所面临的种种新问题。具体来说，《无限近似于透明的蓝》及"KYO-KO"系列等作品涉及了对美国文化如何接受的问题意识；《寄物柜里的婴孩》《昭和歌谣大全集》等作品揭示了都市社会的闭塞性，以及试图冲破闭塞、带有巨大破坏力的叛逆想法。短篇小说集《黄玉》被称为"黄玉系列"，描写了普通女孩的"脱轨"人生，汇集了以都市、消费社会、颓废、神秘主义及快乐主义为主题的系列作品，表现了现代都市的顽疾病症，即"性风俗界"的应召女郎们的精神世界，几乎都是以女主人公的第一人称独白为叙事话语，寄托着作者的"寻找他者""反抗父权"等创作动机及社会性隐喻。《五分钟后的世界》等小说运用反讽策略，描写了部分日本人对战后民主体制的"憎恶"与对极权主义的"憧憬"，在他们的世界里难见阳光却暗潮涌动。小说《扎孔饰环》描写主人公的精神创伤、人格障碍等心理疾病，不同于一般意义上的"心理恐怖小说"。男主人公因儿时受虐待的精神创伤而产生杀人冲动，他经常产生惊悚的幻想，担心用冰锥刺伤自己的孩子；女主人公则是一个应召女郎，幼时遭受父亲的猥亵，她滥用药物，抱有自杀的想法，有自残行为，在自己身体上扎孔并挂上环饰，每一个环饰记录她与死亡抗争的勇气，她用自残身体的方式来确认自我的存在。小说主人公被描写成"去精神科就诊"的普通病人，"异常体验"就变成了普通人也有可能经历的一般性体验，该小说主题便具有了现代社会的普遍性意义，而不是一部猎奇趣味的恐怖小说。此外还有以"少女援助交际"（援交）为题材创作的小说《爱与时尚》《共生虫》，以及表现"乌托邦理想"的《奔向希望之国》，表现家庭新模式与伦理思想的《最后的家族》等小说。

除了文学创作上的成就，村上龙还与日本当代魔幻现实主义作家、英年早逝的中

上健次，日本著名音乐人坂本龙一，以及日本著名球星中田英寿等社会名流以对话集的形式多次出版访谈录。其中的音乐人坂本龙一曾经为电影《末代皇帝》配乐，并因此荣获第 60 届奥斯卡金像奖的最佳原创配乐奖。这些成就不仅是村上龙文学的社会性具体表现，也体现了日本当代文坛特别注重的文学体裁多样化的创作理念。总之，村上龙的文学作品题材广泛，具有极其重要的影响力。

小说梗概

主人公龙是一名 19 岁的在校大学生，但他无心于学业，一边与比自己年长的酒吧女莉莉同居，另一边又与酒吧女阿惠、玲子及平面模特摩可等女子关系暧昧；身份不明或以打零工为生的日本青年"冲绳"（绰号）、吉山、和夫、三郎及美军黑人士兵等人为美军的滥交聚会介绍日本女孩，以此换取药物、毒品、紧俏商品，除自用之外也兼倒卖获利。

小说采用主人公龙的第一人称叙事。"我"和莉莉、玲子、茂子、一雄、吉山、冲绳、阿桂等人都爱好摇滚乐，经常举行"派对"。在"派对"上他们注射海洛因、吗啡，喝威士忌，听着摇滚乐唱片而跳舞，亢奋之后便在昏暗的灯光下发生性行为。有时还有美国水兵来参加"派对"。玲子和"冲绳"是一对"瘾君子"，胳膊上全是注射海洛因留下的针孔。

"冲绳"曾被他父亲送进过戒毒所，但出了戒毒所依旧吸毒。吉山与阿桂是一对男女"冤家"，常常吵架。有一次，吉山把阿桂打得口吐鲜血。为了求得女方的原谅，吉山用玻璃片割破自己的动脉。"我"和莉莉相识于美国的尼亚加拉，寂寞时我们常常相依相偎。一次"我"发生食物中毒，浑身颤抖，是莉莉把"我"送进医院。但小说最后她还是离开了"我"，跟着混血的画家走了。一雄喜欢拍照，常把别人拥抱、接吻、裸体时的情景偷拍下来。茂子有偷窃的习惯，有时竟当着店员的面偷东西。总之，"我"和一群坏朋友过着放荡不羁的嬉皮士生活。

> **作品评价**
>
> 《无限近似于透明的蓝》是日本著名文学杂志《群像》新人奖的应征作品并获奖。同年又获得了芥川文学奖，是村上龙登上日本文坛的处女作，也是成名作。作者将自己 24 年的人生体验浓缩在 5 天的时间里，以百米赛跑的速度完成了日本现代文学史上独树一帜的名作。获芥川文学奖后，《无限近似于透明的蓝》不仅成为年度最畅销文学作品，还给那一年增加了一些流行元素，比如"无限接近～""透明族"等流行语。同年，村上龙自编自导的同名电影拍摄完成并公映。

小说原文

飛行機の音ではなかった。耳の後ろ側を飛んでいた虫の羽音だった。蠅(はえ)よりも小さな虫は、目の前をしばらく旋回(せんかい)して暗い部屋の隅へと見えなくなった。

天井の電球を反射している白くて丸いテーブルにガラス製の灰皿がある。フィルターに口紅のついた細長い煙草がその中で燃えている。洋梨に似た形をしたワインの瓶がテーブルの端にあり、そのラベルには葡萄を口に頬張り房を手に持った金髪の女の絵が描かれてある。グラスに注がれたワインの表面にも天井の赤い灯りが揺れて映っている。テーブルの足先は毛足の長い絨毯にめり込んで見えない。正面に大きな鏡台がある。その前に座っている女の背中が汗で濡れている。女は足を伸ばし黒のストッキングをクルクルと丸めて抜き取った。

「ちょっと、そこのタオル取ってよ。ピンクのやつ、あるでしょ?」

リリーはそう言って丸めたストッキングをこちらへ投げた。たった今仕事から帰ったばかりだと言って、手にとった化粧水を脂で光っている額に軽く叩きつける。

「それで、その後どうしたの?」

タオルを受け取るとそのまま背中を拭き僕を見て聞いた。

「ああ、酒でも飲ましてね、おとなしくさせようと思ったんだ、あいつの他にも外のセドリックに二人いたしさ、みんなボンドでね、フラフラだったから、酒でも飲ましてさ、あいつ少年刑務所にいたって本当?」

「朝鮮人なのよ、あいつ」

リリーは化粧を落としている。鼻を刺す匂いの液をしみこませた小さな平べったい脱脂綿で顔を拭いている。背中を丸めて鏡を覗き込み、熱帯魚のヒレみたいなつけまつげを取る。捨てられる脱脂綿には赤や黒の汚れがついている「ケン、おにいさんを刺したのよ、たぶんおにいさんだと思ったなあ、でも死ななかったんじゃない、この前店に来てたもん」

ワインのグラスに透かして電球を見る。

なだらかなガラス球の中に暗いオレンジ色のフィラメントがある。「リリーに俺のこと聞いてきたって言ってたよ、あまり言うなよ、変な奴にいろいろ言わないでくれよ」

口紅やヘアブラシやその他のいろいろな瓶や箱と一緒に、鏡台の上に置いたワインを飲み干して、リリーは僕の目の前で金ラメのパンタロンを脱いだ。腹にゴムのあとがついている。昔、リリーはモデルをやっていたそうだ。

毛皮のコートを着た写真が額に入れて壁にある。何百万もするチンチラだと教えてくれた。いつか寒い頃にヒロポンを打ちすぎて死人のような青白い顔で僕の部屋に来たことがある。口のまわりに吹出物を作って、ガタガタ震え、ドアを開けるなり倒れ込んできた。

ねえ、マニキュア落としてよ、ベタベタして気持ち悪いの、抱き起こすと確かそう

いう事を言った。背中の大きくあいたドレスを着ていて、真珠のネックレスがヌルヌルする程全身に汗を掻いていた。除光液なんかなかったのでシンナーで手と足の爪を拭き取ってやると、ごめんね、店でちょっとイヤな事があったのよ、と小さな声で言った。足首を握って爪をこすっている間、リリーは肩で息をしながらずっと窓からの景色を見ていた。僕はドレスの裾から手を入れキスしながら太股の内側の冷たい汗に触れ、パンティを降ろそうとした。パンティを足先にひっかけ、椅子の上で大きく足を開げたリリーは、あの時テレビが見たいと言いだした。マーロン・ブランドの古いやつやってるはずよ、エリア・カザンのやつ。手の平についた花の匂いのする汗は、長いこと乾かなかった。

「リュウ、あなたジャクソンのハウスでモルヒネ打ったでしょう？　おとといよ」
リリーは冷蔵庫から桃を出してきて皮を剝きながら僕に言う。足を組んでソファに身を沈めている。僕は桃を断わった。

「その時、髪、赤でさ、短いスカートの女、憶えてない？　スタイルいいのよ、お尻が決まってる女、いなかった？」

「どうかな、あの時は日本人の女三人いたなあ、アアロにしてるやつ？」

台所がここから見える。汚れたまま流しに積んでいる皿の上を黒い虫、たぶんゴキブリが這い回っている。リリーは裸の太股にこぼした桃の汁を拭きながら話す。スリッパがぶら下がっている足には赤や青の静脈が走っているのがわかる。僕はその皮膚の上から見える血管をいつもきれいだと思う。

「やっぱりウソついたのね、その女、店さぼったのよ、病気してるやつが昼間からリュウなんかと遊んでりゃ世話ないわ、その女もモルヒネ打ったの？」

「ジャクソンがそんな事する訳ないだろ？　女の子はこういうことしちゃいけないんだって例の調子でさ、もったいないもんだから。あの女リリーのとこの娘かあ、よく笑う女だったなあ、グラス喫いすぎてよく笑ったよ」

「クビにしようかしら、どう思う？」

「でもあの女は人気があるんだろう？」

「まあね、ああいう尻はもてるのよ」

ゴキブリはケチャップがドロリと溜まった皿に頭を突っ込んで背中が油で濡れている。

ゴキブリを潰すといろいろな色の液が出るが、今のあいつの腹の中は赤いかも知れない。

昔、絵具のパレットを這っているやつを殺したら鮮やかな紫色の体液が出た。その時パレットには紫という絵具は出してなかったので小さな腹の中で赤と青が

混じったのだろうと僕は思った。

「それでケンはどうしたの？ おとなしく帰ったの？」

「ああ、一応部屋に入れてね、女なんかいないってちゃんと言って、酒飲むか、って言ったらコーラにしてくれってさ、ラリってるから、ゴメンなって謝まったよ」

「バカみたいね」

「車で待ってた連中（れんちゅう）が通りかかった女をひっかけてさ、あの女はすごく年増（としま）だったなあ」

取り残された化粧がリリーの額で細く光っている。食べ終わった桃の種子（しゅし）を灰皿に捨てて、染めてまとめられた髪からピンを外しブラシで梳（と）かし始める。ゆっくりと髪の波に沿って、斜めに傾（かたむ）けた煙草をくわえたままで。「ケンのねえさん私の店で働いてたのよ、もうだいぶ前だけど、頭いい人だったなあ」

「もうやめたの？」

「国に帰ったらしいわよ、北の方だって言ってたから」

柔かな赤い髪がヘアブラシに絡みつく。豊かな髪を整（ととの）えたリリーは思い出したように立ち上がり、戸棚から銀色の箱に入った細い注射器（ちゅうしゃき）を取り出した。茶色の小瓶を灯りに透かして液体の量を確かめると、規定分（きていぶん）だけ注射器に吸わせて、身を屈めて太股に打った。支えている足がかすかに震えている。針を深く入れすぎたのだろう、抜いた後、膝のあたりまで血の細い線が流れた。リリーは顳顬（こめかみ）を揉みながら唇の端から垂れた涎（よだれ）を手で拭う。

「リリー、針は一回ごとにちゃんと消毒（しょうどく）しなきゃだめだよ」

リリーは答えずに部屋の隅にあるベッドに横になり、煙草に火をつける。首筋（くびすじ）に太い血管（けっかん）が浮き出て弱々（よわよわ）しく煙を吐きだす。

「リュウも打つ？ まだあるわよ」

「きょうはいいよ、きょうは俺も持ってるんだ、友達も来るしさ」

リリーはサイドテーブルに手を伸ばし文庫本の「パルムの僧院」を読み始めた。開いたページに煙を吐きかけながら放心（ほうしん）した顔で字を追っている。

「よく読めるなあ、変わってるよリリーは」

棚から落ちて床に転がった注射器を拾い上げて僕が言うと、あらあ面白いのよ、と舌が縺れた声で言った。注射器の先端には血が付いていた。洗っておいてやろうと台所に入ると、流しの皿にゴキブリがまだ動いている。僕は新聞を丸めて皿を割らないよう注意し、調理台に移ったゴキブリを叩き殺した。

「何やってるの？」太股の血を爪で剥がしながらリリーが聞く。
「ねえ、こっちおいでよ」
とても甘い声だ。
　ゴキブリの腹からは黄色い体液が出た。調理台の縁に潰れてこびりつき、触角はまだかすかに動いている。
　リリーはパンティを足から抜いてもう一度僕を呼んだ。絨毯の上に「パルムの僧院」が投げ捨ててある。
　僕の部屋は酸っぱい匂いで充ちている。テーブルの上にいつ切ったのか思い出せないパイナップルがあって、匂いはそこから出ていた。
　切り口が黒ずんで完全に腐れ、皿にはドロドロした汁が溜まっている。
　ヘロインを打つ準備をしているオキナワは、鼻の頭にびっしりと汗を掻いている。それを見て、リリーが言った通り本当に蒸し暑い夜だと思った。湿ったベッドの上で重くなっているはずの体を揺すりながら、ねえ暑くない？ きょうとても暑いわ、リリーはそう言い続けた。
「ねえリュウ、このヘロインいくらした？」
　ドアーズのレコードを革のバッグから取り出しながらレイ子が聞く。十ドルだと答えると、へえ、沖縄より安いや、とオキナワが大声をあげた。オキナワは注射針の先端をライターで炙っている。アルコールで湿した脱脂綿で拭いて消毒してから息を吹き入れ穴が詰まっていないかテストする。
「壁やトイレなんかがきれいになってたんでびっくりしたよ、四谷署だけどな、最近新しくなったんだなあ、あれは、若い看守の野郎がおしゃべりな奴でさ、ここは警察の独身寮よりいいよなんて詰まらない冗談言いやがって、おべんちゃらでバカ笑いするじじいもいてな、全く気分悪かったな俺は」
　オキナワの目は黄色く濁っている。牛乳瓶に入った変な匂いの酒を飲んで、この部屋に来た時はすでにかなり酔っていた。
「おい、向こうで保健所にいたって本当か？」
　ヘロインを包むアルミ箔を開きながら僕はオキナワに聞いた。
「ああ、オヤジにな、入れられたんだ、アメちゃんの保健所だよ、俺がぱくられたのはMPだったからさ、まず米軍の施設で直してからあ、こっちに送り返されることになったわけだな、リュウ、やっぱりアメリカって国は進んでるよ、俺ホントにそう思ったぜ」
　ドアーズのレコードジャケットを見ていたレイ子が横から口をはさむ。
「ねえリュウ、毎日モルヒネ打ってもらえるんだってよ、いいと思わない？ レイ子

もアメちゃんの保健所入りたいなあ」

アルミ箔の隅のヘロインを耳掻きで中央に集めながらオキナワは言う。

「バカ野郎、レイ子みたいなハンチクなやつは入れないよ、本当のジャンキーしかダメなんだって言ったろ？ 俺みたいなさ、両腕に注射胼胝ができてる本物の中毒者しか入れないさ、ヨシ子さんってちょっと色っぽい看護婦がいてな、俺その人から尻に毎日打ってもらったよ。尻こう突き出してさ、窓からみんながバレーボールかなんかやってるの見ながらブスリと尻にね、からだがもう弱ってるもんだからちんちんが縮んじゃってるだろ？ ヨシ子さんに見せるの恥ずかしかったなあ、レイ子みたいにでかい尻だときっとだめだな」

レイ子はでかい尻と言ったオキナワにフンと小さく文句を言って、飲み物が欲しい、と台所に行き冷蔵庫を開ける。

「ねえ、何もないのお？」

オキナワがテーブルのパイナップルを指差し、これ少しもらえよ、故郷の味だろ？ と言う。

「オキナワ、あんたってホントに腐れてるものが好きねえ、何よその服、匂うわよ」

カルピスを水で薄めて飲みながらレイ子は言う。氷を頬に入れて動かしながら。

「レイ子ももうすぐ絶対にジャンキーになるんだ、オキナワと同じくらいの中毒になっとかないと結婚してから疲れると思うのよ、そして二人共中毒者になってからあ一緒に住んでさ、少しずつ止めるようにしたいな」

「二人して保健所へハネムーンか？」

笑いながら僕が聞く。

「うん、ね？ オキナワ、そうするのよね？」

「そりゃいいよ、そうしろよ、二人で仲良くお尻並べてモルヒネ打ってもらえよ、愛してる、なんて言い合ってさ」

オキナワは、ちやかすなよ、バカ野郎、と少し笑い、熱湯に浸してあった大きいスプーンをナプキンで拭いて乾かす。把手が弓形に大きく曲がったステンレスのスプーンの中に、マッチ棒の頭くらいの量だけ耳掻きでヘロインを入れる。レイ子今くしゃみなんかしたらぶっ殺すからな。スポイトで吸い上げる戦場用の一CC注射器に針を埋める。レイ子が蝋燭に火をつけた。注射器で、スプーンの中のヘロインに注意深く水滴を垂らす。

「リュウ、お前またパーティーやるのか？」

少し震える指をズボンに擦りつけて落ちつかせながらオキナワが聞いた。

「ああ黒人に頼まれたからな」

「レイ子、行くんだろ？ パーティーにさ」

残りのヘロインをまたアルミ箔に包み直すレイ子にオキナワは聞く。レイ子は僕の方を見ながら、うん、だけど心配ないよ、と答えた。

「ラリって黒人なんかと寝たら承知しないぞ」

スプーンを蝋燭に翳す。あっという間に水溶液は沸騰する。スプーンは内側に泡と湯気をたて、底は黒い煤で汚れる。オキナワはゆっくりと火から離し、赤ん坊にスープを飲ませる時のように息を吹きかけて冷ます。

留置場でさあ、と脱脂綿をちぎりながら僕に話しかける。

「留置場でさあ、ずっと切れてただろ？ 恐い夢見ちゃってなあ、もう思い出せないけど俺の一番上の兄貴が出てきたんだよ、俺は四男だから、兄貴は知らないんだ。兄貴はオロクで戦死したからな、会ったことないんだけど、兄貴の写真もなくて仏壇に親父の描いた下手な絵があるだけなんだけどさ、その兄貴が夢に出てきたんだ、不思議だろ？ 変だよな」

「それで兄貴が何かしゃべったの？」

「いやそういうのはもう忘れたけどさ」

小さくちぎった親指の爪程の脱脂綿をさめた液に浸す。オキナワは湿って重くなった脱脂綿の中に針先を沈めた。かすかな音を出して、ちょうど赤ん坊が乳を吸うような音で透明な液体が細いガラス管に少しずつ溜まっていく。吸い終わると唇を舌で舐めながら、オキナワは少しだけスポイトを押し、注射器内の空気を抜く。

「ねえ、レイ子にやらせてよ、リュウに打ってあげるよ、沖縄じゃみんなに打ってやってたんだからさ」

腕をまくったレイ子が言った。

「だめだ、お前いつか失敗して百ドル、パーにしやがったくせに、ピクニックの握り飯作るみたいに浮き浮きするんじゃないよ、みっともない、ほら、リュウの腕それで縛ってくれ」

レイ子は口を尖らせてオキナワを睨み皮紐で僕の左腕をきつく絞り上げた。左拳を握りしめると太い血管が浮き出る。アルコールで二、三度擦るとオキナワは濡れている針先を脹れた血管目がけて皮膚に沈めた。握りしめていた拳を開くとシリンダー内に黒っぽい僕の血が逆流してくる。ほらほらほら、と言いながらオキナワはスポイトを静かに押し、血と混じり合ったヘロインを一気に僕の中に入れた。

一丁上がりでっせえ、どうでっか？ オキナワは笑って針を抜く。皮膚が震えて針

が離れた瞬間、もうヘロインは指の先まで駆け巡り、鈍い衝撃が心臓に伝わってきた。視界に白い霧のようなものがかかりオキナワの顔がよく見えない。僕は胸を押さえて立ち上がった。息を吸いたいが呼吸のリズムが変わっていてうまくできない。殴られたように頭が痺れていて口の中が焼ける程乾いている。レイ子が僕の右肩を抱き、支えようとする。カラカラになった歯茎から少しだけ滲み出た唾液を呑み込むと、足先から駆け昇るように吐気が込み上げて、呻きながらベッドに倒れた。

レイ子が心配そうに肩を揺すっている。

「ねえ、ちょっと多すぎたんじゃない？ リュウ、あまりやったことないんだもん、見て、顔真青よ、大丈夫かなあ」

「そんなに打ってないぞ、死ぬことはないだろ、まあ死ぬことはないさ、レイ子、洗面器持ってきとけよ、こいつきっと吐くぞ」 枕に顔を埋める。喉の奥は乾いているのにひっきりなしに唾液が唇から溢れ、それを舌ですくうたびに猛烈な吐気が下腹を襲ってくる。

思いきり息をしてもほんの少ししか空気は入ってこない。それも口や鼻からではなく胸に小さな穴があってそこから漏れ込むような感じだ。腰は動けない程痺れている。締めつけられるような痛みが時々心臓を刺す。顳顬で脹れた血管が思い出すようにヒクヒクと震える。目を閉じるとものすごいスピードで生暖い渦の中に引き込まれるような恐怖を感じる。からだ中をヌルヌルと愛撫されていて、ハンバーグに乗せられたチーズみたいに溶けていくようだ。試験管の中の水と油塊のように、からだの中で冷えきっている部分と熱をもったところが分離して動き回っている。頭や喉や心臓や性器の中で熱が移動している。

レイ子を呼ぼうと思っても喉が引き攣れて声が出ない。煙草が欲しいとさっきから思っている。そのためにレイ子を呼びたいが口を開いてもかすかに声帯が震えてヒィーというかすれた音がするばかりだ。オキナワ達がいる方から時計の音が聞こえる。その規則正しい音は妙に優しく耳に響く。目はほとんど見えない。乱反射している水面みたいな視界の右の方に痛く感じる眩しい揺らめきがある。

きっとあれは蝋燭だと思っていると、レイ子が顔を覗き込み、手首を取って脈拍を確かめて、死んでないよ、とオキナワに言った。

僕は必死で口を動かす。鉄のように重い腕を上げてレイ子の肩に触れ、煙草をくれ、と小さな声を出した。レイ子は火の付いた煙草を唾液で濡れている唇にくわえ

させ、オキナワの方を向いて言う。ちょっと見てよ、このリュウの目、ガキみたいに恐がってさ、震えてるよ、可哀そうに、あらあら涙まで出しちゃって。

　煙は生き物のように肺の壁を引っ掻く。オキナワが僕の顎に手をかけ顔を起こして瞳孔を調べ、こりゃあ危なかったなあ、こりゃあすげえや、リュウの体重があと十キロ少なかったらもうだめだったな、とレイ子に言う。夏、砂浜に寝そべってナイロンのビーチパラソルを通して見る太陽みたいにオキナワの顔は輪郭がぼけて歪んで見える。自分が植物になってしまったように感じる。それも灰色に近い葉を日陰で閉じて、花も付けず柔かい毛に包まれた胞子をただ風に飛ばす羊歯のような静かな植物に。

　灯りが消えた。オキナワとレイ子が服を脱ぎ合う音が聞こえる。レコードの音量が上がった。ドアーズのソフトパレード、その合間に擦れ合う絨毯の音とレイ子の押し殺した呻き声が耳に入ってくる。

　ビルの屋上から飛び降りる女が頭に浮かんできた。顔は恐怖に歪んで遠去かる空を見ている、手と足を泳ぐ時のように動かしてもう一度上へ上がりたいと踠いている。結んでいた髪は途中で解け水藻のように頭の上で揺れている、大きくなる街路樹や車や人間、風圧で捩曲がった唇や鼻、まるで暑い真夏に汗をびっしり掻いて見る不安な夢のような光景が頭に浮かんでくる。黒白のスローモーション・フィルムのような、ビルから落ちた女の動き。

　レイ子とオキナワは体を起こして汗を拭き合い、また蠟燭に火をつけた。

　眩しくて僕はからだの向きを変える。二人はここからは聞きとれない低い声で話し合っている。時々痙攣と共に激しい吐気が突き上げてくる。吐気は波が寄せるようにやって来る。唇を噛みシーツを握りしめて我慢をし、頭に溜まった吐気がまたスーッと降りていく時に、射精そっくりの快感があるのに気付いた。

「オキナワ！　あんた、あんたずるいよ」

　レイ子の高い声が響いた。同時にガラスの割れる音。一人がベッドに倒れ込んでマットレスが沈み、僕のからだも少し傾いた。もう一人、たぶんオキナワだろう、バカ野郎と小さく吐き捨てて乱暴にドアを開け外に出ていく。風で蠟燭が消え鉄製の階段を駆け降りる音が聞こえる。真暗になった部屋でレイ子の息遣いだけが低く聞こえ、吐気に耐えているうちに意識が遠くなっていく。腐ったパイナップルそっくりの匂い、混血のレイ子の腋からの甘い匂いを嗅ぐ。ある女の顔を思い出す。昔、夢か映画で見た、痩せて手足の指が長くゆっくりとシュミーズを肩から落

として透明な壁の向こうでシャワーを浴び、尖った顎の先から雫を滴らせ、鏡に映る自分の緑の目を覗き込む外国人の女の顔……

前を歩いていた男が振り向いて立ち止まり、水の流れている溝に煙草を投げ捨てた。男は左手でジュラルミン製のまだ新しい松葉杖をしっかりと握りしめて前へ進んでいる。首筋を汗が流れて、男の動きから僕は足を悪くしたのはつい最近だろうと思った。右手は重く硬そうで足先が伸びきっているため、地面には引き摺った跡が長く続いている。

太陽は真上にあった。歩きながらレイ子は羽織っていたジャケットを脱ぐ。体に貼り付いた小さめのシャツに汗が滲んでいる。

レイ子は昨夜眠れなかったらしくて元気がない。レストランの前で何か食べて行こうと言ったが、返事をせずに首を振った。

「オキナワもわからない奴だな、あの時間だと電車も走ってないんだ」

もういいのよ、リュウ、もうたくさんだよ。レイ子は小さな声で言い、道の脇に植えられたポプラの葉を一枚ちぎった。

「ねえ？この細い線みたいの何て言うんだったっけ、これよ、リュウ、知ってる？」

半分にちぎれた葉は埃で汚れていた。

「葉脈じゃないのか？」

「あ、そう葉脈だ、レイ子、中学で生物部だったのよ、それでこれの標本作ったんだ。名前は忘れたけど薬品につけるとさあ、これだけ白く残ってあとの葉っぱは溶けちゃうのよ、きれいにこの葉脈だけ残るの」

松葉杖の男はバスの停留所のベンチに腰かけ、時刻表を見ている。「福生総合病院前」停留所の標識にはそう表示してある。大きな病院は左手にあり、扇形に広い中庭では浴衣を着た十数人の患者達が看護婦の指導で体操をしていた。全員が足首に厚い包帯をし、笛に合わせて腰や首を曲げる。病院の玄関に向かう人達が患者達を見ていく。

「俺、きょうお前の店に行くよ、モコやケイにパーティーのこと伝えたいし、あいつら、きょう来るかなあ？」

「来るよ、毎日来てるもん、きょうも来るよ。レイ子、リュウに見せてやりたいなあ」

「何を？」

「標本よ、これの、いろいろな葉っぱのを集めたのよ、向こうじゃ昆虫集める人が

多いんだよ、きれいな蝶々なんかこっちより多いからさ、でもレイ子、これ葉脈標本やってさ、先生から褒められたよ、賞もらって鹿児島まで行ったんだから、まだ机の引き出しに持ってるのよ、大事にしてるの、見せたいなあ」

　駅に着いてからレイ子はポプラの葉を道端に捨てた。ホームの屋根が銀色に光っていて僕はサングラスをかける。
「もう夏だな、暑いよ」
「え、何?」
「いやもう夏だなって」
「夏はもっと暑いわよ」
　レイ子は線路をじっと見たまま言った。
　カウンターでワインを飲んでいる僕のところまで、誰かが店の隅でニブロールの錠剤を噛み砕く音が聞こえる。
　レイ子は早くから店を閉めて、カズオが立川の薬局から万引きしてきたというニブロール二百錠をテーブルの上にばら撒き、パーティーの前夜祭よ、とみんなに言った。
　その後、カウンターに上がってストッキングを脱ぎながらレコードに合わせて踊り、抱きついてきて薬の匂いのする舌を差し込んできたりした。さっき汚物と一緒に赤黒い血を吐いてからはソファに横になって動こうとしない。ヨシヤマは長い髪を手で払いながら顎鬚についた水滴を震わせてモコに話しかけている。モコは僕の方を見て舌を出したりウインクしたりする。おいリュウ、久し振りやな、何かオミヤゲないんか? ハシシかなんかないんか? ヨシヤマがこちらを振り向いて笑いながら聞く。カウンターに両手をつき、ゴム草履をつっかけた足を椅子からブラブラさせて。煙草の喫いすぎで舌がヒリヒリする。ワインの酸味が乾いた喉をしめつける。

『限りなく透明に近いブルー』講談社文庫、2009年4月発行

鉴赏与评论

　　小说《无限近似于透明的蓝》是村上龙的处女作,同时荣获了1976年度《群像》新人奖和芥川文学奖,成为当年的畅销书,不仅如此,因小说的名称而产生了"透明族"的流行语。

　　小说《无限近似于透明的蓝》塑造了一群颓废迷茫的青少年形象。小说以东京横田美军基地为背景,描写了日本战后一群涉世未深的青少年,他们面对日本经济的高速发展,迷失了自我的人生目标,对前途感到迷茫、困惑,从而陷入压抑、颓废、消沉的

精神状态。这是融合村上龙自身的成长经历的半自传体青春小说，故事比较薄弱，不过小说的叙事模式很有特点，运用大量象征性意象进行隐喻性叙事，尤其是调动听觉、嗅觉、味觉等感官，将情绪、色彩、声音等元素与小说人物的语言、动作、表情等配合使用，使小说情节转换、场景描写极具画面感与临场感。

因此，该小说经受得起多角度解读。日本学者对其给予了高度评价，多数人的研究重点放在小说象征性意象的诠释上面。例如，著名评论家柄谷行人认为"村上龙的想象力的基地"并非是指"现实中的美军基地"，"他（村上）在本质上想要从基地中探寻出人的存在形态的基地"。① 阿部好一对小说中出现的"黑鸟""黄色玩偶"等意象及主人公的"望乡情怀"等内容进行了文本细读，对小说意象背后的政治性隐喻进行文化阐释。②

小说叙事的舞台设定为美军的"基地之城"，因为作家村上龙出生在长崎县佐世保市，该市便是一座因美军基地而经济繁荣的城市。佐世保是依山傍海的天然良港，早在19世纪后期，日本政府即在这里设立了海军镇守府。自1902年以后，在日本历次对外发动的侵略战争中，佐世保一直发挥着重要军港的作用，城区迅速扩张。1945年，因美军空袭佐世保城区，建筑受到了毁灭性打击。朝鲜战争爆发后，佐世保成为美军的海军基地，随后日本海上警备队（海上自卫队的前身）也驻扎在此地。于是，佐世保重新披上了军港色彩，基地附属的原海军兵工厂在朝鲜战争的军需刺激之下恢复了元气，造船业也得到了飞速发展。所以，"基地""基地之城""驻日美军基地"，这些关键词在村上龙的文学作品中具有"原初风景"的特定含义，具有特殊的象征意义。生活在"基地之城"的日本人在美国大兵的眼中成为"被凝视的他者"，主人公龙和他的小伙伴是"与这世上的普通人有一点不一样的立场"的特殊分子，他们"被统治""被歧视""被侵犯"，甚至因为"混血"而感到耻辱、坠入痛苦的深渊。因此，他们在酒精、药物的麻醉作用下，以及在受虐式的性解放中，寻取片刻的精神解脱，然而醒来之后更加感到迷茫和痛苦。

作者借用主人公龙的第一人称"我"的叙述将读者带入那个年代的时空里，生动地描述了20世纪70年代初期沉溺于性解放、酒精、毒品及暴力的嬉皮士形象，小说主人公身上有作者自己的影子。1967年4月，村上龙考入了长崎县立佐世保北高中，这期间他和伙伴们组织起摇滚乐队，演奏披头士等西欧流行音乐，深受女同学们的欢迎。另外，此时反对日美签订《安保条约》的高校学生运动达到了高潮，佐世保也不断发生抗议美军航母停泊的学生示威游行。村上龙目睹学潮运动风起云涌，内心深受震动，他意识到不能再这样浑浑噩噩下去，应该做点对社会有意义的工作。于是，他解散了摇滚乐队，加入校内的新闻俱乐部，开始学习新闻写作，也许他想成为一名新闻记者。1970年3月，村上龙高中毕业，他重新组织起摇滚乐队，同时涉足戏剧、摄像等艺术领

---

① 柄谷行人.想像力のベース(C)、群像日本の作家29 村上龍[M].東京：小学館，1998：90-95.
② 阿部好一.「かぎりなきく透明に近いブルー」論[J].国文学，1993，38(3)：84-87.

域,并且在市文化中心举办多场摇滚音乐会,深受好评。同年,村上龙离开家乡来到东京,考入东京现代思潮社(出版社)创立的美术学校学习摄影,然而不到半年时间即被学校开除。于是,他来到位于东京都福生地区的美军横田基地,开始了漂泊的生活。横田基地是美军驻远东和太平洋地区的第五空军司令部所在地,也是驻日美国空军的核心基地。村上龙与美军士兵进行交往,性放纵等荒唐的人生经历为他日后的文学创作提供了素材。经过两年的放荡生活之后,1972年4月,村上龙考入东京武藏野美术大学造型系基础设计专业,重新开始了校园生活。

在小说《无限近似于透明的蓝》所表现的主题思想中,青少年犯罪问题与反抗父权是村上龙重点关注的两个重要问题。20世纪70年代初的日本正值战后经济高速发展的稳定时期,日本成为紧随美国之后的世界第二大经济体。然而与经济迅猛增长相反,作为战败国的日本在国际政治方面没有话语权,处处要仰美国的鼻息,日本右翼势力时刻没有放弃恢复"正常国家"的幻想。此外,经过"安保斗争""学园纷争"等失败的学生运动,日本青年人如同美国"垮掉的一代",他们失去了人生目标,迷失了自我。特别是战后出生的青年一代,在矛盾重重的社会变革中,充满着困惑、茫然、压抑、堕落、无奈的情绪。他们找不到人生方向,将无处安放的青春年华沉湎于放荡的嬉皮士生活之中,寻找各种刺激,试图释放青春多余的能量。

然而,放纵和癫狂过后,等待他们的是被撕碎的青春年华,他们面对的依然是迷茫的前途。在小说《无限近似于透明的蓝》中,作者对远离日常生活"秩序"的脱轨言行和酗酒、吸毒、滥交聚会、暴力冲动、光怪陆离等现象进行了细致入微的描写,丝毫没有忌讳肮脏和丑陋。后来村上龙曾在随笔中将日本嬉皮士概括为三种:"软派、硬派及兼具二者特色的中间派嬉皮士""音乐、药物、女人代表软派,酗酒、体力劳动、创造是硬派"。① 如果参照作者的解说,那《无限近似于透明的蓝》中的描写涵盖了软派、硬派及兼具二者特色的中间派等各种嬉皮士的生存状态。虽然通篇主要内容是描摹嬉皮士们远离日常生活"秩序"的脱轨放纵,并大量使用如情节断裂、交织、无序转换,或大幅笔墨微观描写等手法,酗酒、吸毒、滥交聚会等细节表现出复杂的人物性格和严肃又沉重的主题,笔触逼真而不媚俗渲染、冷酷而无教唆嫌疑,因而作品并未流于庸俗化。以《无限近似于透明的蓝》为起点,几十年来,村上龙的文学创作始终与社会人生融为一个整体,具有鲜明的立体感色彩。他甚至认为,日本当代父权扭曲问题与价值观危机和各种社会弊端是纠缠在一起的。进入20世纪90年代以后,在被称为"丧失的十年"的时期里,村上龙一方面继续叩响着价值观危机的钟声,以警世人,另一方面也在积极探索,为建设具有现代社会意义上的人际关系,以及为重建现代人的精神家园开辟新的道路,在作品中进行了探讨和尝试。在其作品中,可以看到日本传统父权的丧失给民众带来的精神焦虑,直接导致日本青少年失去了精神上的归属,最终给日本社会的

---

① 村上龍. パパラギでビールを飲む(N). 村上龍全エッセイ1982—1986 所収[M]. 東京:講談社,1991:14.

伦理秩序带来了巨大破坏。

村上龙在自己的作品中强调,若要摆脱旧价值观、旧体制的束缚,就必须在精神上成长为充满主体性的独立个体,并且不受他人意志或共同体价值观的左右,由独立个体的自由意志来表达自己思想或采取行动,这便是村上龙所倡导的主体性意识,他认为具有这种主体性意志的人能够不依赖于他人,不寻求庇护,可以独立自主地生存在世上。因为只有独立自主的个体才能拥有脱离现实闭塞感的"希望",朝向精神之"重生"的目标前进。村上龙文学塑造了众多青少年主人公的人物形象,为陷入迷茫和困惑的日本青少年带来了精神上的慰藉与希望,让更多主流社会的人们关注日本社会中的"亚文化"现象,使被边缘化的"问题青少年"重新融入主流社会。

小百科

"透明族"流派文学

"透明族"是20世纪70年代中期在日本出现的文学流派,在青少年之中具有广泛的影响。该文学流派的产生与日本经济高速发展导致的现代性问题密切相关。日本在经济高速发展时期,新旧思潮交替登场,意识形态领域的混乱和日新月异的社会文化变迁,让战后出生的一代青年人经历了前所未有的思想阵痛。他们对现行社会制度没有休戚与共的情感,对社会分配体系和分配方式充满了对抗的情绪。他们在现代社会中找不到自己的存在价值,看不到前途与希望,物质繁荣的社会现实与他们的精神困境严重脱节。

出生在经济高速发展时期的一代"新人类",以及"新新人类"与父辈们的"三观"完全不同。经济泡沫时期成长起来的日本青少年,他们的成长过程充斥着泡沫经济的物质红利,很少受到风雨洗礼,他们的精神世界建立在虚无缥缈的海市蜃楼之上,内心世界极其空洞和脆弱,这些都是这一时期"问题青少年"的典型特征。在这种时代语境下,"透明族"流派作家的文学创作表现出日本人对现有社会秩序的不满,以及迷茫与寂寞,具有无政府主义、虚无主义和自由主义等思想倾向。从这个意义上说,它是新时期的"无赖派",主要代表作家有中上健次、村上龙和三田诚广等人。其中,村上龙大胆揭露了血腥的暴力场景、青少年的放荡不羁及情色场所的污浊不堪等极具争议的现实问题,在日本社会产生了极大震动和深远影响。村上龙的文学作品再现了社会边缘的各类人物角色,尤其是生活在社会底层的青少年形象。"透明族"流派打破了日本文学的传统体制,无论是创作方法,还是题材内容,都更加侧重于个体精神的张扬,通过对现实生活中苟延残喘、痛苦挣扎的边缘人物的描写,表达对现实社会的不满与批判。

另外,魔幻现实主义作家中上健次是"透明族"流派最重要的代表人物之一,他凭借1975年发表的小说《岬》获得了芥川文学奖,在日本文坛崭露头角。此外,他的短篇小说集《千年的愉乐》的创作风格酷似美国诺贝尔文学奖获得者威廉·福克纳,因此他被誉为"日本的福克纳",可惜年仅46岁的他就因病去世,令人嗟叹。

第 12 讲　《死刑》

星新一

背景介绍

20 世纪五六十年代是日本经济迅速恢复并高速增长的时期。日本摆脱战后初期颓废、迷茫的精神状态，逐渐找回自信，呈现出一派欣欣向荣的景象，尤其是东京奥运会（1964）与大阪世博会（1970）的成功举办，加速了这种转变。在自由化、民主化的时代语境下，日本社会各阶层和群体随处涌动着各种思潮。反映在文学创作方面，出现了百花竞放的局面。其中，星新一的《死刑》便是以科幻小说的形式、黑色幽默的笔触，叙述着他对生和死的独特见解，积极探索人类命运共同体如何存续下去的终极问题。

作家与作品

星新一（1926—1997）是日本现代科幻文学的著名作家，他的父亲星一不仅是一位科幻小说作家，还是日本星药科大学及星制药公司的创始人。星新一的本名为星亲一，因为他的父亲星一有两个座右铭，即"亲切第一，协作第一"，于是给自己的两个儿子分别取名亲一和协一。

1926 年星新一出生于东京书香门第。其外祖父小金井良精博士是日本解剖学和日本人类学的初创者。外祖母小金井喜美子是日本著名作家森鸥外的妹妹，也是一位著名的和歌诗人。幼年时期的星新一生活在外祖父家，深受他们的影响。星新一就读于日本东京女子高等师范学院的附属小学及中学，毕业后考入东京大学农学部园艺化学系，后来考入东京大学研究院继续深造。至此，星新一在学业上可谓一帆风顺，踌躇满志。然而他继承父亲的公司之后不久，公司便濒临破产。

可以想象，当时星新一的心情处于何等惨淡忧愁之中。尽管星新一并非彻底的悲观厌世主义者，但坎坷多艰的人生经历使他拥有了敏锐的社会观察力，对弱肉强食、尔虞我诈的资本主义社会有清醒的认识。因此，他创作出很多反映社会现实的微型小说。

作家简表	
1926年	出生
1945年	考入东京大学农学部毕业后入东京大学研究院学习
1956年	经商失败，转入文学创作
1957年	创办《宇宙尘》杂志
1960年	获直木奖
1974年	《星新一作品全集》
1976年	获日本推理作家协会奖
1981年	《微型小说园地》设立星新一微型小说文学奖
1983年	累计发表作品1 000篇
1993年	宣布停笔，病情恶化
1997年	病逝

1956年星新一为逃避生意破产带来的挫败感，曾经一度消极郁闷的他加入了"飞碟研究会"，致力于科幻文学的创作。1957年星新一和柴野拓美①共同创办了日本最早的科幻小说同人杂志《宇宙尘》，为日本科幻小说的作家们提供施展才华的舞台，成就了大批作家的文学梦想。星新一被誉为日本科幻文学界的奇才，他促进了日本科幻文学的普及和发展，贡献巨大。同年，他发表了处女作《塞奇斯特拉》②（音译），受到了诸多文坛前辈的青睐，江户川乱步主编的推理小说杂志《宝石》也转载了该小说，得到了文坛的广泛认可。1960年星新一的作品荣获直木奖③的殊荣（曾创下四次入围直木奖候补的纪录）。1974年日本新潮社出版的《星新一作品全集》有18卷之多。1976年星新一荣获日本推理作家协会大奖。

1959年日本作家兼翻译家都筑道夫④将欧美流行的微型小说译介到日本，创作微型小说的日本作家逐年增多。然而二十余年来，星新一创作的小说始终在数量和质量上遥遥领先，仿佛享有这方面的"专利权"，他被称为"日本微型小说的鼻祖"。1981年日本讲谈社创办了文学季刊《微型小说园地》，并在该刊设立星新一微型小说文学奖，每年举办一次。截至1983年10月，星新一发表的作品已达1 000篇，创下了世界纪录，为日本微型小说和科幻小说的发展做出了巨大的贡献。1993年星新一完成了第1 001篇微型小说的创作之后，宣布停笔。1997年星新一病逝，为后人留下宝贵的精神财富。

星新一的科幻小说文体独特，构思精巧新颖，文字精美洗练，结构严谨短小，结局出人意料。微型小说虽然属于短篇小说的范畴，但字数远远少于普通的短篇小说，又被称作超短篇小说或一分钟小说，但并不缺少短篇小说的任何要素，麻雀虽小，五脏俱全。星新一是一位才情横溢且高产的作家，创作的超短篇小说多达1 001篇，被誉为"新一千零一夜"。尽管被归类于科幻小说，其实他的作品题材种类庞杂，不仅有科幻

---

① 柴野拓美（1926—2010），日本科幻小说翻译家、科幻小说作家、科幻小说研究家。
② 原文『セキストラ』是"セックス"与"トランス"的复合词，直译为"性欲变压器"。在未来世界里，人类需要用电器装置唤醒性欲，该小说极富讽刺性。
③ 直木奖是由文艺春秋社的创办人为纪念友人直木三十五，于1935年与芥川文学奖同时设立的文学奖项。
④ 都筑道夫（1929—2003），日本作家，原名松冈岩。1956年任职于早川书房，成为日本版EQMM（Ellery Queen's Mystery Magazine）的编辑之一，负责介绍或翻译海外推理小说，直到1959年离职转为全职作家。1961年发表了《偏差的时计》《向猫舌打钉》等本格推理，1962年创作了形式有趣的《向蚯蚓打听》《诱拐作战》，并从此被称为"鬼才"。

小说、推理小说、幽默小说,还有神话、寓言、童话及散文和随笔。但成就最高的当数科幻小说,星新一利用科幻小说讽刺现实、针砭时弊。

例如,曾被选入我国义务教育课程标准实验教科书的《语文》八年级下册第15课《喂——出来》,该作品充满黑色幽默。小说设想地球上突然出现了一个无底洞,它可以收纳人类制造的一切垃圾,使人类的生产和生活没有后顾之忧,于是城市的天空越来越美好,人们也可以心安理得地享受着无底洞带来的福利。但是,好景不长,随着人们第一次抛入洞中的小石块从空中重新掉落出来,人类曾经抛入洞中的所有垃圾重新又被倾倒回来。于是,人类为自己的愚蠢行为付出代价。该作品的讽刺意味浓厚。

小说梗概

某男子生活在一个文明高度发达的未来社会,城市中随处可见现代化建筑和智能化设施,而且 AI① 很大程度上已经融入人们的生活,为人类提供多种服务。在这样的未来社会里,人的生命受到前所未有的尊重,人们生活得平静、富足。但是这样的社会也存在一个无法解决的问题,由于人们的生活过于平淡,工作过于单调,人们只是按照 AI 的安排麻木地度过人生。因此,这种状况长期持续之下,必然会出现一些不满现状的人。然而,在强大惯性思维操控下的社会,个体的力量没有任何话语权,只能通过醉生梦死、吸毒滥交来麻痹自己的神经。但是有的人无论如何也无法遏制内心的不满,他们有意或无意地寻找解决之道,如此一来便不断引发各种犯罪。当然,经历过多种发展模式的未来社会不会允许这种情况演变到失控的地步,早就设置好了安全机制。所有的社会成员都处在智能设施的严密监控之下,一旦有个别人出现异常情况,马上就会被甄别出来并受到"处置"。由于社会已经高度文明化,显然不能随心所欲地采取处理措施。然而,已经被 AI 智能所控制的社会可以通过某种技术手段,放大人们的不满情绪,诱导犯罪的发生,特别是重罪的发生,例如杀人。经过高效的审判后,宇宙飞船将罪犯运送到火星接受刑罚,犯人在那里度过人生的最后时光。未来社会通过这种做法,将有可能导致更大社会危害的人员消灭在萌芽状态。而某男子便是一个被送往火星的杀人犯。每一个被送到火星执行死刑的犯人都会得到一个银色的球状物,犯人通过球状物

> **小说中的俳句**
>
> 擅长在头发丝上刻字作画的"微雕艺术家"付出的心血,未必比与数十米高的塑像打交道的雕塑家少。同样,创作微型小说也未必比创作鸿篇巨制来得轻松省事。星新一的微型小说由于简练质朴,清新隽永,诗意浓郁,在日本甚至被誉为"小说中的俳句"。星新一的微型小说,往往选取一个特定的视角,奇思妙想,别开生面,以小见大,宛如一面面精巧玲珑的镜子,从不同的角度折射出人生和社会生活的各个片段。

---

① 人工智能(artificial intelligence),英文缩写为 AI。它是研究、开发用于模拟、延伸和扩展人的智能的理论、方法、技术及应用系统的一门新的技术科学。

上的按键获得饮用水，但是球状物的内部设置有微型核弹，犯人按动按键取水，当超过随机设定的次数之后，便会触发核弹爆炸。因为不知道核弹何时会爆炸，而且火星上到处都是沙漠，没有水源，犯人不得不按动球状物上的按键取水，每一次取水都是一次死亡考验，所以这对犯人来说是精神与肉体的双重折磨。然而某男子在一段时间后终于醒悟，无论自己是身处地球还是火星，其实境遇都是相同的，都是在等待不知道何时降临的死亡，向死而生。只不过地球上的死亡降临时人往往是意识不到的，具有间接性；而火星上的死亡降临过程是直接的，人可以清楚地意识到。于是，某男子开始坦然面对自己的人生处境。

小说原文

　　その男はパラシュートをはずす気力もなく、砂の上に横たわったまま目で空をさがした。うす青く澄み切った高い空に浮かぶ、小さな羽毛のような雲のそばに、みるみる小さくなって行くロケット推進の航空機をみつけた。少し前、パラシュートをつけた彼をつき落としていった航空機だった。航空機はさらに小さくなり、空にとけ込んで消えた。

　　彼と地球とのつながりは、これでまったくたち切られた。もう心をごまかしようがなかった。これからは、いつ現れるか知れない死を待つ時間だけがつづく。いまや処刑の地、火星上にいるのだった。

　　酷熱というほどではないが暑かった。彼はのどのかわきに気がついて、そばにころがっている銀色の玉を見た。銀の玉は日光を受けて静かに光っていた。

　　文明が進み、犯罪がふえていた。文明が進むと犯罪がふえるのではないか。この、むかしだれもが持った不安は、すでに現実となっていた。軽金属できらきらするビル。複雑にはりめぐらされた、自動装置のための配線。大小さまざまの電子部品。このような無味乾燥なものがいっぱいにつまった都会の、どこから、またどうして、生々しい犯罪が生まれてくるのかは、ちょっと不思議でもあった。しかし、犯罪はおこっていた。殺人、強盗、器物破棄、暴行。それに数え切れない傷害、窃盗。

　　もちろん、この対策は万全だった。電子頭脳を使ったスピード裁判。以前の何年もかかる裁判は改善され、検事、弁護士、裁判長の役をひとつの裁判機械がおこなっていた。逮捕された次の日には、刑が確定する。その刑は重かった。悲惨な被害者の印象がうすれないうちに確定する刑は、重くなければならなかった。

　　あんな刑では被害者がかわいそうだ。この素朴な大衆の要求は、刑をますます重くしていった。そのたびに、裁判機械の配線は変えられ、刑はより重くなるのだった。しかも、宗教をほとんど、一掃してしまってからは、犯罪を押えるには重い刑しかなかった。また犯行よりも刑の方が重くなくては、その役に立たなかった。

処刑方法として最後に考え出されたのが、火星の利用だった。火星。探検ロケットがはじめて行きついてからしばらくのあいだの、火星さわぎは大変なものだった。学術上の新しい発見、産業上の新しい資源、観光旅行。だが、調査がしつくされ、採算可能の資源がとりつくされたあとの火星は、もう意味がなかった。地球のひとびとは限度のない宇宙進出をつづけるより、地球を天国として完成した方が利口なことに気がついた。

火星は処刑地にされ、犯罪者たちはロケットで運ばれ、パラシュートでおろされるのだった。銀の玉をひとつ与えられて。

その男は銀色の玉をこわごわみつめた。ますます激しくなるかわきは、彼にパラシュートをはずさせ、玉に近よらせた。彼はそっと手にとった。しかし、それについているボタンを押すことは、ためらった。

最初の一回なんだから、大丈夫だろう。だが、この気休めを追いかけて、
「第一回目でやられたやつもあるそうだ」
という地球でのうわさが、まざまざと頭に浮かんだ。彼はまわりを見まわし、このボタンを遠くから押す工夫はないものかと思った。しかし、それをあざ笑うように、
「ボタンは手で押さない限り、絶対にダメですよ」
という、彼に玉を渡す時のロケット乗務員の言葉が思い出された。おそらく、その通りだろう。そんなことが出来るのなら、この銀の玉の価値はないのだから。

かわきはつよまった。唾液はさっきからまったく出なかった。もうがまんはできない。彼は高所から飛び降りる寸前のような、恐怖とやけとのまざりあった気持で、ボタンにあてた指に力を入れた。

ジーッ。玉はなかで音をたてた。彼はあわてて指をはなした。音はやんだ。助かったな。ボタンと反対側の底をちょっと押すと、その部分がはずれて、銀色のコップが出てきた。コップの底には、水が少しばかりたまっていた。彼はそれをみつけ、勢いよく口のなかにぶちまけた。もちろん、ぶちまけるといったほどの量はなかったが、からからになっていたのどのかわきを一応はとめた。

彼は舌をコップのなかにのばし、その底をなめようとしたが、それはできなかった。もっとも、とどいたとしても、一滴あるかないかの程度だった。彼はカチリと音をさせて、コップをもとにおさめた。

そうそう、そんな調子でいいのよ。もっと飲みたいんじゃないの。銀の玉は笑いかけるように、ふるえる彼の手の上できらきら光った。

遠く地平線のかなたから、爆発の音が伝わってきた。

銀の玉は直径約三十センチ。表面にはたくさんの細かい穴があいている。押しボタンがひとつ、その反対側には、コップの差込口。ボタンを押せば水がそのコップにたまる。空気中の水蒸気分子を、強力に凝結させる装置なのだ。人工サボテン

とも呼ばれていた。火星を旅行する者には、なくてはならない装置だった。だが、文明の利器には、かならず二通りの使い方がある。彼の持っている、また、いま火星上にいるすべての者が持っているこの銀の玉は、処刑の機械なのだ。もちろん水は出る。しかし、ある回数以上ボタンが押されると、内部の超小型原爆が爆発し、三十メートルの周囲のものを一瞬のうちに吹きとばす。

　その爆発までの回数は、だれも決して知らされないのだった。

　だれかやったな。男は反射的に手の銀の玉を砂の上におろし、二、三歩はなれた。しかし、ボタンを押さない時に爆発することはないのだった。彼はこれに気がつき、それ以上はなれるのをやめた。だが、玉をまともに見る気もしなかった。かわきはいくらかおさまっていた。

　これから、いったいなにをすればいいんだ。彼は立ったまま見まわしてみた。地平線の近い火星では、そう遠くまで見渡せない。より遠くをながめるには、そばにある砂丘にのぼる以外になかった。

　砂丘の上に立つと、むこうに小さな街が見えた。街といって三十軒あるかないかの、むかしの西部劇にでてくるような安っぽいものだった。火星の開拓時代のなごりで、住んでいる者のあるはずはなかった。彼のような死刑囚にめぐり会える可能性も、こんな街では少ない。しかし、ここにぼんやりしているのも、いたたまれない気持ちだった。死を見つめながらじっとしているより、なにか気をまぎらすくふうをしたほうがいい。それには、あの無人の街に一応目標を立てて歩いてみるのも一つの方法だった。道路は砂丘のすそを通って、その街にのびていた。

　あの街まで行ってみよう。彼は銀の玉をとりにもどった。

　わたしを置いて行くつもりじゃないでしょうね。

　玉は砂の上で待っていた。穴のたくさんあいた玉の表面は、きらきらと光り、それの持ち主のその時の気分を反映して、表情を作るように見えるのだった。彼は玉を抱え、砂丘を越え道路に下りた。舗装された道路は、ところどころ砂でうずまりかけ、歩きにくい所もあったが、彼はそれをつたって街をめざした。

　ちくしょう。なんでこんなことになったんだ。だが、この文句はそれ以上つづかなかった。わめいてみたって、なんの役にも立ちはしない。彼はたしかに人を殺したのだし、殺人者が火星で処刑されることは、地球上のメカニズムの一つなのだ。その動機や理由などは問題でなかった。殺すつもりでなくても、殺すつもりであっても、殺された側にとっては同じ事なのだから。地球の重さに匹敵するとまでたとえられた個人の生命。それを奪った者が許されていい理由はない。

　それに、たとえ弁解する機会が与えられても、多くの者には、なんとも説明のしようがなかった。彼もまた同じだった。しかし、説明はできなくても、原因はあった。それは衝動とでも呼ぶべきものだった。

第12讲 《死刑》 星新一

朝から晩まで単調なキーの音を聞き、明滅するランプを見つめているような仕事。それの集まった一週間。それの集まった一か月。その一か月が集まった一年。その一年で成り立つ一生。

しかし、それに対して不満をいだきはじめたら、もう最後なのだ。逃げようとしても、行き場はない。機械はそのうち、そのような反抗心を持った人間を見ぬき、片づけてしまうのだった。片づけるといっても、機械が直接に手を下すわけではない。その人間に犯罪を犯させるのだ。

いらいらしたものは、少しずつそんな人間のなかにたまる。酒やセックスでまぎらせるうちはまだいい。麻薬に走るものもでる。麻薬を手に入れることのできないものは、どうにも処理しようのない内心を押え切れなくなって、ちょっとしたことで爆発させる。傷害だ。そして、彼の場合は殺人となってしまった。だから殺人は計画的でもなく、うらみとか、金銭とか、嫉妬といったもっともらしい動機があるわけでもなかった。したがって、火星の囚人には、被害者の顔をおぼえていない者さえ多いのだった。彼もそうだった。

しかし、いずれにしろ、殺人は殺人だ。

このように、機械にむかって対等、あるいはそれ以上につきあおうなどとの考えを持った人間は、まんまと機械の手にのり、裁判所に送られる。裁判所の機械は冷静に動き、決して誤審のない、正確きわまる判決を下す。脳波測定器、自白薬の霧、最新式の嘘発見機は、くみあわされた一連の動きをおこなって、たちまちのうちに事実を再現してしまうのだから。

「おれには人間性がないのか」

このようなありふれた反問に対して、機械はテープ録音の声でゆっくり答える。「被害者のことを考えてみよ」

そして、明白な事故と正当防衛の場合を除いて、殺人犯はすべて火星に送られ、銀の玉に処刑をまかされるのだった。

このほぼ百パーセントの検挙率のなかでも、犯罪は絶えなかった。巧妙な粛清。機械と共存のできない者、動物的衝動を持つ者を整理しようとしているのかもしれなかった。したがって、皮肉にも火星に送られてくる者は、生命に執着する心が強かった。

ちくしょうめ。彼は不満をなにかに集中して憎悪したかった。しかし、機械を憎悪することはできるものではない。ひとりでも人間が裁判官の席に座っていたのなら、それを心に描いて憎悪し、いくらか救いにできたかもしれない。だが、そう都合よく行くようにはなっていなかった。彼のやり場のない不満は、からだから発散しなかった。これも処刑を、一段と苦痛の多いものとするために考えられた、手段の一つかもしれないのだった。

のどが、ふたたびかわいてきた。地球より酸素の少ない空気のため、より多くの

呼吸をしなくてはならなかったし、湿度の少なさは、そのたびに水分をからだから奪い去っていた。水が飲みたい。鼻の奥やのどに、熱した塩をつめ込まれているようだった。男は抱えている玉をちらと見た。

　早くボタンを押したら。

　冷たいこびを含んで、笑ったように見えた。昔のマタハリとかいう女のウインクは、こんな感じだったのかな。彼は、つまらんことを連想したものだと苦笑した。

　街は近くなっていた。あの街までは水を飲むまい。彼はそうきめて、水を節約するてだてとした。それに、あそこにはなにかあるかも知れないのだ。いま爆死するより、街を見てから死んだほうが、後悔も少ないように思えた。彼は細い細い管で息をつくようにあえぎながら、街に入った。

　家々は道の両側に十軒ぐらいずつ並んでいた。だが、まっさきに彼の目をとらえたのは、そのまんなかあたりの右側の一軒が飛び散り壊滅した跡だった。思わず足が止まった。

　だれか、前にここでやられたやつがいる。おそらく、その男も砂漠を通ってこの街にたどりついたのだろう。なにかここに、絶えまない死の恐怖から救ってくれるものがないかと思って。一軒一軒見まわしたあげく、それとも、ついたとたんだったかも知れないが、この家のベッドの上か、椅子の上か、あるいは家の前のふみ石の上かで、最後の水を飲もうとしたのだ。一軒の家はこなごなになり、両どなりの家もあらかたこわれ、道をへだてたむかいの家のガラス窓は、めちゃめちゃになっていた。

　男はその跡を見つめながら、立ちつくした。考えまいとしても、自分をそこにおいた想像をしないではいられなかった。考えをそらそうとしても、それはできなかった。夕暮れが迫って、彼の影が家の破片の飛び散った空虚な街の、道路の上に長く長く伸びるまで。

　赤味をおびた砂漠の上を走って、沈みかかった太陽の光は、その家並みの欠け目から彼の顔にまともにあたり、赤くいろどった。かわきをふたたび激しく呼びさまされ、彼は玉を見た。銀の玉もあざやかな赤に燃えていた。

　どう。

　玉は彼に誘いをかけた。この時はいつもの冷たさが感じられなかった。

　よし。男は前に進み、こなごなになったスレートや不燃建材などの破片の上に立った。砂漠を横切る真赤な夕陽、だれもいない街。いまなら死ねそうな気もした。地球の文明に調和できなかった彼にとっては、むしろ素晴らしい死に場所だった。彼は太陽にむかい、立ったままボタンにふれた。以前にここで死んだ、だれともわからぬ男に親しみのような感情をもいだいた。いまだ。思い切って、ボタンを押した。

　ジーッ。玉は小さなうなりをあげたが、彼は夕陽を見つめ、もう少しの辛抱だと指の力を抜かなかった。音は止まった。コップに水がいっぱいになったのだった。

男はわれにかえって、思わずコップをはずした。冷たい水でふちまでみたされたコップが、重く手の上にあった。もう考える余裕もなく口にぶつけた。コップは歯にあたり、水が少しこぼれ、口のなかに入った水も腫れ上がったのどをうまく通らず、逆流してくちびるからあふれた。彼はそのあふれた水を、ふるえる手でコップにうけとめ、落ちつきをとりもどしながら、あらためて少しずつ口に含み、飲み下した。のどを通り、食道を下り、胃にはいり、からだじゅうにしみ渡って行く水をはっきりと感じた。

コップをさかさにして、しずくを口のなかに落とし終わると、さむけを覚えた。太陽が沈みきり、夜がしのび寄ったらしく、冷たい風があたりにうごめいた。彼の、ほんの少し前までの死を受け入れてもいいような気構えは、まったく消え去っていた。生への執着、死の恐怖、いまの瞬間を生きて通り越せたという安心感が、どっと押しよせた。立っている家のくずれ跡から、えたいのしれぬものがそっと起き上がりはじめたような戦慄で、とりはだが立った。

彼は道路に飛びのき、はいってきたのと反対の方に、早足で歩きかけた。道はふたたび砂漠にのびていた。防寒にも充分な服だから、寒さを心配することはなかった。だが、人間味のかけらさえない砂漠に、さまよい出る気もしなかった。

（中略）

男はいくつかの街を過ぎ、大きな街にはいった。開拓時代には十万人も住んでいたろうか。そのころは活気にみち、開発だ、研究だ、木星の衛星だ、小惑星だ、などと動きまわっていたのだろう。だが、地球天国化のため全部が引揚げてしまったいまは、哀れなものだった。街にはやはりふっとんだ跡があり、中央の高いビルも上の方がなくなっていた。

彼は街路をひととおり回った。そして十人ほどの人をみかけた。バルコニーの長椅子に横になっている者、街をぼんやり歩いている者。家の入口の石に腰かけている者。しかし、彼がやってきてもだれもなんの反応も示さなかった。彼はちょっと恥ずかしさを感じ、スクーターを止めた。

一軒の家へはいった。そのはいる前に両側の二軒ずつを調べ、だれもいないことをたしかめ、いつか会った老人の言葉を思い出し苦笑した。

男は相変わらず精神の大揺れをくり返し、水を飲み、その家のベッドにはいった。何十人かはこの街にいるのだろうが、まったく人のけはいを感じなかった。眠ってまもなく絶叫を聞いたようだったが、それは悪夢のうちかもしれなかった。あけがた近く、大きな爆発の音を聞いた。これは悪夢ではなかった。

彼はずっとその街にいた。どこに行っても同じことだった。時間の観念は、とっくになくなっていたから、火星についてどれくらいになったかは、ぜんぜんわから

なくなった。玉をみつめ最大の恐怖をくり返した。彼は頭がぼんやりとしてきた。だが、かわきと玉のボタンを押す時の恐怖は、最初と少しも変わらなかった。音のひびき終わるまでにくり返す過去一切の回転は、ますます早くなった。体力がおとろえてきたが、それもまた恐怖を弱めるなんの役にも立たなかった。

　銀の玉はもう表情を作らなかった。彼の内部の表情が一定したからかも知れなかった。玉の光がましたら終りが近いんだ、と考えれば光をまし、失いはじめたら、と思えば光沢がヘリ、彼を苦しめるだけだった。彼も街のほかの住民とまったく同じになった。爆発の音にも無感動になった。しかし、ボタンを押す時の恐怖は変わらなかった。

　いままで爆発しなかったのなら、最初のころ、もっとのんきにしていればよかったと思う。だが、明日まで爆発しないだろうから、いま安心して、とはいかないのだった。

　彼はむかし地球にあったという神のことを考えなかった。しかし、その知識はなにもなかった。知っていることは地獄についてだけだった。だが、それ以上に悪くなりっこないと保証されている地獄の話は、いまの彼にはうらやましく思えた。

　彼はある時、ちょっと街を出て、ロケット空港まで行ってみた。金属板を敷きつめたひろい空港は、ロケットが発着しなくなってから長い年月をへていた。その高い塔の上にだれかいるのを見た。空港事務所から双眼鏡をさがして、それをのぞいた。その塔の上の人物も双眼鏡で空を見ていた。万一の釈放を待っているのか、不時着するロケットを待っているのか。おそらくその両方だろう。あいつは新入りだな。彼は双眼鏡をおいて街にもどった。

　そして、また長い時間。決してあきることのない、真剣な、無限の、まったく同じくり返し。彼が不満をむけた機械文明の、完全きわまる懲罰だった。

　また、長い時間。彼は狂いそうになり、それを待った。しかし、それも許されなかった。もう、どうにもこうにもならなかった。

　また、長い長い時間。彼は絶叫した。

　絶叫。自分のなかのものを全部、地球での不満、火星での苦悩を全部、いっぺんにはき出してしまうような絶叫をし終えた。周囲のようすが少し変わっていることに気がついた。なんとなく、すべてが洗い流されていることに気がついた。玉を見た。玉は表情をとりもどし、見たこともないような、なごやかさをたたえていた。

　目がさめたの。同じことじゃないの。

　なにが同じなのだろう。ああ、そうか。彼はすぐわかった。これは地球の生活と同じなのだった。いつあらわれるか知れない死。自分で毎日、死の原因を作り出しながら、その瞬間をたぐり寄せている。火星の銀の玉は小さく、そして気になる。地球のは大がかりで、だれも気にしない。それだけのちがいだった。なんで、いままでこのことに気がつかなかったのだろう。

やっと気がついたのね。

　玉はやさしく笑った。彼は玉をだいてボタンを押した。はじめて落ちついて押せたのだ。水は出た。彼はそれを飲み、また水を出し、赤い粒を入れて口に流し込んだ。部屋を見まわし、ベッドのたえられないよごれに気がついた。

「よし……」

　彼は浴室に行った。ひどいよごれの服をぬぎ、風呂のなかに玉をかかえてすわった。コップを外し、ボタンを押し続けた。音も気にはならなかった。むしろ楽しくひびいた。彼は音を継続させ、リズムをつけ、歌をうたった。戸を開け窓を開き、空気を流れさせ、水を集めた。水は少しずつ風呂のなかにたまった。

　彼は地球の文明にしかえしできたような気がした。水はさらにたまり、波立ち、あふれた。彼は玉をだきしめた。いままでの長い灰色の時間から解放されたのだった。地球から追い出された神とは、こんなものじゃあなかったのだろうか。

　彼は目の前が不意に輝きでみちたように思った。

新潮社の文庫本「ようこそ地球さん」より

鉴赏与评论

　　微型小说是小说体裁的一种特别样式，也被称为模糊小说，亦称一分钟小说、小小说、袖珍小说、超短篇小说、掌篇小说、微信息小说等。它的显著特点是篇幅短小，人物少，故事情节简单，只截取生活中具有特殊意义的某个片段或某个场景进行描写；在叙事模式上，对小说情节不做精雕细刻式的描写，而是集中精力塑造人物、深化主题。此外，叙事结构紧凑精巧，能收到小中见大的艺术效果；字数上有较严格的要求，一般几百字，多则不超过2 000字。

　　星新一博采众长。首先，他继承罗伯特提出的"三要素说"，但突破微型小说的篇幅限制，少则两三千字，多则四五千字，"有话则长，无话则短"，大幅增强微型小说的灵活性和表现力。其次，星新一把微型小说的题材拓宽到人类生活的各个领域，他特别擅长科幻小说的创作。他的小说有的驰骋在幻想中的未来世界，有的酷似童话和寓言，有的富有哲理性，有的以推理和悬念引人入胜，有的赋予妖精鬼怪以人的情感和灵性，等等。

　　星新一擅长用白描手法对作品主人公形象做浮雕式的刻画，"重神似，不重形似"，让人物在对话和行动中自然而然地展示其性格。他主张微型小说的创作应简洁洗练，详略得当，必须掌握高超的剪裁技巧。星新一深谙此道，往往出奇制胜，长话短说，惜墨如金，尺幅千里。而星新一的微型小说之所以能给人以面目一新、回味无穷的艺术享受，跟他将有分量的"秤砣"压在作品结尾是分不开的，铺垫之后，"图穷匕首见"。星新一的微型小说有的酷似童话，写得生动活泼，趣味盎然，富有教育意义，成年人和儿童都爱读。星新一把笔触深入到现实生活的每个角落，反映了各种社会问题和矛盾。

> **微型小说**
>
> 微型小说,古已有之,只是以往都归入短篇小说一类,到了现代才把它单独分开。中国的《山海经》《世说新语》《笑林》中的作品,很多都是微型小说。欧洲的中世纪,就已经出现了微型小说,文艺复兴时期已经相当普及。现代的微型小说被赋予了新的界定,被认为符合现代人生活的节奏,是"自有个性的新品种",具有现代的审美需求和审美兴趣,是介于边缘小说和散文之间的新兴文学体裁。一般认为美国作家欧·亨利①是其创始人。20世纪50年代末期,首先在美国兴盛起来,随后传入日本。美国著名评论家罗伯特·奥弗法斯特认为微型小说要具备构思奇特、情节完整、结尾出人意料这三个要素。他强调微型小说必须高度浓缩,富有戏剧性。中国作家袁炳发甚至认为:好的微型小说只要容量厚重,它的分量就不亚于一部长篇小说。星新一的微型小说,不论是在数量上还是在质量上,在日本都是首屈一指的,他被誉为"日本微型小说的鼻祖"。

他的作品绝无雕琢堆砌之辞,通俗易懂,连日本的中小学生都能毫不费力地阅读,并读懂其中的含义。而这种质朴文风的形成正是作家殚精竭虑、苦心创作的结果。作品中随处都是他对现代社会的深刻洞察、隐喻象征,以及充满讽刺性的黑色幽默,因此得到了日本各年龄层读者的喜爱。

星新一在《创作的道路》一文中写道,关于写作的题材,他主张不受任何限制。而他为自己规定了三个原则:第一,坚决不描写色情和凶杀场面;第二,不追赶时髦,不写时事风俗类的作品;第三,不使用现代派的手法。在文学创作商品化倾向日趋严重、色情和凶杀题材充斥日本文坛的今天,星新一能始终保持严肃的写作态度实属不易。因此,星新一的作品经受住了时间的考验。日本作家都筑道夫说,即使读星新一十年前的作品,也绝不会有丝毫陈旧过时的感觉。这与他的创作方法分不开,他的作品不涉及具体的地点、环境、年代、事件和人名,剔除了那些可能随着时代变迁而渐趋陈旧的因素。

在星新一的作品中,几乎很难找得到详细的人物肖像描写词句,甚至连主人公的名字也多以N或S等字母代替。星新一在《人物的描写》一文中曾这样说:为什么不在作品中使用普通的人名呢?因为日本人的姓名有其特殊性,读者往往能根据其姓名而判断出人物的性格和年龄等。有的名字一望便知是有身份的绅士,而有的名字则使人想到妩媚的美人。这种情况是屡见不鲜的。星新一不希望读者仅凭主人公的姓名便得到某种主观印象,而是要使人物"活"起来,以行动显示出其性格。星新一认为,作家应当通过作品描写来说话,小说毕竟不是学术论文,与其写出故弄玄虚、深奥莫测的"天书"来让评论家煞有其事地做一番解说,还不如把通俗易懂、生动有趣的作品直接交给读者,让读者自己去品味和评判。

---

① 欧·亨利(1862—1910),美国著名作家,一生创作文学作品近300篇,影响广泛。他的超短篇小说,立意新颖奇特,情节生动紧凑,思想新鲜,想象力丰富,笔调幽默,结尾出人意料,耐人寻味。代表作有《麦琪的礼物》。

小说《死刑》是星新一早期的作品，虽然距今60多年，然而丝毫不会让人感到落后于时代。作品描写的是在AI高度发达的未来社会，某男子因为杀人而被判处死刑，并被送往火星等待执行死刑的故事。到达火星之后，每个犯人都会收到一个银色的球状物。银色的球状物上设置有按钮，当用手指按动时便会有水流出。因为火星上没有水源，如果犯人不想渴死，只能按动按钮获取饮用水。不过，银色的球状物被随机限定了按动的次数，次数并不固定，超出限定次数便会引发其内部的小型核弹爆炸，爆炸范围为30米。一旦核弹爆炸，犯人必死无疑，这样犯人就被"处刑"（死刑）。由于不知道死亡何时降临，某男子时刻处于激烈的内心挣扎中。不按动按钮就会渴死，按动按钮却可能被炸死。过了一段时间后，终于他的内心发生变化，意识到生命是有限的，在火星上头脑清醒地等待死亡，这与在地球上浑浑噩噩度过按照AI安排好的人生道路，直至死亡没有根本区别，所谓的人生如梦不过如此，于是他便不再恐惧死亡的到来。

星新一的作品表现生死主题的并不多，特别明显的只有《死刑》和《殉教》这两篇小说。《死刑》虽然在星新一的微型小说中属于篇幅较长的作品，但情节并不复杂，前后出场的人物只有某男子和同为等待被执行死刑的路人甲而已。全篇对话很少，基本以主人公的内心独白和心理活动为主，情节的发展从迷雾重重到突然柳暗花明，毫无违和感，这正是星新一作品创作手法的典型特点。星新一擅用白描，没有华丽炫目的辞藻，没有曲折诡谲的描写，却又充满语言的张力，平平淡淡的话语便使读者不知不觉落入彀中，迷茫间又恍然大悟。《死刑》结尾的意外性虽然与其他作品有所不同，不过作品的真意也不在此。更主要的是在告诉世人，刻意追求也好，颓废避世也罢，以平静的心态度过人生即可，我们都只是天地间的匆匆过客而已。

众所周知，传统的日本社会是一个秩序性极强的集团主义社会，等级观念和规矩意识占据主导。普通人的生活过于循规蹈矩，从某种意义上说，意味着社会缺乏活力，变成死水一潭。尽管20世纪50年代初AI尚处于萌芽状态，甚至连仅有计算功能的电脑还只是应用在特殊行业，由AI引发的话题便被作者敏感抓住，并被当作一个创

> **作品评价**
>
> 超短篇科幻小说《死刑》是日本作家星新一的代表作之一，大多数日本人均称其为"不可思议"之作，篇幅虽短，但内涵深刻。
>
> （1）"'科幻'＋'惊悚'"是该小说的两大叙事要素，该小说将主人公置于极端生存条件下，拷问人性与生死。
>
> （2）该小说创作于1959年，世界处在冷战与核战争的威胁之下，作者表达了向死而生的积极人生态度。
>
> （3）该小说是一种反乌托邦叙事，为世人展示了未来世界的可怕景象，警告人类应当保护自然环境，不能为了物质享乐而毫无节制地消耗地球资源。
>
> （4）该作品表现了星新一的幸福观，即远离消费主义的物质享乐，追求内心宁静、自足的平淡生活，活在当下才是最真实的幸福。
>
> （5）小说《死刑》虽然发表于半个多世纪之前，但其含有现代性批判主题，仍然可以满足现代读者的阅读期待。

作的切入点。星新一意识到计算机、人工智能必将颠覆性改变人类社会的生存形态。从社会管理角度看,计算机和人工智能的出现将会使人类社会变得更有秩序和规范。如今的世界进入互联网时代,一定程度上隐含着科技风险与伦理问题,验证了星新一科幻小说的预言。例如,支付的无现金化、服务电话的语音智能化、各种服务预订和购物的网络化、乘车检票的自动化、自动驾驶技术的普及等。总之,给人类生活带来方便的同时(人不再需要面对面地与他人打交道),人工智能越来越多地介入我们的生活,不能适应程序化、规范化的生活意味着被淘汰,这导致人被科技"物化"的结果越发严重。俗话说"物极必反",人类毕竟不同于机器,有思想、有情感的人类具有个性化的追求,这是人类的本色。当这种本色被强力抹去时,反弹力同样巨大。

由此也许有人会联想起2002年上映的美国科幻电影《撕裂的末日》。这部影片揭示了人性的善与恶、真与假。故事发生在一场虚构的世界核战争之后,为了人类不至于被自己毁灭,政府开始推行一种控制人们情绪的做法,即让人每天按时注射一种麻痹情感神经的药物,使人们不再拥有个人感情,变成一堆行尸走肉。男主人公约翰则是这个政府的忠实"看门狗"——军事部门的高级官员。他摧毁一切艺术品、工艺品,并将一切抗令不抛弃自己感情的人杀死,甚至杀死同僚派彻吉,因为后者非法藏有一本违禁书。在一次行动中,约翰遇到了敢于向他挑战的旧情人玛丽。她使得约翰开始断绝药物,体会到有感情的生活究竟是一种什么样的滋味。他被那些艺术、音乐作品带来的奇妙动人景象给陶醉了,也深深地为自己毁坏艺术的行为感到愧疚。然而玛丽·奥布赖恩被恶人告发,约翰眼睁睁看着玛丽被送进火刑室"焚毁"却无能为力。此后,男主人公彻底觉醒,以一己之力去挑战城邦的幕后统治者——"神父",并将其杀死。影片的最后,大批民众在地下反抗组织的领导下推翻了暴政独裁者。虽然这种故事情节有些老套,许多桥段具有模仿《黑客帝国》的浓厚痕迹,但影片凭借科幻加惊悚而吸引了大批观众。

同样,星新一的小说《死刑》也具备了科幻与惊悚两大元素,表现生死问题与个人自由则是该作品的主要思想主题。20世纪50年代后期的日本处于经济即将腾飞之际,新旧伦理道德与价值观对立冲突,尚未完成重塑,作者敏锐地感知到这种变化局面。日本发动侵华战争及太平洋战争,其本质目的就是掠夺他国自然资源,拓展自身民族的发展空间。列斐伏尔(Lefebvre)在《空间的生产》(1971)一书中提出,空间是社会与历史的产物。空间既是产品,又是生产关系,还是抽象关联,所以空间无处不在。空间这个概念不能被孤立起来或处于静止状态,它变成辩证的东西,产物—生产者,经济与社会关系的支撑物。更为重要的是,空间不仅是一种生产的结果,它本身也是再生产者。

列斐伏尔将空间生产分为空间实践、空间的表述、表述的空间三种维度。空间实践指向的是物质性感知空间,空间表征指向的是精神性想象空间的生产,表征空间就是感知与想象的结合。物质空间是指自然界、城市、村庄、道路、桥梁等空间,人与人、

人与事物之间的社会关联是一种空间，人的精神世界、抽象思维也是一种空间。

列斐伏尔认为，在后现代社会，空间化的生产成为资本主义发展的新特征，逐渐超越了具体的地理空间上的限制，资本主义对空间的生产体现在经济、政治和文化等方面的垄断上，以实现经济的全球化和世界政治的一体化，空间上的差异性和可能性被置换为均质性的、可交换的东西，由此实现对空间的控制和支配。在资本主义统治下，空间成为具有可量化的、交换性的均质化空间。在列斐伏尔看来，打破资本主义异化统治的根本策略是进行一种空间革命。①

科幻小说《死刑》将舞台设定在自然资源被开采殆尽、被人类废弃的火星上，人类将地球建设成人间天堂，将各种不稳定分子（犯罪者）都流放到火星上，任其自生自灭。这种情节设定可以解释为一种"反乌托邦书写"。1516年，英国人托马斯·莫尔出版了《乌托邦》一书，标志着空想社会主义的诞生。那么，所谓"反乌托邦"则是令人感到恐惧的末日景象。在小说《死刑》中科幻元素只是一个叙事策略的外壳，它的重点并不在于描写科幻技术的未来想象，而是在于描写极端环境下的人性思考。小说主人公的精神状态由惶恐无助到精神崩溃，最后是泰然处之，伴随这个过程转变的是人类在火星上留下的城市废墟，带给读者的是相当惊悚的感受。

1947年，罗伯特·海因莱因首次使用了"推想小说"一词。推想小说关注的不是科学或技术，而是人类对科学或技术造成的新情况的反应，推想小说强调的是人类而不是技术问题。西方现代文学的创作活动多以人类世界为中心，而推想文学则"推想"出已知人类世界之外的想象世界。

推想文学包括奇幻、惊悚、科幻三个较大的类别，也包括与之相关的派生、杂糅、同源的类别，例如哥特、乌托邦、怪异、末世后、鬼魂、超级英雄、另类历史、蒸汽朋克、冲流、魔幻现实主义、破碎童话等文学等子类别。推想文学作品不再纠结于现实、真实、模仿、再现等概念，惊悚文学涉及超出人类常态的极端状态，是一种极端的艺术形式。"这种文化和艺术形式所涉及、所表达的是黑暗和死亡、无理性和痴迷、感官刺激和杂乱、历史及其疑案。"②这一切极端状态都有可能导致邪恶。

因此，我们从推想文学的视角来解读星新一的《死刑》。第二次世界大战后的日本在美国主导下推行资本主义民主改革，但保留了天皇制，在战争责任问题上并没有进行彻底的清算，许多社会问题被暂时的经济繁荣局面所掩盖。星新一非常敏锐地意识到日本战后社会的现代性问题（モダニティー），资本主义社会凭借权力话语与资本进行空间生产，控制民众的意识形态思想，用消费主义对人们进行洗脑。在小说《死刑》中，地球统治者实行集权政治，将各种异己分子（犯罪者）流放到已经废弃的火星上，并让"罪犯"活在"要么被渴死，要么按键取水也许会被炸死"的不确定的恐惧中。小说《死刑》的批判性在于作者星新一将这种极端推想与现实生活联系起来，什么样的生活

---

① 孟凡生.论列斐伏尔的文艺批判思想[J].中国文学批评,2015(4):75-82,127.
② 程朝翔.推想文学："我们世界"与"另外世界"的塑造与互动[J].社会科学研究.2024(3):25-38,211.

才是我们想要的？应该追求物质享乐而丧失自我主体、个性化自由？还是在保持自我的前提下过一种平淡的生活？小说主人公在情绪崩溃、一心求死的情况下，发狂一般猛然按下球体取水键，但等待他的并不是爆炸，而是一杯饮水。于是，主人公悟出了人生真谛，既然死亡是不可避免的，或早或晚，那么便应该坦然面对，活在当下，享受生活。小说以主人公放下生死执着的描写回答了读者的疑问。

20世纪50年代，美苏两个超级大国展开军备竞赛。与其整日提心吊胆地活着，不如享受平淡的生活。日本广岛和长崎遭受过美军的核爆，这种可怕的记忆对于日本人来说是记忆犹新的，因此小说中便有了用小型核弹"处死"犯人的情节。在日本战后文学中，核爆文学是一种重要的创作题材。相比大江健三郎、井伏鳟二、原喜民等作家的"核爆记忆"书写，星新一的科幻小说则站位更高，核战危机、生态保护、生死主题是全人类面对的大问题。

从这一点看，星新一有着一颗追求不平凡的跃动心灵，他的身体不能摆脱现实社会的束缚，内心却可以通过天马行空般的创作想象，给我们带来无尽的艺术享受与思想启迪。

小百科

1. 简明日本科幻作品发展史

1878年　日本第一部科幻翻译小说《新未来记》出版
　　　　儒勒·凡尔纳《环球八十天》翻译并出版
1900年　押川春浪《海底军舰》发表
1913年　赫伯特·乔治·威尔斯《时间机器》《透明人》翻译并出版
1915年　赫伯特·乔治·威尔斯《宇宙战争》翻译并出版
1928年　海野十三《电浴缸神秘死亡案件》发表
1933年　阿道斯·赫胥黎《美丽新世界》翻译并出版
1937年　海野十三《十八点的音乐浴》发表
1952年　手冢治虫《铁臂阿童木》开始连载
1957年　SF同人杂志《宇宙尘》创刊
1958年　星新一《喂——出来》《布克小姐》发表
1959年　《SF杂志》创刊
　　　　安部公房《第四间冰期》发表
1963年　日本SF俱乐部创立
1967年　筒井康隆《穿越时空的少女》
1969年　藤子·F.不二雄《哆啦A梦》开始连载
1970年　筒井康隆《灵长类，南进！》获得日本第一届星云奖

1973 年　小松左京《日本沉没》发表
1974 年　科幻动画片《宇宙战舰大和号》开始在电视台播放
1979 年　科幻动画片《机动战士高达》开始在电视台播放
1980 年　日本 SF 作家俱乐部设立日本 SF 小说大奖
1983 年　大友克洋《童梦》获日本 SF 小说大奖
1992 年　筒井康隆《早上的煤气珍珠》获第 13 届日本 SF 大奖
1997 年　庵野秀明《新世纪福音战士》获日本 SF 小说大奖
2009 年　伊藤计划《和谐》获日本 SF 小说大奖
2023 年　荒卷义雄《科幻思考　荒卷义雄评论集》、小田雅久仁《残月记》获日本 SF 小说大奖
2024 年　长谷敏司《人道协议》获日本 SF 小说大奖

2. 日本科幻小说的代表作家

(1) 安部公房(1924—1993)

日本小说家,剧作家。20 世纪 50 年代初在文坛崭露头角。短篇小说《红茧》《墙——S. 卡尔玛氏的犯罪》分别获得战后文学奖和芥川文学奖,奠定其在日本当代文学史上的地位。1962 年安部公房发表的长篇小说《砂女》,获得了读卖文学奖。代表作为《道路尽头的标志》,另有长篇小说《他人之脸》《燃尽的地图》《箱男》《密会》等。比较有名的科幻作品有《第四间冰期》《铅之卵》等。安部公房创作的小说和剧本代表作多次荣获国内外大奖,其作品在三十多个国家翻译并出版,他是最受欢迎的日本作家之一。

(2) 星新一(1926—1997)

本名星亲一,日本科幻界奇才,以创作精巧别致、富于哲思的"微型小说"闻名于世。星新一的作品庞杂,除了科幻小说,还创作有大量推理小说、幽默小说、散文及随笔。在科幻方面,代表作品有短篇

> **最短的科幻小说**
> 地球上最后的一个人,独自坐在房间里。这时,突然响起了敲门声……①

小说《恶魔天国》《最后的地球人》《未来伊索寓言》,长篇小说《声网》《恶魔的标靶》等。与小松左京、筒井康隆合称为"日本科幻御三家"。

(3) 光濑龙(1928—1999)

日本科幻作家,日本最早的科幻迷杂志《宇宙尘》的组织者之一。善于借用佛教思想描写无限的时间空间,反映人类和宇宙间的混乱关系,因而他的以宇宙为题材的作品充满了东洋式的佛教观念,又有武士历史小说的余韵,在历史题材的作品里还常应用时间机器。他于 1962 年发表短篇故事《1979 年晴之海》,以后不断地以年

---

① 美国著名科幻作家弗里蒂克·布朗写的这篇微型小说,被认为是世界上最短的科幻小说。

号为题,发表关于未来世界的短篇系列故事,其中以《2217年落日》最能反映他的风格。他的长篇小说有《百亿之昼,千亿之夜》(代表作)、《已经丧失城市的记录》和《征东都督府》等。

(4) 小松左京(1931—2011)

本名小松实,是日本的科幻小说家,同时也是随笔家、采访记者兼剧作家。1962年他在《SF杂志》发表《易仙回乡记》,从此走上了创作道路。代表作《日本沉没》(1973年),获得了日本推理作家协会奖,并由东宝公司改编成电影。1985年,又以《首都消失》获得了日本SF小说大奖,号称"日本科幻界的推土机"。与星新一、筒井康隆合称为"日本科幻御三家"。

(5) 筒井康隆(1934—)

日本科幻小说家。初中时的筒井因为智商达到178,而被看成天才学生。然而他经常逃学,喜欢看电影,属于标准的"不良少年"。筒井的许多作品都曾被改编为影视剧,其中包括《穿越时空的少女》《日本以外全部沉没》《红辣椒》(又名《盗梦侦探》)、《富豪警官》《七濑二度》等。与星新一、小松左京合称为"日本科幻御三家"。

(6) 山田正纪(1950—)

日本作家。1974年7月,山田正纪在《SF杂志》上发表处女作《神狩》而一炮走红。1978年《地球·精神分析记录》获第9届星云奖长篇部门奖,1980年《宝石窃贼》获第11届星云奖长篇部门奖,1982年《最后的敌人》获第三届日本SF小说大奖,1995年《机神兵团》获第26届星云奖长篇部门奖。显著的成绩奠定了其硬派科幻作家的地位。2002年集科幻和推理于一身的《推理歌剧》同时获得第2届本格推理大奖和第55届日本推理作家协会奖。迄今为止,山田正纪已经创作出120多部作品,总册数超过160本,内容涉及科幻、推理、动作冒险、历史、犯罪等诸多领域,是当之无愧的多产型全能作家。

(7) 飞浩隆(1960—)

日本科幻作家。1983年9月在《SF杂志》上发表处女作《异本:猿之手》,随后陆续创作许多中短篇小说,并以崭新的风格和细腻的笔触赢得了"山田正纪第二"的美誉。1992年他发表了《二重奏》之后,一度陷入了沉寂。直到2002年,他又携长篇小说《废园天使》重返科幻文坛,并一举摘得第24届日本SF小说大奖提名奖。2005年,飞浩隆的《具象之力》获得了星云奖最佳短篇小说奖。代表作品有"废园天使"系列,以及《具象之力》《自生之梦》《复调幻觉》《零号琴》等。

(8) 田中芳树(1952—)

日本著名科幻小说家,本名田中美树。日本学习院大学博士毕业。1982年,改笔名为田中芳树,发表第一部长篇小说《银河英雄传说》,并于1988年以压倒性的人气获得了日本星云奖。田中芳树的作品题材丰富,在科幻、冒险、悬疑、历史各领域都有佳作,以壮阔的背景、幻想的罗曼史、细密的结构、华丽的笔致闻名。代表论文

有《长江之旅——从秦良玉到岳飞》，代表的长篇作品除了《银河英雄传说》，还有《创龙传》《亚尔斯兰战记》，代表作为《银河英雄传说》。

(9) 神林长平(1953—)

本名高柳清，日本科幻作家，日本文学界称其为SF作家第三世代。其作品"战斗妖精雪风"系列被誉为日本科幻的划时代之作。1985年《战斗妖精雪风》在第16届星云奖长篇类别中获奖。

(10) 山本弘(1956—)

日本轻小说及科幻小说作家，主要作品有《艾比斯之梦》《神不再沉默》《美杜莎的咒文》等。早在1978年山本弘就初涉科幻小说创作，凭借短篇科幻小说《原野英豪》一鸣惊人，获得了当年奇想天外科幻小说赏新人佳作奖。除了从事作家活动，他也从事古典科幻小说选集编撰的工作，同时担任"不可思议的书"研究学会会长。

(11) 贵志佑介(1959—)

日本作家，毕业于京都大学。30岁时因为同事的意外死亡而改变人生轨迹，从公司辞职，专职从事写作。擅长推理、恐怖和科幻小说，处女作《第十三种人格》，代表作有《黑屋吊影》《青之焰》《恶之教典》《来自新世界》等。

(12) 野尻抱介(1961—)

日本当代"硬科幻"作家。自1992年投身科幻以来，创作出大量场面宏大、构思精巧的宇宙题材科幻小说，广受好评。曾获星云奖最佳短篇奖四次、最佳长篇奖两次，是日本近年获星云奖最多的科幻作家。《太阳篡夺者》堪称野尻抱介最具代表性的硬科幻作品。此作原为短篇小说，2000年获星云奖最佳短篇奖，后扩写为长篇，再获2003年星云奖最佳长篇奖。"日本硬派科幻新御三家"之一。

(13) 小林泰三(1962—2020)

日本科幻小说家，星云奖得主，被誉为"日本科幻新御三家"之一，曾获得日本恐怖小说奖、日本星云奖、日本《科幻杂志》读者奖，多篇小说入选最佳科幻榜单，写作风格多样化，以温馨、浪漫风格的科幻小说闻名。《看海的人》是小林泰三最著名的代表作。其他比较有名的作品有《玩具修理者》《醉步男》等。

(14) 小川一水(1975—)

日本新生代科幻作家。代表作有《引导之星》《复活之地》。其他较为有名的作品有《风之邦，星之渚：雷兹司芬特兴亡记》《时砂之王》等。2004年，小川一水以《第六大陆》荣获日本星云奖最佳长篇奖。此后，又以《漂流者》《阿里斯马王钟爱的魔物》两篇作品获得星云奖最佳短篇奖。2014年，《从克洛洛山到木星特洛伊》再次荣获星云奖最佳长篇奖。

(15) 乙一(1978—)

本名安达宽高，常以此名"乙一"作为导演和编剧为世人所熟知。除了"乙一"，还

曾以"中田永一""山白朝子"等笔名出版作品。学生期间,曾是 SF 研究会的骨干。代表作有《ZOO》《GOTH 断掌事件》《我所创造的怪物》《花与爱丽丝杀人事件》等。后期作品包括以"中田永一"为笔名发表的《如空气般不存在的我》《再会吧,青春小鸟》《百濑,朝向这边》,以"山白朝子"为笔名发表的《我的赛克洛斯》《杀死玛丽苏》等。